ASSOMBRADO

N. BELIKOV

ASSOMBRADO

3ª EDIÇÃO,
EDITORA EUPHORIA, 2025

EDITORA EUPHORIA

N. BELIKOV
ASSOMBRADO

CAPA:
Kethlen Felix
Gabrielly Bernardes
Maldição Art & Design
ILUSTRAÇÕES:
Kethlen Felix
Gabrielly Bernardes
Gabriela Paraizo
DIAGRAMAÇÃO:
EDITORA EUPHORIA
EDIÇÃO DE TEXTO:
Andrea Santos
Bianca Albuquerque de Araújo
Beatriz Nascimento
Clarissa Rachid
Maria Victoria de Oliveira Lima
Nilma Guimarães
Número: Pedro Oliveira, Hellen Heveny
PRODUÇÃO EDITORIAL:
Nathalia Brandão

DADOS INTERNACIONAIS
PARA CATALOGAÇÃO NA PUBLICAÇÃO (CIP)
(CÂMARA BRASILEIRA DO LIVRO)

Belikov, N.
Assombrado / N. Belikov ; ilustração Gabrielly Bernardes , Kethlen Felix , Gabriela Paraizo. -- 3. ed. -- Rio de Janeiro : Editora Euphoria, 2025.
ISBN 978-65-84923-30-0
1. LGBT - Siglas 2. Romance brasileiro I. Bernardes, Gabrielly. II. Felix, Kethlen. III. Paraizo, Gabriela. IV. Título.
25-249752 CDD-B869.3

Índices para catálogo sistemático:
1. Romances : Literatura brasileira B869.3
Aline Graziele Benitez - Bibliotecária - CRB-1/3129

ASSOMBRADO, 3ª EDIÇÃO, EDITORA EUPHORIA, 2025
CNPJ: 39.317.627/0001-06
Contato: sac@editoraeuphoria.com.br
Site: editoraeuphoria.com.br
Rio de Janeiro — RJ

DEDICATÓRIA

Para todos aqueles que se derretem com amores impossíveis e além da vida, assim como os intensos e de tirar o fôlego, mas sabem que se algo parecido acontecer na vida real, devem sair correndo. Mantenham a ideia do amor eterno apenas na ficção.

E se você desconfiar que sua casa está sendo assombrada por uma alma penada, por favor, mude de casa. Não é problema seu.

“Ao verme que primeiro roeu as frias carnes do meu cadáver, dedico, como saudosa lembrança, estas memórias póstumas.”

Machado de Assis,
Memórias Póstumas de Brás Cubas

ATENÇÃO!

Esta obra possui cenas de sexo explícito consensual, violência física e psicológica, relacionamento abusivo, assassinato, uso de drogas lícitas e ilícitas, discussões religiosas e espirituais, o que pode gerar gatilhos em leitores mais sensíveis, bem como discordâncias acerca de temas religiosos, que foram aqui descritos como elementos sobrenaturais de fantasia. Não é uma obra recomendada para menores de 18 anos.

Índice:

01
UM FANTASMA CARINHOSO

Eu estava com medo, definitivamente, com medo. E esse era o tipo de medo que faria qualquer cara machão de um metro e oitenta de altura, pernas longas e músculos definidos gritar que nem um pirralhinho de cinco anos.

E eu realmente sou um cara de um metro e oitenta, pernas longas e músculos definidos, mas sou um grande bebê, entende?

Não entende, mas vai entender.

E vai saber também que nego isso até a morte, assim como sou confuso e vivo me contradizendo.

Mas, veja bem, eu não gritei como um garotinho... *ainda.*

Isso porque o impulso de berrar até minhas cordas vocais se rasgarem foi restrito pelo inconfundível pavor que se apossou de todo o meu corpo, quando senti o colchão afundar ao meu lado, exatamente daquele jeitinho de quando alguém se senta na cama em que você está deitado.

Meu sangue gelou.

Minha mãe não estava em casa, era certo, ela vivia no trabalho a maior parte do tempo. Meu pai também não era uma opção, pois morava em outra cidade já fazia algum tempo – mas falaremos disso depois, porque, naquele instante, eu tinha uma preocupação bem maior do que contar sobre a minha vida.

"Por favor, seja um bandido!", pedi mentalmente, porque, se fosse um fantasma, minha nossa, eu rezaria o "Pai-Nosso" em sete línguas diferentes, Deus que me perdoe!

Veja bem, não sou um cara exatamente medroso, pegaria qualquer inseto nas mãos sem o menor problema! Uma vez, no zoológico, peguei uma cobra no colo e a enrolei em volta do pescoço e tudo! Meu primo Raphael quase desmaiou.

O negócio é que eu tenho muito, mas *muito* medo de espíritos. Por algum motivo, desde criança, tenho uma tendência a ver vultos aleatórios e assustadores, em momentos inoportunos.

Uma vez, por exemplo, depois de tomar um banhozinho relaxante, passei a mão no espelho do banheiro para tirar o embaçado do vapor e quase me caguei todinho, porque, exatamente como nos malditos filmes de terror, tinha alguma coisa parada atrás de mim. E quando digo *alguma coisa*, é porque aquilo não era passível de identificação.

Nunca vi nada com clareza, apenas vultos e coisas meio translúcidas, fora de foco, que desapareciam num milésimo de segundo, porém não antes de me fazer quase sujar as calças e ficar mais pálido que papel sulfite.

Por conta disso, já fui a diversos centros religiosos em busca de respostas. Quis descobrir mais sobre diferentes religiões, desde as vertentes do cristianismo até algumas pagãs. No entanto, nada foi muito contundente.

Numa viagem de férias ao exterior, até mesmo visitei alguns centros religiosos que trabalhavam com espiritualidade, mas, com isso, aparentemente, fiquei mais propenso a enxergar coisas inexplicáveis. Foi como cutucar um vespeiro.

Nas religiões cristãs, os médiuns, padres e pastores disseram que minhas visões eram *trabalho do maligno* – o que só serviu para me deixar ainda mais cagado de medo.

No Espiritismo, alguns disseram que eu era uma espécie de médium e que, talvez, pudesse convidar os espíritos a me possuírem para que eu transcrevesse suas cartas e, assim, servir como um porta-voz dos desencarnados. A ideia me pareceu assustadora demais. Não estava preparado para deixar meu corpo ser possuído por coisa nenhuma! Nadinha!

Tentei até o Budismo. Lá, os caras queriam me ensinar uma espécie de meditação, na qual eu entraria num estado de concentração intensa e, então, talvez visse os vultos com mais clareza. Mas a verdade é que eu não queria ver nada, coisa alguma, nada mesmo, *capisce?* Eu sei que você *capisce*.

No fim das contas, acabei acreditando em todo tipo de religião, porque, depois de conhecer tantas, passei a ter certeza de que o mundo espiritual existe e se manifesta no nosso de alguma forma, seja de um jeito bom ou ruim.

Chamam as pessoas sem religião de agnósticas; as que não acreditam em Deus, de ateístas; os que acreditam em vários deuses, de politeístas, e por aí vai. Não sei bem se existe um termo para pessoas como eu, que acreditam em tudo, mas acho que o termo apropriado deveria ser *cagonista*, do verbo *estou todo cagado*.

O que estou dizendo é que, se você tivesse a minha experiência de vida, pensaria o mesmo, em meu lugar: que um bandido invadindo sua casa, sentando ao seu lado na cama para fazer, eu sei lá, um cafuné nos seus cabelos, fosse uma opção melhor do que ter uma alma penada te assombrando.

Para meu completo pavor, naquele momento *tive certeza* de que havia uma presença ali.

"É um bandido!", decidi, como se fosse capaz de decidir alguma coisa e torná-la realidade. Mas dizem que existe a tal Lei da Atração e que você atrai o que pensa. Por isso, veja bem: se eu pensasse ser um espírito, talvez ele realmente se transformasse em um, certo? E não é isso que nós queremos. Bem, pelo menos não é isso que *eu* quero, sai pra lá!

Então, por alguns longos segundos, fingi estar dormindo serenamente, de modo a enganar o bandido. Sendo faixa preta em judô, preparei meu golpe, contei até três e dei um salto espetacular, digno de filmes do Jackie Chan[1], pronto para dar uma chave de perna no pescoço do cara. Só que, quando girei no ar, tudo que encontrei foi o chão.

De olhos arregalados e com a adrenalina correndo no cérebro, sacudi os braços à minha volta, no escuro, procurando por algum corpo diferente do meu. Estiquei as pernas e fui tateando o chão, mas era tudo um grande vazio, a não ser pelo momento em que meu dedinho violentamente encontrou a madeira da cama e, no mesmo segundo, uma lágrima de dor escapuliu dos meus olhos, ao passo que um gemido morreu em minha garganta.

Quis deitar no chão em posição fetal e choramingar de dor – você sabe como uma topada no dedo mindinho

1 Famoso ator honconguês de filmes de ação dos anos 1980.

pode ser dolorosa –, mas ainda estava com um medo tenebroso.

Mancando, caminhei, com dificuldade, até o interruptor do quarto, para acender a luz. Pisquei inúmeras vezes, até meus olhos se adaptarem à claridade, reconhecendo as paredes pretas do cômodo e os móveis tomando forma.

Para meu pavor, não havia ninguém vivo ali além de mim.

O pânico, já familiar, alcançou-me, mais forte que nunca.

Mesmo mancando, corri para fora do quarto, sem nem mesmo calçar meus chinelos, afinal, quem liga para um possível resfriado quando se tem uma assombração maligna te perseguindo? Eu, definitivamente, não seria como aqueles mocinhos burros de filmes de terror que, de tão céticos, acabam morrendo. Eu não sou cético, não! Acredito em muita coisa, tá legal?! Já disse que sou um *cagonista*.

Por isso, desci as escadas, às pressas, peguei as chaves e disparei em direção à porta da frente, vestindo apenas uma calça de moletom. Quando a abri, deparei-me com uma criatura horrenda na varanda sombria: um monstro grotesco, todo molhado de chuva, com uma pele grossa e meio azulada. Definitivamente, era um demônio, um demônio grande! Um que carregava um monte de coisas em suas garras, como um caranguejo gigante!

Só pude gritar. Gritar e berrar. Minhas pernas sequer se moveram, então continuei parado na porta, berrando feito um louco.

O monstro demoníaco começou a gritar de volta para mim. Ele gritava, eu gritava, ele gritava, eu gritava... Ficamos assim até o demônio estranho me acertar com um tapa na cabeça.

— *Alex! Qual o seu problema, ser humano?*

A criatura tinha uma voz mais fina do que eu esperava. Daí, aquela coisa me empurrou e foi entrando na sala de estar, jogando suas garras – que, na verdade, eram sacolas – no chão. No fim, o que eu pensava que ser sua pele grotesca era só uma capa de chuva e o

monstro em questão era a minha mãe, pude ver quando ela acendeu a luz.

— Mããããe! — choraminguei, correndo para abraçá-la.

— Sai, sai, eu tô molhada! — Ela me empurrou enquanto andava pela sala. — O que houve, hein? Por que gritou daquele jeito? Pensou que eu era o quê?

— Um demônio do Inferno! — respondi, prontamente.

— Ora, seu... — Ela levantou a mão para me dar um sopapo, mas se deteve no meio do caminho quando me encolhi, em reflexo. — Me respeite! Sinceramente, Alex, ainda não sei onde errei com você. Seu pai definitivamente precisa voltar logo pra casa — resmungou exasperada, mas não realmente brava, antes de pegar metade das sacolas molhadas no chão e rumar em direção à cozinha.

Peguei a outra metade e segui logo atrás.

— Mas, mãe! Eu achei mesmo que fosse algum monstro! Estava com medo! — grunhi, aumentando a voz em cinco oitavas.

— Alex... — Yoona Kister sacudiu a cabeça em reprovação, do mesmo jeito que fazia desde que eu era novinho. — Você não acha que já está velho demais pra ficar acreditando que existem fantasmas e coisas de outro mundo por aí, hein? Você não é mais criança Aliás, já está tão velho que nem mesmo posso te botar de castigo.

— Não estou velho! — retruquei, indignado.

Se tinha outra coisa que muito me apavorava era a ideia de envelhecer. Isso porque não acho que ficarei muito atraente depois de velho. Quer dizer, meus olhos já fazem muitas rugas quando eu sorrio, aos meus míseros 21 anos... Imagine, então, quando eu chegasse aos quarenta? E não queria nem pensar na ideia de ter que *entrar na faca* para ficar todo esticado, porque não queria parecer um apresentador de *reality show* de meia-idade.

— Ah, meu querido... — Mamãe me deu um olhar falsamente amável. — Se você quiser, pode usar meus cremes anti-idade que estão na pia do banheiro.

— Não estou velho! — repeti, fazendo bico, e após deixar as sacolas em cima da bancada, cruzei os braços, emburrado.

— O que é isto na sua cabeça? Um cabelo branco? — Minha mãe portava uma expressão falsamente séria,

exatamente como Charlie diz a Bella, em *Crepúsculo*[2], sem saber que a coitada morria de medo de envelhecer e ficar, tecnicamente, mais velha que o seu amado vampiro Edward.

Eu, no entanto, caí na armadilha: fui correndo, imediatamente, com a mão na cabeça, até o espelho do corredor para procurar o fio branco, o que era completamente ridículo, porque, repetindo: eu só tinha 21 anos... e meio.

Ela me seguiu, encostou-se à parede e riu como uma hiena da savana. Mamãe achava graça em fazer essas brincadeiras comigo, porque eu sempre caía. Era impressionante como conseguia ser malvada – e como eu podia ser um completo abestado, diga-se de passagem.

Notando que fui tapeado, voltei à cozinha, bufando com certa irritação. Ela veio atrás de mim de novo, secando o cantinho dos olhos, e então começou a tirar as compras da sacola e guardá-las nos armários.

— Afinal, para onde estava indo assim? — Virou-se para me encarar de cenho franzido. — Tá a maior chuva lá fora e você ia sair por aí descalço, sem camisa, usando só essa calça? — Ela cruzou os braços e me olhou de cima a baixo, risonha. — Por acaso, estava indo atrás de alguma garota? Ia reproduzir uma cena de filme de romance, tocar a campainha dela no meio da noite, puxar a coitada para fora de casa e beijá-la na chuva? — dramatizou, levando uma das mãos ao peito. — Ah, minha nossa! Você é tão romântico, Alexander!

— Argh, não é nada disso — neguei, constrangido.

Em primeiro lugar, eu odiava que me chamassem pelo nome de batismo. Alexander Kister parecia um trava-língua, então preferia ser chamado apenas de Alex. É, talvez eu fosse igual à Isabella Swan mesmo, pois, quando alguém me chamava de Alexander, eu automaticamente respondia com um "*Alex. Só Alex*".

Em segundo lugar, não que a cena tosca que ela narrou, em si, não fosse algo que eu faria. Porque, sim, eu faria. Era a minha cara. *Só que, definitivamente, não faria com uma menina.*

Chateava-me que minha sexualidade fosse algo que não pudesse revelar aos meus pais. No máximo, quem sabe, pudesse contar ao meu irmão mais velho, Jonas,

2 Série de livros e filmes de romance de Stephenie Meyer.

que costuma ser um cara super de boa e sem preconceitos – não que já tivesse contado ou confirmado nada, mas sabia que ele sabia ou, ao menos, desconfiava. Nossa sociedade era um bocado conservadora, como a maior parte dos países da Ásia e, embora nossa família fosse composta por pessoas de personalidades peculiares – em particular minha avó, Laura Nucci, uma senhorinha descendente de italianos e profundamente desbocada –, ainda assim, não seria nenhum festival revelar uma coisa dessas para eles.

Desse modo, preferia manter essa informação oculta. Não era como se tivesse extrema necessidade de contar algo naquele instante, de qualquer maneira, porque não estava em um relacionamento com alguém. Na verdade, meu último namorado foi um veterano da faculdade, que conheci assim que entrei no curso de Cinema, três anos atrás – o que foi uma certa decepção para meus pais, que queriam que eu tivesse seguido o mesmo caminho que eles e optado por uma profissão mais formal.

Minha mãe, Yoona Kister, era juíza no Tribunal de Contas da cidade. Já meu pai, Hans Kister, há alguns meses precisou se mudar para uma cidade que ficava a quatro horas de Naberius, para atuar como juiz criminal. Embora vivendo um relacionamento à distância, eles tinham uma relação bem bonitinha desde a faculdade e eram a coisa mais fofa. Quero dizer, quando olhava para eles, pensava em achar um cara com quem eu pudesse ter o mesmo nível de companheirismo que meus pais.

No entanto, não voltei a querer um relacionamento com alguém depois do último. Foi um tanto traumatizante descobrir que o cara com quem me relacionei, por um ano, namorava comigo e com uma garota, simultaneamente.

E, veja só, depois que terminei com ele, o maldito ainda teve a audácia de se casar com a menina e, depois de casar, quis que eu voltasse para ele, porque o casamento era de faixada, e só aconteceu devido a um contrato de fusão da empresa da família dele com a empresa da família da garota. Em pleno século XXI, meus amigos! Por acaso, isso é o quê? Um dorama?

Olha, eu não tinha paciência para ser um mocinho sofredor de filme, até porque nem amava aquele cara tanto assim, não sentia aquele tipo de amor de tirar o ar ou coisa parecida.

Na verdade, eu nunca, nunquinha, senti algo tão forte como retratado nas histórias de romance, mas imaginava que, se algum dia sentisse algo assim por alguém, ficaria piradinho. Porque, sabe como é, o amor deixa qualquer um doido, ainda mais um cara romântico como eu, que idealiza sua alma gêmea desde criança.

Eu não achava, entretanto, que meus pais deveriam se decepcionar tanto assim com a profissão que eu tinha escolhido, afinal, eu era bom no que fazia: fotografava, editava e filmava muito bem, tinha talento para a coisa. Talvez, no futuro, me tornasse um grande diretor de novelas ou um bom diretor de filmes de terror, quem sabe? Não era como se tivesse zero experiência no departamento de assombração.

— Alex — minha mãe repetiu, estalando os dedos em frente ao meu rosto.

Sacudi a cabeça e a olhei, soltando um sonoro *"Uh?"*

— Você tá fazendo de novo... Já conversamos sobre essa mania. Você precisa parar de viajar na maionese e ficar encarando o nada, enquanto as pessoas falam com você. Larga de ser estranho! — Yoona massageou as têmporas com as pontas dos dedos, como se estivesse mentalmente cansada de mim. — Será mesmo que eles não trocaram você na maternidade?

Ela era engraçadinha, né?

— Olha só, eu fiquei realmente assustado — insisti, fazendo minha melhor cara de coitado. — Acho que Acho que tem um fantasma assombrando meu quarto — declarei, com seriedade.

— Ah, não... De novo, não! — Ela deu um teatral revirar de olhos. — Você, às vezes, parece mais filho da sua avó do que meu. Por que foi herdar a loucura dela?

— Não fale da vovó assim! — Vi-me automaticamente emburrado. Realmente não gostava quando ela falava da própria mãe daquele jeito. — É sério, não tô brincando. Estava sozinho aqui, tirando um cochilo, até que senti alguém se sentando no meu colchão. Juro por Deus, tinha alguém sentado na minha cama enquanto eu dormia! Foi muito real, pensei que algum bandido pudesse ter invadido a casa, entrado por alguma janela ou descido pela chaminé da lareira, sei lá.

Ela não pareceu nada convencida.

— Tipo no filme *Esqueceram de mim*, sabe? Mas não tinha ninguém no quarto — adicionei, exasperado. — Mãe, foi assustador!

— Foi por isso que abriu a porta e gritou como uma criança, quando me viu no escuro? — Ela apertou os olhos verdes para mim, desconfiada.

Não sei se era pela expressão matreira, pela estatura pequena ou pelos cabelos castanhos cortados na altura do queixo, mas minha mãe parecia uma adolescente na maior parte do tempo, especialmente quando ficava de zombaria comigo.

— Sim. E não me chame de criança — resmunguei.

Ela suspirou e então me encarou, penosa.

— Filho, talvez você devesse voltar a se consultar com o Doutor Jang...

Doutor Jang era o psiquiatra que ela e meu pai haviam me obrigado a visitar por anos e que, inclusive, tinha chegado a me diagnosticar com esquizofrenia. Eu o chamava de Doutor Careca.

— Por que é tão difícil acreditar em mim? Desde criança, reclamo dessas coisas que vejo e das sensações arrepiantes que tenho!

— E é por isso mesmo que pode ser algo sério, Alex! Veja só sua avó: ela vivia vendo coisas, vultos... e, por conta disso, era bem religiosa. Você sabe, depois que seu tataravô morreu, ela enlouqueceu. Ela costumava sair de madrugada e voltar toda suja de terra, descabelada, cheia de hematomas, acendia incensos pela casa e ainda falava sozinha... Além de tudo, ficava dizendo que a missão dela era ajudar os mortos, porque era uma médium. Ela realmente acreditava nisso. Você imagina como foi, para mim, ser criada por uma pessoa assim e me manter sã? Sua avó era tão linda e inteligente, ela já foi até *miss!* E veja só como está agora.

— Vovó não é louca, tem esquizofrenia.

Laura Nucci era uma mulher incompreendida, sobretudo pela família, que a taxava de insana, por conta dessa série de coisas aí. Ser uma desbocada do cacete também não ajudava muito, era preciso admitir. E minha mãe vivia apavorada com a ideia de que seu filhinho mais novo fosse tão parecido assim com ela...

— Sim, Alex... Mas, no início, minha mãe era como você. Começou assim e agora ela precisa de uma enfermeira quase vinte e quatro horas por dia. Você sabe que essas doenças são hereditárias. Eu nunca apresentei sinais de qualquer anormalidade, já você Xander, não quero que tenha seus neurônios entrando em degeneração.

— Tudo bem — respondi, cansado. Não era como se pudesse convencê-la a acreditar em mim. Sequer tive forças pra reclamar do apelido feio, que ela sabia bem que eu odiava.

Como uma boa juíza, minha mãe só acreditava em fatos, em coisas tangíveis ou que pudessem ser comprovadas. Se, em todas essas décadas, ela nunca acreditou nas coisas que eu dizia, tampouco na própria mãe, com certeza não passaria a acreditar naquele momento. A menos que visse alguma assombração com os próprios olhos, continuaria a negar tal possibilidade até a morte.

E por falar em Dona Laura, lembrei que fazia cerca de um mês que não a via. Com todas as provas do semestre, fiquei imerso em estudos, trabalhos, filmagens, pesquisas e não tive tempo sequer para respirar. Ainda precisaria apresentar mais alguns trabalhos daqui a alguns dias, mas sabia que a saúde de vovó estava muito debilitada e que, se não aproveitasse meu tempo com ela, talvez, em breve, fosse tarde demais. Eu amava minha avó mais que qualquer pessoa nesse mundo, porque Dona Laura era a única que não me achava doido, pelo contrário: ela costumava dar muita trela para os meus assuntos, embora não dissesse muita coisa.

Desde criança, quando algo me assustava, era para o colo dela que eu corria. Talvez, pela fama de louca, vovó fosse mais mente aberta que o restante da família. Dentre todas as vezes que vi vultos ou coisas estranhas no escuro do quarto ou no fim do corredor, quando acordava de madrugada para ir ao banheiro, vovó era a única que acreditava em mim. Ela fazia carinho em meus cabelos e deixava que eu dormisse ao seu lado, prometendo que, quando ela não estivesse mais aqui, eu *entenderia tudo*, fosse lá o que isso quisesse dizer. Dizia, também, coisas como: "*Irei te observar do Outro Lado*". Não sei que lado era esse que ela vivia falando, mas não soava muito divertido.

Então, decidi, de súbito, que passaria o final de semana na casa dela. Era sexta-feira, a oportunidade perfeita para juntar meus paninhos de bunda na minha mochilinha e passar uns dias com minha vovozinha. Note que isso soa muito como a história da *Chapeuzinho Vermelho*, mas não se preocupe: se um lobo mau se aproximasse, eu daria um soco bem no meio do focinho dele. Tinha oitenta quilos de puro músculo, muito bem distribuídos. Estava em forma, todo gostosinho, colega! Era bem macho alfa, coisa e tal...

Eu geralmente não gostava muito de deixar minha mãe abandonada, já que ela se sentia muito sozinha sem meu pai. Além disso, meu irmão estava morando no exterior para terminar o mestrado. Por isso, eu não gostava muito de sair de casa... E também não gostava nada de ir à casa da vovó, sendo bem honesto, porque aquele lugar me dava arrepios. Palavra! Para começar, tinha o visual assustador, que a fazia parecer um daqueles mausoléus de filmes de terror, e vovó não fazia questão nenhuma de realizar algumas reformas ou coisa parecida. Laura Nucci não se incomodava e não havia ninguém que pudesse convencê-la, nem mesmo eu. Vovó era durona. Ela podia estar um bocado debilitada, mas continuava dura na queda.

Subi as escadas até meu quarto, coloquei algumas mudas de roupa na mochila, troquei-me e penteei os cabelos, encarando-me no espelho. Meu nariz grande estava avermelhado por causa do frio, o que me fazia parecer uma rena do Papai Noel. Os olhos redondos, imutavelmente arregalados em um tom de castanho tão escuro que parecia preto, reforçavam as olheiras das poucas horas de sono, em conjunto à cara inchada e amarrotada de quem tinha acabado de acordar muito abruptamente, diga-se de passagem.

Como eu não veria muita gente no caminho, apenas dei de ombros e agradeci que a pressão da minha cabeça contra os travesseiros durante o cochilo tivesse conseguido abaixar o volume dos fios cheios, ao invés de me transformar em um cogumelo ambulante; eles estavam na altura do queixo e constantemente armavam, formando um guarda-sol castanho-claro ao redor de minha cabeça.

Por um momento, olhei ao redor, em busca de indícios de que a assombração de antes ainda estivesse por ali – o que, com um suspiro de alívio, confirmei que não. Ou ao menos, achava que não, já que eu não via nada com muita clareza, de qualquer modo.

Fiquei encarando as três paredes pretas e a única branca, onde ficava a janela. Entrar no meu quarto parecia semelhante a entrar em uma cripta, mas eu era preguiçoso demais para cogitar pintar alguma coisa. Quando tinha 16 anos, era um roqueiro trevoso de cabelos verdes, então fazia sentido a cor incomum das paredes. Agora, aos 21, quase 22, além do cabelo natural, sedoso, em um corte jovial, eu definitivamente tinha cara de quem tomava uns dois banhos por dia. Palavra!

Além disso, meu estilo de roupas também era bem maneiro. Minha avó chamava de *rebelde glamour da nova década*. E, ah! Também tinha aberto meu leque de opções musicais: desse modo, além do bom e velho *rock 'n roll* das décadas passadas, eu também escutava muita música *pop* e *indie* nas línguas mais variadas. Aliás, amém *Linkin Park!*

Eu sou um cara eclético, bonito, cheiroso e normal que, só às vezes, vê umas paradas estranhas. Palavra!

Por último, coloquei celular, câmera, *notebook* e carregadores em uma bolsa de mão. Aproveitaria para tirar muitas fotos da vovó e guardá-las de recordação. Sabia que nós dois não tínhamos muito tempo restante, pois, além de seus problemas de saúde, Dona Laura já tinha passado dos 70 anos de idade, então era um pouco óbvio que seu tempo na Terra estava acabando.

Antes de descer as escadas do corredor, lembrei que deveria avisar à minha mãe. Era começo da noite, passava um pouco das 07h, mas tinha perdido o sono depois de tudo aquilo. Além do mais, visitar a casa aparentemente assombrada da vovó era algo que requeria coragem, mas meu amor pela velhinha era maior do que meu medo – pelo menos, às vezes. Então, fui até a porta do quarto de Yoona, mas, por *obra do maligno*, me esqueci de bater.

Ouvi vozes, como se ela conversasse com alguém, o que já imaginei ser meu pai ao telefone... só que a cena, que vi, queimou meus olhos e me fez ter vontade de arrancá-los, para que jamais pudesse ver algo assim novamente.

Minha mãe gritou, eu também gritei e meu pai gritou, pelo celular. Era a segunda vez, no mesmo dia, que nós trocávamos gritos. Quando abri a porta – e repito, foi obra do maligno ter me esquecido de bater –, mamãe estava vestindo nada além de uma *lingerie* vermelha – que era para ser supostamente sexy – enquanto se filmava em frente ao enorme espelho do quarto, durante uma chamada de vídeo *quente* com o marido.

Eu havia atrapalhado um momento íntimo do casal e, acreditem, preferia morrer a ver aquilo. Não gostava nem de imaginar aqueles dois fazendo *websexo*... Minha nossa, que coisa tenebrosa!

Depois dos nossos berros, tudo que pude fazer foi descer as escadas em disparada, de olhos arregalados e tentando, sem sucesso, apagar a imagem absurda gravando no meu cérebro.

— Alex! — sua voz soou ofegante no topo da escada, agora com o corpo coberto por um de seus robes vermelhos.

Ah! Minha nossa, aquilo só piorava mais e mais.

— Você é doido? Quantas vezes já disse pra bater antes de entrar, ser humano?

— Como eu ia adivinhar, hein? — respondi exasperado, segurando a bolsa em uma das mãos e a mochila na outra, tentando equilibrar a chave do carro na ponta dos dedos. — Vocês não deveriam estar fazendo essas indecências! Vocês não têm mais nem idade pra isso, mocinha!

— Whoa! Como assim não temos mais idade pra isso, Alexander? — contrariou, irritada, e cruzou os braços à frente do peito. — Você tá pensando que te fiz com o dedo? Você saiu deste forninho aqui! — Ela apontou para a própria barriga. — E seu pai foi quem colocou o pão neste forninho!

Ah! Minha nossa, que coisa horripilante. Alguém, em nome de Jesus, arranque os meus olhos e tire a minha audição, estou implorando!

— Yoona Kister! Pare de dizer essas coisas. Minha nossa, você não tem escrúpulos, mulher?! — bradei, apavorado e com os olhos saltando das órbitas. Se minhas mãos não estivessem ocupadas, eu definitivamente estaria estapeando minha própria face.

— Alex...

Antes que eu escutasse algo mais absurdo, tapei os ouvidos com as duas mãos e comecei a cantarolar como criança. Porque, sabe, além de macho alfa, eu também sou muito maduro... *se comparado a um moleque de nove anos.*

— *Lararará*... Não estou ouvindo! *Lararará*...

Yoona revirou os olhos e suspirou, massageando as têmporas, como mais cedo. Depois, desceu as escadas e forçou minhas mãos para baixo.

— Não vou dizer mais nada. Só me conte pra onde está indo, ser humano.

— Era isso que estava tentando avisar quando fui ao seu quarto. — Fiz careta. — Não vou conseguir dormir agora, então vou para a casa da vovó.

— Mas você odeia ir à casa dela! O que está aprontando? Vai dormir com alguma namoradinha e está usando a avó como álibi? Não precisa mentir para mim, Xander, você tem 21 anos e pode fazer o que bem entende.

Se Alexander já era feio, Xander conseguia ser pior. Argh!

— Já disse que não tem namorada alguma, tá legal? — Minha voz saiu esganiçada, embora o tom fossse baixo e, inevitavelmente sombrio. — Só lembrei que não a vejo há semanas, estou com saudades dela. Você sabe como Dona Laura anda debilitada e é muito velhinha... Nós temos pouco tempo restante juntos.

Yoona pareceu pensar por um momento, abaixou a cabeça e mordeu o lábio, aquiescendo logo depois.

— Você está certo. Cuide dela hoje e dispense a enfermeira, tudo bem? A mulher deve estar cansada, sua avó é teimosa como uma mula e dá muito trabalho. Deixe a coitada descansar. Amanhã, irei até lá com seu pai e aí nós almoçaremos juntos, em família, tudo bem? — Ela deu um sorriso doce ao se aproximar e acariciar minha bochecha esquerda, em um de seus súbitos atos carinhosos.

— Papai estará aqui amanhã? — indaguei surpreso, desvencilhando-me do aperto. — Então, por que diabos vocês estavam naquela safadeza por videochamada, se vão se encontrar amanhã? Não dava pra esperar?

— Argh, Alexander, isso não é da sua conta!

Ela me deu um tapa estalado no braço, o qual respondi com uma careta de dor. Era pesadinha a mão dessa nanica, se você quer saber.

— Ele vai pegar o avião amanhã cedo e tem uma novidade pra contar — esclareceu. — Vamos contar no almoço, mas seu irmão já foi avisado.

— Vocês não estão esperando um bebê, né? — Apertei os olhos.

— Eu não posso mais ter filhos, não seja burro. Apenas vá, vá — enxotou-me antes de fechar a porta bem na minha cara.

Tudo bem, eu acabei de ser expulso do meu próprio lar. Mulherzinha malvada!

Entrei no carro e, em menos de cinco minutos, já pude sentir a brisa fria da praia de Ponta Negra chicotear meu rosto. Por sorte, a chuva já havia passado. Eu gostava de praia, mas aquela era a única na cidade e, infelizmente, estava sempre muito frio para que alguém se atrevesse a entrar na água, exceto pelos raros dias de sol, quando fazia mais de trinta graus celsius – o que, pelos meus cálculos, aconteceria em alguns dias, porque na segunda semana do verão a temperatura sempre esquentava bastante.

Eu cantarolava *The Less I Know the Better*, de Tame Impala, que saía das caixas de som, estourando no carro. Era um som que me dava uma sensação boa e tranquila. Por alguns minutos, quase pude me esquecer de toda a experiência assustadora de mais cedo, mas, assim que a música cessou e tive alguns segundos de silêncio até que a próxima começasse, voltei a remoer o assunto.

O que mais eu poderia fazer para me livrar daquelas coisas estranhas e poder dormir tranquilamente à noite, sem ter que tomar dois comprimidos de clonazepam? Já tinha apelado para religiões, mas não deu certo. Depois apelei para a medicina, mas ainda fiquei sem respostas. O caminho parecia inverso, certo? Geralmente, pessoas com esse tipo de problema primeiro procuram médicos e depois religiões, mas no fundo, eu sempre soube que aquele não era um problema ao alcance da ciência. Era tipo um sexto sentido ou seja lá como você queira chamar. E eu, certamente, tinha um cagaço fodido de acabar numa camisa de força, pode acreditar.

Os médicos também me diagnosticaram com uma coisa chamada palinopsia. Você pode procurar sobre ela no Google, mas é basicamente considerado um desequilíbrio transitório do cérebro, capaz de afetar a informação espacial e visual de maneira consistente. Geralmente, acomete pessoas que sofreram pancadas fortes na cabeça durante o uso de antidepressivos e todo o tipo de remédio tarja preta que você vê por aí.

Também pode acontecer com usuários de *marijuana* – veja bem, a plantinha, maconha –, ou pessoas com algum tipo de tumor no cérebro – assistam a *Grey's Anatomy*.

Mas o negócio era que, além de não ter tumor cerebral algum, eu nem fumava o famoso baseado – o que não significa que nunca fumei, só não faço com frequência, embora meus amigos sim. Também não costumava comer bolinhos especiais, porque não gosto de comer mato. Os remédios controlados, para tentar ter uma boa noite de sono, também não funcionavam bem: causavam ressaca e eu era incapaz de acordar para ir às aulas. Não tive alternativas a não ser não fazer absolutamente nada e lidar com isso sozinho.

Com a cabeça cheia desse assunto recorrente, mal percebi quando subi a ladeira e estacionei em frente ao casarão horripilante de dona Laura, com seus portões de ferro que uma vez já foram pretos e bem polidos, mas agora ostentavam ferrugem e cascas de tinta velha, de uns três tons diferentes.

Desliguei o som, tirei a chave da ignição e saí do automóvel, equilibrando minhas bagagens nas mãos, meio desengonçado e com pressa – não por estarem pesadas nem nada, mas sim porque não queria ficar parado ali fora sozinho em meio àqueles arbustos crescidos e ao capim alto, ouvindo nada além dos barulhos de animais da noite, que soavam mais perto do que eu gostaria, em meio à escuridão.

— Ah! Alex! — a enfermeira exclamou, surpresa, ao abrir a porta da casa da vovó, um quarto de minuto após ouvir a campainha alta. — Você por aqui? Já faz tempo! — cumprimentou, sorridente.

— *Ah, é que vim lhe trazer este humilde presente* — eu imitava o Professor Girafales[3] toda vez que chegava à vila para ver a Dona Florinda.

Ela ficou me encarando, confusa, e varreu os olhos por mim, antes de se deter em minhas mãos vazias, em busca do suposto presente.

— Que presente? — murmurou, franzindo o cenho.

— Nenhum, era uma piada — respondi, coçando a nuca.

Só aí, percebi que ela certamente não tinha entendido a referência de cultura *pop* latina dos anos 70, o que me fez sentir um bocado sem jeito por ter feito uma piada ruim. Mas, qual é, todo mundo da idade dela,

3 Personagem da série Chaves.

em Naberius, deveria ter assistido à série do Chaves! No passado, houve uma forte migração de latinos, europeus e, também, de pessoas de outros países da Ásia, para Naberius. Por isso, é a nação com a maior diversidade de nacionalidades e etnias do globo, há, pelo menos, três séculos. Nem mesmo o famoso Brasil tem tantas pessoas de culturas e etnias diferentes quanto Naberius, especialmente na cidade de Astaroth. Palavra!

A enfermeira continuou me encarando, perdida. Com certeza, estava me julgando internamente. Depois, ela finalmente afastou o corpo para o lado, dando-me espaço para entrar. Enquanto eu tirava meus sapatos e os deixava no chão da entrada, decidi continuar a conversa:

— Na verdade, Dona Anette, tenho um presente, sim. Vou passar o final de semana aqui com a minha vó, então Yoona disse pra te dar uma folga. Pode ir pra casa, se quiser — avisei, com um sorriso simpático.

— Ah, caramba! De verdade?

Apesar de seus olhos arregalados, pude ver a sombra de alívio no meio deles. Não sabia bem se isso se devia ao seu medo da casa, assim como o meu, ou se pelo trabalho cansativo em cuidar de vovó.

— Uhum, você tem uma folga por dois dias — confirmei e me encaminhei em direção à sala, onde minha avó assistia a um programa policial na TV, esparramada no sofá, com o andador de ferro estacionado ao seu lado.

Sentei-me no encosto do estofado e a abracei de lado, contente em sentir seu cheirinho de *shampoo* Johnson & Johnson, já que a enfermeira cuidava dela tão bem quanto se cuida de um bebê.

— Vozinha! Seu netinho favorito veio passar um final de semana com você! Isso não é mágico? — indaguei, de modo animado, enquanto ela me observava com os olhinhos escuros, cerrados e desconfiados.

Yoona havia me olhado daquela mesma forma, um par de horas atrás. Apesar disso, mãe e filha eram semelhantes apenas em personalidade: tratando-se de aparência, eu claramente havia herdado os traços italianos de Dona Laura, como os olhos quase pretos e o nariz avantajado. Enquanto minha mãe havia herdado os olhos verdes acinzentados de meu bisavô, vovó tinha os olhos escuros de minha bisavó. Também não poderia negar que eu mesmo tinha um pouco de seu jeitinho desbocado e direto, porque... Bem, as coisas eram como eram.

— Você não fala comigo há um mês, Alexander. Um mês inteiro, seu ingrato, cara de pau! — ela resmungou.

— Dona Laura, não seja assim, uh? — Tentei, malandramente, acalmar a fera. — Eu estava muito atarefado com todas as provas e trabalhos da faculdade e tô fazendo um trabalho de filmagem, para a primeira nota do semestre, que tem que ser tipo um documentário de TV, daí...

Ela me interrompeu, fazendo um sonoro "*Pfff*", com a língua entre os lábios, antes de grunhir:

— Balela!

— Laura Nucci! — Eu fingi indignação.

— Me desculpe, não falo com traidores. — Ela revirou os olhos e voltou sua atenção para a TV, enquanto a cuidadora, encostada na parede da sala de estar, tentava segurar um risinho, mas sem sucesso.

— Alex, tem certeza de que pode lidar com sua avó por um final de semana inteiro? — Dona Anette indagou.

— Ué, por que não conseguiria?! Olhe só esse biscoitinho de vovó! Coisa mais linda do netinho — brinquei, apertando suas bochechas. — Veja que gracinha, essas bochechinhas murchas — zombei.

Mas logo meu sorriso foi cortado pela dor de um beliscão bem lá naquele lugarzinho sagrado que eu usava para fazer amor.

É, minha avó tinha beliscado o meu saco.

— Laura Nucci! — bradei, mais uma vez, afastando-me daquelas mãos que mais pareciam pinças de siri. — Você é realmente como sua filha! — acusei.

— Foi isso que eu quis dizer. — Dona Anette estava às gargalhadas. — Além do mais, você sabe que precisa limpar a bunda dela, né?

— O quê? — Arregalei os olhos. — Ela não parece estar tão debilitada assim a ponto de não conseguir se limpar sozinha, está? — Intercalei meu olhar entre as duas.

— Tenho certeza que não, mas você sabe como Dona Laura consegue ser sacana às vezes.

Observei vovó pelo canto dos olhos. Ela continuava fingindo prestar atenção na TV, embora um sorrisinho cínico estivesse dançando no canto de seus lábios enrugados.

Bem, no fim das contas, a avó era minha, certo? E não era como se ela já não tivesse limpado a minha bunda um bocado de vezes também... Há muitos anos, é claro. Mas, ainda assim, ela o fez. Então, sacudi a cabeça, resignado, e declarei:

— Tá tudo bem, Dona Anette. Pode ir pra casa, eu limpo o bumbunzinho enrugado dela se for necessário.

— Você sabe que vai sair daqui pedindo arrego. Mas tudo bem, o funeral é seu. — Deu de ombros, com divertimento. — Vou arrumar minha mochila e já saio. E, ah, ela já jantou! Não permita que o convença a deixá-la comer biscoitos. Ela já teve a cota de hoje. É preciso cuidado com a diabete dela — foi dizendo, enquanto ia se afastando pelo corredor e sua voz ia desaparecendo junto.

Minha avó se resumiu a responder com outro bater de lábios, soltando mais um sonoro *Pfff* entediado. Daí, dei a volta e me joguei ao seu lado no estofado, agarrando o controle de suas mãos gordinhas para abaixar o volume da TV, porque ela era meio surda, mas eu não.

— O que estamos assistindo? — perguntei a ela.

— *CSI*.

— Ah, não sabia que a senhora gostava de seriados policiais estadunidenses.

— Você não sabe muita coisa, já que nunca vem me visitar, moleque — respondeu, ácida.

— Ora, sei que você costumava ser muito patriota. Já foi até participante de concurso de beleza — provoquei, sabendo que ela se irritaria e me daria um cascudo. O que ela, imediatamente, fez.

— Sai da minha casa! — devolveu, mas eu sabia que não era sério. A velhinha me adorava.

— Você não manda em mim. — Eu abracei enquanto apertava suas dobrinhas.

Ela se contorceu, cedendo finalmente, e riu, como uma criança.

— Alex! — A cuidadora chamou minha atenção, aparecendo outra vez, com sua mochila apoiada no ombro direito. — Não faça cócegas na sua avó, os ossos dela são frágeis! Qualquer movimento brusco pode quebrar alguma coisa.

Vovó levantou o dedo do meio para ela, sem nem mesmo se virar para observar a cara – muito mais acostumada do que horrorizada – da enfermeira.

Enquanto isso, eu dava uma risada atrás da outra, segurando a barriga.

Dona Anette se virou para a saída, dando tchauzinho, depois de um revirar de olhos divertido. Esperei por alguns minutos, até ouvir o barulho do motor do fusquinha ligado lá fora, para conversar com Dona Laura sobre os acontecimentos de mais cedo.

— Vó... — chamei, cuidadoso. — Aconteceu um negócio *daqueles* hoje e queria te contar.

Percebi, então, o corpo dela retesar antes de, lentamente, virar o rosto para mim:

— Desembucha — comandou.

— É que... Sabe essas coisas de ver vultos e tudo o mais? — Comecei um pouco incerto. Ela apenas assentiu com um movimento de cabeça, esperando eu continuar. — Hoje, resolvi dormir à tarde, porque não tinha dormido bem noite passada, estudando para a última prova da semana. E aí, juro por Deus, senti alguém se sentar na minha cama. Foi muito assustador! Estava deitado de lado, então senti, com muita certeza, o peso de uma pessoa atrás de mim no colchão...

— Que mais? — indagou, com uma expressão indecifrável.

— Pensei que fosse um ladrão, já que eu estava sozinho em casa. Por isso reuni toda a minha coragem, que não é muita, você sabe...

Fiz graça, esperando um sorriso, mas ela se manteve com uma expressão de jogadora de pôquer, como sempre fazia quando eu tocava naquele tipo de assunto. Fui em frente:

— Bem, eu girei na cama e tentei dar uma chave de perna no cara, mas só encontrei o chão. Não tinha ninguém no quarto comigo e estava chovendo lá fora. E ainda por cima, bati meu mindinho do pé! — dramatizei, para dar mais veracidade ao relato. — Daí, saí correndo escada abaixo e, nesse momento, Yoona chegou. Claro que contei tudo a ela, mas, como sempre, sua filha sugeriu que eu fosse visitar o Doutor Careca outra vez. — Terminei, com um bufar.

Meio minuto se passou sem que nenhum dos dois dissesse nada. Vovó apenas me encarava, de um jeito tão inexpressivo que eu realmente não conseguia ler. Somente os barulhos de tiros do programa policial enchiam o ambiente.

De repente, ela puxou o andador de ferro e se levantou com dificuldade. Imediatamente, levantei-me também, para ajudá-la, mas a teimosa se esquivou, apoiando-se ao andador.

— Aonde você vai? — perguntei.

— Ao banheiro.

— Ah... Você realmente precisa de ajuda pra... Sabe...?

Dona Laura somente me ignorou e começou a se arrastar para o banheiro.

— Fique de olho na televisão, quero saber tudo que acontecer. Acho que o assassino é o tal de *Temól.*

— Quem? — Franzi o cenho.

— *TEMÓL*! Está surdo? Depois a velha sou eu... — resmungou, antes de voltar a caminhar.

Olhei para a TV e me concentrei nos acontecimentos, tentando identificar quem era o personagem de quem ela falava. Alguns minutos depois, vi um cara loiro chamando um cara ruivo de *Damon*, então presumi que foi isso que ela tentou dizer.

Eu me esparramei no sofá, atento à chuva de tiros no programa de TV, tentando identificar quando eram os atores originais ou os dublês nas cenas. Fiquei imerso na tela e uns bons minutos se passaram, até que o episódio acabou. Estava tão entretido, assistindo ao seriado que não percebi o quanto minha avó demorava no banheiro.

"Será que ela se machucou no banheiro?", perguntei-me. *"Será que havia escorregado? Será que... precisava de ajuda para limpar a bunda?"*

Grunhindo, levantei-me do sofá com uma careta e abaixei um pouco o volume do televisor. Foi aí que escutei sussurros vindos da cozinha, depois do curto corredor às minhas costas. Eram duas vozes, que cochichavam, e o barulho da TV ainda encobria muita coisa, mas eu podia discernir claramente que havia duas pessoas ali. Será que a doida tinha ligado o rádio da cozinha e me abandonado na sala sozinho? *Ahhh*, eu ia ficar muito bravo se fosse isso!

Caminhei, pé ante pé, até lá, na intenção de pegar vovó com a boca na botija. E, com a proximidade, pude identificar que não se tratavam de vozes metálicas vindas do rádio, mas sim de Dona Laura conversando com alguém cuja voz eu não reconhecia.

A segunda voz era grave. Não parecia ser uma voz realmente grossa, e sim que a pessoa em questão estava falando de forma tensa. Era uma voz masculina.

Quem estaria lá dentro? Um bandido teria rendido minha vó? Ah, minha nossa! Eu já estava traumatizado com essa coisa de bandido...

À medida que fui chegando mais perto da cozinha, pude começar a distinguir o que os dois conversavam:

— *Ele está começando a sentir as coisas mais fisicamente... Ele sentiu a presença e o peso do corpo ao lado dele...* — vovó sussurrou.

— *Laura, você precisa contar logo... Não temos mais muito tempo* — a voz masculina devolveu, em um tom tão sombrio que me deixou arrepiado. Parecia o narrador de uma profecia macabra de algum filme de terror.

Eu queria espiar sem ser percebido, mas isso não daria certo, eles veriam o topo do meu cabeção ali, então só me encostei à parede ao lado do portal de entrada e fiquei escutando mais um pouco, escondido.

— *Mas ele não vai acreditar nisso, Dante* — ela retrucou.

Então, o nome do tal sujeitinho narrador de profecia era esse: Dante? Hm... Parecia suspeito. Nome de demônio de filme. Já não gostei dele.

— *Claro que ele não vai zombar de mim como a cética da mãe dele, mas... o garoto se borra de medo toda vez que vê um vulto. Imagine só se visse tudo claramente.*

Ótimo, estavam falando de mim e, ainda por cima, me tachando de cagão! Não que eu não seja, mas...

— *Laura, nós já conversamos muitas vezes sobre isso. Se além dos vultos, Alex está começando a sentir as presenças, isso quer dizer que o dom dele está aflorando. E se o dom dele está aflorando...*

Opa, opa. Esse sujeito com nome de capeta me conhece? Por que não reconheço a voz dele?

— *Sim, eu sei... Quer dizer que estou cada vez mais perto de partir* — ela sussurrou em um tom igualmente soturno, como se também verbalizasse uma profecia.

De que diabos eles estavam falando, afinal?

Cansado daquilo, joguei-me para dentro da cozinha, ansioso para ver a cara do malandro com quem vovó conversava. *E, para minha surpresa, não havia absolutamente ninguém ali com ela.*

Mas que porra?!

— Cadê o homem que estava aqui? — chamei, olhando para todos os lados, girando os orbes como uma barata tonta.

— Homem? Que homem? — Ela jogou de volta, daquele seu jeitinho cínico muito igual ao da filha, sorrindo falsamente. — Não tenho mais idade para ficar escondendo amantes embaixo da cama, nem no armário da despensa.

Caí na armadilha e abri a porta da despensa, mas só encontrei enlatados, pacotões de biscoitos e miojos. Bem, não era como se fosse caber algum cara ali, a não ser que fosse um sujeito muito pequeno.

Virei-me bruscamente, como a menina de *O Exorcista*, apertando os olhos para a velha. Ela gargalhava em silêncio, vermelha de tanto prender o riso enquanto olhava para algum ponto ao seu lado, como se tivesse alguém ali.

— Quem é Dante, Dona Laura? — disparei inquisitivo, cruzando os braços na frente do peito. — E por que ele sabe o meu nome? Quem é esse cara?

Vi sua expressão murchar aos poucos e o rosto ir tomando uma feição tristonha. Então, ela rapidamente deu uma olhadela outra vez para o espaço vazio ao seu lado, na bancada, disfarçadamente ou, pelo menos, o mais disfarçadamente que poderia conseguir, estando bem na minha frente.

— Por que olha tanto pro nada, hein? Quem diabos é Dante? E por que vocês dois estavam falando de mim? Aliás, sobre o que exatamente estavam falando? Não entendi o contexto — bombardeei-a de perguntas.

Ela arregalou os olhos como uma criança ao ser pega riscando as paredes com giz de cera.

— Você está confuso, Alex.

— Uma ova! — devolvi, sem paciência.

— Ei! Me respeite, mequetrefe! Quer tomar outro cascudo?

— Quero que pare de me tratar como burro ou como uma criança. Tinha um cara aqui, nessa cozinha, conversando contigo. Ele te chamou pelo nome! Vocês estavam comentando sobre algo que deveriam me contar, algo que tinha a ver com as presenças estranhas que eu sinto. Vó, você precisa me explicar o que está havendo! — Aumentei a voz, agoniado. — Não aguento mais esse monte de mistérios e coisas sem sentido que você fala! — Terminei, exasperado.

— Alex...

— E nem use a desculpa de que você é doida, porque você não é doida coisa nenhuma! — falei, confiante, o indicador em frente ao rosto, num gesto tão abusado que ela realmente deveria me dar um tapão.

Ela me observou com o olhar pesado por um instante, mas logo desviou, novamente e de um jeito muito sinistro, para o grande nada ao lado dela, o que me fez sentir muito, mas *muuuito* cagado! Quer dizer, era como se ela estivesse enxergando alguém ali e isso era assustador pra porra! Um arrepio nada confortável percorreu minha espinha.

— Você ouviu a voz dele? — indagou, em um tom de voz fraco demais para quem estava zombando da minha cara há pouco menos de meio minuto.

— Em alto e bom som — devolvi, tentando parecer corajoso, mas minhas calças estavam quase borradas. Palavra!

Ela, então, fitou o espaço vazio ao seu lado outra vez e suspirou de um jeito cabisbaixo.

— Busque a câmera Polaroid dentro do armário do meu quarto, lá em cima — comandou.

— Por quê?

— Faça o que eu digo, Alex. Tenho dormido aqui no andar de baixo porque não consigo mais ficar andando para cima e para baixo, mas a maior parte das minhas coisas ainda está lá em cima. Vá até lá e traga a Polaroid. Vá, depressa! — Sacudiu os braços, enxotando-me.

— Mas eu trouxe as minhas câmeras e... — tentei argumentar.

— Vá buscar a bendita Polaroid, caceta!

Vencido, fiz um bico do tamanho do mundo e me virei para sair da cozinha, ainda de braços cruzados, mas então ela murmurou, em um tom repreensivo:

— E você não se atreva a sair daqui!

— É para ficar ou para subir? — perguntei, mais perdido do que jamais estive.

— Não estou falando com você.

Por um par de segundos, me vi em completa confusão, mas logo depois ela transmutou para uma careta de pavor ainda pior comparada à que havia feito quando senti aquela coisa sentando-se em minha cama enquanto eu dormia... Isso porque a única conclusão que eu podia ter sobre o que estava acontecendo ali era que havia uma terceira pessoa no recinto. Muito provavelmente, uma alma penada – o que fazia ainda mais sentido, uma vez que vovó sempre parecia muito séria quando afirmava ser uma médium, capaz de se comunicar com espíritos desencarnados.

Minha nossa, eu tava todo borrado!

Enquanto subia as escadas, tremendo como um cachorro *pinscher* – aquele bicho feio que treme e late mais que vibrador –, percebi que, há muito, o andar de cima estava desabitado. Poeira cobria os móveis de enfeite do corredor, assim como o piso de madeira rangia a cada passo meu. Não era como se a enfermeira tivesse alguma obrigação de limpar as coisas lá em cima, ainda mais agora que Dona Laura andava se acomodando no quarto térreo. Então, acendi todas as luzes possíveis pelo caminho, enquanto cantava um bom e velho louvor, porque, né? Vai que assim o Satanás ia de retro? Se eu fosse um fantasma, não atacaria alguém cantando música gospel. Quero dizer, isso me parece bem mal-educado se você quer saber. Não se ataca um servo do senhor, nem um *viado* medroso cantando louvor.

Nunca na vida eu havia mexido no armário da minha avó. Primeiro, porque tinha o maior medo de ir àquela casa, então fazia isso muito raramente, ainda mais depois de virar adulto. Segundo, porque não era como se me arriscasse a ficar sozinho por ali para fuxicar qualquer coisa: preferia ficar sempre rodeado de pessoas, pensando que, assim, seria mais difícil de um espírito me levar – afinal, sabia que a cantoria gospel seria pouco eficiente, na verdade.

Acendi a luz do quarto e escancarei o armário velho de madeira pesada, ainda cantarolando. Encontrei rapidamente a Polaroid prateada e pesada. Adorava aquela câmera, era um clássico antigo, *vintage*. Hoje em dia, uma daquelas custava uma fortuna e eu ainda não tinha conseguido um emprego decente para comprar um modelo igual. Todas as câmeras que eu tinha eram presentes de meus pais, uma vez que eram um material necessário para os meus estudos. Mas, em compensação, eu não ganhava nem uma cueca além disso. Porque, como minha própria mãe dizia: ela era rica, não eu.

No entanto, não era como se ela fosse mesquinha ou algo do gênero. Na verdade, Yoona nem era tão rica assim, meus pais só tinham uma condição financeira relativamente confortável, porque os juízes ganham um salário bem acima da média. Mas eu entendia que, com aquele discurso, Yoona apenas queria me ensinar o valor do dinheiro e o quanto ela e meu pai tiveram que estudar para chegar aonde chegaram.

Antes de me retirar do quarto, verifiquei se o compartimento filme estava cheio, confirmando que sim. Desci com a câmera nas mãos e, quando entrei na cozinha, vi que minha avó conversava com alguém novamente, mas não fui capaz de ouvir a outra voz dessa vez.

— Aqui está. — Estendi-lhe a câmera prateada, cabreiro.

— Tire uma foto minha, com um pouco do espaço vazio do meu lado esquerdo — ela ordenou, decidida.

— Devo me preocupar com o que vai sair nesta foto? — Estava inegavelmente amedrontado. Não era novidade que câmeras Polaroid foram pioneiras em fazer coisas e formas estranhas aparecerem na imagem revelada de forma instantânea, o que me deixava cada vez mais vacilante.

— Não exatamente... Bom, digamos que essa coisa, em específico, não é nada assustadora. Na verdade, esse rostinho é o mais bonito que já vi. Tirando o seu, é claro.

Encarei-a, ainda mais confuso. Ela estava dizendo que esse tal fantasma – se é que era um fantasma mesmo – era bonito? Olha, essa velha deve ser doida de verdade! Talvez esteja na hora de concordar com o resto da família...

Ainda assim, posicionei a câmera em frente ao rosto, fechei o olho esquerdo e espiei pelo visor ocular. Ainda não via ninguém ali além de minha avó, mas apertei o botão mesmo assim. De imediato, o filme começou a ser vomitado pela fresta do compartimento, de onde puxei a fotografia e a repousei em cima da mesa, aguardando sua revelação.

Comecei a ficar ainda mais tenso, demorando mais tempo que o necessário para me investir de coragem e espiar a foto, o que não passou despercebido pelo olhar afiado de Dona Laura.

— Larga de ser medroso, Alex! — grunhiu, demonstrando-se um pouco impaciente. — Não é como se você já não desconfiasse das coisas que vê. Evitei abrir o jogo todo esse tempo, mas você insistiu! Você só deveria receber seu dom depois que eu morresse... É uma merda, mas você não deveria estar sentindo as presenças dos espíritos tão nitidamente ou escutando suas vozes se *ainda estou viva*.

Ela parecia aflita, falando tudo rápido demais e despejando palavrões, por isso respirou fundo antes de prosseguir, alisando os cabelos tingidos em castanho-escuro:

— Isso está acontecendo porque estou morrendo — disparou. — E *Dante* está certo em dizer que nós não temos tempo a perder. Você precisa estar preparado para quando eu partir, porque, a partir daí, estará sozinho — declarou sombriamente, outra vez naquele tom de profecia.

— Vó... — Meus olhos ficaram imediatamente marejados.

Não sabia, ao certo, o que ela queria dizer com aquilo – porque, como sempre, dizia as coisas pela metade e em metáforas –, mas eu sabia perfeitamente que não era coisa boa, já que ela estava, literalmente, contando que estava prestes a morrer.

— Alex, vire a Polaroid — ordenou com cuidado, se posicionando lentamente ao meu lado. — Vamos, filho, não tenha medo. A vovó está aqui com você, sim?

Minhas mãos tremeram. Aos poucos, numa lentidão quase torturante, fui virando a foto quadrada instantânea, encontrando a imagem da cozinha refletida. E ao lado de minha avó, havia uma mancha branca, aquelas típicas das famosas fotos assombradas.

Arfei, assustado, quando forcei a vista na mancha branca enevoada, notando a definição dos contornos, muito suaves, de um rosto, muito levemente, na extremidade: dois olhos e um sorriso. Uma porra de um sorriso. Os fantasmas sorriem sempre ou aquele ali apenas estava rindo da minha cara?

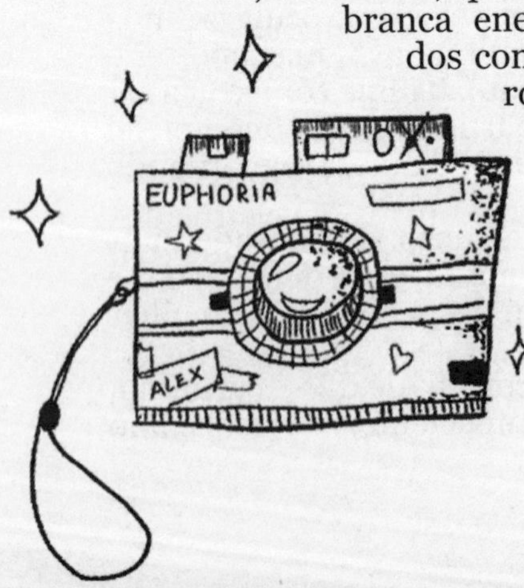

— O que isso quer dizer? — perguntei, num fio de voz.

— Isso quer dizer que espíritos existem, Alex. Todos nós temos uma alma e, quando morremos, vamos para o Além. Não sei exatamente o que tem do Outro Lado, se há um julgamento final ou uma terra dos espíritos bons e outra dos maus... O que sei é que alguns espíritos permanecem neste plano, vagando, quando na verdade deveriam estar seguindo adiante.

Esse, então, era o tal Outro Lado, que ela tanto dizia, de onde ia estar me observando? Era tipo um lugar para onde as pessoas iam, depois de morrer? Olhei para ela, assustado, tremendo por inteiro. Vovó percebeu e afagou minhas costas.

— Alguns de nós nascemos com certos dons — explicou. — Não sei exatamente o motivo, mas podemos nos comunicar com esses espíritos, vê-los e até tocá-los, exatamente como se fossem seres humanos, vivos, ao nosso lado. E, por conta disso, somos os únicos capazes de ajudá-los a resolver suas pendências neste plano, entende? Assim, eles podem seguir em frente.

— Então, nós somos, tipo, justiceiros? Se um cara é, sei lá, assassinado, então tenho que encontrar o assassino e... — Passei o dedo no pescoço, simulando uma faca cortando a jugular.

Ela arregalou os olhos e deu uma risadinha nervosa.

— É claro que não, Alex! Não somos vingadores, somos apenas ajudantes dos mortos. Somos médiuns. Eles nos chamam de *Animus Videntium*. Significa "aquele que pode ver o espírito".

Ela me fitou com olhos atentos, enquanto eu absorvia cada palavra daquela revelação.

— Cada alma tem um motivo em particular que a deixa presa por aqui, enquanto outras ficam por escolha própria, mas isso não é natural — continuou. — É sua obrigação, como médium, convencê-las, da melhor forma, a partir pro próximo estágio de existência, pois quanto mais tempo uma alma desencarnada fica presa por aqui, em mais coisas pode interferir. Ela pode macular a alma de outros vivos ligados sentimentalmente a ela, se continuar vibrando tão forte na mesma frequência.

Ao ver minha incontrolável expressão confusa, de sobrancelhas unidas e boca aberta, ela procurou esclarecer:

— A frequência do espírito se força a vibrar na mesma que a nossa, e a próxima coisa que você vê é um *animus* sacudindo todas as janelas da sua casa. Por isso, esse tipo precisa ser despachado o mais rápido possível! Pombas, eu tenho tanto para te ensinar! Mas não acho que tenhamos tempo... — Seu tom era triste, pesaroso.

— Então, quer dizer que vou ver essas coisas brancas e vultos com mais frequência? E que eles vão tentar se comunicar comigo? — Encarei-a, perplexo. — Era isso que aquele fantasma, sentado no meu colchão, estava tentando fazer? Pedir ajuda?

— Como eu disse, nós podemos ver os fantasmas, exatamente como vemos o vivos. Então, você não vai ver vultos... Você... os verá exatamente como humanos de carne e osso. Eu te disse: você verá as coisas com clareza. Você só vê vultos até agora porque seus dons ainda não despertaram por completo.

— E por que não despertaram? Quando isso vai acontecer? Já está acontecendo, não é? Eu não deveria ter escutado a voz desse tal Dante... Quero dizer, escutei naquela hora, mas depois que trouxe a câmera, enquanto vocês conversavam de novo, não consegui mais ouvi-lo. Pelo modo como você falava, parecia que ele estava respondendo.

— Isso é porque esse dom é de família, mas ele pula uma geração. Seu tataravô era um *animus videntium*, seu bisavô não. Eu sou *animus videntium*; sua mãe, não. Você é um e seu filho não será, mas seu neto, sim. Pelo menos, até onde aprendi, é assim que funciona, ao menos em nossa família. Você tem as faíscas desse dom aparecendo, mas ele só desperta mesmo quando o possuidor do poder falece, deixando de ser um *videntium* para se tornar um *animus*.

— Você quer dizer que...

— Sim, Alex, querido. Quero dizer que estou morrendo e, quanto mais perto chego do fim, mais seus poderes se revelam. Quando eu partir, você poderá ver todos os *animus* com clareza. Você será o novo *Animus Videntium* da família.

Ok, tudo acabou de ficar estranho *para um santo caralho*.

Preciso dizer que estou todo cagado?

02.
OLHOS CINZA-TEMPESTADE

Acordei com o estrondo de vidros caindo e se espatifando no chão, o que me fez dar um pulo do colchão. Tonto, olhei para todos os lados, à procura de minha avó. Ela continuava em sua cama, dormindo serenamente, enrolada em seu pesado cobertor como um enroladinho de salsicha frito.

E, bem, se ela estava ali e só tínhamos nós dois em casa... alguma coisa estava errada. *Talvez fosse a minha mãe*, pensei. Ela podia já ter chegado com meu pai para almoçarmos juntos, como havíamos combinado no dia anterior. Também podia ser a dona Anette, mas quem diabos viria trabalhar num dia de folga? Por fim, poderia ser a opção mais macabra e perfeitamente possível: a porra daquele espírito. Em termos "profissionais": um *animus*.

Pensando nisso, levantei do colchão ainda um pouco atordoado e disparei em direção à cozinha, de onde o barulho veio, forçando uma coragem que eu, claramente, não tinha – pelo menos se tratando de almas penadas.

No caminho curto do quarto até lá, fiquei imaginando outras opções de invasores. Talvez fosse um gato, que podia ter entrado pela janela. Podia ser até um *alien*, qualquer coisa, menos o que realmente vi, quando cheguei na cozinha: um homem um pouquinho mais baixo que eu, de costas para a porta, mexendo em uma panela no fogão. O cheiro fedido e os estalos barulhentos indicavam que ele fazia ovos mexidos: minha comida favorita no café da manhã.

O camarada usava uma calça jeans clarinha e camisa de flanela xadrez amarrada na cintura; o torso estava coberto por uma jaqueta de couro preta que parecia cara, com mangas puxadas até os cotovelos, exibindo a pele clara e as veias marcadas nos antebraços, enquanto ele remexia os ovos na frigideira, para lá e para cá. E isso era tudo que eu podia ver, já que ele estava de costas. *Meio esculhambado, mas estiloso.*

Também tinha a opção de ser um doido. Ele não aparentava estar muito limpinho com aquele cabelo preto e oleoso. Dava para fritar aqueles ovos na cabeça dele.

O cara parecia inofensivo, mas isso não mudava o fato de que ele estava arrombando minha casa. Ou melhor, a casa da minha avó. E para fazer... ovos? Que diabos era isso?

Pensei em ir correndo buscar uma marreta na garagem onde minha avó guardava uma porção de ferramentas velhas do meu falecido avô — que descanse em paz! — mas não acho que conseguiria fazer isso sem chamar a atenção dele. Ultimamente, parecia que todo mundo queria invadir minha casa. Eu já estava começando a me sentir paranoico com isso, palavra!

Sendo assim, sorrateiramente, me estiquei para pegar uma frigideira, em cima da ilha no centro da cozinha. Girei a panela em minhas mãos e a segurei como uma raquete de tênis. Ela acertaria direto na cara, se ele não saísse de lá num segundinho. *Que vá comer ovos lá na casa da sua avó, não da minha!*

Ele se virou levemente para pegar um pouco de sal no potinho da pia e salpicar nos ovos, o que me permitiu ter uma visão do seu perfil: o maxilar dele era realmente anguloso, pontudo, o nariz bem pequenino e delicado, pude ver de relance.

Sacudi a cabeça e respirei fundo, contei até três mentalmente e mantive a voz firme ao abordá-lo:

— Não faço ideia de que merda você pensa que está fazendo, mas sugiro que ponha as mãos para o alto e saia da minha cozinha agora mesmo! Se estava com fome, era só pedir, não precisava invadir a propriedade alheia!

Vi seu corpo tensionar de imediato e as costas ficarem eretas. Ele largou a panela no fogão e desligou a chama, com movimentos cuidadosos. Então, meu tom de voz aumentou:

— Ei! Tenho uma arma e não tenho medo de usá-la! Vou te acertar se tentar qualquer gracinha, hein! — ameacei, entre os dentes, de forma que conseguisse assustar o cara, mas sem ser tão escandaloso a ponto de acordar Dona Laura, que ainda dormia no quarto.

Ele se virou, de olhos arregalados. Pude, então, ver claramente seu rosto e, por um segundo, quase larguei a panela e disse: "*Meu Jesusinho, que presente!*" Porque, minha nossa, juro que nunca vi um cara *tão* bonito!

Comecei a analisá-lo de cima a baixo, observando cada detalhe nele. O tal invasor tinha uma boquinha grossa e atraente, parecia tão macia, que dava vontade de beijar, até morrer sem ar. A pele era tão lisinha que parecia ter acabado de ser barbeada; ou então ele era daquele tipo de cara que nem sombra de barba tinha, o rosto era liso igual a bumbum de bebê – como o meu, modéstia à parte.

Deus, eu estava atordoado!

Seus cabelos pretos, oleosos e propositalmente despenteados, estavam partidos ao meio e as laterais iam até um pouco abaixo dos olhos, com duas mechas cor de laranja. Laranja *mesmo,* num tom vibrante.

Aquele cara que namorei na faculdade não chegava nem perto *disso*. Meu ex era, sim, um gato, mas do tipo *nerd*, magro e desengonçado. Já o cara à minha frente era baixinho, fortinho e tinha pernas grossas, bem desenhadas. E que coxas! Eu também tinha as coxas bem musculosas, depois de todos os anos na escolinha de futebol e nas aulas de judô, mas as desse cara eram realmente um arraso, especialmente naquela calça jeans apertada.

Agora, de frente para o invasor, via que ele usava uma camisa branca do Led Zeppelin por baixo da jaqueta de couro estilosa. E para fechar o visual *old school* de guitarrista de banda de rock, ele também usava um par de Converses brancos meio cano. Pareciam bem gastos, porém eram mais um estilo do que qualquer outra coisa.

Sacudi a cabeça, tentando focar no fato de que o tal estava invadindo a casa da minha vó, não me chamando para sair com ele em um encontro. Por isso, balancei a frigideira e fiz cara de bravo.

— Quem é você, hein?

— Alex! — o sujeito exclamou.

— Não, *você* não é o Alex. *Eu* sou o Alex!

— V-v-vo... Você consegue... me ver? — balbuciou.

— É claro, você não é transparente!

Ele, então, se moveu muito rápido e saiu correndo da cozinha em uma velocidade incrível, quase como um corredor olímpico. Por uma fração de segundo, fiquei perdido. Quando retomei a consciência, parti em disparada atrás dele.

— Ei, volta aqui! Quem você pensa que é, hein?! — gritei, sacudindo a frigideira nas mãos.

— Laura! — ele bradou, ainda correndo por todos os cômodos possíveis da casa.

E então, o cara entrou no quarto onde minha avó dormia.

Rapidamente o alcancei, vendo o doido bonitinho sacudir minha avó, deitada sobre o colchão, de forma um tanto bruta.

— Está louco? Vai machucá-la! — ralhei, puxando-o para longe.

E foi aí que percebi que minha vó sequer se mexeu no colchão, mesmo com toda aquela movimentação e gritaria.

Imediatamente, um arrepio percorreu minha espinha. Minha garganta se fechou e meus olhos arderam. Aproximei-me dela e toquei em seu rosto.

Dona Laura estava gelada.

Uma sensação horrível alcançou a boca do meu estômago.

— *Vozinha?* — chamei, já com a já voz embargando, então larguei a frigideira no chão do quarto.

As lágrimas começaram a cair com força, ainda que eu tentasse reprimi-las.

Aquilo não podia estar acontecendo! Não agora! Não era justo, não tão rápido assim, de um dia pro outro...

— Não, não... Vovó... — repeti, desacreditado, sacudindo-a pelos ombros frágeis.

E o nosso fim de semana juntos? E as nossas fotos de recordação? O almoço e família? E a história de ser um médium que cuidava de fantasmas?

Não tínhamos nem sequer mais um segundo juntos.

Um tempo, que pareceu uma eternidade, passou, até que eu conseguisse parar de soluçar. E, então, senti alguém tocar meu ombro delicadamente. Era o ladrão de ovos bonitão.

— Alex... — chamou baixinho, a voz muito suave e cuidadosa, um pouco rouca. — Você precisa avisar a Yoona.

— Como? — Estava atordoado, e soltei levemente o corpo de minha avó para fitar o cara por cima do ombro.

Seu olhar era de compaixão e, ok, cem por cento fora de hora: ele era realmente bonito!

— Sua mãe, Alex. Você tem que avisar a ela sobre a *coroa*.

— Quem é você, afinal? — perguntei confuso e com a voz trêmula.

Ainda estava sonolento por ter sido acordado abruptamente pelos barulhos na cozinha e por, ainda por cima, ter me deparado com um desconhecido fritando ovos.

Foi aí que travei, como um celular android.

Só, então, entendi antes mesmo de ele responder.

Como fui tão burro? É claro que sabia quem ele era.

— Dante. Eu sou Dante Donadelli — respondeu em voz baixa, ainda naquele tom muito cuidadoso, talvez meio receoso.

Então, era isso. Claro como o dia.

Eu me senti tão bobo... Não sabia por que diabos ele estava fazendo comida, já que, veja bem, depois que minha avó abriu o jogo comigo ontem, foi coisa demais para digerir, entende? Daí, eu só tomei um comprimido daqueles que guardava para emergências como aquelas, deitei-me no colchão ao seu lado na cama de casal e simplesmente apaguei. Não tive tempo para me lembrar dos acontecimentos e revelações do dia anterior, quando fui acordado no susto. Por isso, fui incapaz de associar que, se estava vendo um sujeito estranho na cozinha, aquele só podia ser o *animus*, o tal Dante, que minha avó tinha me mostrado na fotografia.

E se, agora, eu era capaz de vê-lo, significava que minha avó já não estava mais entre nós. Ela foi bem clara ao dizer que as minhas experiências sobrenaturais vinham acontecendo com mais frequência porque ela estava morrendo. E que no minuto em que partisse, seu dom despertaria, por completo, em mim.

Encarei o tal Dante, de modo completamente atônito e desesperado, tentando conter os soluços. Mas estes continuavam vindo, fazendo-me engasgar e tossir.

— Venha aqui — ele disse, manso, depois me puxou de modo firme, mas delicado, para perto, encaixando minha cabeça entre seu pescoço e ombro. Ele acariciou meus cabelos com a mão direita enquanto a esquerda deslizava pelas minhas costas em um carinho sincero e preocupado.

Eu não conseguia pensar em nada, apenas na dor de ter perdido Laura Nucci. Talvez, por isso mesmo, não tenha dado muita importância ao fato de estar sendo ternamente abraçado por um espírito desencarnado.

Porra, eu deveria estar me cagando de medo!

O que não explicava o porquê exato de estar conseguindo tocá-lo. Vovó tinha dito que os *animus* seriam como pessoas de verdade para mim, como se fossem de carne e osso, mas eu não havia assimilado *o quão* carne e osso isso significava, até então.

Ao mesmo tempo, senti certo alívio por ter tido a sorte de ter visto minha avó pela última vez. Lembrei-me de que minha mãe não teve essa oportunidade. Muito provavelmente, ela estaria pensando que almoçaria hoje com a família, para contar sei lá que diabos vinha armando com meu pai. Mas a vovó não estaria aqui conosco.

Ah, mas que merda! Eu teria que ser o infeliz a dar aquela notícia à família?

Senti meu coração se despedaçar. Afinal, não havia outra pessoa que pudesse dar a notícia à minha mãe, além de mim. E não era como se pudesse simplesmente esperá-la chegar, para encontrar o corpo falecido da mãe em cima da cama. Portanto, levantei-me, soltando do abraço de Dante Donadelli, e enxuguei minhas lágrimas, todo desengonçado.

Foi aí que, finalmente, pude observá-lo bem de perto: esse cara não parecia um espírito errante. Meu Deus, ele parecia mais real do que eu – e mais bonito também.

Aliás, confesso que senti aquele cagaço me consumindo outra vez, como ontem, porque minha avó era a única que poderia me proteger daquela alma penada e agora eu estava sozinho, à mercê dela. E a verdade era que eu não conhecia o cara e não fazia ideia do que ele era capaz.

Nem percebi quando estiquei meu dedo indicador e, quase que em câmera lenta, fui levando o dígito de encontro à bochecha fofinha e, supostamente, fantasmagórica de Dante Donadelli. Cutuquei-a cerca de três vezes, antes de juntar minhas duas mãos em seu rosto e começar a pressioná-lo entre minhas palmas. O rosto de Dante foi se contorcendo com meus apertos e aí, comecei a intercalar com os beliscões nas bochechas cheinhas da assombração, completamente descrente.

Ele me observou enquanto eu amassava sua cara toda, de cenho franzido. Não que desse para saber que o cenho dele estava mesmo franzido, porque poderia ser apenas o efeito de minhas mãos lhe apertando como massinha de modelar, mas sabia que ele estava me olhando com uma expressão confusa, talvez até um pouco chocada. Sei lá, se eu fosse um *animus*, esperaria por um exorcismo, não que amassassem minha cara de um jeito curioso.

— O que você tá fazendo, *bicho?* — o tal Dante perguntou, com a voz meio distorcida e engraçada, já que sua boca estava presa em um bico, devido aos meus apertos.

Foi ali que eu vi que, de assustador, ele não tinha nada. Nada mesmo. Dante era inofensivo. Um bobinho. Um bobinho muito, mas muito lindo!

Ao constatar, dei uma risadinha histérica em meio às lágrimas.

— Você não parece um espírito — falei para ele, em um tom divertido completamente fora de hora, porque, como eu disse, eu estava histérico. — Não tem os cabelos despenteados ou aquela maquiagem preta em volta dos olhos, nem fica de boca aberta como uma assombração de filme japonês! Há! Que piada!

Eu me lembrava do *Halloween* passado, quando meu amigo Lee Doyun se fantasiou de fantasma. Ele descoloriu os cabelos, vestiu-se todo de branco, esfumou os olhos com sombra preta e deu um jeito de ficar ainda mais pálido. O resultado foi mais assustador que a aparência dos membros de bandas de *death metal*. Então, *até onde eu sabia*, aquela era a aparência de um fantasma, não um moleque bonitão de cabelo colorido, roupas ultrapassadas e uma boquinha bonita e carnuda.

Dante era o que as pessoas chamariam de *bem apessoado*: o rosto era fino e ele tinha um nariz reto de ponta arrebitada, junto a olhos caídos, fixados um pouco acima das maçãs altas. As pálpebras pareciam sorrir com ele, mas havia algo intenso sobre a cor das írises, que eram de um tom verde-acinzentado penetrante. Era daquele tom que, à distância, se confundia facilmente com um olho azul ou até mesmo cinza. Era quase a mesma cor dos olhos de minha mãe, um tom de verde que só podia ser notado de pertinho. Parecia com o céu antes de um temporal e, definitivamente, tinha a intensidade de um, era cor cinza-tempestade. Eles também eram apertadinhos, caídos e envoltos por pálpebras unas, indicando alguma miscigenação, bem de leve.

Puta merda! Já disse que nunca tinha visto um macho tão bonito quanto aquele? Porque vou dizer novamente: eu nunca tinha visto um macho tão bonito quanto aquele. Ele parecia tão cheio de vida...

— Isso é porque nós não estamos em um filme de terror japonês — ele disse, direitinho, quando larguei seu rosto, deixando-o livre para emitir sons de maneira correta. — E — adicionou —, Laura já lhe explicou que, para um *animus videntium*, um fantasma funciona como um ser humano de carne e osso. Tá lembrado, *tremendão?*

Assenti, ainda olhando para ele, levemente maravilhado. Realmente não esperava que um fantasma, ao invés de me fazer borrar de medo, pudesse, na verdade, fazer-me morrer de fofura. Porque acredite: quando digo que aquele sujeito era fofo, é porque ele era bem fofo mesmo. E era tão, tão, tão bonito que eu estava quase suspirando, se não fosse soar tão ridículo.

Foco, Alex! Foco!

Afastei-me dele e retirei meu celular do carregador na tomada. Disquei o número de minha mãe e dei a notícia. Por um minuto, o outro lado da linha ficou em silêncio, mas pude ouvir os soluços. Depois, ouvi um barulho, como se alguém estivesse pegando o telefone e a voz de meu pai surgiu na linha:

— *Alex... É o que imagino?* — ele perguntou, incerto.

— Vovó não acordou — assenti, forçando-me a não falhar a voz, à medida que a histeria me abandonava e seriedade tomava conta de novo.

— *Pelo menos ela não sentiu dor, certo? Morreu dormindo?*

— E-eu acho que sim — sussurrei, espiando de relance o corpo lívido e sem vida em cima da cama.

— *Filho, ligue para a emergência. Mesmo que ela já tenha partido... Esse é o procedimento, ok? Consegue fazer isso?*

Eu confirmei, com um muxoxo desanimado.

— *Fique aí e nos espere, estamos a caminho. Mantenha-se calmo, Alex.*

Após encerrar a chamada, fiz o que ele pediu e me sentei na poltrona ao lado da cama, de onde telefonei rapidamente para chamar os paramédicos. Depois da ligação, só me restava aguardar, então passei um bocado de tempo encarando o nada, em silêncio.

Por um momento, em meio a meus devaneios, quase me esqueci de Dante. Ele estava escorado na parede, de braços cruzados, com uma expressão amuada e seus belos olhinhos pareciam marejados. Eu não sabia que *fantasmas* choravam, mas imaginei que, se ele fosse um homem vivo, seus olhos teriam adquirido um tom de verde mais claro em meio às lágrimas. Provavelmente, por ser um corpo astral, chorar não o faria ficar com os olhos avermelhados, nem corar nas bochechas e esse tipo de coisa. Droga, ele nem tinha circulação sanguínea ou um maldito coração batendo!

No entanto, sua tristeza me fez perceber que ele e minha avó deviam ser muito próximos, provavelmente amigos. Quer dizer, se ele era um *animus* e Laura era a única capaz de vê-lo, isso significava que ela era a única com quem ele podia conversar em todo o tempo em que esteve ali. E, até onde sabia, poderiam ter sido dias, semanas, meses ou até mesmo anos.

Subitamente, senti-me curioso sobre ele. Quem era Dante Donadelli? O que havia lhe acontecido? Por que estava morto? E mais importante: há quanto tempo estava assombrando a casa da minha avó e o que diabos eu deveria fazer para ajudá-lo?

Meu raciocínio podia ser normalmente lento, mas não era sempre. É que eu realmente viajava na maionese às vezes – lê-se quase sempre. No entanto, de uma coisa tinha me tocado: se minha avó, que era uma médium experiente, não havia conseguido ajudá-lo, eu também não conseguiria. Aliás, nem sabia como se fazia isso, já que vovó havia partido antes que pudesse me transmitir todo o seu conhecimento.

Desse ponto de vista, eu era como um estudante de ensino médio indo prestar vestibular sem saber a Matemática básica. Desesperador!

Queria muito questioná-lo. Queria bombardeá-lo de perguntas, mas não sabia muito bem como funcionavam as regras de etiqueta no Submundo. Não deveria ser lá muito cortês chegar e perguntar: "*Hey, a propósito, quem te matou?*"

E é claro que eu poderia assumir que Dante havia sido assassinado. Tipo, olhe bem para ele: um cara novo, bonito, com roupas casuais e bem características do final dos anos 80, talvez início dos 90. Não era nenhum idoso, nem tinha aparência de doente terminal... Se ele usasse roupas vitorianas, por exemplo, eu até poderia presumir uma morte de causas naturais, já que, naquele tempo, as pessoas morriam facilmente de doenças contagiosas, como gripe, peste ou qualquer coisa desse tipo.

Dante aparentava ter algo em torno da minha idade. Ele definitivamente tinha mais de vinte e menos de trinta. Também existia a possibilidade de ter sofrido algum acidente trágico, mas ele provavelmente teria marcas no corpo, não é? Tipo o cérebro desmiolado por causa de um tiro na cabeça... ou um pescoço degolado.

Ok, aquilo era definitivamente macabro. Não fazia ideia de como perguntar essas coisas a ele, nem sabia se era aceitável. Também não sabia se o fantasma responderia a tudo ou se ficaria bravo com a coisa toda, então resolvi começar pelo mais simples:

— Dante?

Ele respondeu com um amuado "*Hm?*" e levantou o rosto para mim. Nossos olhares se encontraram, nos conectando de uma forma estranha. Não estranha do tipo horripilante, era um estranho do tipo... *familiar*, como se a gente já se conhecesse e costumasse se olhar daquele jeito desde sempre.

Dante não era translúcido ou brilhava, como as pessoas costumam supor acerca dos fantasmas. Pelo contrário, ele parecia uma pessoa como qualquer outra. Um humano. Um homem vivo. Exceto por aquela... *sensação* que ele transmitia. Era como se eu olhasse para ele e simplesmente *sentisse*, sabe?

Dei uma leve fungada e percebi que havia um cheiro gostoso no ar, que parecia com sândalo. Era bem fraco, mas ainda possível distingui-lo. Talvez fosse o cheiro de algum incenso desses que vovó Laura distribuía pela casa velha. As tábuas de madeira corrida do piso absorviam aromas... Eu acho.

Então, continuei olhando para Dante.

Você deve pensar no quão estranho é ficar encarando uma pessoa por tanto tempo sem dizer nada, mas eu tinha quase certeza de que aquele cheiro era... bem, dele. Do Dante. Não exatamente do corpo dele... Era mais como se a sua *presença* tomasse o ar, fazendo aquele aroma impregnar o lugar de maneira sutil, mas perceptível.

Quando notei que estava divagando outra vez, quebrei o contato visual cheio de tensão, pigarreei e me levantei da poltrona, caminhando alguns passos até estacionar em frente ao garoto morto. Tomei coragem e estendi minha destra em sua direção. E, daí, ele me encarou confuso.

— Acredito que deveríamos nos apresentar formalmente, né? — esclareci. — Não sei quais são as regras de etiqueta com vocês, falecidos, mas acho que não é muito diferente dos vivos, né? — Cocei a nuca.

Ele riu e seus olhinhos se fecharam, formando dois risquinhos.

Cacete, que sujeito fofo! Parecia um galã rebelde de filme adolescente dos anos 90.

— Eu sou Alex... Hm, Alexander Kister, mas prefiro que me chame só de Alex. Nada de Xander ou Alexander.

— Eu... meio que já sei disso. — Ele sorriu pequeno, de ladinho, de um jeito muito charmoso. — Como disse antes, me chamo Dante Donadelli. *Maneiro* finalmente te conhecer de verdade, *bicho*. — Ele deu um cumprimento animado, apertando minha mão estendida, o que me fez observar o contato entre as palmas.

Eu não estava acostumado com aquilo, então, é claro, continuava surpreso que um fantasma pudesse parecer tão... vivo. Não havia a menor diferença entre sacudir as mãos de uma pessoa de carne e osso e a desse homem, a não ser por certa eletricidade, um formigamento fraquinho que senti entre elas e foi, aos poucos, aumentando um bocado. E isso me deixou tão chocado que acabei puxando minha mão de volta, com os olhos – que já eram grandes – um bocado mais arregalados.

Logicamente, Dante não entendeu muito bem o motivo de eu ter repelido seu toque e fez uma expressão desapontada que durou um segundo, antes dela mudar para uma totalmente sem jeito. Provavelmente, ele não cumprimentava alguém com um aperto de mãos há um bocado de tempo. Quer dizer, era meio óbvio que ele não devia se apresentar a muita gente com frequência, já que estava... bem, *morto*.

— Você... Err... Não deveria estar, sei lá, voando no Céu com os anjinhos, usando uma camisola branca e tocando harpa entre as nuvens? — perguntei, genuinamente curioso. — Ou talvez, tipo, espetando o rabo de pecadores com um tridente, entre as labaredas de fogo do Inferno ou algo assim?

Eu sorri amarelo enquanto ele me encarava com certo divertimento dançando em seus olhos acinzentados.

— Tipo, não que eu esteja te mandando embora, nem nada — apressei-me em explicar. — É só curiosidade. Me desculpa, é a primeira vez que faço isso. Nunca conversei com um fantasma antes... Eu acho. Já disse que você não parece um *animus*. Parece de carne e osso. — Ao dizer isso, arregalei os olhos o triplo. — Ah, minha nossa! E se eu já tiver conversado com uma alma penada sem saber que era uma? — Escancarei a boca, apavorado com a ideia.

Dante, por outro lado, estava sorrindo mais abertamente, divertindo-se às minhas custas e segurando o lábio inferior entre os dentes para reprimir a risada – o que só fazia seus olhinhos cinza-tempestade parecerem ainda mais caídos.

Notei que eu estava nervoso de verdade, porque quando ficava assim, começava a divagar em voz alta. Minha mãe também me alertava disso, sobre meu hábito de tagarelar como uma pessoa ansiosa, porque tinha mania de inventar um provável diagnóstico psiquiátrico para tudo, e me perguntava se não seria melhor para ela ter se formado em Psicologia, ao invés de Direito.

Ele coçou a garganta, ainda segurando um risinho, antes de responder:

— Cada alma tem um motivo bem particular, algo que a segura neste plano, como uma âncora. É claro que nós deveríamos partir, é natural quando você morre, *podiscrê, bicho*. Mas existem alguns azarados, como eu, que simplesmente... não conseguem. A luz branca não aparece pra gente. — Deu de ombros.

— Então, a coisa da luz branca é real? Você já viu? E se já viu, por que ainda está aqui? Não deveria ter ido em direção a ela? — Deixei minha cabeça tombar levemente para a esquerda, confuso.

Ele sorriu de lado, de um jeito inesperadamente flertador, encarando-me de forma que fazia meu estômago remexer, como se uma bailarina bêbada estivesse dando piruetas lá dentro.

— *Fofo* — ele murmurou, muito baixinho. Se eu não estivesse a um metro de distância dele, não teria ouvido.

Senti aquela eletricidade outra vez, só que agora no corpo todo. E olha que ele nem estava me tocando!

— Conheço alguns *animus* que permaneceram neste plano para cuidar de familiares vivos — explicou. — Outros porque não entendiam que haviam morrido, outros que simplesmente não aceitavam morrer... Eu conheci um sujeito, nos anos 90, que detestava o namorado da filha. Ele realmente não confiava no *mela-cueca*, porque o cara era o maior *caroço*. E então ele...

— Calma aí — interrompi, confuso. — Que diabos quer dizer isso?

— Isso o quê?

— O que diabos é *caroço*? E *mela-cueca*, também? E *podiscrê*? Aliás, por que tá me chamando de *bicho*?

— Ah, me desculpe. — Ele ficou sem jeito outra vez e seus olhos voltaram a se parecer como dois risquinhos. — É que essas gírias eram do meu tempo. Meu vocabulário era muito *descolado*, na minha época. A *patota* toda me achava *bacana*. Só que as pessoas da sua geração não falam mais desse jeito. — Ele sacudiu a cabeça. — Mas explicando: *caroço* é um cara chato. E *mela-cueca* é um garoto novinho, inexperiente... Tipo um *bunda mole*, sabe? *Podiscrê* é *pode crer*, e *bicho* é tipo *cara*.

Contive minha vontade de rir. Quem usava termos como *caroço*, *bacana*, *patota* e *descolado* em pleno século XXI? Esse cara devia ser realmente velho, porque ele falava que nem um tiozão.

Percebi, então, que interagir com ele seria muito fácil, porque eu podia zoar com a cara dele, exatamente como fazia com o meu pai. Mas foi fácil conter uma gargalhada quando me lembrei de que o corpo falecido de minha avó estava deitado atrás de mim, então minha expressão murchou. Ele também notou, já que sua expressão voltou a ficar séria.

Climão.

— Ei, cara... Há quanto tempo você conhece minha avó? — perguntei finalmente.

— Humm... Acho que faz uns trinta anos, por aí — respondeu, deixando-me pasmo.

Já fazia aquele tempo todo que Dante estava morto? Era mais do que eu tinha de vida! Quando o corpo desse cara já tinha terminado de se decompor, eu ainda era um feto!

— Como... Como vocês se conheceram? — Fiquei curioso. — E como em todos esses anos, ela não conseguiu te mandar para... — Fiquei tentando me lembrar de como minha avó chamava o outro lado... *Ah, sim, era isso: O Outro Lado!* — Ela nunca conseguiu te mandar para o Outro Lado?

— Eu já estava aqui desde muito antes de sua avó comprar essa casa. Já fazia muito tempo, na verdade... — Ele desviou o olhar, parecendo desconfortável. — Quando Laura veio morar aqui, eu estava morto há cinco anos.

— Com quantos anos você morreu? — minha voz virou um sussurro. — Se não for incômodo pra você contar, é claro.

— Eu morri em 1983. Tinha acabado de fazer 25, foi logo no dia seguinte ao meu aniversário, em outubro. — Sorriu afetado.

Fiz rápidos cálculos mentais, uma coisa na qual era relativamente bom. Então meus lábios se abriram num *O* bem maiúsculo, quando cheguei à conclusão:

— Cacete! Então você nasceu em 1958 e já vai fazer trinta e seis anos que morreu, porque estamos em 2019! Você... Você tem, tipo, 61?

Ele sorriu triste e sacudiu a cabeça, confirmando.

— É... Eu sou velho assim, *tremendão*. Ainda não fiz 61, vou fazer em... — De repente, ele franziu o cenho. — Quer dizer, eu *faria* se estivesse vivo. Acho que, no caso, a gente para de contar depois que morre, *broto*. Mas meu aniversário era em dois de outubro, sou de Libra! Paz e amor! — brincou, fazendo aquele sinalzinho hippie com os dedos.

Notei que ele usava um bocado de anéis prateados, tipo uns quatro em cada mão. Somente dois de seus dedos não estavam enfiados em anéis grossos de aço.

— E o que é isso aí que você fica me chamando? *Tremendão*?

— Ah, quer dizer que você é um cara moderno, *prafrentex*... Você meio que é, né? Ou eu é que sou *ultrapassado*? — Ele imediatamente ficou pensativo, o olhar distante.

Embora soubesse que Dante estava tentando suavizar o clima pesado que o assunto trazia, não consegui evitar me sentir mal por ele. Isso tudo era novidade para mim: até ontem, o tópico *pessoas mortas* era algo que me fazia arrepiar até o último fio de cabelo mas, em menos de vinte e quatro horas depois, lá estava eu, jogando conversa fora com uma alma penada, após minha própria avó ter acabado de falecer.

Subitamente, meu cérebro se acendeu como uma lâmpada neon, muito comum na época que aquele cara ainda estava vivo.

— Ei! Dante... Isso quer dizer que minha avó vai aparecer para mim também? — Fiquei inevitavelmente animado.

— Poder, ela pode... Mas não sei não, Alex. Se ela fosse aparecer, já teria surgido aqui no quarto, eu acho.

— Ah...

Comecei a murchar, mas Dante me consolou:

— Olha, *broto*, não fique triste. Se ela não aparecer, quer dizer que seguiu em frente, o que é o certo. Nunca tive muita certeza, mas sua avó sempre dizia, com muita convicção, que era isso que deveria acontecer — declarou.

Observei-o mais atentamente. Estando assim, tão perto, podia perceber que Dante era ainda mais baixo do que eu havia suposto. Nada muito alarmante, diria que uns cinco centímetros menor que eu, mas, ainda assim, ele parecia um pacotinho piquitucho.

Então, para descontrair o clima – e também porque já estava me sentindo mais confortável com ele do que deveria –, acabei perguntando:

— Qual é a sua altura, Dante?

Só que, aí, ele fechou a cara e cruzou os braços, em uma pose completamente diferente da simpatia anterior, encarando-me sério.

— Um metro e setenta e oito. Por quê?

Ora, ora. Parece que aquele era um tópico delicado para o tal Dante Donadelli...

— Não, é sério. Quantos centímetros? — perguntei, sorrindo de lado com uma carinha maldosa. Nem fodendo que aquele cara era só dois centímetros menor que eu.

— Eu já disse, seu *mala*! Você, por acaso, tá com o ouvido sujo?

— Ei! — exclamei, achando que esse sujeito estava começando a ficar meio abusado. — Se liga, *vovô*: quanto mais você cair na pilha, mais eu vou zoar você... — avisei, sorrindo em desafio.

Dante pareceu ultrajado. Sua boca bonitinha abriu e fechou um tanto de vezes, procurando uma resposta à altura.

— Olha aqui, seu pirralho... Eu sou mais velho do que você, tanto em anos de vida, quanto em anos de morte. Você só tem 21 anos! E, além disso, deve respeitar os mortos. Sua mãe nunca te ensinou? — falou, esbaforido, com a voz ficando completamente esganiçada e resmungona.

Eu queria rir, mas com respeito.

— Olha, Gasparzinho[1]... Eu até poderia, sabe?

Cruzei os braços, assumindo minha clássica postura debochada. E, também... era a mesma postura que eu usava para flertar. Costumava dar certo, acredite se quiser.

---

1 Personagem fantasma da animação *Gaspazinho: O Fantasminha Camarada* (1995).

Pra mim, o amor é como um campo de batalha, já dizia a Pat Benatar, naquela música[2]. Por isso, voltei a provocá-lo:

— Mas você é muito bonitinho e tem uma voz muito fofinha, não parece o verdadeiro *vovô*. E, agora que você tá todo nervosinho, fica ainda mais fofo, com essas bochechas infladas. — Soltei uma risadinha. — Você é um nervosinho. E todo aquele papo de libriano ser paz e amor, hein?

Ok, talvez eu estivesse passando dos limites, porque, veja bem: o cara era uma assombração e a gente nem se conhecia até uma hora atrás. Ou seja: eu estava zombando de alguém cujas reações não poderia prever. Mas o que podia fazer? Sempre fui um pouco abusado e só piorei, depois que descobri que *animus* não eram tão assustadores assim.

Dante revirou os olhos e grunhiu, soltando um leve bufar que fez suas mechas laranjas esvoaçarem. Ele parecia um gatinho filhote de pelos rajados, bravo por receber cosquinhas na barriga.

Que cara engraçado!

Ele bateu o pé no chão e me encarou com um biquinho imenso naquela *bocona*. Precisava dizer que... Caramba, nunca pensei que fosse sentir vontade de beijar um morto, mas lá estava eu! E, sim, eu sei o quanto devo estar parecendo insensível por pensar nessas coisas quando minha avó acabara de morrer e seu corpo sem vida jazia bem na minha frente, mal tendo tempo de esfriar. Mas eu tinha esperanças que ela pudesse voltar como uma velhinha fantasma, então estava me sentindo ligeiramente tranquilo, o suficiente para pensar em colar minha boca na daquele cara, igual a um desentupidor de pia. Tinha a histeria também. Talvez eu estivesse agindo de modo normal pra me convencer a não pirar em completo luto.

— Tá legal, você venceu — Dante murmurou, a contragosto. — Tenho um metro e setenta e sete.

Apertei os olhos, desconfiado. Sob o meu olhar, ele titubeou e deu outro suspiro.

— Tá legal. Um e setenta e seis — corrigiu.

Só para garantir, apertei os olhos novamente, do mesmo jeito que minha mãe e vovó costumavam fazer. Esse cara não passava de um e setenta e dois, eu estava convencido disso.

---

2 *Love is a Battlefield* (1983).

— Ei, garoto, é sério! — insistiu. — Um e setenta e seis! *E zé fini!* Quer medir, é?

Quase ri da gíria de velho saindo daqueles lábios com tanta naturalidade, percebendo que metade do vocabulário dele era composto daquelas palavras cafonas. Nem meu pai falava assim! Tudo bem que ele ainda estava tecnicamente na casa dos quarenta (e nove), enquanto Dante já era idoso, mas tenha dó! O cara ficou completamente parado no tempo. E tudo bem, porque já era de se esperar, ele não tinha contato com pessoas vivas com frequência.

Estava prestes a respondê-lo com mais uma provocação, porque vinha sendo divertido até ali, só que, então, percebi que uma mulher absurdamente linda estava nos encarando no canto do quarto, o que me fez dar um pulo de susto, descruzando os braços, todo cagado de medo outra vez.

Uma rápida checada nela foi suficiente para que simplesmente sentisse que ela era um *animus* – além, claro, do fato dela ter brotado ali, do nada – e parecia que algo na sua energia era como de Dante. Ela tinha cheiro de capim-limão, cabelos castanhos-claros que iam até os ombros, olhos escuros e arredondados, muito parecidos com os meus, além de um nariz um pouquinho grande demais para seu rosto...

Muito parecido com o meu, também.

Foi aí que me dei conta.

— Vovó? — Dei um sorriso gigante, desacreditado.

— Uaaau, Laura Nucci! — Dante exclamou, sorrindo faceiro. — Eu já havia te visto mais nova em fotos, *bicho*, mas nunca imaginei que te veria assim pessoalmente. Quando te conheci, você já era quarentona! Meus parabéns, *arrebentou a boca do balão!*

Percebi também que, talvez, um *animus* escolhesse a própria aparência pelo resto da eternidade; até porque, pensando bem, não seria justo passar seu *para sempre* com cara e corpo de idoso. O Universo não podia ser tão filho da puta assim! Se eu morresse velho e ficasse enrugado para sempre, caramba, seria o pós-vida mais infeliz que poderia ter... Não gosto nada da ideia de envelhecer. Nada mesmo. Vou me sentir como um maracujá de gaveta.

E isso automaticamente levava por água abaixo as minhas teorias sobre a morte do Dante. Já sabia que ele tinha falecido quando era jovem, diferente da minha vó, porque ele mesmo contou que havia ido dessa para a melhor aos vinte e cinco. Mas talvez ele tivesse, sim, morrido em algum acidente bizarro, no entanto seu corpo astral não havia ficado deformado.

Eu estava esperando por ela, é claro, mas não daquele jeito. Não com aquela aparência.

— Você escolhe com qual aparência pode ficar? — indaguei.

— Não sei bem se foi uma escolha... — ela se autoanalisou, estendendo os braços para frente —, mas, com certeza, esse foi o auge da minha beleza!

Vovó, então, uniu as palmas, dando uma rápida batida enquanto gargalhava, deleitosa. Até seus olhos recaírem sobre Dante.

— E você, seu *punk!* — disse a ele, as mãozinhas de unhas curtas apoiadas na cintura. — Quando nos conhecemos, eu só tinha quarenta e três anos, ainda estava com tudo em cima!

— É, mas agora você não parece mais velha que eu... — ele retrucou de um jeito meio... sedutor? Socorro! — Talvez eu deva levá-la pra sair? Que tal um cineminha no *drive-in?* — E, então, ofereceu-lhe uma piscadinha faceira. Uma piscadinha! Para minha avó!

Caralho, eu estava muito enciumado. Aquela era a minha avó, minha vovozinha, que tinha acabado de empacotar, caramba!

— Ei, seu abusado! Ela é casada, tá legal? Como você diria no seu tempo: abaixa *a crista, caroço!* — declarei, enfezado.

— Ah, não estou vendo seu avô por aqui... — Dante rebateu, de um jeito irritantemente zombeteiro, enquanto olhava ao redor do cômodo, como se quisesse provar que não havia mais ninguém ali para impedi-lo de dar em cima da minha avó; que, infelizmente, naquele momento, era a pessoa mais bonita no cômodo, precisava admitir.

Esse cara... Ele foi de fofo a odioso em uma fração de segundo.

— Isso é porque ele tá no céu, seu baba-ovo!

— Ai, que porra... — Escutei minha avó, em sua aparência de *miss,* resmungar.

Notei o quão estranho era me referir a ela, como *vovó,* agora que Dona Laura parecia alguém que havia acabado de sair da adolescência. Tipo, se eu gostasse de mulher, ela seria alguém que eu, sem dúvida, chamaria para sair, assim como o velho abusado vestindo jaqueta de couro, ao meu lado. Até ontem à noite, não ia muito com a cara dele, e nas últimas horas a coisa havia mudado... só que, aparentemente, eu podia voltar a detestá-lo. Se continuasse dando em cima dela assim, eu faria um exorcismo para fazê-lo ir pro Além bem rapidinho.

— *Pivete*, você está usando as gírias todas erradas, tá *careta* — disse o *animus*, arqueando as sobrancelhas em uma expressão desafiadora, assim como eu havia feito com ele, momentos atrás.

Mas antes que pudesse respondê-lo com algum xingamento infantil por estar um bocado sem argumentos, minha avó se intrometeu:

— Alex, querido... Nós não sabemos se existe um Céu, por assim dizer, mas seu avô, Giuseppe, foi para outro plano assim que morreu, caso contrário eu já teria o visto. Quanto a vocês dois, ah... Algo me dizia que vocês arrumariam confusão, se eu os deixasse sozinhos. Conheço as *peças* bem demais — disse de um jeito reprovador, sacudindo a cabeça e apertando os olhos para nós do seu jeitinho clássico.

Ela achava que eu era encrenqueiro igual àquele Dante? Porque eu era mesmo, talvez até pior!

— Vó... Tá dizendo que a culpa é minha de você ainda estar aqui? — indaguei, um tantinho chateado. — Não precisa ficar por aqui por causa dele ou de mim. Você pode ir cuidar do seu pós-vida, se quiser. Vou sentir saudades, é claro... — Cocei a nuca, desconfortável. — Mas pode deixar que me resolvo com esse daqui.

— O que quer dizer com *me resolvo com esse daqui*? — Dante disparou, todo irritadinho. — Eu, por acaso, sou um problema pra você?

— Quer saber, Gasparzinho? Vai dar uma volta lá fora, vai! Você parecia bem atraente uns momentos atrás, mas agora não vou mais com a sua cara, tá legal?

— Não vou a lugar nenhum, vou ficar onde eu quiser! Você não manda em mim só porque é um médium, *morô?* Mal subiu no ônibus e já quer sentar na janela? Eu hein! — Ele se virou para minha avó: — Laura, olha ele! Seu neto é um *pangaré!*

Não sabia o que diabos era um *pangaré*, mas aquele cara estava começando a me irritar de verdade, especialmente por ter flertado com minha avó. *Minha avó!* E ainda se atreveu a reclamar de mim, bem na minha frente?!

— Calem a boca, vocês dois! — Dona Laura bradou. E quando teve nossa atenção, suspirou, encarando-me com uma expressão cansada. — Alex, tem uma coisa que eu deveria ter lhe contado há algum tempo, mas bem... não deu, então vou dizer agora: não deixei essa casa para sua mãe no testamento, eu deixei para você. Yoona já tem muito dinheiro. — Ela deu um aceno de mão, fazendo pouco caso.

Meu queixo caiu.

— O quê? Por quê? Sabe que essa casa sempre me causou arrepios!

— Sim, mas isso era antes. Não há mais motivos para se sentir assim. Você só se sentia amedrontado porque, além da presença constante de Dante, também havia a presença dos outros *animus,* com os quais eu lidava. E, bem, nem sempre eles querem ajuda, entende? Às vezes, eles podem fazer mal... No momento, não tem mais nenhum aqui, além de Dante e eu. E mesmo se tivesse, ele seria problema seu, a partir de agora. Além do mais, vai ser impossível você fazer seu trabalho do jeito que ele precisa ser feito, com sua mãe na sua cola. Ela vai achar que você está enlouquecendo assim que o primeiro espírito bravo for atrás de você em casa e causar alguma confusão. Então, pensei que talvez você pudesse morar aqui sozinho.

— Ah, vó... Não sei, não. Meu pai ainda trabalha lá em Paimon, e o Jonas ainda não voltou do Japão. Não acho que eu seria um bom filho se deixasse minha mãe sozinha. Preciso pensar no que fazer e...

— Que bonitinho! — Dante sorriu com sarcasmo. — Ele ainda sente medinho. Sabe o que os fantasmas vão dizer de você? "*Ei, não é aquele Animus Videntium mariquinha?*" — E danou-se a rir, batendo a mão na coxa, divertindo-se às minhas custas.

Qual é? Aquilo era *bullying!* E que politicamente incorreto.

— Olha só, velhote! Quer calar essa boca venenosa cheia de homofobia da velha geração? — retruquei.

— Não o provoque, seu *punk*! — Laura o repreendeu. — E você, Alex, não se preocupe. A casa é sua e eu estou morta, então você pode fazer o que quiser com ela, a partir de agora: reformar, demolir, alugar, vender... Não vou me magoar se você quiser se desfazer dela, mas acho que deveria morar sozinho. Vai ser muito difícil lidar com os *animus* e com sua mãe ao mesmo tempo, acredite em mim! Mas se quiser vendê-la, não vou me opor. Só comprei essa casa por estar com um preço realmente baixo na época, o que era absurdo, já que estava recém-reformada. Imaginei que alguém havia morrido aqui, mas eles seriam obrigados, por lei, a me contar isso, antes de me vender.

Dona Laura deu uma rápida e muito discreta olhadela para Dante, de rabo de olho. E enquanto ela falava sobre o imóvel, pude vê-lo se mexer, incomodado. Então, minhas próximas palavras simplesmente saíram como um raio:

— Ei, nervosinho, você morreu aqui? — Meu coração martelou dentro do peito, ansioso.

O *animus* me encarou por alguns segundos e piscou algumas vezes antes de responder:

— Eu não, *pô*. Só morei aqui. Não tinha outro lugar pra ir depois de morrer, por isso decidi ficar. E quando Laura comprou a casa, ela não se incomodou que eu continuasse por aqui, então, cá estou. — Ele abriu os braços, exibindo-se, com uma expressão *blasé*.

Aquele cara parecia estar de teatrinho.

— E como foi que você morreu, mesmo? — indaguei, como quem não quer nada.

Tipo, eu até estava pensando que aquilo podia ser um assunto muito delicado, mas esse Dante tinha ficado bem abusadinho de uma hora para outra, então achava que já podíamos virar aquela página.

— Ninguém sabe, até hoje. Por muito tempo ninguém sequer soube se Dante Donadelli estava mesmo morto — Dona Laura respondeu. — Ele poderia estar vivo, teria pouco menos idade que eu, mas, pelo tempo, já deveria ter aparecido se estivesse...

Opa, opa... Como assim, ninguém sequer tinha certeza de que Dante Donadelli estava morto? Será que ele ainda podia estar vivo? Tipo, sei lá, em coma, em algum lugar, sem ninguém saber quem ele era? Eu vi um filme assim uma vez, onde a alma do protagonista ficava vagando pelo hospital enquanto seu corpo estava em coma. E se essa fosse uma possibilidade? Bem, certamente nesse cenário o corpo físico inconsciente de Dante Donadelli seria nada mais que o de um velhinho definhando.

— Laura! — Dante a repreendeu, lançando-lhe uma careta nada amigável.

E quando eu estava prestes a fazer mais questionamentos, a campainha tocou estridente lá da sala, o que cortou minha linha de raciocínio.

Por um momento, tive certo pânico, por não saber o que fazer com eles dois ali, quando quem estivesse lá fora entrasse. É claro que logo me lembrei de que ninguém além de mim era capaz de vê-los, mas, ainda assim, a coisa toda era estranha. Receber pessoas vivas em casa, sabendo que haviam dois espíritos batendo papo no quarto? Qual é? Bizarro!

— Vocês pretendem ficar aonde? Tipo, parados aqui? — indaguei.

Os dois se fitaram de testas franzidas, depois me devolveram olhares risonhos.

— Ninguém vai nos ver, Alex. Qual é seu ponto? — foi Dante quem perguntou.

— É que... Bom, como uma pessoa, hm... viva, que não era capaz de ver pessoas, hm... mortas, eu acho que, tipo... vocês dois ficarem por perto de gente viva, observando elas, enquanto elas sequer sabem que vocês estão ali é... sei lá, macabro pra cacete! — declarei, por fim.

— Vai logo abrir a bendita porta, mequetrefe — Laura retrucou, com cara de tédio. — Sua mãe vai tocar a campainha outra vez em três...

— Mas...

— Dois...

— Você não...

— Um.

Então, o som estridente da campainha soou outra vez e eu de imediato soube que, sim, era a minha mãe. Caramba, nem mesmo de luto ela deixava de ser impaciente!

— Eu te avisei — foi tudo o que minha avó disse.

É, definitivamente, era muito esquisito continuar chamando-a de *vó*, quando ela estava com aquela aparência de *miss*. Eu deveria chamá-la pelo nome, que nem o Dante fazia? Será que seria desrespeitoso? Quero dizer, não queria que ela se sentisse velha... Se bem que ela estava morta agora, não é? Essa coisa de idade já não devia mais incomodá-la, como incomodava a mim.

Ah, que confusão! Estava me sentindo girando dentro de um liquidificador.

03.
NOVO MEMBRO DA FAMÍLIA

Quando saí do quarto e abri a porta da sala, dando espaço para que minha família entrasse na casa de Dona Laura, tentei parecer o mais triste e desolado possível – assim como estava há alguns minutos, antes de minha avó morta surgir sob meus olhos em seu corpo astral de 20 anos de idade e manequim trinta e quatro. Não que estivesse muito feliz ou algo assim, mas estava obviamente aliviado. Ainda bem que sou ótimo em mentir.

Minha mãe jogou-se em meus braços, no mesmo instante em que abri a porta.

Yoona era bem mais baixa que eu, então, no momento em que me abraçou, selei o topo de sua cabeça, deixando que ela encaixasse seu rosto vermelho e molhado de lágrimas no vão entre meu pescoço e ombro. Ela e minha avó não tinham a melhor das relações e viviam se criticando, mas era lógico que a filha sentiria sua perda. E embora eu estivesse relaxado por saber que Dona Laura não estava realmente morta – para quase todos os efeitos que a palavra *morta* pudesse significar – minha mãe não sabia disso. Para ela e para todos os outros vivos presentes na sala de estar bagunçada, a morte de Dona Laura era o mesmo que deixar de existir. Não que alguém ali desacreditasse em almas, espíritos ou pós-vida, mas todos acreditavam que, uma vez que alguém morria, era como não estar mais aqui entre nós.

— Os paramédicos ainda não chegaram? — meu pai perguntou em tom preocupado, vendo que não havia uma ambulância lá fora.

Hans Kister era um cara alto e parrudo, de cabelos ralos e grisalhos, que sempre vestia terno. Em um primeiro momento, ele poderia parecer meio assustador, mas era só olhar em suas íris castanhas, de pálpebras caídas, para ver a bondade emanando da alma.

Aliviado em vê-lo depois de dois meses, balancei a cabeça levemente, em negativa, ainda abraçado à minha mãe, que chorava silenciosamente em meu ombro, enquanto eu deslizava uma das mãos por suas costas, tentando passar-lhe o máximo de conforto que podia.

Meu pai atravessou o portal e, só então, me dei conta de um menino atrás dele, com cara de surfista limpinho: pele levemente bronzeada, olhos grandes de pálpebras retas e cabelo cor de caramelo, penteado com a franja caindo sobre a testa. O garoto era bem bonito, para falar a verdade, e parecia ter não mais que minha idade e a mesma altura. Além disso, ele estava claramente desconfortável.

Confuso, afrouxei o abraço em torno de minha mãe, que me soltou de imediato para secar as lágrimas do rosto com um lencinho preso entre os dedos. Meus pais se entreolharam; em seguida, intercalaram o olhar entre o garoto e eu, o que só me deixou ainda mais curioso.

Teria o menino algo a ver com a tal novidade que eles planejavam contar? Estava prestes a perguntar, mas, antes que pudesse fazê-lo, uma voz soou em minha nuca:

— Quem é esse *pitelzinho?*

Eu me virei em um pulo e encontrei Dona Laura atrás de mim. Ofereci a ela uma boa careta.

— Por que você está com essa cara brava, olhando para... o nada? — O desconhecido encarou-me com estranheza.

Percebi que apenas ele me observava, já que meus pais pareciam estar em uma conversa de olhares, silenciosa. E eu estava *mesmo* encarando o *nada*, de cenho franzido e braços cruzados, como se estivesse bravo com... bem, com o ar, porque era isso que parecia para o rapaz ou para qualquer pessoa que estivesse me observando. Já minha avó, invisível aos outros vivos, continuava a fitar o menino, intercalando sua atenção entre ele e meus pais.

— Ah, é... É que eu viajo na maionese às vezes — respondi, sem graça. De tanto tentar fazer as pessoas acreditarem que eu estava sendo assombrado, acabei naturalmente aprendendo que era mais fácil concordar em ser doido do que insistir. — Mas você é...?

— Me chamo Thomas Kim, prazer em conhecê-lo. — Ele fez menção a um curvar de coluna, num típico cumprimento de muitos países da Ásia, mas não de Naberius. Por isso, ele optou por estender a mão esquerda.

Devolvi o aperto com firmeza, mas não senti aquela eletricidade que tinha experimentado mais cedo, com Dante. Thomas era um garoto comum e perfeitamente vivo.

— Kim... É um sobrenome coreano, né? — comentei, interessado. — Você tem ascendência?

— Alex, filho... — meu pai interrompeu, em tom cuidadoso. — Era sobre isso que planejávamos contar durante o almoço de hoje. Thomas... Ele acabou de ficar órfão. A família dele sofreu uma tragédia e a briga entre os acionistas da empresa de sua família o colocou em perigo. Thomas vai fazer 18 anos em dezembro. Até lá, precisa de um tutor, mas ninguém parece confiável o suficiente para ser o responsável legal dele e da fortuna da família Kim...

Ele foi se calando, então, minha mãe tomou as rédeas:

— Nós seremos os tutores dele, Alex. — Ela deu um sorriso doce para o garoto, apertando um de seus ombros com suavidade.

— Ooah! — Dante se manifestou subitamente e pela primeira vez desde que meus pais chegaram. Estava parado ao meu lado, por isso dei um leve pulo de susto, pois sequer havia percebido que estava ali. — Ele é o herdeiro daquele casal, dono da rede de *fast-food!* Tá passando toda hora na TV, *bicho*. A filha mais velha assassinou os pais para poder botar as mãos na *bufunfa* da família!

O *animus* colocou uma das mãos em frente aos lábios, em total choque, também deixando-me atônito – não só pela coisa toda dos pais de Thomas terem sido assassinados pela sua irmã, mas por reparar no quanto a mão de Dante era pequena e como seus dedinhos eram gorduchos, para um cara magro. Presumi, naquele momento, que os anéis prateados serviam para desviar a atenção do quão roliços eram os dedos... Ou talvez reforçar.

— Ah, pobrezinho! — Laura exclamou, olhando para o Kim com uma das mãos no peito.

Eu estava tão chocado pela tragédia do garoto à minha frente que soltei um "Minha nossa!" bem alto, o que fez com que minha mãe interpretasse minha resposta de um jeito completamente errado, pensando que me referia à notícia de que Thomas ficaria conosco, de forma negativa.

— Alex, querido, seja compreensivo, sim? Você não é mais criança e não é bom ser ciumento nessa idade — a doida disse em tom repreensivo.

— Mas eu não...

— Você entende que, agora que somos os tutores legais de Thomas, vocês dois são como irmãos? — interferiu meu pai.

Eu quase arregalei os olhos, mas contive, já que qualquer reação minha poderia ser mal interpretada pelo tal Thomas, e realmente não queria fazê-lo se sentir mal. Ele já estava passando por algo extremamente difícil.

Enquanto isso, Laura e Dante soltaram sons em coro, como se fossem uma plateia em meio à sessão de cinema.

— Xander... Não queremos tocar nesse assunto sobre a família Kim na frente do Thomas. Já está sendo muito doloroso para este anjinho — declarou Yoona, alisando o ombro do garoto bem mais alto que ela, que estava de cabeça baixa e tentava secar as lágrimas escapulindo pelo canto dos olhos, com as mangas da camisa social. Ele realmente devia ser do tipo que surfava, já que seu cabelo estava nitidamente sendo clareado com parafina, todo ressecado e desfiado.

— Eu... entendi. Vi sobre isso... na TV — menti.

Meu pai assentiu.

— Então, você já deve saber que o juiz do caso era eu. Por isso, precisei abrir mão do caso, para ser o tutor de Thomas. Assim, não há conflito de interesses. Outro juiz será nomeado para o caso. Um muito bom.

Não, não sabia não.

Meus lábios se partiram, prontos para escancarar minha surpresa, mas logo disfarcei. Sempre fui bom em contar mentiras, mas tipo, não de uma forma ruim... Às vezes, mentiras se faziam necessárias, como quando você não estuda para alguma prova e aí coloca um termômetro na lâmpada para depois mostrar aos seus pais, dizendo que está doente para conseguir faltar à aula ou coisa do gênero. Não que eu fizesse isso. Jamais! Quero dizer, jamais desde que saí do ensino médio, há alguns anos.

— Ah, é, tô sabendo — respondi.

Vi Dante arquear uma das sobrancelhas curtas para mim, acusador, como quem dizia *"Você é um tremendo cara de pau!"* Porque, claro, ele sabia que eu não havia assistido à coisa alguma, só sabia do caso porque ele mesmo tinha acabado de me contar.

— Thomas vai ficar conosco por enquanto, mas... ele poderá continuar conosco se desejar, após sua maioridade — Yoona esclareceu, com um olhar cuidadoso de mim para Thomas, observando nossas reações. — Por isso, seu pai e eu esperamos que você seja responsável e cuide bem dele, como se fosse seu irmão de sangue, ok?

Acabei franzindo o cenho, sem entender por que eles não achavam que eu faria isso. Eles pensavam que eu era o quê?

— Claro que vou cuidar bem dele! — Senti-me um pouco ultrajado, mas logo desviei meus olhos para o garoto, suavizando a expressão. — Thomas, você tá com fome?

Ele me devolveu uma carinha tristonha e balançou a cabeça em negativa, com os fios cor de caramelo brilhando sob a luz amarelada da sala de estar.

— Tem certeza de que não quer ir à cozinha? — indaguei outra vez, com um sorriso forçado e tentando, sutilmente, mover a cabeça em direção ao corredor, para que o garoto entendesse que eu queria que ele me acompanhasse para longe dos outros Kister.

— Ah... — Depois de um momento de confusão, ele pareceu entender e fitou meus pais de relance. — Claro! Tem biscoitos de chocolate?

Sorri e balancei a cabeça em afirmativo, antes de partir para o corredor, com o garoto no meu encalço. Entretanto, assim que me virei para ele, já na cozinha, ele desatou a falar:

— Olha, Alex, não quero problemas com você, firmeza? — Ele portava uma leve carranca.

— Thomas...

— Prometo que não vou ficar mais tempo que o necessário, apenas até meu aniversário e...

Tentei chamar sua atenção outra vez, mas ele me ignorou e continuou a tagarelar:

— E se você não me quiser por perto, tudo bem, farei o possível para não te incomodar. O senhor Kister disse que eu poderia ficar no quarto do seu irmão mais velho enquanto ele está fora e...

— Thomas! — exclamei mais alto dessa vez, enfim conseguindo sua atenção. — Quer calar a boca um segundo? — grunhi, o que o deixou um tanto assustado, de um jeito cômico. — Te chamei aqui para que pudéssemos nos conhecer mais, longe da presença dos meus pais, porque o clima estava meio tenso, não acha? — perguntei-lhe e, ao vê-lo assentir, prossegui: — Só queria dizer pra você não se preocupar e que pode contar comigo sempre que precisar. Eu quero que você me veja como um irmão mais velho, de verdade.

O menino ficou alguns segundos me encarando, então seus olhos se encheram d'água. Ele tentou inutilmente secá-los com a manga da camisa social larga.

Dei um afago sem jeito no ombro dele, afinal não tínhamos intimidade para que me atrevesse ou, tampouco, para que me sentisse confortável em abraçá-lo.

Quando me afastei, fui até a geladeira para lhe dar água, mas, quando fechei a porta prateada, dei de cara com Dante Donadelli encostado ali, sorrindo, o que me fez dar outro pulo de susto. Àquela altura do campeonato, eu já estava acostumado com a carinha angelical do falecido gostosinho, mas ainda era assustador topar com uma criatura surgindo do nada.

— O que foi? — Thomas indagou, alarmado, olhando para todos os lados à procura do que possivelmente teria me deixado assustado.

Então, antes que ele desconfiasse de alguma coisa – e apenas desconfiasse mesmo, já que não podia ver nada –, preferi desconversar:

— Ah, não foi nada, só uma corrente de ar frio que saiu da geladeira. — Dei um sorrisinho falso de nervoso. — Beba isto, sim?

Ele não pareceu acreditar na minha desculpa, mas não insistiu, só balançou a cabeça e pegou o copo de água, o que era um ponto positivo para ele, já que eu não gostava de gente muito enxerida. De inconveniente, já bastava eu.

Observei Dante se desencostar da geladeira e se apoiar pelos cotovelos na ilha no centro da cozinha, ao lado de Thomas e de frente para mim.

— Estou orgulhoso, Alex. Você acaba de se mostrar um excelente irmão mais velho — Dante declarou, olhando-me de uma forma... fofa. É, ele estava me olhando de um jeito meio abobado, eu acho. E aí, completou: — Você sempre foi uma criança boazinha, embora fosse bem medroso, mas agora vejo que se tornou um homem bom, também.

Então, quer dizer que aquele baixinho, filho de uma chocadeira, me conhecia desde criança? Fazia sentido, já que ele morava – ou melhor, *assombrava* –

nesta casa desde antes de minha avó comprá-la. Muito provavelmente, era ele quem me assombrava nas raras vezes em que eu era obrigado a pôr os pés ali. Aqueles vultos, que me faziam tremer na base, eram nada mais, nada menos, que o *animus* de Dante Donadelli. Provavelmente, era ele se sentando no meu colchão ontem à noite, também.

Por isso, fiz uma expressão nada boa, tentando deixar bem claro um: *conversaremos sobre isso depois*, só com o olhar.

Dante devolveu com um arquear de sobrancelha e começou a rir bem na minha cara.

Abusado!

Com isso, Thomas deu uma leve estremecida e esfregou os braços, como se estivesse tentando se esquentar.

— Alex? — Fitou-me. — A geladeira ficou aberta?

Neguei com a cabeça e verifiquei se estava mesmo fechada.

— Hm... É que senti um calafrio estranho, pensei que fosse a mesma corrente de ar que te assustou. — Ele pareceu cabreiro.

Dante, que estava parado bem próximo ao garoto, ficou totalmente sem jeito. Ele olhou de Thomas para mim e de mim para Thomas com uma expressão de quem pedia desculpas, antes de se afastar consideravelmente.

— Bom, eu... acho que vou voltar lá pra sala — Thomas anunciou, já se levantando de onde estava sentado.

É claro, nós estávamos em silêncio, o que era provavelmente constrangedor para ele, já que eu estava ouvindo Dante falar comigo, ainda que não pudesse respondê-lo, enquanto Thomas sequer era capaz de vê-lo. Por isso, antes que ele pudesse alcançar a saída, eu disse:

— Thomas... Sinto muito pela sua família.

— Obrigado, cara. Sinto muito pela sua avó, também — respondeu tristonho e retirou-se finalmente da cozinha.

Virei-me imediatamente para o *animus*, de braços cruzados.

— Então, era culpa sua eu ter tanto medo de frequentar a casa da minha avó, não era? — perguntei, quando soube que o adolescente já estava na sala com meus pais.

Dante se fez de confuso.

— Você sabe do que estou falando, Donadelli! Você ficava me seguindo de um lado pro outro, quando eu era criança. Você era o vulto que eu sempre via! Era você quem me fazia sentir calafrios o tempo todo. Nem tente me enganar! — acusei, apontando um dedo em sua direção.

— Eu não! — negou cinicamente. — Eram os outros *animus* que a Laura mediava!

— Você é um sonso, sabia? Não acha maldade ficar por aí perseguindo uma criança assustada, hein?

— Argh! Eu não fazia isso de uma maneira estranha, que nem você tá falando! — Ele deixou sua voz afinar daquele jeito engraçado e reclamão de momentos atrás. — Mas é que você era uma criança fofa! E continua fofo! Não era rebelde como sua mãe.

Fiquei estático por um momento.

— O quê? — Eu estava surpreso.

Fazia sentido... Como eu ainda não havia associado? Se Dante morava aqui desde *antes* da vovó se mudar para cá, e Yoona era adolescente quando se mudou com ela, era lógico que o *animus* já a conhecia. E aí, um pensamento grotesco surgiu na minha cabecinha caótica e pouco confiável:

— Seu tarado! — grunhi, enquanto ele franzia o cenho e me observava com uma expressão fechada. — Você aproveitava que minha mãe não podia te ver, para ficar no quarto dela espiando, né? Ah, que nojo, você observava minha mãe trocar de roupas! E ir ao banheiro! E...

— Alexander Kister! — exclamou, visivelmente irritado, batendo suas mãozinhas pequenas contra a superfície da ilha. — Não seja nojento! Você não me conhece para ficar fazendo suposições ao meu respeito, pivete!

— Exatamente por isso que te acuso! — rebati, também irritado, especialmente porque ele não estava negando. — Eu não te conhecia até hoje de manhã, só quem me conhece é você!

— Sua avó me conhece há mais de trinta anos, seu *zé ruela!* Ela sabe da minha índole. Acha mesmo que Laura confiaria em deixar a filha sozinha comigo, se não confiasse em mim? — Encarou-me com um olhar desafiador.

E bem, vendo por aquele lado, talvez eu tivesse me precipitado em julgá-lo. Por isso, apenas abaixei a cabeça, subitamente envergonhado por ter deixado meus pensamentos intrusivos me vencerem.

— Me desculpe — falei baixinho.

— Acho que não ouvi direito... — Seu tom era inevitavelmente de deboche.

— Eu disse: me desculpe! — falei mais alto, com o maxilar trincado. Céus, como odiava estar errado!

Ele suspirou e deu um sorrisinho afetado.

— Pra sua informação, Alex, eu só entrava no quarto de Yoona quando ela não estava.

— E por quê? — questionei, ainda um pouco desconfiado, porém mais curioso que qualquer coisa. — Acho que qualquer cara, numa situação dessas, se aproveitaria... Quer dizer, uma pessoa morta não deve ter mais nada a perder.

— Sim, o pós-vida pode ser bem... entediante — assentiu. — Mas, ainda assim, há algo a se perder, Alex. A gente não sabe o que há do Outro Lado e, naquela época, eu já estava morto há cinco anos, para ser exato. Não podia beber, nem dirigir, ler quadrinhos e livros, ver TV ou ouvir música, porque não sabia canalizar os meus poderes telecinéticos para movimentar objetos. Mas sua mãe... Sua mãe tinha os vinis mais irados! Desde Guns N' Roses até Cindy Lauper e Michael Jackson... E ela também lia uns livros bem legais. As histórias eram bem interessantes, nada que ela devesse ler naquela idade, mas eu sim. Então, quando ela saía, eu entrava no quarto e tentava mexer em absolutamente tudo que podia. Treinava o máximo possível, até conseguir. Por isso, não se preocupe, não me aproveitei de sua mãe, nem agi como um *voyeur* ou coisa do tipo. Nunca sequer a enxerguei com malícia.

— Desculpe por pensar nisso. — Cocei a nuca. — Essa vida de *animus* deve ser meio solitária, né? Um *animus* pode... Você sabe... Tipo... Pode?

Ele arqueou uma sobrancelha outra vez, com um sorrisinho malicioso se formando lentamente no canto dos lábios.

— Quer saber se um *animus* pode... *beber água*? — Ele deu um sorriso debochado.

Revirei os olhos teatralmente, porque Dante sabia perfeitamente o que eu queria dizer, mas queria me forçar a falar. E se ele pensava que eu ficaria envergonhado em dizer uma coisa daquelas, então talvez não me conhecesse tão bem assim, mesmo depois de todo aquele tempo me observando.

— *Quero saber se um animus pode foder ou se você passou três décadas sem dar uma gozada* — disparei.

O desgraçado só faltou engasgar na própria saliva, se é que seu corpo astral produzia alguma. Os olhos caídos ficaram esbugalhados, fazendo-o parecer um desenho animado. Precisei resistir ao ímpeto avassalador de me atirar no chão e rolar de um lado para o outro, rindo até machucar a garganta.

— Que foi, Gasparzinho? Você não achava que ia me deixar sem jeito com essa, né? Para quem passa os dias me observando desde que eu era criança, você não me parece lá muito atento...

Ele olhou para todos os lados antes de responder:

— Não é isso — murmurou, fazendo um biquinho. — É que... Eu não esperava que você fosse responder desse jeito, tão escrachado. Achei que ia fazer um charminho.

— E, por acaso, você já me viu fazer charminho ou pagar de envergonhado para alguém? — rebati.

— Ora, pois já vi, um bocado de vezes!

Mas antes que eu pudesse continuar aquela discussão, Dona Laura entrou na cozinha, com a expressão fechada.

— Não vou ficar lá pra vê-los me colocarem num saco preto. Não vou mesmo. — Ela fez uma careta e sentou-se num dos bancos.

— Os paramédicos chegaram? Não ouvi a campainha tocar — confessei.

— Eles não tocaram, o menino estava lá fora e deixou que entrassem. Aliás, ele está lá fumando um cigarro, acredita? Se ele pudesse me ver, eu avisaria que essa coisa mata. Em poucos anos, vai estar num saco preto, como eu, se não largar aquele negócio... — ela resmungava.

Então, quer dizer que Thomas Kim era um rebelde? Bem, não o julgaria ou daria bronca por isso. O garoto estava passando por um grande trauma: além de ter perdido a família da pior maneira possível, agora ele teria que morar na casa de desconhecidos, mudar de cidade, de escola... Mas eu também não podia deixar que ele se autodestruísse, portanto, conversaria com ele depois. Não uma conversa do tipo sermão, seria mais tipo um conselho de amigo.

— Que coisa é essa na frigideira? — Laura indagou, pegando a panela que estava em cima do fogão, aquela em que Dante tinha feito os ovos mexidos de manhã, quando o confundi com um invasor.

— Ah, foi o Dante, mais cedo. Foi por isso que acordei. Ele estava fazendo ovos e derrubou alguma coisa de vidro no chão.

— Mas Dante não come... Nenhum *animus* nenhum come — ela imediatamente retrucou, olhando diretamente para ele, que parecia extremamente desconcertado, tentando dizer-lhe algo pelo olhar, algo que vovó parecia ignorar de propósito, a cínica.

— Estava fazendo ovos pra você, Laura — justificou rapidamente. — Já que a enfermeira estava de folga, pensei que ficaria com fome, caso fosse depender do seu neto.

— Ei! Quem te disse que não sei fazer comida, hein? — reclamei, quase ofendido.

— E você sabe, por acaso? — ela rebateu com a voz entediada.

Coçando a nuca, sacudi a cabeça, com um muxoxo, sem olhar para ele.

— Então, você não tem um ponto — Dante finalizou, dando o assunto por encerrado.

Minha vó, no entanto, não parecia satisfeita com aquela explicação.

— Dante, querido, você mora comigo há mais de trinta anos. Alguma vez me viu comer ovos mexidos, querido? — perguntou, apertando os olhinhos maldosos.

Aposto que, se fosse vivo, Dante estaria com as bochechas coradas.

— Aha! — Laura exclamou. — Você estava fazendo ovos para o café da manhã do meu neto!

— Eu não! — Ele estava visivelmente desesperado.

Nesse momento, meus olhos começaram a pular de um para o outro, como se eu estivesse assistindo a uma partida de pingue-pongue.

— Você fez, sim! Alex adora ovos mexidos no café da manhã, e você sabe disso — ela disse firme. — Você me viu fazer isso para ele por vinte anos. Não mente para mim, seu *punk!*

Dante, pego no pulo, evitava olhar para mim a qualquer custo, enquanto eu continuava a encará-lo.

Não fazia sequer um dia que nos conhecíamos oficialmente – e nem estou contando desde a noite anterior, quando vi o leve formato de seu rosto na Polaroid assombrada. Como alguém conseguia ser tão absurdamente meigo e irritante em um período de tempo tão curto? Porque uma coisa era certa: Dante estava me fazendo morrer de interesse por ele, e de raiva também.

Acabei devaneando, mais uma vez, sobre sua morte. Quem, em sã consciência, tiraria a vida daquele cara? Ele ainda não havia dito como morreu, mas por algum motivo, eu tinha aquela impressão de que alguém havia feito mal a ele. Dante era novo demais para ter morrido de causa natural. E normalmente eu era bom em confiar nos meus instintos.

Tudo bem que não o conhecia o bastante para saber se ele tinha sido alguém bondoso, em vida, ou não. Nem mesmo minha avó, que conviveu com ele por três décadas, poderia saber disso, uma vez que Dante e ela só tiveram contato depois que ele já era um *animus*. Mas, em morte, ele parecia ser um cara do bem.

Isso, na verdade, acabou me dando uma ideia: talvez, eu poderia procurar por sua família e começar a investigar, a partir daí. Quer dizer, se estivesse vivo, Dante Donadelli teria 61 anos, o que significava que havia chance de que seus tios, irmãos e talvez até possíveis filhos estivessem vivos.

Enquanto me perdia em devaneios, mal percebi quando Dante estacionou bem próximo a mim e me cutucou levemente na costela.

— Alex... — chamou, de forma doce e adoravelmente envergonhada. — Eu queria fazer um café da manhã para você, porque... queria que você não tivesse medo de mim, entende?

Com isso, passei a encarar seu rosto diretamente enquanto ele fitava os próprios pés. Só que aí Dante suspirou e, após um par de segundos, levantou o rosto, fitando-me de frente, sem medo aparente, bem decidido, diferente de sua expressão medrosa de dois segundos atrás. Ele mudava de humor muito rápido. Como se tivesse se recarregado em coragem, declarou:

— Você ainda não podia me ver, então queria que se acostumasse com minha presença antes que a hora chegasse. Sua avó foi minha única companhia por trinta e um anos. Ninguém mais me vê. Ninguém mais pode conversar comigo, a não ser outros mortos, mas eles estão sempre muito ocupados, indo atrás dos próprios assuntos, então não queria que você tivesse medo de mim e... *me deixasse sozinho, quando a Laura morresse*

— finalmente confessou, diminuindo o tom de voz nas últimas palavras.

Isso mexeu comigo de tal modo que meus olhos lacrimejaram, não só porque ele tinha pensado no meu bem-estar, mas também porque eu podia imaginar como deveria ser difícil estar em seu lugar, vendo todas as pessoas que conhecia passarem para o próximo plano, enquanto ele continuava aqui, estagnado, sozinho. Era de partir o coração. E aí, antes mesmo que pudesse raciocinar direito, rodeei meus braços ao redor de seu pescoço, pegando-o desprevenido em um abraço reconfortante.

Veja bem, há alguns minutos, havia me recusado a abraçar um adolescente em período de luto, que havia acabado de perder os pais, apenas por não termos alguma intimidade para isso. Mas, tratando-se daquele fantasminha, eu simplesmente tinha a sensação insistente de familiaridade. Talvez fosse pelo tanto de tempo que ele ficou pairando ao meu redor, ainda que eu não pudesse vê-lo. Talvez por eu estar me sentindo tão inesperadamente *atraído* por ele, ainda que aquilo não fizesse o menor sentido. Quero dizer, ele está morto, sabe. Não temos chances.

Por um par de segundos, Dante ficou sem reação, mas logo depois rodeou os braços pela minha cintura, com força, retribuindo o aperto.

— Ah, meus netinhos! — Laura murmurou, em tom afetado. — Estou tão emocionada! — Ela correu e se juntou a nós, formando um abraço em grupo.

Nós três éramos só risos e lágrimas emotivas. Parecia uma daquelas cenas de famílias felizes em filmes clichês, mas, infelizmente, interrompendo o momento, escutamos alguém engasgar na cozinha.

Nos afastamos bruscamente e então vi Thomas parado no portal, encarando-me com uma careta confusa.

— Alex? Tá tudo bem? — Ele piscava rápido.

— É, s-sim, claro, por que não estaria?

— É que parecia que você estava falando com alguém, mas não tem ninguém aqui além de você. E quando entrei, você estava estranho... Tipo, como se tivesse abraçando o ar. — Ele franziu cenho.

— Ah... — Eu ri de nervoso. — É que... eu faço faculdade de Cinema, sabe? Não sou ator, nem nada, mas estava pensando numa cena para um curta e tudo mais, então estava tentando reproduzir a coisa toda da minha cabeça — menti, afobado. Como eu disse, era realmente bom nisso, de inventar desculpas para sair de enrascadas, tanto quanto era bom em fazer cálculos matemáticos simples de cabeça.

Thomas não pareceu muito convencido, mas também não parecia disposto a me confrontar, então apenas deu de ombros.

— Seus pais foram embora com a ambulância e sua avó. Eles disseram que iam cuidar das coisas burocráticas: o velório, o caixão, a coroa de flores e essas coisas. Disseram também que era para você me levar pra casa. Para a outra casa, quero dizer. E é pra gente almoçar na rua antes. Eles me deram uma nota de cem. — Ele puxou o dinheiro do bolso para colocá-lo sobre a ilha. — Mas, se quiser, a gente não precisa fazer isso. Não quero te atrapalhar, nem nada.

Bem, a verdade é que eu queria ficar ali, com Dante e Dona Laura, mas, com Thomas junto, não seria possível interagir com os *animus*. Também não seria delicado deixá-lo sozinho, por isso percebi que teria que abandonar os fantasmas, por hora, e ir para casa. Então, pedi a Thomas que fosse ao quarto buscar minha bolsa de mão e a mochila, depois que me esperasse lá fora, enquanto eu apagava as luzes e fechava as janelas da casa. Quando ele saiu, voltei-me para minha avó, apreensivo:

— Você vai ficar bem, não vai? — perguntei-lhe. — Não vai sumir e ir para o Outro Lado, nem caminhar em direção à luz ou coisa parecida, certo?

— Ainda não, mequetrefe... Ainda não — ela respondeu e me deu um beijinho estalado na bochecha antes de bagunçar meus cabelos, brincalhona, e sair da cozinha.

Então, me voltei para Dante.

— Sabe... Se acontecer de... a minha avó partir *de verdade*, você pode me assombrar lá em casa, tá legal? Quer dizer, não assombrar, *assombrar*, porque você não pode ligar a TV sempre que quiser ou dar uma de *poltergeist* quando o Thomas ou meus pais estiverem em casa, mas pode ficar no meu quarto e ler meus livros e mangás ou ouvir música no meu *tablet*.

Ele pareceu contente até escutar a última palavra, mudando para uma expressão confusa.

— No seu o quê?

Lembrei-me de que Dante era um cara do século passado. Na época dele, eram vinis e toca-fitas.

— Eu te empresto um *walkman*. — Dei-lhe um sorriso e uma piscadinha cúmplice.

— Uau! *Supimpa!* — Ele sorriu um sorriso lindo.

Fiquei encarando seu rosto bonito, perdido, mais uma vez, em seu charme, nos dentes alinhados e no sorrisinho provocador que enfeitava seus lábios o tempo inteiro.

A cor de seus olhos, acima de todos os seus outros detalhes, era o que mais hipnotizava, no entanto. Aquele tom de cinza não era brincadeira.

Oh-Oh...

Ele está morto, Alex. O sujeito é um animus.

Morto!

Bateu as botas!

Não vai inventar de ficar todo emocionado, porque ele já partiu dessa para a melhor, antes mesmo de você nascer! Vai tirando esse teu cavalinho da chuva...

Ah, droga! Talvez eu estivesse prestes a ficar *muito* encrencado.

04.
A BAILARINA BÊBADA

Terça-feira era meu dia favorito.

Não sei como conseguia fazia isso, mas de algum modo, minhas pernas estavam para cima, apoiadas no encosto do sofá, enquanto minha cabeça se apoiava no assento. Eu comia um pacote de rosquinhas, deitado de cabeça para baixo, enquanto assistia àquele filme em que a Drew Barrymore tinha perda de memória recente, e aí o Adam Sandler precisava reconquistá-la, todos os dias, *"Como Se Fosse A Primeira Vez"*.

E por essa razão que terça era meu dia favorito, especialmente as noites: Thomas tinha curso preparatório de vestibular, então só voltava depois das 10h da noite, já minha mãe tinha aula de *spinning* na academia; então eu ficava sozinho.

Por muito tempo, ficar sozinho à noite não era algo que me deixava confortável, mas depois de descobrir que fantasmas não eram tão assustadores assim – e que alguns eram até bonitinhos, como Dante – eu tinha começado a gostar ainda mais das noites de terça.

Comidas gordurosas e comédias românticas sempre me levavam para um lugar de conforto. O máximo de coisa ruim que poderia acontecer era eu chorar com alguma cena triste e engasgar com as rosquinhas. De resto, era simplesmente perfeito. Nada me deixava mais relaxado que isso.

"Como Se Fosse a Primeira Vez" estava no final, e eu já pensava em qual próximo filme assistiria. Ainda eram 07h e eu só queria dormir depois das 11h. Por isso, estiquei a mão, ao máximo que podia, até que as pontas dos meus dedos encontrassem o celular jogado sobre o tapete. Sem sair da posição em que estava, puxei o aparelho para mim e encomendei comida em um aplicativo. Eu só tinha comido rosquinhas durante o dia inteiro e minha pressão já estava tão baixa que eu não sabia como ainda não tinha rolado do sofá, direto para o chão.

Assim que o filme acabou, não pensei duas vezes, coloquei direto no próximo: "*Lua Nova*", o meu favorito da saga "*Crepúsculo*". Eu nem gostava do chato do Jacob, mas adorava todo aquele sofrimento da Bella. E quando a pobre coitada passava por toda aquela situação tensa no seu aniversário, foi que comecei a me dar conta de um barulhinho repetitivo, baixinho e que tinha um som de *tec*.

Imediatamente me sentei ereto no sofá – o que acabou gerando uma leve tontura, pelo movimento rápido. Segurando a cabeça, abaixei o volume da TV e tentei apurar minha audição, para descobrir de onde o barulho vinha.

Tec, tec.

Vinha lá de cima.

Sei que eu disse que fantasmas não eram mais tão assustadores assim, mas não posso generalizar, né? Eu morria de medo de encontrar um que não fosse Dona Laura ou o Dante, porque esse poderia não ser um tão bonzinho quanto eles dois. Por isso, levantei-me, devagar, e comecei a subir as escadas, tal qual um mocinho burro dos filmes de terror.

Havia uma pequena pausa entre um *tec* e outro e eu estava rezando para Deus que aquilo fosse apenas um galho de árvore batendo na janela ou uma goteira no banheiro.

Assim que meus pés calçados em meias alcançaram o último degrau, a luz do corredor piscou, daquele jeitinho assustador que todo mundo que já viu filmes de terror conhece. Engoli a seco e meus olhos dobraram de tamanho. Meu coração, coitado, acelerou de imediato, precisei colocar a mão no peito e apertar a camisa, para tentar controlar o nervosismo.

Tec.

Soltei o ar com força. Depois, respirei fundo três vezes e olhei ao redor, procurando qualquer coisa com a qual pudesse ajudar a me defender de um possível ataque sobrenatural. Mamãe costumava enfeitar as paredes do corredor com fotos, mas também havia uma miniatura de um Cristo Jesus crucificado, que ficava presa lá em cima, quase no teto. Era coisa da minha avó, claro, porque minha mãe não era nada religiosa.

Dando graças a Deus por ser um cara alto, me estiquei todinho, até alcançar, com as pontinhas dos dígitos, a estatueta santa, e a segurei com tanta força, que as pontas da pequena peça de madeira machucaram meus dedos. Se um fantasma maligno não fosse ter medo do Jesus, que morreu por nós, então eu não teria chances.

Cheio de coragem, devido ao que tinha em mãos, como se fosse algum tipo de talismã mágico, simplesmente empurrei a porta do meu quarto com força e estendi a cruz em frente ao corpo, como uma arma. Não havia ninguém ali, o que quase me fez soltar o ar, aliviado, porque, se tivesse algum fantasma, eu o veria. Mas disse *quase* porque, um segundo depois, ouvi outro *tec*.

Franzindo o cenho, olhei para a janela. E aí vi um pedregulho atingir a superfície.

Tec.

Ainda com o crucifixo nas mãos, me aproximei do vidro e espiei a calçada lateral da casa. Você pode imaginar minha surpresa quando encontrei ali, um cara de cabelo oleoso, com mechas cor de laranja vibrante, roupas desleixadas e uma jaqueta de couro super estilosa, sorrindo pra mim como se fôssemos namoradinhos ou algo assim.

Eu soltei o ar como uma bexiga cheia murchando e abandonei a miniatura de Jesus em cima da cômoda. Com um bico irritadiço, abri a janela e pus a cabeça para fora, olhando feio para ele.

— Que porra é essa, Gasparzinho? — falei daquele jeito meio sussurrado, meio gritado, porque eu ainda tinha vizinhos e não queria que eles me achassem mais esquisito do que já achavam.

— Você demorou demais! — Dante retrucou, ainda com um sorriso no rosto. — É assim que trata suas visitas?

Soltei um ruído pelo nariz, descrente.

— Visitas tocam a campainha! Você ia ficar atirando pedras na minha janela até quebrar, é? O que é isso, um filme?

Ele riu de um jeitinho gracioso, balançando os ombros, e jogou o resto das pedrinhas que segurava no chão, para depois bater as palmas nas calças, limpando-as, e aí deslizar os dedos pelos fios de cabelo sujos.

Eu observei aquele movimento, hipnotizado. Não estávamos tão distantes, podia vê-lo bem. Seus olhos claros estavam tão brilhantes e seu sorriso era tão convidativo que me peguei sorrindo também, como se sua presença fosse extremamente agradável. Talvez fosse. Isso sim era novidade.

— Foi você quem me convidou, ué. Não vai me chamar para entrar? — disse, sem abandonar aquele sorriso divertido nos lábios.

Fiz uma careta. De fato, eu havia dito a ele que poderia assombrar minha casa, mas isso era só se minha avó realmente fosse para o além.

— Vocês são tipo vampiros, é? Tem que ter convite e tudo o mais? — Estava surpreso com a hipótese. — Achei que você já tinha vindo aqui em casa outras vezes.

— E você alguma vez já me viu aqui? — Ele arqueou sobrancelha. Seu sorriso, implicante e provocador, cresceu ainda mais.

— Não — respondi, meio bobo. Mas é claro que aquilo não queria dizer muita coisa, porque só fazia uma semana que eu podia vê-lo de verdade.

— Então essa é a primeira vez. — Dante deu de ombros.

Antes que eu pudesse retrucar, a campainha soou estrondosa lá do andar de baixo e, imediatamente, me lembrei da comida. Saí da janela, depressa e sem dar explicações, porque ele também tinha escutado o barulho e sabia que eu precisava descer para abrir a porta.

— Já vai! — gritei, enquanto das escadas.

Ansioso, abri a porta, já sentindo meu estômago roncar. O entregador, para minha surpresa, era inacreditavelmente bonito. Ele tinha olhos cor de mel e olhos claros eram meu ponto fraco. Os cabelos crespos estavam trançados e seus dentes eram tão brancos, que ele parecia ter saído de um comercial de pasta de dente.

— Oi — cumprimentou. — Tenho um lanche para... — Ele parou para ler a notinha fiscal que segurava em uma das mãos. — Alexander Kister?

— S-sim, sou eu — respondi, meio sem jeito, porque era sempre a minha primeira reação quando precisava dirigir a palavra a uma pessoa muito bonita.

Ele me entregou a sacola de comida e tentei achar o cartão de crédito no bolso da bermuda, sem precisar desviar meu olhar do dele.

Tudo bem, eu estava todo amarrotado, com o cabelo amafuado em direções diferentes e usando meias até as canelas, mas não sou bobo nem nada, ainda sou bonito. Do jeito que esse entregador sorria pra mim, tive a mais plena certeza de que ele também me achava um gatinho.

— Eu acho que você já entregou comida aqui outras vezes, não? — joguei, enquanto passava o cartão na maquininha. Era uma mentira, claro, porque eu me lembraria de já ter visto um cara gato assim na minha porta. Eu só queria flertar.

— Não, nunca estive aqui, na verdade. — Ele me ofereceu um sorriso delicado. — Comecei a trabalhar com as entregas há algumas semanas. E eu me lembraria de você...

Quando ele disse isso, meu coração deu aquela leve acelerada de excitação. Sorrindo de volta, disparei:

— Ah, seria legal se fizesse as minhas entregas mais vezes, você foi muito rápido e simpático. — Cocei a nuca, um pouco sem jeito, mas sabia que precisava ser mais direto. — Por que não me dá seu número? Talvez assim possa encomendar direto com você.

— Claro! — O sorriso do rapaz ficou ainda maior.

Eu me virei para trás, procurando pelo meu celular no sofá da sala. Ao encontrá-lo, entreguei o aparelho ao cara, para que salvasse o próprio contato para mim. Enquanto ele digitava, porém, minha visão periférica capturou alguma coisa se mexendo à esquerda, mas de onde eu estava, não conseguia ver perfeitamente. Por isso, me estiquei para espiar melhor e foi quando me deparei com Dante ali, fazendo caras e bocas, tirando sarro da minha interação com o entregador, que nem uma criança.

Deus do céu, já tinha até me esquecido dele!

Perplexo, o encarei. E ao notar que eu estava de olho, Dante se empertigou todo e empinou o nariz, como se antes não estivesse fazendo nada. Cara de pau!

— Aqui está. — O rapaz me entregou o celular. — Pode me ligar quando quiser, tá? — Ele deu um sorrisinho de lado.

— Ah, claro — comentei, ainda um pouco aéreo pela presença de Dante por ali. — Obrigado... — Li seu contato no celular. — *Luca*. Eu ligo qualquer hora dessas.

Dei um sorriso mais explícito dessa vez. E foi nesse momento que vi, claramente, Dante revirar os olhos e bufar, cruzando os braços. Tentei segurar minha expressão de surpresa com aquele comportamento, para que Luca não achasse que era para ele. Até porque, para todos os efeitos, só haviam duas pessoas ali.

Assim que o entregador se afastou, encarei Dante, abrindo espaço na porta.

— Não vai entrar?

— Vou, só estava esperando você terminar o teatrinho com o *zé ruela* do lanche. — Ele revirou os olhos, mais uma vez, bem na minha cara, e me empurrou para o lado, antes de ir se enfiando na sala, como se fosse a casa dele.

Ainda de braços cruzados, Dante girou pelo cômodo até sentar-se no sofá e me olhar, com expectativa, esperando que eu fizesse o mesmo. Ele, de fato, não parecia estar em um lugar desconhecido, posso apostar que, apesar do que disse, Dante vivia aqui em casa me assombrando. Sem comentar nada, afundei ao seu lado e pus a sacola de comida sobre a mesinha de centro.

— E aí, fantasmas precisam mesmo de convite para entrar, é? — perguntei, curioso.

Ele me encarou, ainda um pouco arredio. Desde que Luca apareceu lá da porta, o semblante do falecido tinha mudado de amistoso para uma expressão meio arrogante, sabe-se lá Deus por quê.

— Não. *Animus* podem transitar facilmente em qualquer lugar, especialmente locais que tenham espelhos.

— Espelhos... Espera. *Espelhos*? — Eu me alarmei, arregalando os olhos. — Vocês invadem as casas através de espelhos?

Ele deu de ombros.

— Também... A maioria prefere sumir que nem fumaça ou ir andando, normalmente, como gente viva. Os espelhos podem ser meio perigosos, por serem portais para outras dimensões. Você pode atravessar um espelho e ir parar em alguma dimensão desconhecida, então não é lá muito seguro. Mas a questão é que alguns locais são bloqueados para entrada de *animus*. Eu não posso entrar ou me materializar na casa de uma pessoa que tenha feito um trabalho de banimento, por exemplo. Porém, se eu me deslocar através de um espelho, o feitiço de banimento não me impediria de entrar. Atravessar pelos espelhos é a forma mais poderosa, mas também a mais falha, porque nem sempre você chega no destino que quer.

Assim que Dante acabou de falar, levantei-me e fui, em passos retos, até a sala de jantar, que ficava no outro extremo da sala de estar e onde tinha um espelho enorme na parede. E então, eu simplesmente puxei a toalha da mesa e a joguei por cima do espelho, tapando-o. Quando voltei para me sentar ao lado dele, Dante estava dando risada, o que suavizava a postura irritadiça que havia tomado desde lá da porta.

— Então, você veio andando, que nem gente normal — constatei. — Por que não escolheu só... aparecer, sabe? Tipo fumaça?

— Não é muito maneiro. — Ele fez careta. — Quando a gente se desmaterializa assim, é como se todas as suas células se desmembrassem pra, logo depois, serem realocadas. Parece que você foi picado em pedacinhos e depois alguém tentou colar eles todos de volta. É bem desconfortável.

— Ah! — Eu também fiz uma careta, ao imaginar a sensação. — Mas por que precisou jogar as pedrinhas na janela e esperar eu te convidar? Vocês fantasmas não atravessam paredes e tal?

Ele mordeu a parte interna da bochecha, antes de responder:

— Porque, agora, você pode me ver e eu queria ser educado. Sei que você não iria gostar que... um *animus* surgisse de surpresa no seu quarto. Vai que você tá pelado?

Abri a boca, surpreso. Nunca imaginei que uma assombração faria questão de ser cordial comigo ou com qualquer pessoa.

Sem ter muito o que dizer e já sentindo meu estômago roncar outra vez, decidi dar atenção à comida, desembalando-a com pressa.

— Não acredito que você tá vendo isso de novo, *bicho*... — ele comentou, voltando-se para a TV.

Acompanhei seu olhar e vi, na tela, a Bella perdida na floresta, depois de tomar o maior pé na bunda da história do cinema. Eu gostava muito daquele filme, não só pelo jogo de câmeras injustiçado, como também pela reação da Bella. Posso imaginar a dor de perder alguém que você ama daquele jeito. Nunca amei alguém assim, mas esperava que, se um dia amasse, aquilo jamais acontecesse comigo, porque eu, com certeza, ficaria piradinho, igual a ela. E para eu subir na moto de estranhos por aí, só para sentir adrenalina e parar de sofrer, seria um piscar de olhos.

— Não se fala mal de "*Crepúsculo*" dentro da minha casa — avisei, com a boca cheia.

— Vamos ver o filme do "*Rambo*"! — Dante sugeriu, então, animado.

— Nem fodendo.

— Fala sério! Esse cara que faz o Edward é muito *mela-cueca*, ele nem atua direito...

Eu o encarei com os orbes esbugalhados, mastigando meu *yakissoba* suculento, antes de retrucar:

— E desde quando o Sylvester Stallone é algum gênio da atuação?

Ele se empertigou todo no sofá, descruzando os braços e se virou de lado, para ficar bem de frente para mim.

— Que isso, *bicho*! O cara já ganhou dois ou três Oscars — argumentou, gesticulando exageradamente.

— Continua sendo ruim. — Dei de ombros.

Seus olhos acinzentados dobraram de tamanho e ele sacudiu a cabeça, exasperado.

— Se você falar mal do Rocky Balboa, vamos cortar relações.

Compenetrado na mastigação e no delicioso sabor do molho shoyo com legumes, eu murmurei:

— Nunca assisti aos filmes do Rocky Balboa. Não vou com a cara do Stallone.

Outra vez, Dante pareceu ultrajado.

— Então vamos mudar isso agora!

Ele alcançou o controle abandonado no estofado e começou a procurar pelo filme no catálogo, interrompendo "*Lua Nova*". Eu não me opus e ainda me peguei analisando, embasbacado, o quão firme e sólido era seu aperto no controle remoto. Dante estava morto há um tempão e, pelo visto, aquilo lhe dava força suficiente para tocar objetos. Sabe-se lá o que mais esse cara podia fazer... Quer dizer, ele podia até cozinhar, então por que não sair pregando peças nos outros por aí?

Peguei-me pensando sobre ser sorte demais um desencarnado poderoso assim ser tão bonzinho e não estar interessado em atazanar gente viva. Eu, no lugar dele, provavelmente estaria por aí, assombrando meu ex-namorado traidor. Todo dia, eu daria três tapas na cara dele, sem mais nem menos, e ele nem ia saber de onde veio, porque não poderia me ver.

Enquanto eu pensava sobre aquelas coisas, Dante deu *play* no primeiro filme do Rocky e tirou os tênis surrados com um movimento rápido. Ele sequer usou as mãos, só forçou um pé no outro, até que os sapatos pulassem para fora. Ele subiu os joelhos, plantando as solas dos pés no sofá, todo encolhidinho.

Dante era um homem com aparência e personalidade de adulto, mas já havia notado que ele tinha algumas manias e trejeitos delicados, fofos e até meio infantis. E porra, ele era muito bonitinho mesmo... Se estivesse vivo, eu não demoraria mais que três ou quatro dias para fazê-lo beijar minha boquinha, talvez até menos.

Àquela altura do campeonato, eu já tinha até me esquecido de mastigar a comida, sentindo-me abobalhado enquanto olhava para ele.

— Vê se presta atenção, hein? — Dante advertiu em um murmúrio, encarando a tela.

Continuei o encarando, um pouco perdido. Perdido porque sempre ficava um pouco abobado quando interagia com um homem bonito e também porque o fato de Dante não parecer um fantasma, ainda me impressionava. Ele não me metia medo nem nada do tipo. Na verdade, eu estava bem longe de sentir qualquer coisa sinistra, porque tudo o que sentia, perto dele, era meu estômago se agitando: aquela tal bailarina bêbada, dando piruetas desengonçadas.

Percebendo que eu era um mal-educado e não parava de encará-lo, Dante também olhou para mim. E me olhou bem dentro dos olhos, tão intensamente, que me esqueci como se respirava. Ele não disse nada, mas vi um sorrisinho sutil brotar na lateral de seus lábios, como se gostasse de saber que eu o estava encarando.

— Cuidado... — sussurrou, com a voz suave.

— Com o quê? — sussurrei de volta, meio estático.

— *Se ficar me olhando demais, vai acabar gamadinho*. — O sorriso matreiro em seus lábios cresceu, provocando-me.

Sacudi a cabeça e sorri, dando-lhe um tapa no ombro, sem graça, antes de me voltar para a TV.

Não acredito que um fantasma acabou de flertar comigo. E pior: eu gostei!

O filme era até legalzinho, preciso confessar. E até que o Stallone não era tão ruim, como eu pensava. No entanto, a presença de Dante me deixava inquieto de um jeito diferente. Não era medo, tinha certeza disso. Acho que estava com tanta curiosidade sobre a coisa toda de fantasmas, que ficaria me coçando até saber mais detalhes sobre os segredos e mistérios da vida após a morte.

— Dante — chamei.

Ele lentamente virou o rosto para mim, como se tirar os olhos da tela fosse um grande esforço.

— Hm?

— Todo fantasma pode interagir com a matéria assim, que nem você?

Ele franziu o cenho e fez uma careta totalmente desentendida.

— Como assim?

— Ah, essa coisa toda de... fazer ovos mexidos, usar o controle remoto e tal...

— Eu já contei sobre isso, Alex. No início, é super, hiper, mega difícil, mas, com o tempo e algum treino, aprendemos como provocar interferência nas coisas.

— O que mais um fantasma pode fazer? — indaguei. — Além de se teletransportar através de espelhos, jogar pedrinhas na janela, fazer ovos mexidos e mudar o canal da TV, é claro. — Dei um sorriso brincalhão.

— Bom, se treinar o suficiente, dá pra fazer quase qualquer coisa.

— Uma vez ouvi dizer que fantasmas comem restos de comida na louça suja. — Fiz careta. — É verdade?

Ele pareceu um pouco constrangido ao responder:

— Sim... Quer dizer, eles tentam, mas não conseguem. A comida é a essência da vida, então mortos não podem se alimentar dessa forma. Só que muitos *animus* tentam imitar a rotina dos vivos e acabam ficando presos num círculo vicioso, porque, no fim das contas, a comida não nos alimenta, sequer tem gosto. É como passar fome para sempre, mesmo sem precisar comer.

Naquele momento, enquanto olhava muito atentamente para Dante, tive a forte impressão de que ele já havia tentado. Minha suspeita só aumentou quando o fantasma fez uma careta desconfortável e desviou os olhos para a TV.

— Não gosto muito de falar disso — murmurou, amuado. — A mente de um desencarnado funciona da mesma forma de quando estava vivo, e isso significa que estamos propensos à ansiedade, angústia, tristeza, e até mesmo chegar à loucura, devido à intensidade dos sentimentos que se afloram com o desencarne. Algumas almas acabam colapsando e o corpo astral entra em estado automático de repetição de instintos. Costumamos chamar esses tipos de *animus* de *zumbis*, pois se comportam como nos filmes: selvagens e irracionais.

Não são fortes o suficiente para interferir no Plano dos Vivos, mas geram um bocado de irritação do lado de cá.

A resposta era sim, estava claro. Eu senti um grande pesar por ele. E aí, decidido a continuar o assunto, porém de forma mais descontraída, resolvi perguntar sobre o que já tinha questionado uma vez:

— Fantasmas podem transar? — disparei. Eu juro, foi só por curiosidade mesmo!

Os olhos de Dante piscaram rapidamente e ele se virou para mim, parecendo abismado.

— Caramba, *bicho*, você é mesmo um *chato de galocha*.

— Eu quero saber, pô!

— Então pergunte à sua avó — rebateu.

— E qual o problema de perguntar a você?

— É constrangedor!

— E perguntar à minha avó, não seria? — Arqueei uma sobrancelha.

— Não pra mim, *tremendão*.

Naquele momento, eu entendi qual era a dele: se esquivar.

— Bom, então vou presumir que é possível. Se vocês conseguem tocar em coisas e interagir com outras pessoas, nada impede vocês de...

— Isso não dá em coisa boa, Alex. Não é a lei natural das coisas — murmurou, a contragosto.

Eu pisquei algumas vezes e o encarei, surpreso.

— É que nem com a comida. Não dá pra sentir absolutamente coisa alguma, também. Quero dizer, ao menos não entre dois fantasmas. — Ele pareceu se encolher um pouco. — Sexo é vida, enquanto *nós somos morte* — sussurrou a última parte. — Agora podemos mudar de assunto?

Ah, que cacete! Aquilo me deixou mais curioso ainda: eu queria mais detalhes, saber se ele já tinha tentado, como foi, com quem... Mas precisava considerar que, não só ele tinha total desconforto com o assunto, como também não éramos superamigos nem nada parecido. Por saber que ele me conhecia há tanto tempo, minha cabeça acabou fazendo um tipo de associação perigosa: a de que tínhamos *intimidade*. Eu tinha a sensação de confiança com ele, como se fôssemos íntimos, mas não éramos.

Pensando nisso, me encolhi no sofá também, tão constrangido quanto ele. Não gostava de ser intrometido, mas era naturalmente insistente, o que me fazia meter os pés pelas mãos com frequência.

Voltei minha atenção para a TV. Assistia ao Rocky treinar seus socos nas carcaças de carne penduradas no frigorífico, mas não conseguia me concentrar no filme, porque estava arrependido por ter incomodado Dante.

À medida que o tempo passava, o climão entre nós só parecia piorar, então decidi que, assim que o filme acabasse, daria um jeito de dispensá-lo.

Nervoso, peguei o pacote de rosquinhas que estava comendo antes, porque já tinha comido o *yakissoba* todo, desesperado para preencher o silêncio desconfortável. Meus olhos estavam fixos na TV, mas sem realmente prestar atenção nela, quando percebi, pela visão periférica, que estava sendo observado.

Dante também já não dava atenção nenhuma à tela e continuava naquela mesma posição, com os pés em cima no estofado, os braços apoiados nos joelhos e o queixo apoiado nos braços. Não sabia se queria que o fantasma continuasse me olhando ou não, por isso me virei para ele, que por sua vez, não desviou. Continuou me encarando, com uma expressão que eu não sabia identificar bem. Estava sério, contudo não parecia bravo nem chateado. Ele só me olhava.

De súbito, o clima mudou novamente: se antes havia estranhamento, agora me sentia acolhido. E, pela primeira vez naquela noite, senti aquele cheirinho de sândalo vindo dele outra vez, como quando nos conhecemos.

— Eu gosto de te ver comendo — ele murmurou, em tom delicado. — Acho engraçado como você come de um jeito afobado, como se a comida fosse fugir a qualquer momento. Seus olhos ficam até arregalados, sabia?

Ele deu um sorriso e... Cara, que sorriso! Dante já era naturalmente bonito e estava sempre sorrindo, mas aquele sorriso ali, meu amigo... Causou pane no meu sistema, fiquei todo desconfigurado!

Ele suavemente levantou o rosto e descruzou os braços. A próxima coisa que fez foi levar a mão ao meu rosto e, delicadamente, limpar os farelos de biscoito no cantinho da minha boca, com as pontas dos dedos.

Eu, simplesmente, não reagi. Senti aquele comichão, como na primeira vez que ele me tocou. Parecia uma espécie de choque fraco. Sua pele não era nem fria e nem quente, e sabia que aquela sensação de formigamento não era normal, porque não tinha sentido nada daquilo quando toquei Dona Laura.

Diferente da outra vez, no entanto, não me afastei – pelo contrário, acho até que meu corpo se inclinou um pouco na direção dele. Quando me dei conta, Dante não limpava mais os farelos do meu rosto. Ele alisava minha bochecha suavemente, num carinho sutil, e continuava olhando para mim daquele jeito indecifrável, enquanto eu devia estar parecendo um banana, porque sequer conseguia fechar a boca, de tão atordoado que estava.

Foi quando a porta da frente se abriu num estrondo e Thomas passou correndo pela sala, em direção ao banheiro.

Assustados, eu e Dante nos afastamos, como se tivéssemos sido flagrados fazendo alguma coisa errada, apesar de Thomas não poder vê-lo, nem nada.

Sem jeito e estranhando a chegada súbita, chequei as horas em meu celular e constatei que já passava das 10h. Então, levantei-me, deixando Dante sozinho na sala, e fui até a porta do banheiro, dando três batidinhas.

— Thomas? Tá tudo bem?

— Ah... Mais ou menos. — Ele parecia estar com dificuldades em responder. — Tô com dor de barriga.

Segurando um risinho, resolvi me afastar e deixá-lo em paz. Ao voltar à sala, porém, Dante já não estava mais por lá. Eu deveria estar grato por isso, já que, minutos antes, estava pensando em uma desculpa para enxotar o fantasma da minha casa, mas o que senti foi algo bem diferente. Por isso, desliguei a TV, as luzes da sala, arrumei minha bagunça e rumei para o quarto, arrastando os pés, amuado.

Para minha surpresa, no entanto, Dante estava lá, analisando atentamente o quadro de fotos preso na parede ao lado da cama.

— Pensei que tinha ido embora — comentei, fechando a porta.

Ele me olhou por cima do ombro.

— Não iria sem me despedir de você.

Parei ao seu lado, olhando para o mesmo ponto que ele observava. Era uma foto minha, parcialmente coberta por outra. Mesmo escondendo, ainda dava para ver parte da pessoa ao meu lado na fotografia: Louis, meu ex-namorado. Aquele que se casou com a menina com quem me traiu.

— Você gostava muito dele, né? — Dante murmurou, referindo-se ao cara.

— Nem tanto — respondi, honestamente.

Essa não parecia ser a resposta que ele estava esperando; por isso, encarou-me com estranheza.

— Então por que ainda guarda essa foto? Vocês terminaram já faz um tempo... — Não era uma pergunta, era uma afirmação. Não me surpreenderia nada se ele dissesse que acompanhou todo o meu relacionamento, como se fosse uma novela.

Pensei um pouco sobre a pergunta, mas, no fim, apenas dei de ombros.

— Eu sei lá... Acho que só deixei essa porque tô bonito nela. Além do mais, a carcaça do maldito está escondida por trás de outra foto.

Imediatamente, puxei a fotografia do quadro e a rasguei ao meio, recebendo um olhar duvidoso do *animus*. O encarei de volta e, então, atirei a metade da foto com o rosto do meu ex na lixeira de papéis, embaixo da escrivaninha. Depois, recoloquei a outra metade no painel.

— Pronto, bem melhor! Agora, não terei más energias neste quarto.

Dante me estudou por alguns momentos, antes de dar um passo para trás e acenar, meio incerto.

— Eu já vou indo. — Ele deu um meio sorriso. — Quando vai aparecer lá em casa de novo?

— Talvez eu vá amanhã. Minha mãe está sem tempo para recolher as coisas da vovó.

— Ela esteve lá ontem.

— É, eu sei. Por isso pediu que me encarregasse disso.

— Ela te disse o que aconteceu?

Eu sacudi a cabeça em negativa, esperando a explicação dele.

— Acho que Laura está remoendo alguma coisa relacionada a sua mãe. Dessa última vez que Yoona esteve lá, sua avó não saiu de perto dela. Acho que, dessa vez, Yoona ficou assustada de verdade.

Eu arregalei os olhos. Minha mãe, Yoona Kister, assustada com uma assombração?

— O que, exatamente, minha avó fez? — O encarei, de olhos apertados.

— Não foi de maldade, acredito. — Ele enfiou as mãos nos bolsos da jaqueta de couro. — Laura só ficou mais perto do que deveria e seguiu a Yoona em cada canto da casa, mesmo sabendo que aquilo poderia fazer com que a filha sentisse sua presença, de algum modo. Você sabe, com a coisa dos... calafrios. Como Thomas, que naquela vez sentiu frio na cozinha, porque eu estava muito perto. — Dante fez um biquinho chateado.

Mordi o lábio, pensativo.

— Não sei bem se foi sem querer... Vovó é uma *videntium* experiente, sabia bem o que podia acontecer, se ficasse seguindo minha mãe pela casa. Talvez a Dona Laura só estivesse tentando provar à filha que fantasmas existem... Quer dizer, minha mãe sempre a tratou como se ela fosse insana a vida toda. Nunca acreditou na mediunidade como deveria. Dona Laura é dura na queda, aposto que nem morta vai querer dar o braço a torcer. Tenho certeza de que seria capaz de assombrar a própria filha, só para provar que estava certa. Sabe como a relação entre pais e filhos pode ser um pouco problemática.

— É, eu sei bem. Bem até demais... — murmurou, com o olhar distante, desfocado.

Percebi que, muito possivelmente, ele estaria se referindo a si mesmo e à sua relação com os pais. Eu já sabia que não se aprofundaria, no entanto, porque se tinha uma coisa que estava começando a aprender sobre Dante, é que ele não era do tipo que ia se abrindo todo, igual a uma flor. Ele, sem dúvidas, escondia coisas demais e eu me sentia tentado a desvendá-las.

— Bem, até amanhã, então. Foi bom te ver... Quero dizer, é bom te ver, com você me vendo *também*. — Ele deu um sorriso. Depois, deu a volta por mim, sentou-se na janela, girou as pernas para fora e pulou.

Eu o observei, ali de cima. Ele pousou no chão com a delicadeza de um felino, provavelmente sem sentir uma mísera pressão sequer nos joelhos. E após se levantar, caminhou tranquilamente, como uma pessoa normal, pela rua. Quando desapareceu na esquina, olhei ao redor do quarto, me dando conta de que estava sozinho. Na mesma hora, peguei o lençol sobre a cama e o joguei por cima do espelho do armário. Eu que não daria mole de deixar aquela entrada liberada para qualquer fantasma por aí, desse jeito.

Logo depois, fui me deitar. E dormi pensando que, talvez, pudesse me sentir mais seguro se Dante ainda estivesse por aqui.

05.
ATIVIDADE PARANORMAL

Escutei uma voz me chamar, mas era como se não fosse comigo.

— Alex? — a voz insistiu.

Era como ouvir o barulho do mar de dentro de uma concha.

— Alex...?

Eu acho que alguém estalou a língua no céu da boca.

— Caramba, ALEXANDER KISTER!

— Oi? — respondi, piscando.

Thomas. Thomas estava me chamando, enquanto estalava os dedos bem na minha cara.

Você pode pensar que eu estava em um daqueles momentos que minha mãe sempre reclamava, quando eu viajava na maionese e ficava encarando um grande nada, com cara de bocó. Mas, bem... não era isso. Pelo menos, não era mais isso já fazia cerca de duas semanas. Porque agora, ao invés de encarar o nada, perdido em meus pensamentos, ficava parado olhando um vazio que não era *realmente* vazio, porque sempre havia um maldito *animus* ali.

Mas, antes de falar sobre o *animus* na cafeteria, deixe-me voltar um pouquinho...

Eu sempre ia para a universidade de carro, um que não era lá grande coisa, já que como minha mãe sempre gostava de lembrar, ela era rica, não eu. E como novo irmão mais velho de Thomas, agora eu tinha a função de levá-lo e buscá-lo na escola – o que, basicamente, era a única coisa que eu fazia, porque estava evitando ao máximo sair de casa desde que a vovó morreu. Por sorte, ele era um garoto divertido e sua personalidade completava a minha. Àquela altura, nós já éramos como unha e carne.

E como, supostamente, eu estava de luto, fui dispensado das aulas da faculdade por um breve período de dias, mas, naquela manhã, minha licença tinha chegado ao fim. Após deixar o garoto na aula, eu teria que ir para a minha, então eu e Thomas decidimos passar numa cafeteria que ficava no caminho.

Como era meu primeiro dia andando por aí e interagindo com pessoas após ter herdado o dom da minha avó, eu torcia para não esbarrar com nenhuma alma penada, após evitar sair muito na rua por dias. Mas, infelizmente, lá estava ela.

Sentamo-nos em uma mesa perto da janela, enquanto eu observava um casal de namorados tirando fotos de seus *croissants*. Eles começaram a tirar fotos um do outro, mas, por algum motivo, havia uma mocinha de cabelos castanhos e ondulados, levemente emburrada, sentada ao lado do cara. Ela bufava para tudo que a namoradinha dele fazia.

O que me permitiu saber que ela era um *animus* foi que o casal claramente não estava ciente daquela presença mal-humorada. Então, fiquei estático, sem saber o que fazer. Será que o *animus* sabia o que eu era? Será que ela sabia que podia me pedir ajuda? Havia algum letreiro na minha testa ou algum tipo de aviso? Dante e minha avó não haviam me falado sobre aquilo, então como eu poderia falar com ela? Não era como se pudesse me levantar, andar até a mesa do casalzinho e dizer algo como: "*Hey, me desculpe atrapalhar, mas preciso falar com a baixinha emburrada que está sentada aí com vocês. E, ah, vocês não podem vê-la, só eu consigo, porque, tipo assim, ela meio que está morta. Eu disse meio? Não, na verdade ela está definitivamente morta! Cem por cento falecida, sem sombra de dúvidas.*"

Era óbvio que eu sairia da cafeteria preso em uma camisa de força.

— Como eu estava dizendo... — falou Thomas —, esse personagem é muito forte! A intensidade do soco dele é três vezes mais eficaz, e a barra de vida dele é duas vezes maior que a do avatar comum do jogo. E aí...

Mas eu realmente não consegui prestar atenção no falatório do garoto. Não que o assunto dele fosse chato, nem nada. Na verdade, eu gostava de falar de jogos. Entretanto, era impossível me concentrar em outra coisa que não fosse o *animus* de cabelos castanhos tentando movimentar uma faca. Ela não parecia ser capaz de segurar o objeto, mesmo estando bastante concentrada.

Pelo que Dante havia me dito, um certo nível de prática era necessário para que um fantasma conseguisse tocar ou mover coisas, e o máximo que um *animus* novato podia tocar era em um *Animus Videntium*. Se fosse simples, todos os vivos seriam aterrorizados, com frequência, pelos falecidos. Dessa forma, pude assimilar que o *animus* não tinha falecido há muito tempo.

A menina viva, que devia ser namorada do sujeito com cara de bobo, levantou-se, dizendo que iria ao banheiro. Ela tinha uma estatura mediana e usava uma franjinha loira rente aos olhos. Assim que a garota se afastou da mesa, a fantasma a seguiu. E na mesma hora, todos os meus alarmes internos soaram, sinalizando que aquilo poderia ser um problema, afinal, a falecida não parecia nada contente.

— Thomas, vou ao banheiro — avisei, já me levantando da cadeira.

— Ah, ok. Eu vou pagando a conta então, já está dando a hora da gente ir para aula — ele respondeu, distraído com seus biscoitos de chocolate.

Eu as segui, discretamente, até o banheiro. Chequei ao redor, para ter certeza de que não entraria nenhuma outra mulher além da loira e da fantasma. Então, dez segundos depois, entrei no banheiro feminino, na cara e na coragem.

O banheiro era um daqueles de duas cabines, com espelho e pia do lado de dentro. Era limpíssimo e cheirava à erva-doce, muito diferente dos banheiros masculinos, onde o cheiro de mijo impregnava o ar.

Observei o *animus* escorado no mármore da pia, com a expressão rabugenta e braços cruzados, encarando a cabine fechada onde a menina viva estava trancada. Ela parecia bem brava e aquilo, com certeza, não era um bom sinal, o que me levava a uma teoria: o sujeito com cara de bobo, lá fora, provavelmente foi namorado da falecida, mas agora que ela tinha batido as botas, o cara havia seguido em frente e ficado com a outra.

Se minha teoria estivesse correta, a menina viva poderia estar correndo sério perigo, porque aquele *animus* bravo podia estar em busca de vingança e nem precisava ser um médium há muito tempo para saber disso.

Fiquei encarando o *animus*, até ela se dar conta de que:

1. Eu estava olhando diretamente para ela;

2. Eu era um homem dentro de um banheiro feminino.

Quando a falecida me notou, arregalou os olhos e mirou a cabine onde a outra estava, com uma expressão aflita. Mas, então, a menina viva saiu de dentro da cabine, assustada com o fato de um cara estar ali e cobriu a boca para abafar um gritinho.

— Calma! Não fique com medo — falei para a loira. — Estava esperando que você saísse, justamente para usar o banheiro. — Sem jeito, cocei a nuca.

— Mas esse é o banheiro feminino! — A voz dela era confusa. O tom era fofo, como o de uma criança. Também reparei que a garota tinha bochechas gordinhas e olhos grandes, embora fosse muito magra.

— É que... o banheiro masculino está super cheio e estou muito apertado — inventei, mas a menina franziu o cenho e fez careta.

— Não importa. Você deveria esperar! Não é de bom-tom que...

Ela começou, mas a interrompi com outra mentira mais crível:

— Na verdade, é que... eu tenho muita vergonha. — Tentei parecer o mais constrangido possível. — Você sabe como os homens são nos banheiros, certo?

— Não, eu não sei — ela replicou.

— Ah, você sabe... É que eles, tipo... reparam... e... caçoam do tamanho de... certas coisas.

Minha nossa, eu já poderia ganhar o Oscar. Nem Leonardo Di Caprio, em *Titanic*, atuou tanto.

— Ah! — Ela corou um bocado, mas a fantasma que estava atrás dela riu alto, sacudindo o corpo.

— Então, vou te deixar em paz. Sinto muito — finalizou, desconcertada, e saiu do banheiro rapidinho.

Assim que a porta se fechou, fixei meu olhar no *animus*. Ela me ignorou, jogou os cabelos ondulados por cima do ombro, e depois tentou ir atrás da loirinha, mas a impedi, segurando-a pelo pulso. Ela arregalou os olhos, com uma expressão cômica de choque. Aproveitando-me de sua surpresa, rapidamente girei o trinco da porta. Então, me voltei para a falecida e a fitei com mais obviedade, fazendo caras e bocas.

— Eu me chamo Alex Kister. E você?

A menina piscou algumas vezes, olhando-me espantada. Arqueei uma sobrancelha para ela e cutuquei sua testa com o indicador, o que a fez soltar um sonoro "*Ahhh!*", chocada. Ela não devia ter contato físico com gente viva há algum tempo.

— Sou um... Bem, um médium, então posso ver espíritos, entende? Não é todo mundo que pode fazer isso. Eu não tentaria estabelecer contato com você nem nada do tipo a não ser que me pedisse ajuda, mas é que... — Cocei a garganta. — Vi você fazendo algo que me preocupou.

— Eu não me lembro de ter feito nada preocupante — a garota retrucou após passado seu espanto inicial sobre mim, franzindo o cenho.

— É que... você, por acaso, está tentando atacar a namorada nova do seu ex ou algo assim?

— Meu o quê? — indagou, inclinando a cabeça para o lado e fazendo as ondinhas de fios castanhos caírem em cascata pelos ombros.

— Aquele sujeito lá fora é seu ex-namorado, certo? E a menina loira que estava aqui é a nova namorada dele. E você não está gostando nada disso, eu suponho. Daí, eu te vi tentando mover um dos talheres, uma faca, especificamente... Só por favor, não tente fazer nada de ruim contra eles. Isso não é certo.

Só que, para minha surpresa, o *animus* explodiu em uma gargalhada, jogando a cabeça para trás e fazendo um barulhinho estranho pelo nariz que parecia um porquinho roncando.

— Você achou que eu era namorada daquele cara? — ela perguntou, com a voz distorcida pela risada.

— Bem, era a teoria mais óbvia, mas fique à vontade para me explicar a realidade. Você parecia estar bem brava com eles dois — respondi, observando-a com atenção.

— E por que eu te explicaria? Nem te conheço! — A garota fez careta.

— Por que acabei de dizer que sou um médium e o único com quem você pode se comunicar, talvez? — rebati, com sarcasmo.

— Isso não me diz nada — devolveu, entediada.

— Garota, você é burra? — Eu já estava começando a ficar sem paciência, ao passo que ela abriu a boca, sua expressão mudando de divertida para altamente ultrajada.

— Não me lembro de ter te chamado para nada, seu narigudo fofoqueiro!

Ain! Meu nariz era grande, sim, mas me deixava másculo. E também era herança da minha descendência italiana distante... Bem distante mesmo.

— Não fala do meu nariz! Eu sou sensível, ok? E não interessa se você quer ajuda ou não! — Fiquei tão indignado quanto ela, cruzando os braços. — O negócio é que sou um *Animus Videntium*, um tipo de médium, então meio que sou obrigado a fazer alguma coisa! Não posso só ignorar.

— Como assim, fazer alguma coisa? — indagou, fazendo bico.

— Quer dizer que preciso fazer alguma coisa, porque você não deveria estar aqui. Você nunca parou pra pensar que o pós-morte deveria ser mais que isso? Que sua existência foi reduzida a vagar por aí, sem ser vista ou ouvida, enquanto observa as pessoas que conhecia viverem a vida delas, sem sequer se lembrarem de você?

— Camarada, as pessoas se lembram de mim, sim! — exclamou, contrariada. — E é claro que já pensei nisso, mas hoje faz um ano exato que morri. Um ano! E a Elizabeth... Ela... Urgh! — Bufou, irritada.

— Acredito que esteja se referindo à menina loira que acabou de sair, certo?

— Sim. Ela é... — A falecida travou, parecendo chateada. — Bom, *ela era a minha namorada.*

Arregalei os olhos em total choque. Então, a minha teoria estava no caminho certo... só que com a pessoa errada.

— Você é lésbica? Quero dizer, era?

Ela soltou uma risadinha antes de responder:

— Era e sou, sempre serei. Homens me dão ânsia de vômito, especialmente depois que morri.

— Hm... Espera, tô meio confuso aqui.

— Você é acéfalo? Não entende o conceito de lesbianidade? Ou é só mais um homofóbico de merda?

Fantasminha abusada! Igual ao Dante.

— O quê? Garota, se manca! Não é nada disso. Olha aqui, ô *animus*...

— Meu nome não é *animus*, é Jessica — ela retrucou. — Você é um péssimo médium. Não tem o mínimo de tato e é muito impessoal...

— Olha aqui, Jessica, você é bem chatinha, viu? Já disse que sou médium, não vidente. Está vendo alguma bola de cristal comigo?

Jessica deu um sorriso amarelo e encarou o chão, contrariada.

— E para sua informação, eu sou gay. Muito gay mesmo — continuei. — Em segundo lugar, não fiquei confuso pela sua orientação, mas, sim, porque você disse que passou a desgostar *ainda mais* de homens depois que morreu. Então, se puder fazer o favor de me ajudar a te ajudar, contando tudo direitinho... Sabe? Então, me responda: algum homem teve a ver com sua morte?

Ela suspirou, mas, quando abriu a boca para falar, alguém bateu à porta, interrompendo:

— *Senhor! Esse é um banheiro feminino! Terei que pedir que se retire!* — bradaram lá fora.

Assustado, gritei em resposta:

— Só um momento, já estou saindo!

Então me virei para a tal Jessica.

— Ei, preciso ir. Aliás, acabei me atrasando para aula e não posso faltar hoje de jeito nenhum, porque tenho um trabalho importante pra apresentar. Pode me encontrar depois?

— Sim... Me diga onde mora.

— Com seus poderes de *animus,* não é só você, sei lá, pensar em mim e aí, *puff*, surgir na minha frente?

— Você fundiu seu cérebro? — Ela parecia irritada.

— *Senhor, eu vou chamar o segurança!* — a voz gritou outra vez lá fora.

Merda!

— Sétimo quarteirão, depois da praia de Ponta Negra, no pontal! Casa 101. Aparece lá! Você vai mesmo, não vai? Me prometa!

— Camarada, a garota que eu amo corre perigo, então pode ter certeza de que vou mesmo precisar de sua ajuda.

E então, ela se desmaterializou no ar, deixando-me pasmo. Quero dizer, nunca tinha visto um *animus* fazer aquilo, embora já soubesse que eles podiam. Aliás, ela era o primeiro *animus* com quem eu conversava depois de Dante e Dona Laura.

Saí do banheiro morrendo de vergonha, enquanto o segurança – que já estava parado na porta – olhava-me de cara feia, junto a uma funcionária de braços cruzados.

Fui voando até minha mesa e cutuquei Thomas, que ficou resmungando sobre minha demora e dizendo que, se ele não pudesse entrar na escola, eu teria que lidar com Yoona depois, porque ele não queria ficar de castigo por minha culpa.

Inclusive, minha mãe ficou um tanto indignada quando descobriu que a vovó não deixou a casa para ela no testamento. Não que ela fizesse questão daquela casa velha, mas isso a fazia pensar que talvez vovó gostasse mais de mim do que dela. Yoona, às vezes, podia ter sentimentos conflituosos em relação à mãe, mas eu procurava entendê-la. Não deve ter sido fácil ser filha de uma médium de verdade. Agora eu entendia que vovó devia viver tão ocupada tentando ajudar os mortos que acabava por não dar atenção à própria filha. Isso criou certos traumas na minha mãe e Dona Laura sabia bem disso; entretanto, não a via se esforçando para tentar esclarecer as coisas com Yoona, nem mesmo agora que estava morta.

E aí, pensei em uma coisa: será que aquele era o motivo de vovó ter ficado com a alma presa no plano terreno?

Depois de deixar Thomas na escola, disparei para a universidade, pronto para apresentar meu trabalho de avaliação do semestre.

Quando parei em frente aos portões, precisei de um minuto para me lembrar de que precisava descer do carro, porque estava um pouco atordoado devido ao encontro de momentos atrás com a fantasma lésbica.

A atividade consistia em produzir um documentário, de tema livre. Então, tive a brilhante ideia de fazer um documentário sobre casas mal-assombradas, inspirado na *Polaroid* assombrada que Dante apareceu, antes de se materializar nitidamente para mim. Utilizei os mais diversos modelos de câmeras, sensores e infravermelhos, na tentativa de fazer com que qualquer um deles indicasse a presença de Dante ou Laura, lá no mausoléu.

Meu trabalho ficou à altura daqueles programas de terror que a gente vê no canal *Syfy*: bem assustador e sensacionalista. A diferença é que eu não tinha usado efeitos especiais em nada. Foi tudo real. Dante e Laura assombraram a casa real oficial.

Então, quando peguei minhas duas bolsas e parti afoito para dentro do *campus*, sequer notei uma pessoa cruzando meu caminho e acabei trombando com ela, o que fez com que as bolsas caíssem no chão.

Em estado de puro horror – você entenderia meu pavor, se soubesse o preço de cada uma das lentes dentro daquelas bolsas – me agachei no chão, abrindo as bolsas para checar as câmeras, repetindo: "*não, não, não*", mil vezes em minha cabeça.

Constatei que não uma, mas duas lentes tinham quebrado. Ah, mas que merda do caralho!

— Me desculpe, eu... Ah, meu Deus! — a pessoa que havia trombado comigo disse, em tom preocupado.

Eu sequer havia conseguido olhar para o sujeito, já que minha preocupação com as lentes era maior do que minha educação naquele momento. Então, o cara puxou uma das lentes da minha mão e eu olhei bravo para ele. Mas, no minuto que vi seu rosto, minha raiva praticamente se esvaiu. Ele tinha cabelos pretos, cortados em um *mullet*, era alto e magro, com cara de *playboy*... Era meu tipo de macho. Que cara bonito!

— Me perdoe! Posso pagar o conserto! — ele disse.

— Não foi c-culpa sua... Eu é quem não deveria estar correndo.

Um segundo atrás, eu queria enforcar a criatura, mas... Sabe? Olhando para um rostinho desses, só conseguia pensar em coisas nada castas.

Mais cínico que eu, só Dona Laura e a senhora sua filha.

— Ah, mas todo mundo corre pelo campus na época de provas, seminários e trabalhos... Você deve estar atrasado, né? — Ele observou-me com atenção.

Percebi que me sentia como um virgem do ensino médio. Que vergonhoso, Alex Kister!

— É, mas se eu não tivesse perdido tempo com... — comecei a dizer, mas aí fiquei ciente de que minhas bochechas estavam esquentando.

— Com...?

— Nada... Nada, não. — Dei um sorriso amarelo.

O quê? Você não achou que eu contaria que tinha me atrasado por causa de um fantasma, né? Não seria nada inteligente fazer com que um cara bonito, que tinha tudo para ser um futuro peguete, me achasse maluco.

— Bem, faço questão de pagar pelas lentes — ele determinou. Fiz menção de negar a gentileza, mas ele me cortou: — Eu insisto.

Não é como se eu fosse negar mais uma vez, é claro, já que eu não tinha dinheiro para pagar o conserto daquilo.

— Me chamo Tyler Ross, mas a galera só me chama de Ross. Você pode chamar como preferir.

"Eu prefiro que você cale a boquinha e me beije", pensei, mas o que respondi foi:

— Sou Alexander Kister, mas prefiro que me chamem só de Alex. Nunca te vi pelo campus, Tyler. Você é calouro? — Afinal, eu teria visto uma beldade dessas em forma de gente caminhando por aí. Ah, como teria!

— Não. É que sou do curso de Arquitetura, então estudo em outro bloco. Só estou por aqui porque fui reprovado em uma disciplina por falta, mesmo tendo tirado nota máxima em todas as avaliações. — Ele aparentava irritação com esse tópico. — Então, tô indo tentar conversar com o coordenador pra resolver isso. Ou suborná-lo. — Deu um risinho.

Apertei as sobrancelhas, incomodado. Isso não era correto. Não que eu fosse o cara mais certinho do mundo, mas subornar um reitor me parecia meio... demais.

Ele percebeu minha desaprovação, já que pigarreou e sorriu, meio sem jeito.

— Eu estava brincando, era só para descontrair.

Bem, eu havia acabado de conhecê-lo, e embora nçao acreditasse muito nele, deveria dar um voto de confiança.

— Err... Bem, boa sorte com isso. — Dei meu melhor sorriso galante. — Agora, preciso mesmo ir. Tenho um trabalho para apresentar, mas gostei de te conhecer... Ainda não tinha te visto por aqui — flertei.

— Me passa seu telefone para conversarmos sobre a câmera — Tyler pediu, já puxando o aparelho do bolso.

Salvei meu número nos contatos e devolvi o celular a ele, que imediatamente me ligou, pois senti meu celular vibrar no bolso traseiro da calça jeans apertada.

— Pronto, agora salva o meu número, ok? Quando acabar essa loucura de trabalhos e provas, falo com você.

— Ah, tudo bem, sem problemas. Obrigado, Tyler. — Sorri de lado.

— Por nada, é meu dever. E me desculpe novamente — disse cordial, dando um belo sorriso.

Senti-me nervoso outra vez. Esse cara tinha uma aura definitivamente sexy. O jeito de falar, o modo como se movia... Ele parecia super confiante e não podia negar que fiquei um tanto... embasbacado.

Dei um tchauzinho meio abobalhado e segui meu caminho pelos corredores, enfim alcançando minha sala, onde o professor me recebeu de cara feia e meu amigo, Lee Doyun, acenou freneticamente para que me sentasse ao seu lado.

— Cara... Pensei que você ia perder a apresentação. Te prepara, hoje o Nathaniel *tá pistola*! — Doyun fez uma careta engraçada.

— Ele tá seguindo a ordem de chamada? — Fiquei preocupado, já que meu nome era um dos primeiros da lista.

— Relaxa, é por sorteio. Ele não te chamou ainda – respondeu, com sua costumeira cara de tédio.

Lee Doyun era um sul-coreano magro e pálido pra cacete, que mudava a cor de cabelo todo mês e adorava implicar com sua *nêmesis:* nossa colega de sala, Anya.

Ele gostava muito de distribuir patadas àqueles que faziam perguntas burras, o que fazia com que as pessoas tivessem um pouco de medo dele. Meu primo Raphael, por exemplo, era uma das poucas pessoas que aturavam o mau-humor de Doyun e apreciavam sua personalidade que podia ser tão letárgica, quanto brincalhona. Assim também era com a nossa outra amiga, Rosalia, que era super *good vibes* e não parecia se incomodar com as patadas gratuitas do macho de cabelos descoloridos sentado ao meu lado.

Já Anya era bem divertida e brincalhona, além de muito fofa. Talvez, por isso, ela e Doyun batessem de frente o tempo todo, porque os dois competiam para saber quem era o mais engraçadinho da turma. Não havia lugar para dois bobos da corte, eles pensavam, mas a verdade era que o humor dos dois era totalmente oposto. Ele era mais ácido, enquanto Anya era carismática. Sua personalidade era o estereótipo da típica loira burra – embora fosse equivocado, porque ela era bem inteligente.

A única coisa que os dois tinham em comum era a galinhagem: eles competiam para ver quem beijava mais bocas numa mesma festa e não passavam mais que um mês com a mesma pessoa. Eram os maiores quebradores de corações que eu conhecia.

— Bem, tive alguns contratempos... Me atrasei e acabei trombando com um cara bem gato no corredor, que acabou derrubando minha bolsa e quebrando duas das minhas lentes — fofoquei, ainda meio bolado.

— Que merda, hein, gay? Quem era o sujeito? — Doyun sussurrou, sob o olhar feio de Nathaniel.

— É um tal de Tyler Ross. Nunca tinha visto o sujeito antes. É do curso de Arquitetura. Acho que fiquei interessado, ele é bem gato.

— Ah, sei quem é! Conheço o irmão dele, é aquele que mostrou a bunda na festa de *Halloween* do ano passado.

— Aaaaaah, eu me lembro! — exclamei, com o indicador para cima.

— Estou atrapalhando o tricô das madames? — Nathaniel parou em frente à nossa mesa, de braços cruzados.

Nathaniel era um ótimo ator. Digo isso porque ele era amigo de longa data de meu irmão Jonas, embora fosse uma década mais velho. Então, por ter relações fora do campus com a minha família, acabava implicando de leve comigo e quem quer que estivesse próximo a mim, apenas para disfarçar nossa proximidade e impedir que alguém pensasse que ele me favorecia academicamente ou algo parecido. Até porque minhas notas eram bem altas por puro esforço meu, devo dizer.

— Desculpe, professor. — Contive um risinho.

Ele me encarou, preocupado, por trás dos óculos de armação elegante, depois olhou para os lados e voltou à sua mesa, dando atenção, então, à apresentação de Rosalia, que conectava suas parafernálias no projetor.

— Mas, ei, como você está? — Doyun perguntou, soando inesperadamente gentil.

Então me lembrei de que eu havia sumido por duas longas semanas e, para todos os efeitos, estava de luto. Ah, sim, precisava demonstrar tristeza, certo? Ainda que Dona Laura estivesse por aí, mais reclamona e abusada do que nunca.

— Ah, é... Eu tô legal. Meio que já vinha me preparando para isso, sabe como é. Vovó já estava bem doente e velhinha. E ela está num lugar melhor agora — finalizei com um meio sorriso, bem falso.

Doyun interpretou aquele gesto como um sinal de tristeza e deslizou a mão em minhas costas, tentando me confortar.

Continuamos a conversar aos sussurros e Nathaniel não nos importunou mais, ocupado em avaliar as apresentações.

Até que meu momento chegou. Sabia que tinha feito um bom trabalho, mas estava um pouquinho nervoso.

Liguei meu *notebook* e o conectei ao projetor, depois entreguei a Nathaniel o resumo digitado com as descrições de roteiro, tipos de câmera, ângulos e toda a parte escrita e algumas Polaroides *assombradas*, para aí fazer a introdução à turma:

— Bom dia! Eu sou Alex Kister, como vocês já sabem. Pro meu documentário, escolhi um tema... diferente.

Meus colegas se empertigaram inesperadamente nas cadeiras, pois eu havia capturado suas atenções.

— Desde criança, sempre tive medo de fantasmas. Eu sei, é algo bobo, mas sentia. E como alguns já devem saber, minha avó acabou de falecer — usei um tom triste.

Vi toda a classe soltar suspiros penosos, como já era de se esperar, então retomei a apresentação antes que o clima ficasse muito pesado:

— Ironicamente, a casa dela sempre foi um lugar que me enchia de medo, muito mesmo — continuei a falar. — As portas batiam sozinhas, sempre ouvia o barulho de coisas caindo sozinhas e posso jurar que, às vezes, via vultos nos espelhos.

Vi alguns de meus colegas ficarem de olhos arregalados e se encararem, assustados. Então, contendo um sorrisinho malicioso, prossegui:

— Eu queria muito perder esse medo e, após o falecimento de minha avó, naquela mesma casa, decidi tentar estabelecer contato com ela.

Todos portavam expressões surpresas e desacreditadas pela minha audácia, é claro.

— Como vocês devem imaginar, eu não poderia ter medo de minha avó. E ela foi quem me deu coragem para fazer isso. Então, me inspirando nos documentários de caçadores de fantasmas, tive essa ideia. Preparem os nervos e não tenham medo do escuro, porque eu consegui, sim, me comunicar com os mortos.

Vi toda a plateia me encarando, incrédula. Nathaniel portava uma expressão atônita, enquanto Doyun tinha a boca aberta, junto a um leve misto de excitação no rosto. Rosalia, que estava sentada na cadeira de trás, pulou para a da frente e, quando ficou ao lado de Doyun, agarrou-se a ele como um coala assustado, os cabelos ruivos compridos se movendo como uma cortina pesada ao seu redor.

Anya, que estava sentada no fundo da sala, correu para o lado de Doyun e Rosalia, dois segundos depois. E veja só, ela também se agarrou ao loiro do outro lado, o que me fez rir, imaginando a cara de irritação dele no escuro. Primeiro, porque Doyun não era lá muito chegado a contato físico; segundo, porque ele e Anya só faltavam soltar faíscas quando estavam um do lado do outro, mas o medo fez a garota ignorar a rivalidade e juntar-se a ele.

Sem mais delongas, dei *play* no vídeo e me sentei na penúltima cadeira, lá no fundo da sala, para observar melhor as reações de meus colegas.

Logo nos primeiros minutos, muita gente já tinha dado pulos na cadeira. Bem perto de mim, um colega fechou os olhos, apavorado.

Olhei para o vídeo rodando. Na cena que passava, eu estava fazendo perguntas aos espíritos com o auxílio de um tabuleiro OUIJA. A peça com a lente, que escolhia as letras, corria sozinha pelo tabuleiro freneticamente.

— Ah, isso é *fake*! — ouvi um dos meus colegas exclamar.

— O Alex tá forçando a peça a mexer!

As acusações deram início a vários cochichos e, então, a turma se dividiu entre ficar amedrontada e cética. Nathaniel parou o burburinho com uma repreensão, dizendo que, ao final da minha apresentação, todos poderiam expressar suas opiniões de forma justificada e respeitosa.

Ao longo da exibição da filmagem, fui ficando satisfeito. A cada cena, podia ver Doyun se virar com dificuldade na cadeira para me lançar alguma careta chocada, mas eu não conseguia enxergá-lo direito, já que estava tudo escuro.

Lembrei que, durante a gravação da cena do tabuleiro OUIJA, Dante era quem respondia às perguntas, puxando a peça de um lado a outro, dando respostas tensas, interpretando um *animus* maligno clichê e dizendo que minha avó não estava ali – quando, na verdade, a velha com cara de *miss* estava ao seu lado, dizendo quais respostas ele deveria dar. Ah, Laura Nucci tinha adorado fazer aquele trabalho!

As exclamações chocadas de meus colegas de turma, a cada resposta do *animus* no tabuleiro, eram impagáveis.

O projetor finalmente começou a exibir a filmagem do antigo quarto de minha avó, no segundo andar, onde eu havia posicionado a câmera no tripé em frente à cama e deixado o equipamento filmando por toda noite. E aquela foi a primeira vez que dormi tranquilo, naquele mausoléu.

É claro que só fiquei tranquilo de verdade porque sabia que o *animus* puxando meu lençol a noite inteira era Dante, não um capiroto qualquer querendo me matar. Lembro-me de que, algumas vezes, tive vontade de dar um chute nele e mandá-lo sossegar, porque estava atrapalhando meu sono, mas eu mesmo havia pedido que ele fizesse aquilo. Quando acelerei as imagens, notei que Dante ficou ligeiramente visível – e super embaçado. Ele estava andando em volta da cama o tempo todo e, às vezes, até deitava nela, o abusado! Claro que ele não estava visível a ponto de alguém identificá-lo, mas alguns borrões suaves apareciam na filmagem, fazendo a maioria dos alunos se cagarem de medo, enquanto eu tentava conter minhas risadas.

A única coisa que tinha me assustado naquela noite para ser honesto, foi ter notado que Dante passou a noite inteirinha no quarto, quando eu havia dito que ele só precisava entrar lá algumas vezes para puxar o lençol.

Bom, não fiquei realmente assustado, foi só modo de falar. Diria que fiquei, no mínimo, curioso... Porque aquilo me deixava um pouco confuso.

Dante parecia querer ficar perto de mim o tempo todo. Não que eu estivesse reclamando, mas estar perto dele me deixava desconcertado... Quer dizer, o cara era lindo, atencioso e tinha uma personalidade interessante, alternando entre ser um nervosinho do caralho e um docinho de coco, o que só me deixava cada vez mais interessado. Além de que, às vezes, tinha a impressão de que ele flertava comigo. Palavra! Mas logo depois o via fazendo as mesmas gracinhas com minha avó, então ficava frustrado.

Durante as duas semanas de convívio com os dois *animus*, certas perguntas circularam na minha mente. A principal era que eu não podia negar a possibilidade de Dona Laura e Dante estarem tendo algo que fosse além da amizade. Eles compartilhavam muitas coisas em comum e eram, tipo, perfeitos um para o outro, já que agora tinha a coisa de ambos estarem mortos e serem espíritos errantes, como também viverem na mesma casa. E eles tinham bastante intimidade, por se conhecerem há mais de três décadas. Para completar, os dois eram extremamente bonitos. Quer dizer, pouco mais de meio século atrás, vovó já foi *miss*, a mulher mais bonita de Astaroth!

Pensar naquilo realmente me incomodava. Sabia que estava com ciúmes. E dos dois, na verdade: de vovó, porque ela era casada. Meu avô, Giuseppe Nucci, devia estar lá no Outro Lado, esperando por ela – ou, pelo menos, eu achava que estava. Se ele estivesse se engraçando com alguma alma penada por lá, bem, aí eu daria uma panelada na cabeça daquele velho quando eu também virasse um *animus*, daqui a sei lá quantos anos.

E quanto ao Dante... Ah, o gostoso do Dante...

Espere, não é o que você está pensando. Eu não estava *apaixonado*, ele era um *animus*, afinal. Não era como se a gente pudesse ficar junto ou algo assim. Era uma relação impossível. E olha, já havia pensado muito nisso durante as últimas semanas desde que o conheci devidamente...

Sim, eu podia tocá-lo e nós podíamos, talvez, dar uns beijinhos ou até fazer outras coisas ainda mais gostosas, mas aquilo seria tipo um pecado, eu acho. Uma blasfêmia? Obscenidade? Ah, não sei dizer, mas a ideia de um vivo transando com uma alma penada não parecia algo muito ético. Parecia um pecado dos grandes! Argh, isso, sim, me dava calafrios.

De repente, uma cena das panelas penduradas na cozinha apareceu na filmagem. Lembrei-me de que, nessa cena, Dante e Laura correram em círculos, com ele batucando as panelas enquanto eu tentava não rir e fazia uma ótima atuação de garoto apavorado. Talvez eu tivesse um futuro como ator, já era bonito e mentia com facilidade.

Enquanto eu corria pela cozinha, no vídeo, deslizando de meias pelo chão liso, as panelas tremiam ainda mais violentamente e a turma entrou em colapso, os burburinhos nervosos tomaram conta do ambiente. E eu, que até então estava numa boa, quase pulei da cadeira quando escutei uma voz no meu cangote:

— Bú!

Santa Maria mãe de Deus!

Quase infartando, olhei para trás e deparei-me com um Dante sorridente, sentado na última cadeira, logo atrás de mim. O fantasma tinha as roupas invertidas, com a jaqueta de couro amarrada na cintura e a camisa de flanela aberta sobre o tronco, exibindo a camiseta branca do Led Zeppelin por baixo. Ele jogou os cabelos para trás em um movimento descontraído, mas que, para mim, pareceu muito, muito sexy.

Esse fantasma era um pornô ambulante ou o quê? Filho da puta lindo do caralho!

— Fantasma desgraçado! Você me assustou! — rosnei, torcendo para que ninguém me visse falando, aparentemente, *sozinho*.

— Ah, *coelhinho*. Não sabia que você ainda era medroso desse jeito. Achei que já tinha superado isso — ele retrucou, claramente, querendo me irritar.

E que porra era essa de *coelhinho*? De onde ele tinha tirado isso?

Virei-me para ele, com o cenho franzido. Mesmo no escuro, ele entendeu, então deu um sorrisinho amável antes de dizer:

— Você sempre pareceu um coelho por causa dos seus dentinhos da frente, sabe? Mesmo quando era criança e ainda tinha dentes de leite. Você também tem as pernas compridas e uma personalidade debochadinha à beça. Você é, definitivamente, o Pernalonga.

— Ah, tá. E você é o que, o Patolino? — Apertei os olhos pra ele. — Você ficava me seguindo demais quando eu era pequeno. Não acho legal um sujeito morto ficar por aí assombrando criancinhas — devolvi, um tantinho bravo com o fato de Dante sempre ter sido a causa da maior parte dos meus surtos e momentos de desespero na infância, inclusive nas muitas vezes que molhei a cama... Não que ele precisasse saber dessa parte, se é que já não sabia.

— Ah, relaxa, Alex. Eu só ficava por perto porque você era fofo. Eu não tinha muita coisa para fazer, sabe disso — ele argumentou, despreocupado. — Além do mais, às vezes, tinha uns *animus* que se irritavam com a Laura. A gente tinha medo de que eles tentassem fazer algo contra você, então eu ficava por perto, não só de você, mas do seu irmão também, como uma espécie de anjo da guarda. Você deveria me agradecer, seu pivete ingrato.

Dante insistia em me chamar de *pivete*, *pirralho* e *criança*, o que me dava vontade de socá-lo bem naquele nariz bonito e pequenino. Tudo bem que ele era muito mais velho, mas qual é?

E tudo bem, também, que ele me conhecia desde que eu era um pingo de gente, mas ainda era irritante que um cara gostosão e sedutor – em quem eu estava louco para dar uns chupões no pescoço – ficasse me tratando assim. Eu fazia muito sexo, tá legal? Era muito adulto!

— Vai à merda, *vovô* — foi tudo que eu disse.

Ele fechou a cara, parecendo ultrajado, mas sua expressão era cômica demais para que eu pudesse suportá-la com neutralidade, então acabei rindo, enquanto cobria a boca com a palma.

— Olhe aqui, seu moleque... — Dante começou, todo irritadinho.

— Gasparzinho, vê se fica quieto ou alguém vai achar que tô falando sozinho! — Olhei a nossa volta para me certificar de que não estava sendo observado. — O que veio fazer aqui, afinal?

— Ah, queria saber como estava indo a apresentação, então vim assistir. — Ele logo mudou de irritadinho para casual. — Vim ver se você está indo bem e se sou um bom ator-*animus*-assombrado — concluiu, rindo.

Não pude deixar de sorrir também, mas então o documentário acabou e alguém acendeu a luz.

Imediatamente, todos se voltaram para trás, olhando para mim. Eu me levantei e, ignorando Dante, caminhei até a frente da sala, onde fui bombardeado de perguntas:

"Como você fez aquele lençol ser arrancado do seu corpo?"

"Como fez as panelas se moverem?"

"Não acha isso desrespeitoso à memória de sua avó?"

Essa última questão me fez bufar, mas respondi, calmamente, que minha avó sempre foi muito tranquila em relação àquele tipo de coisa e que ela mesma dizia que eu deveria tentar me comunicar quando ela morresse – o que não era de todo mentira.

Até que Doyun bradou:

— Cara, isso pode ser um sucesso de bilheteria! Foi mais assustador que todos os filmes de *Atividade Paranormal* juntos!

Toda a turma irrompeu em risadas, inclusive Nathaniel, que adorou meu trabalho, rasgando-se em elogios. O professor disse que tudo havia sido tão crível e natural que nem ele mesmo havia sido capaz de notar quais foram os efeitos especiais que eu havia utilizado. Coitado... Mal sabia ele que tudo foi cem por cento real, estrelando almas penadas cem por cento autênticas.

Doyun, Rosalia e Anya ficaram tão afoitos que não pararam de falar sobre o documentário o resto do dia.

Dante apenas continuou por ali, me acompanhando e sorrindo, tecendo comentários com meus colegas, ainda que ninguém o estivesse vendo ou ouvindo.

Aquilo me deixou muito incomodado. Primeiro porque já estive no lugar dos meus amigos, como uma pessoa normal que não via *animus,* e, cara, não era legal ter fantasmas te assombrando, mesmo que você não os visse. A sensação era horripilante e bastante invasiva.

Em segundo lugar, a situação me incomodava porque estava ficando com pena de Dante. Dava-me um bolo na garganta ao vê-lo interagir e não ter respostas, afinal, ninguém, além de mim, o via, e eu mesmo não poderia respondê-lo. Embora ele não parecesse ligar, eu estava extremamente desconfortável em assistir àquilo.

Quando a aula terminou, decidi ficar no *campus* para assistir a uma palestra que um roteirista de filmes de ação muito famoso faria, o que, de quebra, renderia-me alguns pontos extras. Pensei que, por ser uma atividade chata, Dante cairia fora, mas enquanto eu seguia calado para o auditório, no fundo do meu grupo de amigos, ele tagarelava sobre quantos filmes de guerra já tinha assistido daquele roteirista e o quanto queria poder sentar na primeira fila, para ver o cara palestrar. E daí, concluí que isso não fazia o menor sentido, já que ele sequer poderia *sentar* em alguma cadeira, ainda mais na fileira da frente, porque o auditório estaria lotado e, no mínimo, sendo invisível, alguém acabaria sentando no colo dele sem perceber – o que seria estranho para a pessoa e para ele.

Desse modo, meu incômodo aumentou exponencialmente, porque aquela situação não parecia certa. Não ligava se Dante ainda queria passar mais algum tempinho na Terra, mas a coisa toda de ficar no meio das pessoas, causando-lhes calafrios, atingia-me em um ponto fraco.

Então, depois que eu e meus amigos escolhemos nossos lugares, deixei minhas bolsas para marcar o meu assento e fiz a Dante um sinal com a cabeça, indicando que me seguisse, o que ele prontamente fez.

Nós atravessamos um dos pátios e entrei na primeira sala vazia que encontrei naquele bloco. Quando fechei a porta e me virei para ele, o *animus* estava sorrindo.

— Eu sei que você não pode me responder na frente de todos, mas relaxa, *tô numa nice.* — Ele se sentou em uma das cadeiras e, de modo despojado, sacudiu os tênis sujos no ar.

— Humm... — Pigarreei, coçando a nuca. — Não é sobre isso que eu queria falar contigo, Dante.

— Ah. Então, o que é? — perguntou curioso, deixando que sua cabeça, com fios pretos e mechas laranja vibrantes, caísse um pouquinho para o lado, o que o fazia ficar ainda mais fofo e eu me sentir um merda, por ter que dizer aquelas palavras a ele.

— É que... Já te disse que eu acho muito bizarro um fantasma ficar assombrando as pessoas por aí, não gosto nada disso.

— Mas não tô assombrando ninguém, *bicho!* Não tô assustando eles, nem nada. — Dante cruzou os braços, assumindo uma postura defensiva, e afinou o tom de voz daquele jeito reclamão.

— Olha, sei que sua intenção não é essa, mas me sinto estranho... Não acho certo, entende? Já estive na posição deles e não é legal — declarei.

Ele me fitou, calado, por um longo tempo. Depois, sacudiu a cabeça de um lado para o outro, chateado, os olhos dançando por mim, e então, pulou da mesa. Ele caminhou lentamente até a porta e parou logo antes de sair:

— Me desculpe por querer estar perto de um pouco de gente, Alex — murmurou. — Eu só queria ficar perto de você, na verdade. E me desculpe por ter te assustado tanto quando você era criança, não era minha intenção. Só queria te proteger, *bicho*. Não sabia que você ficaria traumatizado desse jeito... Me desculpe.

Além da mágoa aparente, sua voz estava meio trêmula, como se estivesse a ponto de chorar.

Ai, caramba! *Animus* choravam?

Senti-me um monstro. Dante era sempre tão meigo e gentil – embora nervosinho – e eu simplesmente estava cortando seu barato. Que tipo de pessoa faria isso com alguém como ele?

Dei um tapa na minha própria testa, frustrado. Não o tinha chamado aqui para deixá-lo mal e pensei que ele fosse entender o que eu queria dizer, mas sinceramente? Vendo-o tão magoado, nem eu entendia mais o porquê de achar sua presença entre os vivos tão ruim assim, afinal, aquilo era mais incômodo para ele do que para os vivos alheios à sua presença fantasmagórica.

— Dante... — Tentei amenizar, mas ele sacudiu os braços em frente ao tronco, indicando para que deixasse o assunto pra lá.

— Tá tudo bem, Alex. Eu vou indo.

— Ei, não faz assim — murmurei, totalmente arrependido e querendo, mais que tudo, que ele ficasse.

Mas, antes que pudesse completar a sentença, o *animus* se desmaterializou bem na minha frente, assim como Jessica havia feito mais cedo.

Ótimo. Eu era um grande bostão.

Parabéns, Alex! Quer uma festa, vacilão?

06.
BRUXA VELHA DO OESTE

Naquele mesmo dia em que tive um desentendimento sério com Dante na faculdade, fui até a casa de vovó. Precisava me desculpar com ele, além de contar para Dona Laura sobre o *animus* na cafeteria. Porém, quando cheguei lá, não tinha nem uma alma viva no lugar, literalmente falando.

Durante os dias seguintes, voltei à casa assombrada quase todos os dias, mais de uma vez, em horários diferentes, mas os dois pareciam ter evaporado, tanto vovó, quanto Dante.

Aquilo começou a me deixar apavorado.

E se eles dois tivessem resolvido suas pendências neste plano e partido para o Além?

Pior: e se as pendências deles dois fossem algum tipo de amor incubado que poderiam ter nutrido um pelo outro ao longo dos anos e que agora, com ambos desencarnados, poderia finalmente acontecer?

Minha cabeça se enchia cada vez mais de teorias, porque a verdade era que eu não sabia *nada* sobre a vida – e morte – de Dante Donadelli, menos ainda sobre a relação de minha avó com ele durante aqueles anos. Até onde sabia, eles poderiam, sim, estar em um romance, ainda que Dona Laura já tivesse lá seus quarenta e tantos anos quando se mudou para o mausoléu; além de que, naquela época, ela já era viúva e desimpedida para viver um novo amor.

Talvez a diferença de idade tenha sido um problema para eles naquela época, mas não fazia mais sentido agora, se ambos estavam mortos e suas aparências astrais tinham, tecnicamente, a mesma faixa etária.

Eu não gostava nada da ideia de minha avó e Dante serem um casal. Eu ficava muito, muito bolado, só não sabia exatamente o porquê – embora já fosse claro que eu tinha certo interesse nele.

Era só um sentimento platônico.

Argh, de todos os problemas que pensei que um *animus* pudessem causar, nunca imaginei que esse estaria na lista. O meu fogo no rabo agora se expandia *ao infinito e além*[1].

E assim, uma semana inteira se passou sem que eu conseguisse entrar em contato com nenhum dos fantasmas.

Na terça-feira da semana seguinte, estava saindo da sala de aula quando vi a cena mais corriqueira do mundo: Anya e Doyun se alfinetando. Olhei para Rosalia, sentada entre eles, com os cabelos vermelhos presos em um coque, enquanto lia um livro sem sequer dar atenção à intriga de roteiro *nonsense* entre os dois. Enfiei-me no meio, dando um chute na canela do Lee, que me olhou bravo e xingou um palavrão.

— Vampiro, quando você e Anya vão parar com isso? Por acaso, é amor incubado? Alguma técnica avançada de flerte? —provoquei. E é claro, eu fazia piada, mas minhas técnicas de conquista se baseavam exatamente na mesma coisa: dar uma de durão e implicar com a pessoa, até ela entender que eu estava a fim. Era como fazia com Dante, você sabe.

Eles dois se entreolharam e fizeram caretas.

— Eu? Com esse cara? — Anya fingiu estar ultrajada ao jogar os cabelos loiros para trás. — Eu sou bonita, pelo amor de Deus! Doyun parece uma cobra velha de olhos pequenos!

Ele virou o pescoço para ela em uma fração de segundos, encarando-a, irritado.

— Eu sou feio e você é uma bruxa velha! — disparou.

— Não sou velha! Sou dois meses mais nova que você!

— Ah, é mesmo? Não parece! Jurei ter visto alguns pés de galinha ao redor dos seus olhos — foi venenoso. — Gente branca envelhece rápido, sabe?

Anya, assim como eu, tinha pavor de envelhecer. Então, ela quase engasgou, buscando afoitamente por seu espelho de maquiagem na bolsa, para checar. Até tentei segurar o riso, cobrindo a boca com a mão, mas, quando eu e os outros nos entreolhamos, estouramos em gargalhadas. Ela se deu conta de que a estávamos de zoação e guardou o espelhinho na bolsa antes de se levantar, emburrada, alisando sua saia de pregas.

1 Referência ao personagem Buzz Lightyear, do filme *Toy Story* (1995).

— Alex, será que você pode me dar uma carona até o *shopping* perto da sua casa? — Anya imediatamente deixou o mau humor de lado para piscar os olhinhos para mim de forma meiga, numa verdadeira atuação para conseguir o que queria. Porque ela era esse tipo de pessoa.

— Ah, não! — Doyun gritou levantou-se do banco, ao passo que Rosalia revirava os olhos. — Ele não vai te dar carona nenhuma, sua bruxa! Vai dar carona pra mim!

— Eu vou? — Fiquei perdido. Não me lembrava de ter combinado nada com ele.

— Vai, sim! Quero ir até a casa do Raphael, e você vai me levar — Doyun retrucou, com uma expressão definitiva que me mandava calar a boca.

Anya, mais uma vez, mostrou-se ultrajada:

— Ora e por que diabos ele não pode me dar carona também, hein? Tem espaço suficiente no carro!

— Bem, porque *eu* não tenho carro, então preciso da carona, mas você pode ir voando na sua vassoura... — Outro sorriso perverso foi se abrindo lentamente em seu rosto, o que deixava claro que Doyun havia inventado essa coisa de carona apenas para implicar.

A garota só faltava soltar faíscas dos olhos. Eles se encaravam como se fossem se comer vivos e eu me senti como se estivesse vendo o primeiro *round* de uma luta de boxe. Por que eles dois eram assim? Aliás, por que brigavam tanto, mas não se afastavam? Bizarros!

— Olha, posso dar carona pros dois, tá legal? Parem de criancice! — exclamei, tentando apartá-los, mas ambos cruzaram os braços, fazendo pirraça. — Tenho que buscar Thomas na escola, então se quiserem uma carona, vão ter que se comportar. E sem dar uma palavra sobre o caso dos pais dele, hein?! Sejam discretos.

Rosalia sempre pegava carona comigo e já conhecia meu novo irmão adotivo, mas Doyun e Anya ainda não o conheciam pessoalmente, embora já soubessem tudo sobre a história dele e por que ele estava morando comigo e a minha família. Só que como os dois tendiam a ser bem indiscretos, achei melhor avisar logo para que se comportassem.

Ambos concordaram com leves muxoxos, mas antes que voltassem a discutir, fiz sinal para irmos até o carro parado no estacionamento, já que eu estava atrasado e não gostava de deixar Thomas mofando na porta do colégio à espera.

— Então, como está sendo para o garoto morar com vocês? Ele se dá bem com seus pais? — Anya puxou conversa.

— Sim, meus pais o mimam o tempo inteiro para tentar fazê-lo superar o trauma. Eu acho que teria sido mais confortável para o Thomas ter ficado em Paimon, só que meu pai não daria conta de cuidar de um adolescente sozinho, ele trabalha o dia todo.

— Mas sua mãe também não trabalha o dia todo? — Doyun pontuou. — Por que ela teve que ficar com o menino? Só porque ela é mulher?

— Ah, não, não é isso! — tratei de explicar. — É que lá em casa também tem eu, né? Eles adotaram o menino sem me consultar nem nada, mas já sabiam que eu cuidaria dele.

Eles fizeram uma expressão de pesar, então tratei de esclarecer:

— Não que eu esteja incomodado, gosto dele e tô mais do que disposto a ajudar. Mas é engraçado que eu seja o responsável, já que a gente só tem quatro anos de diferença. — Fiz careta.

Doyun, que era um ano mais velho que eu, riu malicioso, como uma cobra preparando seu bote.

— Isso é o que chamam de envelhecimento precoce, seu gay.

— Vampiro! — Virei-me para ele, enfezado. — Fecha essa matraca antes que eu te largue aqui e você tenha que ir embora a pé!

— Ai, mas que gay bravo! — ele zombou e disparou para o lado do carona.

Só que, ao mesmo tempo, Anya também foi para a mesma direção e, meio segundo depois, lá estavam eles se estapeando para ver quem iria na frente.

— Não vou atrás com você, *Bruxa velha do oeste*[2]*!*

— Eu é que não vou com você, cobra peçonhenta! *Nagini* do *Voldemort*[3]*!*

E lá se foi o momento de paz, que deve ter durado uns três minutos.

Tudo que podia ver, do outro lado do carro, eram os cabelos dourados de Anya, contrastando com o loiro branco de Doyun, ouro e prata sacudindo suas cabeças enquanto discutiam.

---

2 Referência a *O Mágico de Oz* (1939).

3 Referência a *Harry Potter* (1998).

Revirei os olhos e suspirei pesado. Encarei Rosalia, que também observava tudo com uma expressão entediada. Quando nossos olhares se cruzaram, não precisei dizer nada, ela entendeu logo: andou calmamente em direção aos dois gladiadores e empurrou-os com sutileza, antes de entrar no carro e tomar o banco do carona para si.

Os dois ficaram sem reação, então aproveitei para entrar também e ameacei dar a partida. Sem demora, os briguentos entraram afobados no banco de trás, ambos de braços cruzados e mantendo-se o mais distantes possível um do outro, enquanto eu e Rosalia fomos por todo o caminho da universidade até o colégio de Thomas cantando músicas *pop*.

Quando chegamos ao colégio, Thomas veio correndo em direção ao carro e Rosalia fez sinal para que ele entrasse pela traseira. Para não ficar ao lado de Anya, Doyun saiu do carro para que Thomas entrasse e se sentasse entre os dois.

O adolescente ficou estático, encarando Doyun por um longo momento, totalmente abestalhado, antes de se dar conta de que estava demais e entrar também. Imaginava que sua reação fosse devido à etnia de Doyun, que era sul-coreano, enquanto Thomas era descendente e tinha vivido o início da adolescência por lá. Talvez ele tivesse achado legal ver alguém mais parecido fisicamente com ele, já que a migração coreana fora muito mais forte em Astaroth, do que em sua cidade natal, Paimon, mas as semelhanças acabavam ali, pois, enquanto Thomas era um jovem que parecia velho, Doyun era um velho que agia com um rapazinho de 7 anos de idade.

Sentado entre os dois lutadores, Thomas parecia extremamente envergonhado e permaneceu quieto pelos primeiros minutos da viagem, até eu apresentá-lo:

— Pessoal, esse é o Thomas Kim. Thomas, esse é o pessoal. Esses são Anya e Doyun — disse do banco da frente, observando os três pelo retrovisor.

— Ah, você é muito lindinho, Thomas! — Anya sorriu, simpática.

Mas, é claro, Doyun não poderia perder a chance de alfinetar:

— Ei, não dá em cima do garoto, você tem idade para ser avó dele!

Ela revirou os olhos e decidiu ignorá-lo daquela vez, dando atenção a Thomas.

— Caramba, você não parece um adolescente! Como alguém dessa idade fica tão alto assim? — Ela parecia realmente surpresa.

— Eu acho que, em parte, é genética — Thomas respondeu, corado. — Mas também é por causa da musculação e dos esportes que eu faço... *Ou melhor, fazia, quando morava em Paimon* — corrigiu. — Sou faixa verde no karatê.

A despeito dos meus esforços para evitar outra discussão entre os dois, Doyun voltou a pentelhar, cutucando Thomas para chamar sua atenção antes de disparar:

— Ei, garoto, cuidado... Essa mulher é a Bruxa Velha do Oeste. Ela seduz e suga a vitalidade de meninos inexperientes como você. É melhor não dar muita trela.

Mas Thomas, ao contrário do que pensávamos, também tinha uma linguinha bem afiada, então respondeu:

— Sou novinho, sim, mas inexperiente, não.

Todos no carro ficaram alarmados. Quero dizer, o garoto tinha só dezessete! Faltavam poucos meses para os dezoito, mas, ainda assim, era chocante ouvi-lo dizer. Não que qualquer um de nós fosse algum santo naquela idade. Só Deus e os fantasmas sabiam dos absurdos que eu fazia.

Será que Dante já tinha me visto beijando alguém? Ou transando? Tipo, não de propósito, porque ele já disse que não fazia esse tipo de coisa, mas, talvez pudesse ter visto sem querer.

Anya caiu numa gargalhada escandalosa, batendo na própria perna.

— Thomas, adorei você!

E com isso, Lee Doyun, pela primeira vez na vida, deu-se por vencido e cruzou os braços, limitando-se a admirar a paisagem ao lado de fora pelo resto da viagem.

Um mero adolescente havia conseguido calar o grande Lee Doyun. Ah, que sabor.

Depois de deixar Doyun na casa do Raphael – com quem ele também tinha uma forte amizade –, Anya, no *shopping* e Rosalia, no quarteirão atrás do meu, finalmente eu e Thomas chegamos em casa. A primeira coisa que fizemos foi ir à cozinha, onde coloquei duas lasanhas congeladas no micro-ondas e sentei-me à mesa para aguardá-las cozinhar.

— Seus amigos são engraçados. Eu gostei deles, principalmente do Doyun — ele puxou conversa.

Imediatamente, franzi o cenho, meio perdido.

— Sério? Você foi com a cara do Doyun? As pessoas nunca vão com a cara dele!

— E por que não? Ele é engraçado. Também é bem implicante e sarcástico...

— Por isso mesmo!

Thomas deu um sorriso convencido.

— Acha que ele sairia comigo?

Eu franzi as sobrancelhas e pus as mãos na cintura.

— *Sair* em qual sentido?

— Ah, você sabe... — Thomas deu de ombros, com um sorriso abobalhado no rosto sonhador. — Ele é gay também, né? Quer dizer, você é gay, é menos provável que ande com gente hétero...

Meus olhos se apertaram e eu quase quis bater nele com um pano de prato.

— Em primeiro lugar, quem contou isso pra você?

Ele piscou os olhos, parecendo surpreso.

— Você dá a maior pinta.

Meus lábios se abriram em um *O* indignado.

— Não dou nada!

Ele riu de novo, sacudindo a cabeça de fios cor de caramelo.

— Desculpe, dá sim. Mas e eu, você não acha que eu dou na cara?

Se meus olhos pudessem saltar *mais* do que já estavam saltados, eu ficaria sem eles, palavra!

— *Você o quê?*

— Dar na cara que sou bissexual, ué. Qual o problema? Não me olha assim!

Eu suspirei e balancei a cabeça. Não queria ouvir essa coisa, havia me esquecido como os hormônios adolescentes eram terríveis. Por um momento, quase tinha me esquecido de que *namoricos* eram a principal prioridade na vida de alguém de *dezessete-com-quase-dezoito- anos*.

— Bem, de qualquer forma, não seja assanhado. Você *ainda* é menor de idade, querendo ou não, então não pode se relacionar com nenhum dos meus amigos. Cresce primeiro, e depois a gente conversa. Não vou deixar que você seja uma *chave de cadeia* pra ninguém, falou? Vai estudar!

Thomas ficou imediatamente emburrado e cruzou os braços.

— Tá! — Ele fez um biquinho contrariado.

Viu? Criação!

— A segunda coisa — continuei falando — é que você precisa ficar de boca fechada na frente dos meus pais, hein! Eles não sabem que sou gay e eu não quero contar, não agora. Por favor, vê se não me tira do armário.

— Pode deixar, sei guardar segredo. Você guarda o meu também?

Fui eu quem cruzou os braços dessa vez.

— Só se você prometer que não vai dar um jeito de fazer o Doyun ir parar na cadeia. Ele é zona proibida pra você. Arruma uma namoradinha ou namoradinho da sua idade na escola, ok? Tô de olho! — Eu comecei a me afastar em direção às escadas. — Vou tomar banho, me manda uma mensagem quando a lasanha estiver pronta.

Subi para o quarto pensando que, bem, se eu via Thomas como uma criança, ainda que nossas idades fossem próximas e tivéssemos nos conhecido há menos de um mês, talvez fosse assim que Dante me visse também; afinal, ele era trinta e nove anos mais velho que eu. Tinha idade até para ser meu avô! Literalmente. Além do mais, ele me conhecia desde criança, então era claro que não me via como um homem, mas, sim, como um *pivete*.

ARGH! Por que estava tão preocupado com a forma que Dante me enxergava? Ele era um *animus,* não um possível contatinho, embora a gente flertasse adoidado.

Aquilo sequer tinha cabimento. Acho que eu estava meio carente, precisando de um namoradinho ou uma foda amiga. Sabe, um cara tem suas necessidades... Talvez eu devesse aproveitar para chamar aquele tal de Tyler para um encontro, quando entrasse em contato para falar sobre as lentes quebradas. Nem sabia se ele também gostava de homens, mas, bem, pelo jeito que tinha me olhado – todo sexy e tudo o mais – acreditava que tinha me achado bonito. E, bem, eu sou um homem bonito mesmo, sabe...

Como estava perdido em pensamentos ao entrar no quarto, não notei certa presença ali, até dar de cara com alguém que realmente não esperava: Jessica, o *animus* da cafeteria.

— E aí, caça-fantasmas? — ela me cumprimentou.

— O termo é *animus videntium* — resmunguei e tranquei a porta, para o caso de Thomas vir me chamar para almoçar.

— Tanto faz. — Ela revirou os olhos.

— Por que demorou a vir? — Sentei-me em frente à escrivaninha.

— As coisas ficaram meio complicadas — respondeu, com a testa franzida.

— Quer me explicar?

— Bom, eu não consigo mexer em nada, você sabe. Mesmo um ano depois de morta, o máximo que consegui fazer foi virar a página de um livro que a Liza estava lendo e ela ficou apavorada.

— Humn... Mas e aí? Por que você acha que ela está em perigo?

— Bem, porque aquele cara no café, o Dennis... Ele anda tentando convencer a Liza a... bem... a casar com ele.

— Entendo. Olha, sei que você a ama, mas já faz um ano, certo? Você faleceu e a Liza continua viva. É claro que, em algum momento, ela seguiria em frente e...

— Não, camarada, você não entende. Esse cara, o Dennis... — Ela estava claramente aflita. — Ele quer que Liza dê uma *prova de amor e aceite seu pedido de casamento*, mas ela não pode se casar com ele de jeito nenhum! Foi ele quem causou a minha morte! E se ela decidir se divorciar no futuro e ele fizer com ela o que fez comigo? Não posso deixar a Liza se casar com o meu assassino!

Jessica se sentou na beira da cama, de frente para mim, e suspirou, preparando-se para contar uma história longa:

— Tudo começou quando a família da Liza descobriu a nossa relação, então eles começaram com uma manipulação emocional fodida para fazê-la se casar com Dennis, que foi seu vizinho na infância. Chegou a um ponto que Liza não aguentava mais a forçação de barra, então nós decidimos fugir para Nova Iorque. Seria mais difícil eles nos encontrarem em outro país, entende? Eu tenho... Quer dizer, *tinha* amigos por lá, da época que fiz intercâmbio. Só que, no dia em que iríamos fugir, o Dennis apareceu e disse que entendia que Liza jamais poderia amá-lo e que, então, nos ajudaria.

— Isso parece história de novela — comentei, embasbacado.

— E fica pior — ela devolveu, em tom sombrio. — É claro que, na hora, desconfiei daquela súbita bondade dele, mas o cara foi muito convincente, você não faz ideia!

Ela coçou a cabeça, concentrando-se nas memórias.

— Dennis então me disse que Liza estava em um lugar e que havia pedido a ele que me levasse até lá, então acabei sendo convencida por aquele mentiroso e fomos até um estaleiro. Quando saímos do carro e comecei a perguntar onde estava Liza, ele... zombou de mim e disse várias coisas bastante homofóbicas.

Jessica tinha os olhos marejados e parecia prestes a chorar. E ao ver uma lágrima escorrer pelo rosto da garota, tive certeza de que, sim, *animus* choravam.

Em seguida, ela respirou fundo, antes de continuar:

— Ele disse que tinha nojo do que a gente fazia, que Liza estava comigo porque eu a manipulava. Foi aí que começamos a discutir e eu disse que ia voltar pra casa, mas ele ficou com medo de que eu contasse tudo a Liza e me agarrou pelo braço. Só que eu estava na beirada e... quando ele me soltou, caí na água. Eu me afoguei.

— Jessica... Eu sinto muito — disse, tenso e atordoado.

Quer dizer, eu estava longe de ser mestre do tato e delicadeza. Naquele momento, não sabia ao certo o que dizer ou como confortá-la, portanto decidi que o melhor jeito de ajudá-la seria fazendo o meu trabalho, aquilo que aparentemente, era minha missão.

— Vou te ajudar a fazer justiça! — declarei, decidido.

— Alex, esse não é o foco... Embora eu queira muito que Dennis pague pelo que fez, porque até agora ninguém sequer tem ideia do que aconteceu comigo, mas não quero me vingar, quero só tirá-lo de perto da Lisa! Mal posso pensar no que ele pode fazer com ela se...

— Então, o que você quer fazer? — Pisquei confuso, observando-a com atenção. — Não posso impedir a garota de casar com ele... Sabe disso, né? Eu ia parecer um maníaco!

— Eu também não sei o que fazer, além de ficar vigiando os dois. Só quero impedir que ela tenha o mesmo destino que eu! Você tinha que ver como ela ficou durante os primeiros meses depois do meu sumiço... — Ela me deu um olhar desolado, de partir o coração. — Lisa acha que eu dei para trás, que desisti dela, que fui sozinha pra Nova Iorque.

— Espera, ninguém achou seu corpo?

Ela sacudiu a cabeça lentamente, o olhar pesado.

— Eu disse, ninguém sabe que morri. Nem a minha família sabe, Alex. Depois que caí na água e não voltei mais, Dennis foi embora. Não prestou socorro, não chamou ajuda, não sentiu culpa. Ele pareceu *gostar* de me ver cair, o rosto dele pareceu aliviado. Naquela noite, houve uma tempestade, então a correnteza acabou arrastando meu corpo para o mar aberto. Todo mundo assumiu que resolvi viajar sozinha e fim de papo. Como estava indo para outro país, tinha vendido meu apartamento com todos os móveis dentro, já que não podia levá-los. Então, ninguém sequer desconfia que outra coisa tenha acontecido.

— Mas e quanto as suas roupas? Eles não pensaram nisso?

— Minhas roupas já estavam todas na bagagem, então tudo que Dennis precisou fazer foi pegar as chaves do meu apartamento na bolsa que estava no carro dele e sumir com minhas malas e com o meu passaporte. Viu? O crime perfeito.

Senti um bolo no estômago. De fato, para lidar com os mortos, a pessoa tinha que ser muito durona, porque é preciso ter muito sangue frio para não se deixar levar pelas histórias tristes.

E eu aqui pensando que o mais assustador sobre meu novo trabalho fosse a coisa toda de ser assombrado...

Sentei-me ao seu lado na beira da cama e deslizei minha mão por seus cabelos ondulados, tentando confortá-la de algum modo.

— Bem, isso complica as coisas, né? Porque, sem um corpo e tanto tempo depois, fica quase impossível provar qualquer coisa. Como vamos fazer para afastar a Liza dele, senão provando que Dennis te matou?

— Isso é com você, Sherlock[4] — resmungou ácida, encarando-me com o que eu percebia ser sua costumeira expressão emburrada.

— Bem, nesse caso, nós vamos até a casa da minha avó. Ela também já foi uma médium, então vai saber como ajudar. — Levantei-me e abri o armário para separar uma muda de roupas.

— Como assim *foi?* — Jessica indagou, andando pelo quarto e tentando mexer em tudo que via pela frente. E digo *tentando* porque ela ainda não conseguia tocar nas

4 Detetive ficcional, de Sir Arthur Conan Doyle (1854).

coisas, seus dedos atravessavam direto pela matéria, como se fosse água.

Jessica seria o primeiro *animus* que eu realmente ajudaria. Por isso, estava nervoso, ainda mais porque, ao tentar salvar a tal da Liza, eu poderia acabar na mira do assassino, então poderia ser bem perigoso para mim. Eu não queria errar feio na minha primeira vez e não tinha experiência alguma naquilo, logo, o mais responsável da minha parte era pedir ajuda à Dona Laura, que era uma médium experiente. Precisava aproveitar que minha avó ainda estava neste plano para me dar algum tipo de treinamento – isso é, se eu a encontrasse em casa. Afinal, ela e Dante estavam sumidos há dias.

E por falar nele, talvez o nervosinho pudesse ensinar Jessica e mexer nos objetos; esperava encontrá-lo em casa também, especialmente porque, depois da nossa discussão, não tinha voltado a vê-lo. O *animus* estava magoado comigo, e eu queria muito, muito mesmo, me desculpar. De algum modo, sentia falta dele, precisava admitir. Ele era familiar demais, por motivos claros, e eu sentia como se o conhecesse a vida toda, como se sempre o tivesse visto bem na minha frente, em carne e osso.

— Bem... Minha avó costumava ser uma médium quando viva — expliquei à garota. — Ela morreu há algumas semanas, mas o espírito ficou preso aqui. Acho que ela também tem algo a resolver. Então, sendo uma médium mais experiente, poderá nos dizer o que fazer. Com certeza, ela já deve ter lidado com algum caso parecido.

— Hm, tudo bem, então. Você vai trocar de roupa? — Ela encarou a calça *skinny* e a camiseta preta que eu havia deixado sobre a cama.

— Vou. Você pode esperar lá na sala.

— E por que não posso esperar aqui? — Jessica levantou uma das sobrancelhas.

— Porque não vou me trocar na sua frente, né? — disse o óbvio.

— E você não pode fazer isso no banheiro do quarto? — ela retrucou com algo mais óbvio ainda, deixando-me com cara de idiota.

— Mas... Bem, é que eu não me sinto confortável em ficar pelado no banheiro enquanto uma garota está no meu quarto, sobretudo uma garota fantasma que pode atravessar paredes!

— Ah, coitadinho! — Ela me encarou com uma expressão penosa e caricata. — Ele realmente fundiu o cérebro. Tá se esquecendo de que não gosto de macho, camarada?

Tentei argumentar sem ter que explicar a Jessica que, na verdade, eu tinha um trauma de tomar banho de porta fechada e que sempre tomei banho de porta aberta, porque sempre tive medo de que alguma assombração me encurralasse no banheiro, mas... Como caralhos eu poderia fazer aquilo, estando completamente a par do fato de que havia um espírito errante no cômodo ao lado?

Aquilo me fez lembrar que, antes de brigarmos, Dante jurou que nunca tinha me espiado tomando banho. Mas, tratando-se dele, era uma pena; eu não me importaria se ele quisesse ver meu corpinho nu. Meu pau com certeza se levantaria para ele usar de cadeira, se é que você me entende.

Meu silêncio acabou durando mais que deveria, então, em certo momento, as sobrancelhas de Jessica se arquearam e ela abriu um sorriso maldoso.

— Acho que agora tô entendendo tudo. Você tá preocupado que eu veja sua bananinha, né? — E começou a gargalhar, enquanto eu fechava a cara. — Não se preocupe, não preciso ver isso. Até porque você já disse, naquele dia lá no banheiro do café, que sua coisinha é pequenina, então não é como se fosse uma novidade...

Encarei a fantasma, atônito e sem acreditar que ela estava me zoando com aquilo. Era ultrajante! Pensei ser óbvio que aquela era uma mentira que inventei para entrar naquele banheiro.

Mas que garotinha irritante! O que ela tinha de baixinha, tinha de abusada. Parecia até uma versão feminina de Dante. Será que a cara de pau era uma característica inerente ao estado fantasmagórico? Quero dizer, depois de morrer nada deve ser tão importante.

— Ei, eu menti quando disse aquilo! — Empinei o nariz, irritado. — E, só para você saber, não importa o tamanho da banana, mas, sim, como você se senta nela! Se duvida do meu tamanho, posso te mostrar agorinha!

Primeiro, Jessica fez uma careta de nojo. Depois, olhou-me de um jeito reprovador e sacudiu a cabeça.

— Poxa, a militância tava ótima. Quase senti orgulho de você, gay, mas aí você estragou tudo com essa sua masculinidade frágil. Melhore, amigo.

Ela, então, disparou em direção à porta, abrindo-a rapidamente com a mão. Ao perceber o que tinha feito, estancou no lugar e se voltou para mim, de olhos arregalados e abriu a boca num perfeito círculo.

— Uau! Você viu isso?

Demorei meio minuto até me dar conta do que ela estava falando.

— Você conseguiu tocar na porta! — constatei, animado.

Ela tentou outra vez, concentrada. Funcionou. Virou-se para mim de novo, com um sorriso grande, chegando a dar pulinhos de animação, como um cachorro poodle.

— Bem, acho melhor você ficar treinando isso por aqui mesmo, porque se mexer alguma coisa lá embaixo, meu irmão vai ficar assustado. Então, se comporta, ok? — pedi, pegando uma cueca limpa e as roupas.

Jessica sequer me deu atenção, ocupada em praticar sua nova habilidade, então segui para o banheiro.

Enquanto tomava banho, ouvia todo tipo de coisa caindo no chão. Jessica colocou até música para tocar! E quando ela escolheu *The Promise*, um clássico do *pop* dos anos 80 do When In Rome, resolvi cantar no chuveiro, usando o frasco de *shampoo* como microfone. A cantoria só durou cinco minutos porque a fantasma bateu à porta, gritando:

— Anda logo, não dá para ficar mais limpo que isso!

Assim, fui arrastado, contra minha vontade, para fora da fantasia em que eu era o vocalista de uma grande banda de rock, que tinha o cabelo longo, cortado num mullet e só usava calça de couro apertada e coturnos, sem nenhuma camisa, exibindo meus pelinhos no peito — quase um Dante Donadelli, exceto pelo fato de que ele não ficava seminu. Mas bem que poderia... Seria pedir demais que ele mostrasse aquela barriguinha, que eu desconfiava ser toda trincadinha?

Depois de finalmente ter me arrumado, comi com pressa a lasanha, que já estava fria, e só aí partimos, eu e Jessica, para a casa de Dona Laura.

Rezei, durante o caminho todo, para que qualquer um dos dois *animus* tivesse voltado, de sabe-se lá de onde estavam. Primeiro porque, sem eles, não saberia nem por onde começar em relação ao caso de Jessica – pelo menos não sem me pôr em encrenca. Segundo, porque, veja bem, se eles não tivessem voltado, aquilo só aumentaria as minhas paranoias sobre Dante e minha avó terem se mandado deste plano, ou talvez até fugido para viverem seu amor proibido. E seria uma baita decepção, pelo menos para mim, porque isso me tornaria o neto filho da puta, que estava de olho no macho da própria avó. Eu, definitivamente, não queria ser um mau-caráter.

Dentro do carro, eu dirigia sem estar realmente ali: minha mente estava voando, perdida em teorias sobre Dante e minha avó, além de todas as minhas curiosidades ainda não sanadas sobre a vida e a morte do cara.

— Por que você está bravo com o volante? — Jessica indagou, olhando-me engraçado.

Olhei para Jessica e depois para minhas mãos. Elas apertavam o volante com tanta força que os nós dos meus dedos estavam brancos, então afrouxei o aperto, tentando relaxar.

— É que minha cabeça está cheia demais.

Deveria contar minhas preocupações a ela? Não era como se fôssemos amigos, porém... com quem mais eu poderia desabafar sobre aquilo? Portanto, resolvi abrir o bico:

— Ok, o negócio é que... a gente tá indo lá na casa da minha avó, mas não tenho certeza de que ela vai estar lá. Faz pouco mais de uma semana que não a vejo e não sei bem se ela acabou resolvendo a tal pendência e partiu para o Outro Lado ou se aconteceu alguma coisa porque, na verdade, ela não foi a única que sumiu. Tem esse *animus*, o Dante, que assombra a casa dela há mais de trinta anos. Na quinta-feira retrasada, nós tivemos uma leve discussão e ele pareceu ficar bem magoado. — Eu me remexi no banco, desconfortável. — Só que, depois disso, eles dois sumiram. Já fui na casa da minha avó várias vezes durante esses dias, mas eles nunca estão lá e não é como se algum deles tivesse um celular para a gente se comunicar.

Jessica me olhou com uma expressão vazia.

— E qual sua teoria? — perguntou.

— Acho que os dois meio que... fugiram juntos, tipo romanticamente falando. Quero dizer, faz sentido: eles são amigos há mais tempo que eu tenho de vida e os dois são super atraentes. Lindos do tipo deslumbrantes, entende? Minha avó é, literalmente, uma *miss*. Ou pelo menos *foi* uma *miss*, quando tinha vinte anos, que, por acaso, é a mesma aparência que ela está agora, como fantasma.

Estalei a língua no céu da boca e sacudi a cabeça.

— Ela é descendente de italianos, meio desbocada e nariguda, mas é parte do seu charme. Eu herdei meu nariz dela, aliás. E acho que Dante realmente gosta dela, o suficiente para os dois terem engatado um romance.

— E isso seria um problema por quê...?

— Não é um problema — murmurei a contragosto e desviei o olhar para a janela, concentrando-me no outro lado da pista.

Jessica, para minha surpresa, ficou calada, e quando eu estava prestes a agradecer mentalmente por isso, ouvi sua risada no banco do passageiro, o que me fez voltar o rosto para ela na mesma hora.

— O que é tão engraçado?

— Você está com ciúmes! — Ela gargalhou. — Resta saber se é da sua avó ou se é do camarada.

— O quê? Não tô com ciúmes de ninguém, não — balbuciei.

Mas quem eu queria enganar? Nem eu mesmo caía naquilo. Desse modo, suspirei e, resignado após um bufar alto, confessei:

— É, tá legal, eu tô a fim do Dante, mas não é como se fosse dar em alguma coisa. Quer dizer, como daria? Ele está morto.

— E daí? Você ainda pode tocar nele, então quer dizer que vocês podem transar, não é? A não ser que... — Ela piscou os olhos um bocado de vezes, parecendo perplexa, então riu ainda mais. — Cacete! É pior do que eu pensava, camarada. Você não tá só *a fim* do cara, você está apaixonado por ele! Você quer um namorico!

Juro por Buda que quase a joguei para fora do carro, mas só parei no acostamento para discutir com ela, ultrajado:

— Garota, você tá doida? Que mané apaixonado o quê?! Eu conheço o cara não faz nem um mês! Palavra! Só tô incomodado com o fato de estar a fim de um cara que provavelmente tem alguma coisa com a minha avó! E não posso ficar desejando o macho dela assim, né, fala sério! — grunhi.

Jessica deu de ombros.

— Tá legal. Se você diz...

Era claro que o *animus* não tinha acreditado em nenhuma palavra minha. Resisti ao ímpeto de dar um peteleco na testa dela e voltei a dirigir, porque nós já estávamos quase em frente à ladeira deserta que dava acesso à velha mansão de Dona Laura. Ou melhor, a *minha* mansão. Ainda estava tentando assimilar aquilo, se você quer saber.

Quando descemos do carro, tratei de ir correndo na frente, ansioso, e já entrei buscando Dante e Laura por toda a casa. Quando vi que não havia ninguém no térreo, fui até o andar de cima e vasculhei cada maldito cômodo, mas nada deles. Naquele momento, comecei a ficar realmente aflito. Jessica, por outro lado, me seguia, meio perdida, olhando para todos os cantos, pois não conhecia o local e, menos ainda, as pessoas que procurávamos.

Quando entramos no quarto lá de cima, Jessica ficou estática em frente ao armário embutido na parede, as sobrancelhas unidas em uma expressão pensativa.

— O que foi? — perguntei, quando a vi tão concentrada no móvel.

— Não sei. É só que... Acho que senti uma vibração estranha vindo daqui — explicou, ainda olhando estranho para o armário.

— O que quer dizer com *vibração*? Ele tremeu ou algo do tipo?

— Ah, não, não desse jeito. — Jessica desviou o olhar rapidamente para me encarar. — É como... uma coisa meio obscura, sabe? Tipo um sentimento meio claustrofóbico, sei lá... — E voltou a observar o móvel com atenção.

Comecei a estudar o armário embutido junto a ela, mas foi aí que minha visão periférica captou uma coisa tremeluzindo à minha esquerda e, quando me virei, lá estava Dante, encostado no batente da porta numa pose bem casual, como se estivesse ali o tempo todo e não desaparecido há vários dias.

Meu coração bateu forte, mas não foi de medo.

Foi de raiva.

Quem ele pensava que era, para sumir daquele jeito e depois voltar como se nada tivesse acontecido, ainda por cima fazendo meu coração acelerar desse jeito? Não, não, não! Tava tudo errado!

— Onde você se meteu, hein? E onde está minha avó? Faz ideia de como estive preocupado com vocês?! — exclamei, ficando mais puto a cada segundo. — Abre o bico, Gasparzinho!

— Quem é essa? — Dante questionou, ao invés de me responder, apontando para a garota.

— Oi! Eu sou a Jessica.

— Você é namorada do Alex?

Soltei uma risadinha incrédula. Eu estava há vários dias sem notícias desse cara e a primeira coisa que ele perguntava era se a Jessica era minha namorada? Francamente!

— Ah, é claro, porque eu namoraria um fantasma, com toda a certeza! — rebati, irônico.

Primeiro, Dante fez uma expressão que demonstrava... alívio? Mas, no segundo seguinte, ele franziu a testa e pareceu tristonho.

— É verdade. Não pensei nisso — resmungou, em voz baixa.

Foi só aí que percebi minha burrada. Quer dizer, eu obviamente estava interessado nele. E mesmo que não achasse que iríamos nos tornar alguma coisa, como já disse, não era lá muito esperto ficar dizendo que jamais me envolveria com um *animus,* já que ele também era um. Eu só dava mancada mesmo... *Boa, Alex, seu animal!*

Cocei a nuca, como costumava fazer quando estava extremamente sem jeito, e soltei um pigarro teatral, tentando fugir da gafe e demonstrar que ainda esperava por uma resposta.

— Vai responder às minhas perguntas ou vai ficar de mistério? — Cruzei os braços.

— *Bicho,* a gente foi ajudar um *animus*. Laura quer continuar com a missão, mesmo que agora também seja um fantasma.

— Só isso? E por que vocês não me chamaram? Aliás, por que não me avisaram, pelo menos? — Franzi o cenho.

— Te deixamos um bilhete, você não viu?

— Não, não vi bilhete nenhum!

— Vejamos... Se não me engano, da última vez que nos vimos, você disse que não gostava muito da presença de um *animus*, que ficava incomodado, *de bode*. E olha só, eu e a Laura somos, bem... *animus!* — Foi todo sarcástico. — Então, chegamos à conclusão de que você não se importaria muito se a gente desse uma sumida por alguns dias para resolver algo que você, com toda a certeza, não gostaria de resolver.

O filho da puta disse tudo aquilo da forma mais teatral possível, enquanto fingia observar algo muito interessante nas próprias unhas, numa postura totalmente *blasé*.

Eu só queria chegar pertinho dele e limpar o cantinho de sua boca, por onde eu quase podia ver o veneno ser destilado. A verdade era que Dante também podia ser um grande escroto, mas eu me esquecia disso porque, na maior parte do tempo, estava ocupado demais fantasiando sobre transar com ele.

— Espere um minuto... Então, quer dizer que você estava tentando me botar contra a minha própria avó? É isso mesmo? — questionei, afetado.

Nunca pensei que Dante Donadelli fosse *esse* tipo de cara mesquinho e vingativo.

Ele se desencostou do portal, assumindo uma posição ereta, a expressão de deboche sendo substituída por preocupação.

— Por Deus, claro que não, Alex! Eu só... Caramba, só fiquei chateado com o que aconteceu naquele dia.

Ele me olhou como se estivesse genuinamente envergonhado:

— Só disse pra Laura que não queria mais ficar perto de você, porque você *ficava de bode* com a minha presença, *manja?* E já que eu conhecia um *animus* precisando de ajuda, seria melhor passar um tempo com ele, quer dizer, não achei que você se sentisse disposto a ajudar um fantasma, se fica tão incomodado com a presença de um. Eu deveria ter entendido que era só a minha presença que te incomodava, não a de todos os mortos.

Dante sacudiu a cabeça de um jeito frouxo e cabisbaixo, imediatamente me fazendo sentir aflito, porque de maneira alguma eu quis que ele se sentisse desse jeito.

— Sua avó só ficou preocupada comigo e me seguiu. Eu não quis me despedir porque, para falar a verdade, não achei que você se importaria com a minha ausência.

Dante abaixou o rosto, fazendo uma expressão de cachorrinho caído do caminhão de mudanças.

— Me desculpa, *bicho* — sua voz era baixa. — Ela é sua *coroa*, eu não deveria tê-la influenciado assim, deveria saber que você ficaria preocupado, foi a maior *mancada*. É claro que você poderia acabar não vendo o bilhete e aí pensar que algo teria acontecido com ela, o pessoal da sua geração avisa as coisas por mensagens de telefone, não é como antigamente, que a gente sempre checava mensagens em *post-its* na geladeira... — Ele estava divagando. — Eu deveria ter pensado nisso. *Putz grila!* Me desculpa, hein?! Não quero ser um estorvo pra você.

Dante parecia estar mesmo chateado e arrependido, especialmente por causa do bico imenso que fazia com os lábios grossos, enquanto eu encarava sua boca, completamente enfeitiçado.

Assim, suspirei pesado, ao lembrar-me de que, mesmo que ele estivesse errado, eu também o havia magoado, portanto, de certa forma, era culpa minha. Ele não agiu certo, mas se eu não tivesse o enxotado da faculdade daquela forma, quando ele apenas queria minha companhia, com certeza não teria feito aquilo e os últimos dias não teriam sido tão angustiantes.

— Não, não, eu que peço desculpas — resmunguei. — Fui insensível com você naquele dia. Quero dizer, não tinha mal algum em você ficar ali, eu só... acho que ainda não me acostumei com essa coisa toda e acabei sendo egoísta, sem considerar seus sentimentos. Você pode ficar por perto, sempre que quiser!

O assisti acompanhar cada movimento meu enquanto me ouvia. Ele pareceu meio emocionado e um pouco atônito, também.

— É claro que te desculpo, pirralho. Eu entendi você, mas... não gostei. É que me sinto muito sozinho e, naquele dia, queria me sentir vivo outra vez, andando com sua *patota*. Não sabia que as coisas iam ficar tão *barra pesada,* mas tá tudo bem. — Dante balançou a cabeça e deslizou a mão pelos fios da franja laranja partida ao meio, fazendo os fios coloridos se misturarem aos pretos. — Estamos bem, então, certo? Numa *nice?* — Seus olhinhos claros brilharam em expectativa.

Dei um sorriso leve e ele retribuiu o gesto. Não sei quanto tempo passou, mas pareceu muito, enquanto ficamos, ali, nos olhando, um sorrindo para o outro como dois bobos.

Minha nossa, eu precisava dar um jeito nessa coisa esquisita que insistia em sentir por aquele velhote! Quantas vezes ainda precisaria repetir, para meu cérebro teimoso, que Dante estava morto e, consequentemente, fora dos meus limites?

Creio que cada neurônio meu já tinha entendido e, talvez – e esse era um grande talvez –, eu devesse repetir para meu coração, já que essa porcaria de órgão, além de bombear sangue, armazenar gordura e possivelmente me garantir um futuro infarto, também servia para me fazer de idiota. E idiota era tudo de que eu *não* precisava ser naquele momento, pois já era idiota com frequência, para ser honesto.

Fazia pouco mais de três semanas desde que tinha conhecido Dante. Quer dizer, a gente se conhecia a vida toda, mas não era um conhecer de verdade, porque eu não sabia que ele estava presente...

De qualquer forma, mesmo que ele fosse um homem vivo, eu não deveria me sentir daquele jeito por um cara que conhecia há apenas aquele tantinho de tempo, ainda mais porque, durante boa parte dele, tinha ficado sem vê-lo – o que não havia me impedido de ficar pensando nele praticamente vinte e quatro horas por dia. Por vezes, tive a sensação de estar mais preocupado em saber onde *ele* estava do que a minha avó. Era tão irritante!

Sempre fui um cara romântico, mas estava começando a surtar, porque, quando se tratava de Dante, era como se meu cérebro estivesse sendo inundado de sensações destrambelhadas, numa velocidade inédita. Sentimentos que, mesmo platônicos, estavam crescendo rápido demais para meu próprio bem.

— Alex? — Jessica sacudiu meu ombro, enquanto portava uma expressão sutilmente assustada. — Você tava aí olhando pro nada, parecia que sua alma tinha saído do corpo ou sei lá. Eu hein...

— Ah, eu faço isso às vezes, quando começo a pensar muito — respondi, roboticamente.

— O que estavam fazendo aqui no quarto? — Dante perguntou.

— Estávamos olhando para esse armário. Ele é meio bizarro — ela respondeu. — Você não sente uma energia esquisita emanando dele?

— Não. Nadinha — Dante sequer pareceu pensar muito para responder.

— Sério? O Alex também não sentiu nada, mas acho que é porque está vivo. Pensei que, já que você está morto, como eu, pudesse sentir essa *vibe* estranha.

— Já disse que nunca senti nada. — Seu tom foi inesperadamente cortante.

— Chega um pouco mais perto e vê daqui, de onde eu estou...

— Já disse, criança. Não insista em coisas sobre as quais não entende. Vocês deveriam descer.

Minhas sobrancelhas arquearam com aquela resposta. O jeito ríspido de Dante me deixou meio incomodado e surpreso, pois o que mais admirava nele era, justamente, a gentileza – isto é, quando ele não estava sendo um nervosinho implicante e debochado do caralho.

Dante já estava se virando em direção à porta quando dei um passo à frente, prestes a lhe dar um sermão pela indelicadeza desnecessária, mas Jessica me puxou pelo pulso silenciosamente e esperou que ele descesse as escadas para dizer:

— Eu tenho uma teoria.

— Sobre o armário?

— Não, camarada. — Ela sacudiu a cabeça. — Sobre esse cara e sua avó. Talvez os dois sejam parentes. Você disse que ela é descendente de italianos, né? O sobrenome desse cara é italiano também, tenho certeza: Donadelli. Eu conheci um moleque na escola com esse nome, estava de intercâmbio. E se ele é seu parente distante? Tipo um primo da sua avó ou... até um enteado, algo assim?

Pensei por um breve momento. De fato, os dois tinham sobrenome italiano e, inclusive, a cor dos olhos de minha mãe era muito igual à de Dante. Além disso, naquele dia, Laura se referiu a nós dois como seus *netinhos*. Ela não o chamaria assim, se os dois estivessem namorando.

Mas se Dante era da nossa família, por que minha avó nunca disse nada? E por que o nariz dele era tão pequenininho?

— Essa é uma boa teoria. Vou tirar a limpo — falei.

Jessica assentiu e saiu do quarto, mas eu permaneci ali por um momento, pensativo. Por mais que a teoria dela fizesse algum sentido, talvez mais do que a de Dante e vovó estarem namorando, eu ainda achava que a minha parecia mais perto da verdade, porque nunca tinha ouvido história alguma sobre a morte prematura de algum parente nosso.

Além do mais, não tinha gostado nada de saber que, ao menor sinal de mágoa do Dante, vovó simplesmente me deu as costas e foi atrás dele, sem dar nenhuma explicação, sendo que *eu* sim, sou o neto dela, e nós dois somos como unha e carne. Por que diabos ela parecia ter se preocupado mais com Dante do que comigo? Certo, Dona Laura deve ter visto que ele estava chateado e soube que a culpa disso foi minha e da minha sensibilidade de elefante, mas ela realmente achou que seria *ok* deixar o próprio neto pensando que ela havia partido deste plano e que nunca mais a veria? Bom, se tivesse sido assim, ela era ainda mais insensível que eu.

Foi com todos aqueles pensamentos em mente que desci escada abaixo e, assim que vi Dante, puxei-o pelo braço até a cozinha, para tirar aquilo a limpo. Eu simplesmente tinha que perguntar. Não era um direito meu exigir aquilo de nenhum dos dois e nem mesmo era da minha conta, mas aquilo rondava tanto minha mente nos últimos tempos que eu não podia mais segurar:

— Dante. — Prendi a respiração, enquanto o via piscar os olhinhos cinza-tempestade para mim, como num feitiço. — Você e minha avó estão juntos? Tipo... Como um casal? — disparei.

Ele ficou ali, me encarando, a expressão indecifrável, diria até que não tinha expressão alguma. E o que sei é que, se um rosto parece inexpressivo, só pode significar duas coisas: ou o dono do rosto em questão não está sentindo absolutamente nada, ou está escondendo todas as suas emoções por trás de uma *expressão de blefe*. A segunda opção me incomodava mais que a primeira.

Dante piscou devagar, mas não respondeu à pergunta.

— Nós deveríamos ir lá para sala. Aquela menina que você trouxe precisa de ajuda e sua avó precisa te ensinar as coisas, então é a oportunidade perfeita — foi tudo que ele falou para, logo depois, se afastar pelo corredor.

Senti meus olhos arderem de frustração. Ah, não! Eu não ia choramingar, não! Desde quando eu era frouxo assim?

Bom, desde sempre.

Mas, quem era eu na fila do pão? Havia conhecido Dante outro dia, enquanto ele e minha avó já tinham uma relação de anos.

O problema era que eu o via como um homem – um homem morto, é claro, mas ainda sim, um homem. Já Dante, por outro lado, me via como uma criança que ele assistiu crescer. Era quase como... Bem, quase como se ele fosse meu avô, um *avodrasto*.

Respirei fundo, alisando minhas têmporas. Que porra eu estava pensando? Eu sequer o conhecia bem! Por que diabos estava me sentindo tão atraído? Por que infernos, desde a morte de minha avó, tudo em que consigo pensar é em Dante Donadelli, em como seus olhos são sedutores, em como ele é divertido, doce, gentil e no quanto me sinto esquisito perto dele? Eu me sinto estranho até quando ele está sendo irritante, porque, naqueles momentos, sinto uma espécie de adrenalina interessante.

Sacudi a cabeça, repreendendo-me por estar sendo emocional demais quanto àquilo. Era só uma paixonite passageira, um interesse repentino, por Dante ser uma novidade, misteriosa e fora do meu alcance.

Ai, era tão óbvio! Como não tinha me dado conta daquilo antes?

Espantei o pensamento, como se ele pudesse simplesmente voar para fora da minha cabeça. Mas então, Dona Laura entrou na cozinha de braços cruzados e apertou os olhos para mim daquele seu jeitinho. Daí, resolvi tirar outra coisa a limpo:

— Vó... Está chateada comigo?

— Eu? — Ela ficou espantada, piscando um punhado de vezes. — Claro que não, mequetrefe! Quem estava chateado era o Dante. Afinal, você foi bem insensível — ela me repreendeu. — Mas ele acabou de contar que vocês dois conversaram, então acho que está tudo bem, certo?

— Hm... Sim, estamos numa boa. Ou como ele costuma dizer, "*numa nice*"! — Ofereci-lhe um sorriso fraco.

Minha avó devolveu o sorriso e se aproximou para me dar um abraço.

— Eu preciso que vocês dois se deem bem, querido, mais que tudo. Não quero que ele fique sozinho e nem que você fique sem ajuda com a sua missão. Dante pode te ajudar, e você pode ajudar a ele. Dante é uma alma maravilhosa e bondosa, confie em mim. Você verá com os próprios olhos.

— Vó, preciso que me diga a verdade... O Dante, por acaso, é nosso parente?

Dona Laura permaneceu com a expressão vazia por um par de segundos, antes de dar uma gargalhada.

— Claro que não, Alex! Se ele fosse, eu já teria te falado, né? De onde tirou essa ideia?

— Bem, é que... — Cocei a nuca. — Vocês dois têm sobrenome italiano e no outro dia, você chamou ele de *meu netinho*.

— Ah, foi só jeito de falar. O tataravô dele era italiano, então Dante tem ascendência, sim. Só que distante, bem distante. Aqui era um bairro de italianos, há quarenta anos atrás, então não é tão incomum assim ter vários descendentes. Eu morava com sua mãe a três quadras daqui, quando vi a placa de venda da casa, lá na subida da ladeira. Nunca tinha vindo aqui em cima antes e nunca conheci o Dante quando ele estava vivo.

— Ah... Menos mal. Mas por que você não me avisou que ficaria fora, ajudando outros *animus?* Fiquei muito preocupado, achei que você tivesse partido pro outro plano!

— Como assim, mequetrefe? Não viu o bilhete que deixei na porta da geladeira? — Ela apontou para o eletrodoméstico prateado atrás de nós.

Eu me desvencilhei dela automaticamente e me aproximei da geladeira, finalmente percebendo o pequeno *post-it* amarelo com uma letra garranchosa:

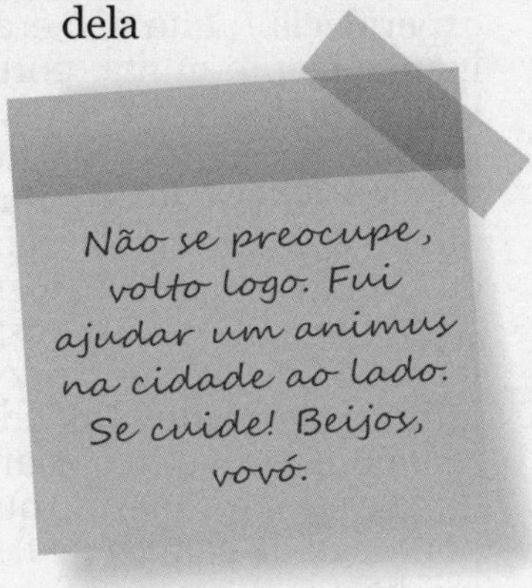

Soltei o bilhete e encarei Dona Laura, cuja expressão me chamava de burro em *fantasmês*.

— Foi Dante quem escreveu para mim. Ainda não consigo pegar em canetas, nem em coisa alguma, para falar a verdade... — Antes que eu pudesse dizer qualquer coisa, ela subitamente mudou de assunto: — Agora me conta sobre a desencarnada lá na sala! Sua primeira tarefa, hein!? Que orgulho do meu netinho! Ansioso? — perguntou, sorrindo.

"Eu não sei... Algum gay fica ansioso pra se jogar na mira de um assassino homofóbico?", pensei, com amargor, enquanto saíamos da cozinha.

— Tudo bem, deixa eu ver se entendi... — Dona Laura nos fitava atentamente. — Ninguém sabe que Jessica morreu e ela também não foi dada como desaparecida, então todos acham que ela fugiu e não quer ser encontrada. É isso?

Jessica e eu acenamos freneticamente em concordância.

— Então, isso é bem... complicado.

— Mas... nós podemos ajudar, não é? — indaguei, ansioso.

Pelo olhar de Dona Laura e pela expressão indecifrável de Dante, tive medo que a resposta fosse negativa.

E falando nele... Observei o gostosinho encostado na parede, girando distraidamente os anéis prateados nos dedos roliços, e me peguei notando o quanto aqueles acessórios deixavam suas mãos com a aparência máscula, daquelas boas para puxar cabelos e encher uma bunda de tapas ardidos. *Credo, que delícia!*

Mais uma vez, comecei a divagar: na minha experiência – que não era exatamente pouca, tampouco incrivelmente muita, porém eu tenho um pau também, como você sabe –, o pênis de um cara costuma ter o formato parecido com o de seus dedos.

E você deve se lembrar também de que, quando minha mente começava a divagar, eu entrava em uma espécie de estado catatônico, perdido em meus pensamentos. Agora, imagine só meu estado, se começasse a pensar no formato, na cor e em todos os outros detalhes das partes íntimas de Dante Donadelli? Sem contar na bundona redondinha, que eu obviamente já tinha reparado através da calça jeans – mesmo que ele escondesse aquela fartura por baixo da camisa de flanela amarrada na cintura. Ah, minha nossa, queria tanto apertar!

Eu só sabia admirá-lo, quase hipnotizado.

Dante ainda estava encostado na parede perto da janela e os raios de sol iluminavam sua pele, deixando-o ainda mais atraente, fazendo os olhos perderem o tom de cinza costumeiro, para assumir um verde-azulado claríssimo. Nunca tinha reparado em como os raios de luz interagiam com um corpo astral, mas também não conhecia muito sobre física *animusgórica* – e sim, eu acabei de inventar essa palavra.

O negócio é que ele estava lá, parado em uma pose bem despojada, girando os anéis nos dedos enquanto fitava o capim alto do lado de fora da janela, que antigamente costumava ser verdinho e aparado. Enquanto eu, puta merda... eu estava começando a ficar de pau duro.

Homem é um bicho safado mesmo, Deus me livre... Mas é impossível negar que eu comeria Dante Donadelli de sobremesa e ainda pediria mais!

Só que aí me dei conta de que aquilo era loucura. Dante podia ser extremamente sexy e ter uma aparência convidativa, mas não podia me esquecer de que o cara era um *animus*, não uma pessoa viva, de carne e osso.

Não era porque a luz do sol iluminava sua pele, seus olhos e cabelos como em um corpo vivo, que as coisas eram diferentes. O fato de que eu podia vê-lo e tocá-lo também não mudava coisa alguma. Era isso que eu precisava manter em mente, sem jogar a informação para o cantinho e esquecê-la.

Havia, ainda, a probabilidade, impossível de se ignorar, sobre ele e Dona Laura serem um casal. Bem, ele não negou quando perguntei. Dizem que quem cala consente, e minha avó negou que Dante pudesse ter parentesco conosco, logo, não havia nenhum impedimento para os dois estarem juntos. Sinceramente, não era legal ficar pensando em lamber *chantilly* dos mamilos do cara morto que namorava minha avó morta.

Mais uma vez naquele dia, sacudi a cabeça, tentando espantar os pensamentos absurdos. Eu tinha que admitir que já estava de saco bem cheio daquela coisa toda. Será que não podia simplesmente ficar numa boa e ajudar alguns *animus* por aí? Talvez devesse começar por Dante e ajudá-lo a ir para o Outro Lado. Sem ele, sem tesão em momentos inapropriados.

Movi meu corpo no sofá e, extremamente desconfortável, tratei de puxar uma almofada para meu colo, para cobrir a semiereção formada entre minhas pernas, já marcando a calça apertada que eu usava. Meu pau não era lá muito discreto, e pensar no de Dante tinha causado efeitos na minha libido.

Percebi, então, que Dante me observava com o cenho franzido. Talvez ele tivesse notado meu olhar bizarro de tarado, desse modo, resolvi não encará-lo mais. O certo a se fazer, a partir dali, era tratá-lo como um *animus* comum: apenas ajudá-lo a ir para a luz e nada além daquilo.

— Alex, só vi *um* caso igual ao da Jessica, em toda a minha vida — Dona Laura avisou, em tom cuidadoso. — E essa única vez, que eu não sabia onde estava o corpo, não fui capaz de ajudar.

— Como assim?

Fiquei surpreso, de verdade. Desde que descobri sobre o dom da minha avó, tive a impressão de que ela tinha resolvido todos os seus casos. Bem, talvez a Dona Laura não fosse tão infalível quanto eu imaginava...

— Bom... — Ela deu uma olhadela em Dante, pelo canto do olho.

Ele, no entanto, virou-se de costas para nós e ficou de frente para a janela. Imaginei que fosse porque conhecia aquela história e não estava interessado nela.

— Uma vez, conheci um *animus* que tinha sido dado como desaparecido — vovó explicou. — Ele era de uma família rica, herdeiro de uma grande construtora e, ao que parece, o patriarca da família faleceu, de uma doença terminal. Assim, o filho dele deveria assumir seu lugar na empresa ou decidir para qual dos sócios venderia sua parte das ações. Só que, pouco tempo depois, o rapaz sumiu. Simplesmente desapareceu, evaporou do mapa.

— Por favor, continua! Parece história de filme! — exclamei, empolgado.

Não que a morte de alguém fosse algo excitante, mas eu estava me sentindo como um membro da turma do Scooby-Doo, pronto para desvendar um mistério.

— O caso foi parar em todos os jornais e a mídia ficou atrás do rapaz por meses — Laura continuou. — Então, a segunda esposa e o filho dela assumiram tudo. Quando a construtora começou a falir, as buscas pelo verdadeiro herdeiro foram retomadas, mas ninguém conseguiu encontrá-lo. Alguns diziam que ele havia sumido por não querer lidar com a obrigação de assumir a empresa, já que tinha fama de rebelde e arruaceiro. Outros teorizavam que ele tinha roubado todo o dinheiro da empresa e mudado de nome. Mas uma minoria pensava que ele pudesse ter sido sequestrado ou morto... E ele realmente morreu. Ninguém sabe como, quando ou onde.

— Uau... — Jessica comentou, abismada. — E então, você não foi capaz de achar o corpo? Ou provas que incriminassem o assassino?

— É, por aí.

— E quando foi isso? Foi recente? Eu acho que vi algum caso assim na mídia... — Jessica murmurou.

— Não viu, não — Dante se meteu, virando-se para nós com os braços cruzados, parecendo meio incomodado com o assunto. — Nenhum de vocês dois era nascido. Foi há muito tempo.

— Você conheceu o *animus*? — indaguei, superinteressado. — E se vocês não conseguiram achar o corpo dele, nem descobrir quem foi o assassino, como o *animus* conseguiu partir?

Dona Laura abriu a boca para falar, mas Dante foi mais rápido:

— Ele foi para o Outro Lado quando viu que não tinha jeito. A vingança não leva a nada, é um veneno para alma. Ela acaba atingindo mais aquele que se vinga do que aquele sobre quem a vingança deveria recair.

Ele se mostrou bastante filosófico com aquela frase. Talvez, passar um terço de século morto tenha lhe dado muito tempo para refletir sobre a vida.

Por um longo minuto, todos nós ficamos em silêncio e acredito que, assim como eu, pensando sobre a frase de Donadelli. Foi bem profunda, afinal. Se as pessoas tivessem ciência daquilo, talvez muitas delas não continuariam por aqui depois de morrerem, porque grande parte dos assuntos inacabados tinha a ver com nada mais, nada menos, do que sentimentos de vingança, como já havia notado pelos contos de minha avó. Ela tinha me explicado que quando um espírito se recusava a partir porque queria machucar alguém vivo, a solução mais simples era um exorcismo.

Sim, é isso mesmo que você leu. E pelo visto, não precisava de um padre para isso.

— Então, isso quer dizer que devo... desistir? — Jessica pareceu claramente amedrontada. — Eu devo deixar a Liza se casar com meu assassino quando ela nem mesmo sabe que ele me matou? Enquanto ela chora todas as noites, pensando que desisti de nós duas e do nosso amor?

Uau... Não tinha pensado que Jessica era do tipo sentimental. Quer dizer, ela disse tudo aquilo de uma forma tão emotiva e aflita... Era como se tivesse perdido o grande amor de sua vida.

Observei-a com atenção. Ela tinha o cenho franzido, os olhos levemente arregalados e o lábio inferior tremia num semibico. Sua expressão era desgostosa, como a de alguém que acabou de perder as esperanças.

Droga, sentia-me tão mal por ela...

Então, tomei uma decisão. Foi tudo muito rápido, a ideia simplesmente surgiu como um relâmpago em meio à tempestade:

— Não! Eu tenho uma ideia! — Já fui me levantando do sofá, decidido. Claro, não antes de ter certeza de que meu amiguinho já estava adormecido e não ficaria aparente. E graças às *fadinhas intergalácticas protetoras das gays,* ele tinha sossegado.

Dante me fitou, curioso.

— Talvez a gente não consiga provar o que esse Dennis fez, mas podemos separá-lo da Liza. Digamos que eu possa fazê-lo provar do próprio veneno.

— O que quer dizer? — Dante apertou os olhos para mim. — Não está pensando em atirar o *pangaré* de um estaleiro também, né?

— Claro que não, não sou assassino! Tem um jeito muito mais fácil de resolver isso... — E com uma expressão triunfante, declarei: — Vou seduzir a Liza e fazê-la se apaixonar por mim!

Todos permaneceram em silêncio, por segundos que pareceram horas. Talvez a ideia fosse meio absurda, mas já tinha todo um esquema mental para me aproximar de Liza.

— Só tem um probleminha nessa sua equação... — Jessica apontou, com um sorrisinho zombeteiro.

— O quê? — Eu murchei. — Ela também é lésbica? Pensei que fosse bi, já que tá namorando esse cara.

— Não, mas... você meio que...

Então, empalideci. Jessica sabia sobre minha homossexualidade, mas vovó, não. E não era porque Dona Laura estava morta que eu perderia o receio de dizer algo assim na cara dela. Ela ainda era minha avó, cacete!

— Jessica... Cuidado com o que vai dizer — censurei-a, dando uma leve mexida de cabeça, apontando na direção de vovó de forma sutil.

Mas Dona Laura arqueou uma das sobrancelhas e apoiou as mãos nos quadris, em uma pose claramente desafiadora, para dizer:

— Posso imaginar que o problema na equação seja o fato de você ser bem, *bem* gay, certo, mequetrefe?

Meu queixo caiu, assim como nos desenhos do *Looney Tunes*, sem brincadeira. Eu podia até mesmo sentir o chão frio. Minha expressão era de puro choque. Choque, incredulidade e uma pitada de euforia. Euforia pelo fato de que Dona Laura, em nenhum segundo, mostrou-se impressionada. Era como se... Como se ela já soubesse e não se importasse.

— Você sabia? — grunhi, com os olhos arregalados.

Dante, que havia se aproximado sorrateiramente, pôs a mão pequenina e adornada de anéis em frente à boca e tentou abafar um risinho. Virei-me para ele e fiz uma careta que nem eu mesmo sabia o que significava. Ele estava rindo do quê, aquele palhaço?

— Alex, pelo amor de Deus... — minha avó resmungou. — Você acha mesmo que eu não te vigiava o tempo todo?

— Me vigiava? Me vigiava como?

— Hm... Digamos que o *punk* aqui costumava ficar entediado com certa frequência — Dona Laura devolveu, dando um olhar cúmplice para o cara morto ao meu lado. — Ele sempre fazia questão de conferir se as pessoas com quem você se relacionava eram de bom caráter, se eram boas o suficiente para você.

Senti-me incrédulo.

Dante. Sempre Dante.

Por que diabos ele vinha metendo o narizinho bonito em tudo na minha vida? Era ele quem me assombrava e me tornava um medroso do caralho. Era seu cheiro de sândalo que eu vivia sentindo em casa, pensando se tratar de algum incenso; quando, na verdade, era só ele me seguindo por aí como um *stalker* assustador. Sua pós-vida era tão entediante assim, para que ele se tornasse um telespectador da minha? Aquilo me deixava com raiva. Era uma puta invasão à minha privacidade. Não era fofo.

E sim, eu sei, talvez ele só gostasse de minha companhia, como já havia confessado, mas ainda achava um abuso ele contar sobre minhas orientações pessoais para minha avó. Aquilo não era da conta dele. Aliás, não era da conta de ninguém, o único que tinha o direito de me tirar do armário era eu mesmo.

Virei-me para ele de braços cruzados, olhando-o feio.

— Quem te deu o direito de me tirar do armário para minha família, Donadelli? — falei num quase rosnado, com a voz ameaçadora. Não que ameaçar uma pessoa morta fosse superefetivo; afinal, não era como se ela tivesse algo a perder.

Meu rosto e o dele já estavam tão perto que, se eu me mexesse mais um pouquinho, nossos narizes poderiam roçar. E como Dante era alguns centímetros mais baixo, eu o olhava de cima enquanto ele erguia o pescoço, bem marrentinho.

Naquele momento, minha raiva se mesclava a um puta tesão, criando a sensação mais contraditória que já havia tido na vida.

Dante era aquele típico baixinho abusado e charmoso, por isso, eu precisava que alguma força cósmica segurasse minha língua dentro da boca, porque era capaz de enfiá-la agorinha mesmo na garganta dele.

Só que isso seria absolutamente errado, porque:

1. Dante podia ser o namorado da minha avó;

2. Minha avó podia ser uma mentirosa e Dante poderia, sim, ser meu parente;

3. Dona Laura estava bem na nossa frente, presenciando aquele embate cheio de tensão sexual e testosterona. Eu não deveria estar agindo assim em relação a Dante, ainda mais na frente dela.

Então, com esse raciocínio, dei um passo para trás, tentando me afastar do dito cujo. Mas, para minha surpresa, o abusado deu um passo à frente e chegou tão perto que sua testa quase encostou no meu nariz. Ele portava um sorrisinho afetado e sarcástico, olhando bem fundo em meus olhos antes de retrucar, em voz baixa:

— Não é como se eu precisasse contar algo que ela já não soubesse. Como daquela vez que você passou as férias aqui, quatro anos atrás, e chamou aquele seu amiguinho... Como era o nome dele mesmo? — indagou de um jeito teatral. Em seguida, olhou para o teto da sala, batendo o indicador no queixo, mas sua expressão me dava a certeza de que ele sabia, sim, o nome do meu *amigo*. — Miler! — Apontou o dedo indicador para cima. — *Então, vocês fizeram muitas coisas homossexuais aqui no quarto de baixo, não é, Alex?* — finalizou com a sobrancelha direita arqueada. Depois, o maldito se afastou, deixando-me de boca aberta e olhos arregalados.

Que afronta!

Eu estava com vergonha, morrendo de vergonha. Gostaria de ser capaz de cavar um buraco na terra e enfiar minha cara lá dentro, como um avestruz. Só não digo que queria estar morto, porque, se estivesse, isso não impediria que minha avó pudesse me ver. Nem Dante. Nem Jessica. Daria no mesmo. Mas, como um *animus*, pelo menos meu sangue não se concentraria todo no rosto, fazendo minhas bochechas arderem e ficarem tão vermelhas, como sabia que estavam agora.

— E como você sabe que não sou, sei lá... bissexual? Pansexual?

— Não sei disso, tanto é que pensei que Jessica fosse sua namorada. É você quem está dizendo. Já te vi com algumas meninas, no passado, então nunca tive certeza sobre sua sexualidade.

Ao menor sinal de que eu retrucaria, ele interrompeu:

— Não que seja da minha conta. — Deu de ombros, como se não se importasse realmente.

— Seu sem-vergonha do caralho!

— Não acredito que Dante ficasse para ver o final das coisas — Laura falou, olhando pra ele. — Não é mesmo, *punk?*

— Você sabe que não. — Ele revirou os olhos, entediado. — Alex tem um sério problema de interpretação porque lê demais nas entrelinhas, aí sempre interpreta além. Eu digo A, ele entende B, que depois vira C... Até aí, sem novidades — finalizou, antes de jogar-se no sofá de três lugares, desanimado, e fitar o teto.

Ok, eu deveria parar de achar que Dante era o tipo de cara que ficava observando os vivos trocarem de roupa ou qualquer coisa que envolvesse sexo e nudez. Ele não era assim e eu devia estar insultando o cara com minhas insinuações constantes.

Entretanto, eu era o tipo de pessoa que simplesmente ia falando tudo que pensava, sem filtro, no mesmo segundo em que as ideias surgiam na minha cabecinha desmiolada. Isso me tornava alguém impulsivo e indelicado e eu sabia que precisava tentar trabalhar isso em mim. Não queria esperar até virar um *animus* para tentar evoluir. Quando morresse, esperava não ficar preso na Terra, vendo a vida alheia passar, enquanto eu não terei mais o que fazer.

— Não posso negar que estou adorando a novela mexicana — Jessica começou —, mas não posso ficar aqui perdendo tempo e longe da Liza, porque o Dennis pode estar fazendo algo ruim com ela neste exato momento. Alex, se você não tem uma ideia que possa funcionar, então vou embora.

— Já disse que meu plano pode dar certo. Se ela também gosta de caras, definitivamente pode dar certo. Eu sou bonito, pô! Também sou bom de flerte! Não é porque não gosto de garotas que não posso fingir. Me levem a sério, por favor!

Eu já estava ficando irritado. Por que toda aquela descrença nas minhas capacidades?

— Alex... — Dante sentou-se para me observar melhor. — Você não acha maldoso fazer uma menina se apaixonar por você, quando não tem a mínima intenção de corresponder? Pelo que Jessica contou, Liza ainda está com o coração partido. Não seria bacana partir o coração dela outra vez. Não se bate em cachorro que já está caído — encarou-me sério.

— E você não acha que seria ainda pior ela se casar com um assassino? — rebati. — Coração partido se cura, mas posso apostar que ela ia preferir lidar com um coração quebrado do que com assassino, né?

Dante abriu um pouco a boca, então pareceu concordar após entender minha lógica:

— Não tinha pensado nisso — confessou, olhando para o chão.

— *Às vezes é bom ler nas entrelinhas* — não consegui evitar alfinetá-lo.

Eu disse que tentaria mudar isso em mim, mas não era como se fosse do dia para noite, por favor!

— Os dois casos são preocupantes. Um é mais do que outro, mas ambos são problemáticos... — Jessica analisou. — Alex, você realmente não tem uma pessoa que possa fazer isso por você? Alguém que de fato possa retribuir o sentimento da Liza?

— Não podemos meter outra pessoa nisso, porque Dennis pode fazer com ela o mesmo que fez com você. Não podemos arriscar — declarei, sem emoção.

— Ah... Bom, se é assim, então vou com vocês — disse Dante, levantando-se do sofá para estacionar à minha frente.

Eu e Jessica o encaramos sem dizer nada.

— O quê? Eu quero ajudar! — insistiu.

— Então, tudo bem. Bem-vindo a bordo — ela declarou.

07.
INDIRETA SOBRENATURAL

Um par de dias depois, lá estávamos nós: eu, Jessica e Dante, parados em frente à Academia de Yoga de Ponta Negra, no outro extremo da praia, que era mais longe da minha casa.

Segundo Jessica, era aqui que Liza costumava vir às sextas-feiras, após trabalhar dando aulas de dança no estúdio que ficava no outro lado da rua.

Estava esperando a garota entrar na academia, na calçada, junto à Jessica e Dante – que não paravam de dar sugestões sobre como eu deveria me aproximar de Liza, de modo a não assustá-la, principalmente porque ela poderia me reconhecer do dia na cafeteria. Rezava para que ela não se lembrasse daquilo porque, veja bem, eu tinha dito à garota que meus... *documentos* eram pequenos, a ponto de ficar com vergonha de usar o banheiro masculino do estabelecimento. E é claro que garota nenhuma corresponderia às investidas de um macho que admitiu ter o pinto pequeno.

Porra, eu me metia em cada situação...

— O Alex devia chamar a Liza para tomar uma bebida — Jessica declarou.

— Não, eles deviam ir à praia, assim o Alex pode exibir os músculos e a garota vai se interessar nele — Dante rebateu.

A discussão deles parecia infinita. E pior: quando tentei opinar, eles me mandaram ficar quieto, porque eu não sabia nada sobre conquistar uma mulher, já que gostava de homens. E foi assim que fiquei de fora do assunto, enquanto eles continuavam falando sem parar. Não era como se pudesse insistir, já que estávamos no meio da rua e eu não podia gritar com eles em público.

Foi aí que avistei Liza atravessando a rua, com o cabelo loiro preso em um coque e a franjinha colada na testa pelo suor, provavelmente pelo esforço físico durante a aula de dança. Ela corria, segurando um tapetinho de palha enrolado debaixo do braço e vestia uma camisa cor-de-rosa, muitos números maiores que ela, com um short jeans curtinho.

Dante e Jessica estavam tão compenetrados, debatendo sobre a melhor maneira de fazer aquilo – como se eles fossem algum tipo de *experts* na arte da conquista ou coisa parecida – que nem viram a menina passar por nós e entrar no estúdio.

Então, aproveitando-me da distração deles, saí de fininho, deixando os dois *animus* lá fora, e entrei na academia.

Bem, que se danassem Dante e Jessica! Tinha um plano de abordagem em mente, muitíssimo melhor que o deles. Para mim, não tinha essa de homem e mulher serem muito diferentes, a tática de conquista era a mesma. Bem, pelo menos em parte.

Então, fiz a matrícula do pacote de um mês de aulas experimentais, de preço mais barato, e me encaminhei para a sala, perguntando-me quando os fantasmas se dariam conta de que eu sequer estava perto deles.

Quando avistei Liza, peguei uma das esteiras enroladas em um vaso no canto da sala e discretamente me sentei ao seu lado, tentando não assustá-la. Ela me notou e deu um leve aceno de cabeça num cumprimento educado, sem realmente olhar direto para meu rosto – o que era um bom sinal, por enquanto, já que não queria ser reconhecido de imediato.

A aula começou e pude facilmente sustentar as posições, enquanto noventa por cento da turma parecia não ter o mínimo de equilíbrio para tal. Percebi que Liza também imitava as posições perfeitamente, sem tremer na base. Daí, decidi fingir que estava um pouco atrapalhado e pedi ajuda a ela.

Foi aí que finalmente notei Dante e Jessica dentro da sala, falando mil e uma coisas, enquanto eu os ignorava, fazendo tudo ao contrário do que eles orientavam – o que me dava vontade de rir, sabendo que estava deixando os dois muito enfezados.

— Você precisa clarear sua mente e olhar para um ponto fixo, entende? — Liza falou, com a voz meiga. — Levante essa perna. — Deu uma batidinha de leve em uma de minhas coxas. — Agora, escolha um ponto fixo na sala. Pode ser a bunda de alguém. Às vezes, dá certo. — Ela me deu uma risadinha cúmplice.

Ela tinha um rosto extremamente fofo e uma personalidade leve, como Rosalia e Anya. Seria muito fácil me aproximar dela.

Claro que a ideia de ter de partir o coração de alguém tão doce assim me incomodava, mas era para seu próprio bem. Não era como se eu pudesse chegar na garota e dizer: "*Hey, sabe a Jessica, sua ex-namorada? Ela não fugiu, ela morreu! Seu quase noivo empurrou a garota de um estaleiro e o corpo dela se perdeu no mar. E a propósito, eu posso ver espíritos desencarnados. Jessica me pediu para dizer que você não pode casar com esse Dennis. É isso. Bye bye*".

Durante a aula, fui percebendo o quanto Liza ria facilmente de minhas piadas, por isso a contar uma atrás da outra, fazendo com que a professora de yoga nos olhasse de cara feia a cada cinco minutos, o que só nos fazia sorrir ainda mais, tornando-nos cúmplices um do outro e aprofundando o laço recém-construído.

Aquilo estava sendo até mais fácil do que esperava. Não que Liza fosse fácil no sentido pejorativo – e se fosse, também não seria um problema –, mas quero dizer que a garota era fácil de conversar, era divertida e bem-humorada.

Marcamos de ir à praia na manhã seguinte, por isso, levantei mais cedo. Nos encontramos na sorveteria perto da minha casa e caminhamos até à praia, enquanto tomávamos sorvete. Dante e Jessica nos acompanharam bem de perto, tentando me dar mil e uma ordens que eu ignorava solenemente, porque queria conquistá-la do meu jeito, só para provar que conseguia.

— Quer ficar perto da água ou perto da calçada? — Liza indagou com um sorriso doce, quando paramos em frente à primeira faixa de areia.

E até nisso os dois *animus* abelhudos tentaram se meter, mas receberam de mim apenas um revirar de olhos.

Liza e eu ficamos por um tempo batendo papo e nos conhecendo melhor, como amigos. Até porque, primeiro vinha a amizade; depois, as outras intenções. Essa é a melhor forma de aproximação, na minha opinião.

Alugamos barracas e cadeiras, para que o sol não se tornasse incômodo. Havia bastante gente esparramada pela areia.

Após vinte minutos ali, resolvi colocar o plano de Dante em prática: levantei-me, tirei a camisa e a bermuda tactel, ficando só com a sunguinha preta apertada que realçava o tamanho da minha bunda – que não era muito grande, mas era bem empinadinha –, além de deixar visível o tamanho nada miserável do meu pau, modéstia à parte.

Liza ficou perdida por um momento, sem conseguir desgrudar os olhos. É claro que eu sabia que tinha um corpo bonito, então tinha que me aproveitar dos meus atributos. Como dizia o ditado: se a vida te dá limões, você faz uma limonada.

Entretanto, ela não foi a única a ficar me espiando... *Dante também não tirava os olhos de mim.*

Eu quase não pude controlar a vontade insaciável de botá-lo sentado no meu colo e beijar aquela boquinha bicuda quando percebi que ele me olhava daquela maneira. Não era justo.

Desejei que estivéssemos no mausoléu, sozinhos, sabia que, se fosse o caso, a probabilidade de me controlar seria praticamente inexistente.

Ele teria sugerido que eu ficasse seminu para Liza para que também pudesse tirar uma casquinha? Ah, Dante, seu safado...

Desviando meu olhar do dele – que tinha os olhos em um tom de verde claríssimo sob o sol potente –, arqueei uma das sobrancelhas para Liza, tentando deixá-la envergonhada com um flerte brincalhão, o que funcionou totalmente: quando ela se deu conta, ficou toda risonha e com as bochechas coradas. Ah, que gracinha! Ela parecia uma boneca, iguais às que eu roubava das minhas colegas de classe quando estava na escolinha, pra brincar escondido.

— Vamos entrar na água? Não fique envergonhada, prometo não ficar te olhando. Pelo menos, não muito. — Dei uma piscadinha suave.

Juro por Deus que a garota quase hiperventilou antes de assentir e levantar da cadeira, desengonçada, para retirar o vestidinho de tecido que usava.

— Vamos, *Galãzinho* — ela chamou, quando subitamente jogou o vestido na minha cara e correu para o mar. Afinal, a timidez dela era só um joguinho.

O apelido também era um sinal positivo, porque ela só poderia estar se referindo à minha aparência atraente ou meus flertes, sem rejeitá-los.

Para o meu azar, o maldito mar estava tão gelado que quase arreguei e voltei para a quentura da areia, só não o fiz porque Liza me empurrou pelas costas no momento em que uma onda alta se aproximava, fazendo-me tomar um caixote, do qual submergi com mais areia no cabelo do que na praia inteira.

E foi assim que começamos uma guerra divertida.

Em algum momento, derrubei Liza na areia seca e girei-a para todos os lados até que ficasse parecendo um *nugget* empanado. Ela se levantou, puta da vida e cuspindo areia, tentando, em vão, limpar os cabelos, mas não parecia irritada de verdade. Nem poderia, porque tinha feito bem pior comigo.

Honestamente, sentia-me como se estivesse na escolinha outra vez, onde apenas um recreio já era suficiente para criar uma amizade eterna. Eu tinha gostado dela, de verdade, independente da minha missão.

Durante todo o período em que estivemos ali, os dois *animus* ficaram nos observando, sentados à distância enquanto conversavam entre eles.

Jessica parecia tristonha. Não queria que ela ficasse assim, mas sabia que era inevitável, tendo que assistir à mulher que amava ser conquistada por outra pessoa, bem na sua frente.

Tive que resistir ao impulso de perguntar se ela queria desistir do plano e achar outra solução, mas não podia falar com nenhum *animus* em público. Desse modo, decidi que seria melhor deixar Dante consolá-la. Imagino que o cara sabia o quão duro era para ela e estava distraindo-a. Por isso, continuei seguindo o plano original.

Infelizmente, não consegui parar de pensar que, por mais divertida que estivesse sendo aquela tarde com uma nova amiga, na verdade eu gostaria de estar ali com Dante. Um Dante vivo, de carne e osso, sentado em uma cadeira de praia enquanto tomávamos alguns martinis e conversávamos sobre amenidades ou brincávamos de atribuir notas aos surfistas exibidos daquele posto e aos guarda-vidas sarados.

Será que Dante curtia vir à praia, quando estava vivo? Ele surfava? Não tinha cara, era muito branquelo... Na real, ele fazia mais o estilo roqueiro com aversão ao sol e amante de vampiros. Apostava que era fã de Anne

Rice e de suas *Crônicas Vampirescas*. Eu também gostava, porque tinha uma queda pelo Lestat.

Será que ele costumava sair com surfistas? Eu mesmo já fiquei com um. Saímos por três meses, ele me ensinou a surfar, mas um dia quase morri afogado e fiquei traumatizado, daí nunca mais.

Ao fim daquela tarde, fiquei todo vermelho e ardido – especialmente no nariz –, além de ter ganhado uma queimadura de sol na bochecha, o que só serviu para que a loirinha fizesse chacota de mim – não mais que Dante e Jessica, entretanto. Aqueles *animus* abusados do caralho... Por que eu gostava deles, mesmo?

Já sabendo que eu cursava Cinema e tinha afinidade com a câmera, Liza pediu que tirasse fotos dela com o céu laranja no fundo. Ao final, rimos dos resultados, já que ela, depois da terceira foto, começou a fazer caretas. Dava para ver por que Jessica era tão apaixonada naquela garota... Além do mais, tínhamos tantas coisas em comum na nossa personalidade, que era reconfortante.

Eu tentava ao máximo não pensar no fato de que teria que partir o coração dela em breve, repetindo para mim mesmo que seria para o bem dela, já que aquele era, literalmente, um caso de vida ou morte.

Para minha tristeza, o dia passou muito rápido, então nós nos secamos e nos vestimos, mas esperamos o sol se pôr definitivamente para irmos embora.

— Isso foi divertido, deveríamos sair juntos mais vezes — disse a ela, sorrindo, quando chegamos aonde havia estacionado o carro.

— Concordo, *Galã*. É bom ter um amigo da minha idade. Fazia tempo que não me divertia assim... — Ela vacilou na expressão alegre enquanto encarava o horizonte de um jeito misterioso.

É claro que eu sabia que Liza estava se lembrando da ex-namorada. E Jessica, encostada no carro, também sabia. Então, ela se empertigou em frente a Liza, com lágrimas nos olhos.

— Quer conversar sobre isso? — perguntei à loirinha, em tom suave, tentando lhe passar tranquilidade.

Ela se virou para mim, sorrindo fraco.

— Não... Tá tudo bem. Você vai mesmo amanhã fazer uma aula de dança comigo no estúdio? — Liza mudou de assunto.

— Palavra! E, por favor, seja sincera comigo, ok? Se eu estiver dançando mal, pode me dar um chute na canela. Não quero passar vergonha — brinquei.

— Pode deixar! Até amanhã, galã.

Após trocarmos números, Liza me deu tchauzinho e, quando se afastou, dei um suspiro antes de entrar no carro. Estava cansado, mas com a sensação boa de missão cumprida.

Sentado ao volante, observei Jessica no banco de trás e Dante no passageiro. Há um mês, se você me dissesse que eu estaria em um carro com dois fantasmas, eu provavelmente me benzeria e ficaria paranoico todas as vezes que entrasse em um automóvel.

— E então? — perguntei a eles. — Como fui?

— Você foi ótimo — Jessica elogiou, a contragosto. — Liza te adorou.

— Você... ficou chateada? — Meu tom era cuidadoso.

— Confesso que não foi nenhum show de fogos — replicou, com sinceridade. — Mas sei que não temos outra opção. Além do mais, estou morta, não posso mais ficar com ela. Só quero que tire Dennis do seu caminho.

Jessica, então, colocou o rosto entre meu banco e o de Dante, impulsionando o corpo para frente.

— Não é como se Liza fosse uma médium, capaz de me ver ou me tocar, sabe... Se fosse assim, não pensaria duas vezes antes de ficar com ela outra vez. — Depois disso, ela deu uma piscadinha abusada e voltou a relaxar no banco traseiro.

Eu senti a indireta. E que indireta! Foi uma perfeita alfinetada, uma indireta sobrenatural, tipo uma agulha furando minha bunda. Senti-me como uma criança na fila para tomar vacina.

Assim, segurei o volante com força e olhei para Dante pelo canto do olho. Para minha surpresa, ele também me observava. Por isso, virei meu rosto completamente para ele, ao passo que ele também virou para mim e ficamos nos encarando por um momento.

Olhando para ele, quase pude sentir a eletricidade de quando nossas peles se tocavam, o comichão suave e inusitado que me deixava completamente intrigado.

A troca de olhares durou até eu ficar constrangido, quando notei o quanto o olhar de Dante era intenso, com as orbes cinza-tempestade escurecidas pela fraca luz de teto do carro. Por mais clichê que isso possa soar, era como se ele pudesse ler minha alma, mas achei que estava viajando demais, por estar tão obcecado assim.

Pigarreei, nervoso, e liguei o rádio, deixando o volume em altura suficientemente alta para que não se pudesse manter uma conversa ali dentro. Eu jurava, por todos os gnomos e *fadinhas intergalácticas protetoras das gays,* que, se a Jessica soltasse mais uma dessas, daria uma bicuda na canela fantasmagórica dela.

A criança dentro de mim pensava que o fato de poder fazer aquilo, se quisesse, fazia de mim um tipo de super-herói. Mas eu só teria certeza sobre a extensão daquela habilidade no dia que precisasse sair no soco com algum desencarnado – e esperava que não fosse Jessica nem Dante, porque eu meio que gostava deles... Em particular *dele*, gostava até demais.

Enquanto víamos a cidade movimentada pelo início do final de semana, fiquei absorto ao contemplar as pessoas nas ruas. A maioria dos bares tinha mesas e cadeiras nas calçadas, onde muita gente, de diversas idades, ficava sentada em grupos, acompanhada por garrafas de bebida.

E o que eu faria hoje? Tipo, eu tinha amigos. Poderia sair para beber. Deveria, até, mas não sentia a mínima vontade, porque não poderia passar a noite conversando e olhando no rostinho bonito do Donadelli.

Quando mexi no meu celular para anotar o telefone de Liza, minutos atrás, vi *trocentas* notificações de mensagens e ligações perdidas de Raphael, Doyun, Anya e Rosalia. Mas, honestamente, não quis responder a nenhum dos convites, porque tinha total consciência de que queria estar na presença de Dante naquela noite.

Isso era meio irônico: antes, era Dante quem queria estar perto de mim, enquanto eu apenas fugia, mas bastou que ele se afastasse por um pouco mais de uma semana para que eu ficasse completamente sedento por ele.

Infelizmente, a coisa era que eu não tinha certeza de nada quanto a ele, nem sobre a suposta relação com minha avó. Então, decidi que ficaria, sim, próximo do *animus* gostosinho, mas somente como amigo, sem tentar nada.

Ao invés de sair com meus amigos, resolvi que iria para minha casa herdada e passaria a noite vendo séries e filmes de romance. Aquele era meu gênero favorito, os de terror vinham logo depois – o que era bem inusitado para alguém que se cagava de medo de espíritos, certo?

Pois é. Acontece que, até pouco tempo atrás, eu odiava ver filmes de terror, mas passar a ver fantasmas com toda a clareza do mundo vinha me fazendo perder o medo. Nas primeiras semanas após a morte de Dona Laura, nós três – eu, ela e Dante – assistimos a alguns filmes do gênero e, bem... Como eu poderia ter medo daquele tipo de coisa, quando tinha dois *animus* inofensivos logo ali, assistindo comigo?

Muita coisa vinha mudando no último mês, com boa parte das minhas preocupações se esvaindo e, sem sombra de dúvidas, e por isso estava grato. Portanto, convidaria Dante e Laura para assistir aos filmes comigo mais tarde, pronto para entrar na disputa de escolher entre os filmes policiais de minha avó, os de guerra do Dante e os meus de romance e terror.

Enquanto dirigia, pensei que até podia comprar algumas cervejas, mas eu seria o único capaz de me embriagar, já que *animus* não conseguiam beber ou comer. No meio de tudo isso, dei-me conta de algo:

— Jessica, por que está voltando para casa conosco? Por que não foi para a casa da Liza? — Observe-a pelo retrovisor, percebendo, pela primeira vez, que *animus* tinham, sim, reflexo. Mais uma bizarra lei da física astral, aparentemente.

— Pensei que não fosse perceber nunca — ela ironizou, chegando para frente.

Dante também não parecia ter se dado conta disso, já que olhou para a garota com uma expressão curiosa, assim como eu.

Assim, Jessica fez um suspense antes de responder:

— Hoje me dei conta de que não estava assombrando Liza apenas para protegê-la... Estava assombrando-a todo esse tempo porque tenho medo de que ela me esqueça — confessou, vencida. — E ver vocês dois se divertindo tanto me deixou mais consciente de que preciso me afastar dela. Assim que ela estiver segura, mesmo que não descubra que eu morri e continue pensando que a abandonei, irei me afastar e deixar que ela siga em frente. Ficar assombrando só me machuca e... tenho a impressão de que ela sente minha presença.

Vendo que Jessica estava cabisbaixa, Dante interveio:

— Você está certa. E pode ficar com a gente, sem problema nenhum, *bicho* — concluiu, com um sorriso gentil.

Meio segundo depois, ele se virou para mim com os olhinhos comicamente arregalados.

— Tem algum problema, Alex? Esqueci que o dono da casa agora é você, então... Acho que, para ter visitas, eu deveria te pedir permissão, né? Desculpa, coelhinho.

E aí, ele deu um sorriso tão, mas *tão* lindo, que seus olhos se fecharam, formando dois risquinhos.

Ele era inacreditavelmente adorável.

Porra, tinha como esse cara parar de ser tão mocinho de filme de romance? Assim, era difícil não cair de amores por ele...

Espere... Eu disse *amor*? Quis dizer *tesão*! É, só tesão mesmo.

Ok, tesão e uma leve quedinha, daquelas que a gente desliza de um barranco de seis metros de altura e rala não só o corpo todo, como a dignidade também.

— Claro que não — respondi. — A casa também é sua. Todos vocês são bem-vindos. — Dei um sorriso sincero, sentindo um quentinho gostoso no peito. Seria melhor se fosse ataque cardíaco.

Em poucos minutos, chegamos em casa. Jessica e Dante contaram à Laura sobre o sucesso do plano e ela parecia estar orgulhosa de mim. Tratei de ir ao andar de cima, para usar o banheiro do antigo quarto de minha avó e digitei uma mensagem rápida para Yoona, avisando que dormiria em outro lugar, mas deixando de fora a parte que era o velho mausoléu, uma vez que estava ali sozinho com três espíritos. Para minha mãe e qualquer pessoa viva, constatar que eu estaria dormindo lá sozinho seria estranho, sabendo que eu era medroso pra caralho e que sempre tive pavor daquela casa velha.

Digitei mensagens para meus amigos também, inventando um mal-estar como justificativa para não sair para beber com eles naquela noite, mas prometi que assim que entrássemos de férias, em alguns dias, poderíamos sair bastante. Como eu disse antes, algumas mentiras são necessárias para um convívio social saudável.

Coloquei música para tocar e joguei o celular em cima da cama. Tirei a roupa no quarto e caminhei nu até o banheiro, com uma toalha limpa no ombro, tendo a total certeza de que estaria sozinho, porque qualquer alma penada que quisesse assombrar por ali não escaparia dos meus olhos mágicos de *animus videntium*.

Aliás, tinha andado pesquisando na internet e encontrei algumas coisas sobre a minha... *espécie*. Não havia muito – na verdade, noventa por cento dos *sites* eram pura *balela*, como diria Dona Laura –, mas alguns poucos eram sérios e vi até mesmo algumas lojinhas esotéricas aqui da cidade onde poderia adquirir livros sérios sobre mediunidade.

Tinha descoberto também algo importante sobre o termo *Animus Videntium*. Como minha avó já havia contado, vinha do latim e significavam, de um jeito figurado, *"aquele que vê o espírito"*. O *Animus* era o equivalente à *alma, à vida,* ao passo que *videntium* queria dizer *espectador, aquele que via.* Em certos contextos, poderia significar *coração*, daí *animus videntium* poderia ser entendido como *"aquele que enxerga o coração",* como se meus poderes me permitissem enxergar a bondade – ou a maldade – no coração de alguém.

Também descobri que existe uma corrente filosófica e religiosa chamada *animismo,* que defende a existência de almas em todos os seres, não só nos humanos. Partindo dessa premissa, eu poderia topar até com a alma de animais. Então, até onde sabia, poderia ter visto o *animus* de algum bicho naquele dia mesmo, sem ter notado, já que eles encontram o caminho da luz sozinhos, sem precisar da ajuda de um médium para passar para o próximo estágio de existência.

Isso me levou a pensar que, talvez, aquela coisa da reencarnação fosse verdade. Os hindus, por exemplo, acreditam que, em cada encarnação, nós nos tornamos um ser vivo diferente. Nesta vida, você pode ser um humano, e, na próxima, um escorpião ou uma planta. Por isso, segundo o hinduísmo, o ideal era ser bom para todos os seres do planeta, pois todos tinham um *animus*, ou seja, todos tinham *alma.*

Não sei quanto tempo fiquei debaixo da água quente, pensando sobre isso, mas pareceu uma hora inteira, porque tinha trazido toda areia da praia de Ponta Negra nos fios de cabelo.

Quando me sequei em frente ao espelho, ri da minha aparência vermelho-camarão, fruto de toda a exposição solar, além da mancha na bochecha, que continuava engraçada.

Eu realmente não imaginava que teria alguém no quarto me esperando, então saí do banheiro totalmente nu, esfregando a toalha na cabeça, o que tampava minha visão.

Foi só quando abaixei a toalha que pude ver Dante sentado na cama, estático, os olhos arregalados e a boca aberta, olhando para... *Bem, para mim*. De cima a baixo.

Meu celular em cima do colchão tocava *I Hate Everything About You,* do Three Days Grace – o que só deixava as coisas mais impactantes, do ponto de vista de um estudante de Cinema. Honestamente, era como uma daquelas cenas em que os protagonistas finalmente cedem à paixão e o filme atinge seu clímax.

Embora os olhos do *animus* estivessem arregalados e a boca aberta, sua expressão não era tão chocada assim, tampouco cômica. Era mais como se... estivesse tentando se controlar. Como o Edward Cullen se controlava perto da Bella, por causa do cheiro do sangue dela.

Dante travou o maxilar, os olhos cinza-tempestade queimando nos meus. Eu não era ingênuo nem tinha nascido ontem, então foi perfeitamente claro quando vi que ele me encarava com desejo, que transparecia além do leve choque em me ver nu – completamente pelado, sem a sunguinha preta cobrindo o *prato principal* –, o que só provava que Donadelli havia dito a verdade sobre nunca ter se aproveitado para me espiar, pois, se já tivesse feito, com certeza não estaria tão surpreso.

Acompanhei seus olhos passeando por todo o meu corpo até se grudarem aos meus outra vez e permanecerem ali, olhando-me fixa e intensamente.

Juro que precisei fechar os punhos ao redor da toalha molhada, porque eu parecia possuído ao ter um espécime tão maravilhoso de macho encarando-me sem o menor pudor. Se não fossem as *fadinhas intergalácticas protetoras das gays* repetindo na minha cabeça para ficar paradinho no lugar, com certeza teria subido no colo do cara e tascado um beijão nele.

Mas, então, Dante se levantou da cama devagar e deu alguns passos para frente, parando muito, muito próximo de mim. Sequer havia pensado em enrolar a toalha na cintura e me cobrir porque, veja bem, eu estava completamente preso em seu olhar, muito ciente da sua proximidade. Não queria me esconder dele, pelo contrário: *queria que me visse inteiro*.

Ele me surpreendeu, tocando de leve sua mão na minha. Deixei escapar um salto mínimo, surpreso, e olhei para baixo, assistindo-lhe deslizar aos dedos pelo meu braço, subindo lentamente até chegar a meu ombro e, por fim, acariciar minha bochecha.

Suspirar foi automático, não pude evitar. Minhas pálpebras tremelicaram e fiz um esforço sobre-humano para mantê-las abertas. Embora meu cérebro gritasse *"Corra!"*, o meu coração, martelando rápido no peito, impedia-me de sequer respirar. Então, inclinei a cabeça de encontro à mão do *animus*, sentindo seu toque macio, ao passo que perdia a batalha e fechava as pálpebras, em deleite com o comichão que seu toque sempre me causava.

Dante moveu a canhota para meu pescoço, depois a escorregou para a nuca e juro que jamais esperei que a coisa seguinte que sentiria fossem os lábios macios do *animus* selando os meus.

O beijo foi leve e, quando ele se afastou apenas alguns centímetros, abri os olhos, deparando-me com seu rosto ainda próximo demais. Dessa vez eu o beijei, dando-lhe um selinho mais intenso que terminou com um barulho estalado; depois, afastei-me.

E então, mais uma vez, ficamos apenas nos encarando com uma intensidade flamejante.

Finalmente, sabia o que o olhar poderoso do *animus* queria dizer...

Ele me queria.

Dante se aproximou de vez, juntando nossas bocas, e sua língua encontrou a minha, em um beijo tão lento e intenso, que era quase torturante. Quando elas se tocaram, pude sentir todo aquele formigamento delicioso com ainda mais força, dessa vez me tomando de dentro pra fora.

Com a mão que não segurava minha nuca, ele apertou minha cintura entre seus dedos cheios de anéis. Em resposta, arranhei seu braço, levando minha mão livre aos seus cabelos, puxando-os.

Nossos lábios se moveram de uma forma incrivelmente gostosa e era como se eu, enfim, tivesse encontrado a famosa "tampa da minha panela".

Logo nos primeiros segundos, pude entender tudo que as pessoas falavam sobre beijar alguém que você realmente está a fim. Fogos de artifício explodiram na minha imaginação, borboletas pareceram voar em meu estômago enquanto uma bailarina bêbada girava dentro dele, dando todas as piruetas do mundo.

Todos os meus pelinhos se eriçaram por causa do cara e dessa vez, não era de forma assustadora, mas de um jeito deliciosamente quente, com aquela corrente elétrica tomando conta do meu corpo e me fazendo suspirar em sua boca.

A cada segundo que seguíamos com o beijo, tinha mais certeza de que não queria parar de beijá-lo nunca mais, porque seria a coisa mais triste do mundo. Beijar Dante era muito melhor do que eu já tinha imaginado.

Apertei seu braço com mais força e, em resposta, ele uniu nossos corpos, pressionando nossos peitorais duros um no outro.

De repente, fiquei muito ciente de que estava nu e não havia nada que pudesse disfarçar a semiereção se formando entre minhas pernas. Entretanto, não era como se quisesse escondê-la.

Inconscientemente, movi meu quadril de encontro ao dele, então foi a vez de Dante gemer contra meus lábios, apertando minha cintura de forma ainda mais urgente. O som era ridiculamente erótico, uma mistura perfeita de um tom grave e manhoso, que saía do fundo da garganta.

Meu pau latejou.

Ele pausou o beijo e sorriu para mim.

Aproveitei para respirar e, logo após, ataquei sua boca de novo, gesto que Dante correspondeu imediatamente, deslizando suas mãos pelo meu peitoral, arranhando-me, aproveitando o momento.

Envolvi meus braços ao redor de seu pescoço, trazendo-o mais para perto. Um gemidinho vergonhoso saiu de minha garganta quando senti Dante apertar minha bunda descoberta, enquanto ele aproveitava para puxar mais ainda meu corpo de encontro ao seu, pressionando nossos membros excitados de forma deliciosa. Nós apenas paramos quando *eu* já não tinha mais ar – porque não era como se Dante precisasse parar para respirar, já que estava morto, afinal.

O beijo findou com o *animus* prendendo meu lábio inferior entre seus dentes e, quando o soltou, foi nos separando devagar.

Encaramo-nos por um breve momento, face a face, quase como se precisássemos ter certeza de que aquilo havia acontecido mesmo.

— Eu vou deixar você se vestir… — ele disse, em voz baixa e afetada. E, numa lentidão tortuosa, foi em direção à porta, sob meu olhar pesado.

Minha cabeça girava. Fiquei com cara de bobo, tentando entender por que diabos ele saiu assim, do nada, depois de me deixar com o pau tão vergonhosamente duro. Quer dizer, eu achava que ele deveria dar um jeito naquilo, certo? Era o que homens adultos faziam. Não se abandonava um homem de pau duro, ele devia saber.

E eis que, de repente, já com a mão na maçaneta, Dante se virou e me encarou, sorrindo de lado.

— Ah, e só para constar… — A voz estava rouquinha e havia um humor brincalhão dançando nos olhos caídos. — Eu não tenho um relacionamento amoroso com sua avó. Ela é quase uma mãe pra mim, *bicho*. Sua mente é muito fértil, desde sempre. Você é uma *figura*. — E aí, ele saiu do quarto, dando uma risadinha.

Uma risadinha!

Fiquei puto com o deboche, mas o sentimento só durou meio segundo, porque logo depois comecei a rir todo bobo e dei vários pulinhos no ar antes de me jogar na cama, eufórico e aliviado para um santo caralho.

Quase não pude acreditar! O cara por quem estive obcecado o mês inteiro tinha me pegado de jeito – e eu a ele! Justo quando eu jurava ser uma causa perdida.

Entretanto, os malditos pulinhos de alegria me fizeram lembrar, da pior forma possível, de que meu pau ainda estava duro para cacete e, então, fiquei na dúvida entre me aliviar ou simplesmente pensar em algo broxante.

Acabei escolhendo a segunda opção, para que pudesse descer para o andar de baixo mais rápido e assistir aos filmes com Dante no sofá… Agarradinhos, de preferência, se ele me permitisse.

Se eu o abraçasse, será que pareceria muito meloso? Não queria que ele se sentisse sufocado…

Para minha segunda surpresa da noite, no entanto, foi o próprio Dante quem tomou a atitude de sentar-se na outra ponta do sofá, apoiar uma almofada em seu colo e me chamar, com um movimento de dedo engraçadinho, para que me deitasse ali.

E nem me envergonho em dizer que obedeci imediatamente, como um cachorrinho: deitei a cabeça sobre seu colo e senti as carícias de seus dedos roliços durante a madrugada inteira, em um cafuné *sobrenaturalmente* gostoso – permitam-me o trocadilho.

Sob os risinhos de Laura e Jessica, que mais xingavam a mocinha do filme do que qualquer outra coisa, adormeci, sentindo o aroma de sândalo suave que o espírito de Donadelli emanava, assim como os cheirinhos sutis de capim-limão de Dona Laura e o de camomila de Jessica.

Naquele momento, tudo parecia tão leve e tranquilo que me senti extremamente feliz, de um jeito que eu quase nunca experimentara na vida.

E foi assim que me deixei enganar.

08.
ESSE É UM PROBLEMA PARTICULAR SEU

Infelizmente me dei conta, rápido demais, que era apenas um bobo nessa coisa de romance.

É claro que pensei que tudo ficaria numa boa entre mim e Dante depois daquele beijo... Quero dizer, foi um puta beijo! Foi do tipo desentupidor de pia, com direito a suspiros, mordidas e mãos bobas, além daquela esfregação entre espadas que, ah... só de me lembrar, ficava todo arrepiado – e duro outra vez. Não tinha como não ficar.

Pensei que, depois daquilo, seria tudo muito natural. Não que eu fosse engatar um namoro oficial com o cara, nem nada, mas achei que pelo menos rolaria mais umas bitoquinhas salientes. Quero dizer, ele não tinha muita coisa pra fazer por aí, então por que não, né?

Errado.

Depois que dormi agarrado a Dante no sofá da sala, assistindo a diferentes filmes, tudo meio que voltou à estaca zero. É. Isso mesmo que você leu. Não está sendo fácil, amigos. É sério!

Ele age como se nada tivesse acontecido, sem nenhum tipo de aproximação mais ousada, enquanto eu só falto ter uma síncope toda vez que ele se aproxima. Meu surto começa no minuto exato em que seu cheiro de sândalo, muito familiar, invade todo o cômodo. E é nisso que venho pensando durante todo o caminho de volta para casa.

Faz uma semana desde o dia do beijo e uma semana desde que comecei a pôr em prática o plano para conquistar Liza. Eu realmente gostei das aulas de dança dela, ela era como uma máquina, além de ter tanta leveza nos movimentos que me deixava empolgado para aprender também. Por isso, essa já era a minha segunda aula, além das classes de yoga que também frequentava para estar perto dela.

Aliás, já tinha Liza exatamente onde queria: ela estava bem confortável e amigável comigo. Pelo visto, não se lembrava de que eu era o cara estranho, de pau pequeno, no banheiro feminino da cafeteria. E isso era um grande *Obrigado, meu Deus!*, porque se ela lembrasse, o plano todo estaria arruinado – e eu bastante envergonhado, querendo esconder minha cabeça na terra, como um avestruz.

Mais cedo, naquele dia, tinha convencido Liza a sair para comer. Depois, na volta para casa, me vi impaciente, porque embora tivesse sido um passeio agradável, não estava nada feliz por um motivo em especial: Dante, que andava me evitando. Bem, não exatamente *evitando*, mas ele não ficava mais sozinho comigo em um mesmo cômodo, por exemplo. Sequer podia perguntar-lhe se fiz alguma coisa errada, porque recentemente ele passou a fugir de mim como o Diabo fugia da cruz. Palavra!

Se estivéssemos todos juntos – eu, ele, dona Laura e Jessica – e elas saíssem do cômodo, o *animus* dava um pulo de onde quer que estivesse e saía em disparada atrás delas, especialmente da minha avó. Desde o beijo, o ele ficava grudado nela como um carrapato. Estava mais do que visível que ele me evitava *de propósito*.

Além disso, Dante estava sempre me olhando, entretanto, quando o pegava no flagra, ele desviava e fingia que nada estava acontecendo, sem manter o contato visual intenso de antes.

Ai, eu estava tão decepcionado! Será que tinha feito algo de errado? Será que, sei lá, ronquei durante o sono? Ou pior: será que eu tinha mau hálito? Meu beijo era ruim? Talvez eu tivesse peidado enquanto dormia...

Não conseguia entender o motivo disso. Tipo, ninguém nunca reclamou, sabe? Nosso beijo foi tão... *intenso*. Nunca fui um cara com autoestima baixa, mas ter um macho fugindo de mim, como se eu tivesse algo contagioso, logo após me beijar, não era nenhuma festa *rave*. Ainda mais porque, depois daquela pegação gostosa que tivemos no quarto, esperava qualquer coisa, menos isso. O que me levava a pensar que... *talvez*... Dante não tivesse gostado tanto assim, a despeito das suas expressões de prazer e gemidinhos excitantes. Pelo menos, para mim, aquele beijo foi bastante avassalador. O mais avassalador que já tive em toda esta indústria vital.

Depois do ocorrido, passei a pensar em Dante quase vinte e quatro horas por dia – o que não era nada bom quando estava sendo ignorado, porque veja só: pensar com tanta frequência em uma pessoa acaba te fazendo criar certos... *sentimentos*.

Se podia afirmar uma coisa com certeza – e isso não me deixava nada satisfeito –, essa coisa era que eu estava realmente mexido. E com mexido, quero dizer arriado, de quatro, como um cachorro. Sim, estava muito fissurado em Dante Donadelli. E, cacete, isso era tão fodido! Quanto mais ele ia para longe, mais eu queria colar nele como chiclete.

Isso não me deixava nada satisfeito.

Antes, tentava me convencer de que Dante e minha avó poderiam ter um caso – e, bem, isso não foi suficiente para me manter afastado, resistindo a ele, já que correspondi ao seu beijo antes mesmo de ele desmentir o possível relacionamento com ela. E então, depois do beijo, ah... Foi como abrir os portões do Inferno, porque minha mente havia se libertado para começar a pensar em Dante de forma romântica e lasciva sem nem um pingo de culpa.

Aquilo, por si só, era um problema *daqueles*. Porque, veja só, sabe o cara que mal beija e já fica todo carente? Esse cara sou eu! Eu estava, claramente, apaixonando-me mais rápido que o normal e isso com toda a certeza me deixaria em maus lençóis. Sentimentos poderiam se tornar uma grande fraqueza.

Eu nunca fui assim, me sentia um desconhecido de mim mesmo. Por isso, tentava me segurar ao máximo e negar aqueles sentimentos.

Fazia pouco mais de um mês que tinha conhecido Dante Donadelli oficialmente, o que era tempo o bastante para começar a se apaixonar, sobretudo quando o cara que fazia meu coração bater mais rápido era alguém com quem eu tinha muito contato. Querendo ou não, Dante estava sempre por perto.

Eu estava focado em conquistar Liza para salvá-la do perigo iminente e fazer com que Jessica pudesse, enfim, estar em paz e partir para o Outro Lado. Afinal, era a minha nova profissão, certo? Totalmente não-remunerada, uma obrigação que não pedi a Deus, mas que tinha caído no meu colo, sem mais nem menos, e sem direito a aceitar ou recusar. Todas aquelas pessoas, aquelas almas, elas precisavam de mim, mas isso me fazia pensar em Dante ainda mais. Se pudesse fazer alguma coisa, *qualquer coisa*, para que ele pudesse ser um homem vivo outra vez, acredite, eu faria. Contudo, isso era impossível, certo? Ninguém podia ressuscitar os mortos, a não ser nas histórias de vampiros. E, bem, eu não conhecia nenhum vampiro. Nem sabia se esse tipo de criatura existia de fato, mas depois de descobrir a existência dos *animus*, assimilei que nada fosse impossível. Esperava qualquer coisa deste mundo.

De tanto pensar, sequer reparei que já tinha chegado em casa e só me dei conta quando senti Thomas dar algumas batidinhas na janela do carro.

Vi-me estacionado na calçada, encarando o nada, meio atordoado.

Thomas me deu espaço para abrir a porta.

— Você estava fazendo aquilo de novo, Alex.

— Hein?

— Essa coisa de ficar meio aéreo, encarando o nada... — falou. — É preocupante.

— Aparentemente, sou preocupante em muitas coisas — resmunguei, amargo. Meu humor não andava dos melhores, por motivos óbvios.

Foi quando percebi que Thomas estava só de bermuda, sem camisa, enquanto uma prancha azul mais alta que a porta de entrada estava encostada no muro.

— Está indo para onde? — Dei-lhe um risinho zombeteiro, tentando mostrar que já podia imaginar a resposta.

— Fazendo que você disse: vou namorar alguém da minha idade. Chamei uma garota lá da escola pra ir à praia comigo, então vou mostrar pra ela que sei surfar. Sempre dá certo. — Ele deu uma piscadinha desavergonhada.

— Um príncipe encantado, né?! Fico feliz de você ter desistido da coisa de pessoas mais velhas.

— Eu não disse que desisti. É só temporário. Doyun ainda vai ser meu namorado. — E lá estavam aqueles olhos perdidos e sonhadores de novo.

Eu bufei e revirei os olhos, antes de passar a mão no rosto, impaciente.

Menor de idade, chave de cadeia e uma boa peste. Esse era Thomas Kim, meu novo irmão adotivo.

Inevitavelmente comecei a pensar que talvez estivesse sendo hipócrita ao implicar com a quedinha dele pelo meu amigo, quando eu mesmo estava metido numa coisa bizarra com certo sujeitinho aí, de sessenta anos, que, veja só, estava morto e enterrado – bem, até onde eu esperava. Ele poderia não estar *realmente* enterrado, mas não sabia muita coisa sobre a morte de Dante, ainda.

— Preciso ir, Alex, tô atrasado. — Thomas começou a se afastar para pegar a prancha, mas quando passou por mim outra vez, segurando aquele negócio enorme, franziu o cenho e me lançou uma careta estranha, como se subitamente tivesse se lembrado de algo desagradável. — Hm, Alex... A propósito, talvez não seja uma boa você ficar em casa sozinho.

— Por que não? Há algo de errado?

— Bem, é que... — Ele se aproximou, como se fosse me contar um segredo: — Não quero que você me ache bobo ou supersticioso, mas tem alguma coisa esquisita nesta casa.

— Err... Tipo o quê? — sussurrei, nervoso.

Será que Thomas estava desconfiando de algo?

— Se você quer saber, às vezes, escuto uns barulhos estranhos, principalmente no seu quarto, mesmo quando não tem ninguém em casa. Hoje mesmo, ouvi um barulho e, quando fui no seu quarto checar, aquela sua *action figure* do Hulk e alguns mangás estavam caídos no chão. Sei que podem ser os encanamentos, ou a janela aberta, mas... Se fosse você, evitaria ficar sozinho ali dentro. — Ele apontou para casa com um aceno sombrio.

Dei um sorriso tenso e cocei a nuca.

— Talvez eu tenha deixado a janela aberta... — Dei um sorriso tenso e cocei a nuca. — E às vezes, uns guaxinins também invadem a casa pela portinha do cachorro na cozinha. Não é nada sobrenatural, tenho certeza.

Eu disse aquilo para Thomas, mas a real *certeza* que eu tinha era que havia um *animus* bisbilhotando meu quarto, talvez nesse exato momento. E era muito provável que fosse Jessica, querendo saber sobre meu novo encontro com Liza. Ela sabia que eu estava chateado com o gelo que vinha tomando de Dante, então fazia alguns dias que eu não dava as caras no mausoléu.

Thomas, então, apertou os olhos, encarando-me desconfiado, enquanto ia balançando o corpo e a ponta da prancha *quase* acertou meu espelho retrovisor.

— Também pensei nisso, até porque conferi e sua janela estava mesmo aberta — contrapôs, com uma careta de desculpas. — Sei que do seu quarto dá para subir no telhado, já te vi subindo pra lá com um edredom de madrugada. Então, pensei que talvez alguém estivesse tentando entrar na casa, talvez algum ladrão... Mas não tinha ninguém no telhado, Alex. Além do mais, que tipo de vento poderia derrubar uma *action figure*? Aquele Hulk deve ter por volta de um quilo e meio, sabe? Assim, a teoria do vento não faz sentido.

— Então, talvez a casa seja mesmo mal-assombrada — repliquei em tom descontraído, tentando tirar a ideia da cabeça dele, ao falar em tom de brincadeira. — Mas não se preocupa com isso, sei me cuidar.

— Se precisar de alguma coisa, por favor, me ligue! — Ele portava uma expressão determinada. — Não precisa dizer nada, apenas dê um toque, que eu venho correndo e trago a polícia!

Tentei evitar uma gargalhada, mas ela escapuliu por entre meus dedos, que cobriam inutilmente minha boca.

— Desde quando a polícia lida com coisas sobrenaturais?

— Ah, é... — Ele pareceu diminuir a euforia, por um breve momento, mas logo a recuperou: seus olhos aumentaram de tamanho e ele apontou indicador para cima, como se tivesse acabado de ter uma ideia. — Então, vou trazer crucifixos, água benta e alho!

Fui incapaz de me controlar. Tentei respirar depois de me dobrar para rir, segurando a barriga, antes de esclarecer o motivo:

— Obrigado, mas acho que isso também não vai funcionar. Essas coisas são para vampiros, entende? Não acho que tenha um vampiro no meu quarto... Eles não são invisíveis. — Eu sequei o cantinho dos olhos.

— Ah, então se vira, Alex! — Thomas se deu por vencido, no fim, e foi se afastando pela calçada. Ele se virou mais uma vez, no entanto, andando de costas. — É sério! Se precisar de qualquer coisa, me liga que venho correndo, ok? Somos uma família agora. — Ele me deu tchauzinho e um sorriso grande. Ele era aquele tipo de pessoa que sorria com a cara toda.

Por ele já se sentir como parte da família, aquilo me deixou contente, pois queria dizer que talvez o garoto resolvesse continuar morando conosco depois do seu aniversário. Significava que eu estava cuidando bem dele, como irmão mais velho de verdade. Torcia para que ele pudesse vender a empresa ou arranjar alguém para ficar como responsável em seu lugar e permanecer na cidade, ao menos por mais alguns anos. Eu acreditava ser necessário que Thomas tivesse um diploma e todo um conhecimento prático em administração de empresas, além de uma especialização no ramo alimentício, para gerenciar uma rede de *fast-food* tão grande quanto a da família dele. Não era só herdar as ações e sentar na cadeira de presidente. Querendo ou não, Thomas sequer havia concluído o ensino médio ainda. Aquela era uma responsabilidade além das capacidades dele. Não acho que seria bom negócio perder toda a sua juventude com uma responsabilidade desse tamanho, quando ele nem precisava.

Além do mais, eu gostava de sua companhia, ainda mais porque Jonas estava longe, terminando o intercâmbio no Japão, então a casa ficava meio vazia. Por bastante tempo, senti falta de ter mais alguém por ali, além da minha mãe; ainda que, ultimamente, eu passasse mais tempo na casa de Dona Laura do que na casa em que morava.

Só havia um único motivo para que não me mudasse de vez para a casa que herdei – e esse motivo era Yoona. Se eu fosse embora, ela sufocaria Thomas, querendo atenção. Mas ele era só um adolescente, não era justo que se privasse de sair, namorar e curtir, para fazer companhia a uma quarentona carente, ainda que agora ela fosse como sua mãe adotiva.

Distraído com aquele embalo de ideias, fui subindo as escadas da sala, mas um pensamento cruzou minha mente como um raio: e se não fosse a Jessica no meu quarto? E se fosse outro *animus* me pedindo ajuda? E se fosse, tipo, um *animus* do mal? Ai, minha nossa, eu não queria me ferrar com isso!

Por isso, desci correndo e peguei uma frigideira na cozinha. E sim, talvez tivesse criado uma cisma em ameaçar bater nos outros com panelas de aço que pareciam raquetes, não porque fosse uma arma letal, mas era bastante eficaz em desenhos animados, além de ter sido eficiente para assustar Dante noutro dia.

Enquanto subia as escadas novamente, parei para pensar que, apesar de saber sobre a existência de *animus*, assistir a filmes no sofá com eles, ter o mesmo tanto de força que um e até ter dado uns beijinhos em um deles por aí, a verdade era que ainda temia pela minha vida, quando se tratava de fantasmas desconhecidos. Sabia que não eram todos eles que curtiam um cineminha e que queriam dar umas bitocas em um carinha gostoso que nem eu.

Por isso, respirei fundo antes de abrir a porta do quarto de uma vez e acender a luz, entrando no cômodo com a arma de cozinha em punho. E sabe o pior? A frigideira estava suja de cebola e óleo. Thomas era um preguiçoso, mesmo... Nem para lavar a porra da panela antes de sair de casa! Tínhamos uma máquina pra isso, era só usar, sabe!

Então, olhei e olhei ao redor, até notar um meliante parado no vão entre o armário e a escrivaninha, de frente para janela de vidro. É claro, era um sujeito homem, da espécie macho, compreende? Nada de Jessica. Era um cara, definitivamente morto, que eu já conhecia bem.

Ainda um pouco surpreso ao reconhecer a silhueta esbelta, descansei a frigideira em cima da escrivaninha e dei duas batidinhas no ombro esquerdo da assombração, já que ele usava um *headphone* enorme na cabeça e remexia levemente o quadril no ritmo da música, que saía pelos fones de ouvido.

Dante deu um pulinho de susto antes de se virar e olhar para mim, depois para escrivaninha e aí para mim de novo. Ele abaixou o *headphone,* deixando-o pendurado no pescoço enquanto segurava o *tablet* que eu lhe tinha emprestado dias atrás. Ele arqueou as sobrancelhas e seu semblante pareceu confuso, talvez até um pouco chateado, até que ele finalmente falou:

— Por que sempre insiste nisso de usar uma frigideira para bater num espírito, hein, coelhinho? — Ele fez uma careta engraçada.

Suspirei, em um misto de alívio e cansaço. Era um alívio, sim, não ser algum *animus* malvadão, mas também não estava exatamente satisfeito que fosse Dante. Quer dizer, minha vontade era de agarrá-lo ali mesmo e beijar aquela boca carnuda até ficar sem ar, enquanto o pressionava contra a estante. Estava cada vez mais difícil conseguir me controlar perto dele, ainda mais depois de provar daqueles lábios... E que lábios! Talvez fosse por isso que ele andasse me evitando com tanta dedicação? Mas não explicava por que diabos estava no meu quarto... A não ser que tivesse desistido de ficar longe e quisesse me beijar outra vez.

Mas veja bem, era minha vez de evitá-lo e já estava fazendo aquilo há alguns dias. Tinha decidido que, se ele ficasse fugindo de mim, eu também não forçaria nada. Eu era bastante orgulhoso e se ele não queria ficar por perto, se tinha se arrependido de nosso beijo furioso, bem, então o deixaria para lá. Além do mais, não era como se pudesse fazer alguma coisa sem parecer um lunático carente e desesperado por atenção.

Também não era como se essa coisa toda fizesse sentido, afinal, Dante era um *animus* e eu, um vivo, fim de papo. Não tinha jeito para nós dois. Ou pelo menos aquilo soava mais convincente na minha cabeça.

Desanimado, virei-me de costas e fui andando pelo quarto, deixando minhas chaves e o resto dos pertences que estavam nos meus bolsos em cima da mesinha de cabeceira, no outro canto do cômodo grande.

Dante abandonou o fone sobre a escrivaninha e veio atrás de mim, parecendo meio sem jeito, e aí enfiou os dedos nos passadores de cinto da calça jeans, fitando-me com o que parecia ser expectativa.

— O que quer? — Sem me virar para ele e tentando soar o mais indiferente possível, perguntei.

Analisei-o pelo canto do olho, sentindo uma certa angústia no peito. A real era que eu não suportava a ideia de ficar perto dele no momento. Não parecia certo. Não depois de ter sido cruelmente ignorado da forma que fui durante a semana toda, justamente após ele ter vindo pra cima de mim. Não queria soar como um frouxo, mas me senti usado.

— Vim ver se estava tudo bem — sua voz era calma. — Você não aparece lá no casarão há dias. Pensei que talvez estivesse *numa fria*.

Eu, então, finalmente levantei o rosto e o fitei. Suas palavras pareceram sinceras, mas havia um leve brilho em seu olhar que eu não era capaz de identificar o motivo. Dante sempre tinha aquele olhar quando se voltava para mim – coisa que, em um primeiro momento, julguei ser algum tipo de desejo sexual ou talvez até mesmo romântico, mas agora tudo me dizia que não era bem assim.

Meu ego estava bastante ferido e meu coração machucadinho. Eu tinha sido rejeitado por um morto! Tipo, nem era o caso de ter muita competição por aí. Não era como se ele tivesse muitas opções de pessoas para beijar e, ainda assim, ele não me queria! Eu estava ultrajado, meu ego massacrado e ferido, por mais que costumasse ter uma autoestima saudável. Então, tentei manter minha indiferença forçada ao respondê-lo:

— Não aconteceu nada, só não tinha razão para passar por lá. — Dei de ombros, fingindo. Depois desviei os olhos para os fones na escrivaninha, ainda conectados ao *tablet* que lhe havia emprestado, mas percebi que não era o *headphone* branco que havia deixado com ele e sim o preto, que tinha esquecido em cima da cama antes de sair de casa, pela manhã.

— Por que está usando esses fones? O que aconteceu com os que te dei?

Um lampejo de medo perpassou por seus olhos verdes antes de alterná-los entre mim e o fone sobre a mesinha, e aí, com uma risadinha sem graça, ele respondeu:

— Acho que o fone que você me emprestou *deu tilt*. Ele não tá funcionando mais. Nunca entendi como uma coisa pode funcionar sem fio, de qualquer forma... Mas ele parou de funcionar, umas três horas depois de você ter me emprestado. Juro que não *dei mancada!* Eu não queria pegar esses aqui, mas precisava muito ouvir música alta e esse *walkman* é tão baixinho...

Ele fez um biquinho tão fofo quando disse *tão baixinho*, que foi por um triz, que não o agarrei. Palavra! Além do mais, era tão engraçadinho ele chamando o *tablet* de *walkman* – um toca-fitas que já foi o ápice da tecnologia de reprodução musical, três décadas atrás –, que ele acabou tornando bem mais difícil, pra mim, manter a pose de mau.

— Você colocou os fones para carregar? — indaguei. — Eu te disse que, para funcionarem sem fio, precisava carregá-los na tomada primeiro.

Ele coçou a cabeça e uniu as sobrancelhas curtas.

— Eu fiz isso, *pô!* Ele liga, aparece a luzinha azul, como você me ensinou. Mas depois não funciona no *walkman*. Tô te *dando o papo*, *broto*, a *bagaça deu tilt!*

Fiquei pensando em todas as possibilidades. Pela lógica, ensinar Dante a mexer em tecnologia era o mesmo que ensinar um vovô a navegar na internet. Então, uma ideia me ocorreu:

— Você conectou o fone ao *tablet* pelo *bluetooth?*

Ele fez uma carinha confusa, tentando assimilar a pergunta.

— Você já tinha ligado aquele dia quando me emprestou, ué. Precisava ligar de novo? — Fez uma expressão de pavor.

Segurei uma risada querendo vir do fundo da alma. Coitadinho, ele era mesmo como um vovô! Um vovô-neném tão fofinho...

— Dante, quando o *headphone* descarrega, interrompe a conexão do *bluetooth*. Você tem que emparelhar os dois de novo — expliquei.

Ele fez outra careta, ainda mais confusa que a anterior. Eu suspirei, com um ar divertido.

— Olha. — Peguei o *tablet* em cima da mesa e me aproximei dele, mostrando-lhe a tela. — Você tem que abrir aqui. — Mostrei o símbolo da conexão *bluetooth.* — Aí, ele vai procurar pelo sinal do *headphone*, que tem que estar devidamente carregado e ligado. A luz azul tem que estar acesa, lembra? Daí, eles vão se conectar, o *headphone* e o *tablet*... Ou o fone e *walkman*, como quiser chamar.

Dante pareceu pensativo por um minuto, alternando o olhar entre o *tablet* e os fones sobre a mesa, de cenho franzido. Ele fazia tanta força no rosto que parecia querer ligar os aparelhos só com a força do pensamento, até que relaxou a testa e bufou, revirando os olhos, e bateu as palmas contra as próprias coxas, frustrado.

— *Putzgrila, bicho!* Isso é muito complicado de entender. É muito *prafrentex, podiscrê!*

Ele estava todo engraçadinho, com as bochechas infladas, usando aquele dialeto setentista fofo! Era muito estranho que eu estivesse com vontade de amassar a cara dele e enchê-lo de beijos de novo?

— Tá tudo bem. É muita informação mesmo — falei. — Faz o seguinte: leva para você o fone com fio e traz de volta o sem fio que te emprestei. Aí, é só enfiar o fone ali na entrada do *tablet* e tá tudo certo.

Ao invés de fazer o que eu realmente queria – amassar aquela carinha fofa dele com beijos –, dei-lhe um sorriso cordial e fingi prestar atenção a qualquer outra coisa no ambiente, para não encará-lo. Senti seu olhar queimando sobre mim, mas usei toda a minha força de vontade para ignorá-lo.

— Mas e aí, você saiu com a Liza hoje? Tá tudo *nos trinques,* seguindo conforme o plano? — ele indagou, tentando ignorar o clima tenso que claramente havia se instalado ali. — Jessica tá bem ansiosa pra isso dar certo logo, embora ainda fique meio *deprê*. Ela tem seguido o tal Dennis também, para se certificar de que ele não vai importunar a garota.

"Ah, é isso, então", percebi com pesar: ele estava aqui para saber sobre Liza. Não entendia o porquê de Jessica não ter vindo me perguntar pessoalmente, mas também não me aprofundaria nessa questão.

O que me parecia era que nenhum dos *animus* confiava realmente em mim para aquela função – o que era lamentável, mas eu não podia realmente fazer nada sobre aquilo. Porque, veja só, a droga de médium era eu, independente se eles aprovassem meus métodos ou não.

Por isso, naquele momento, senti-me extremamente irritado. Então, com os braços cruzados, disparei:

— Se quer apenas saber sobre o andamento da missão para que possa reportar à base, soldado, então é só isso que posso te dizer, por enquanto — fui mal-humorado. — E pode dizer para a Jessica e para a Dona Laura que sou um *animus videntium* completo agora. Não me interessa se vocês confiam em mim ou não, apenas vou fazer do modo que eu achar melhor. — Dei as costas para ele, enquanto fingia procurar por algo muito importante na gaveta da cômoda.

Dante permaneceu em silêncio por um tempo, até que não me aguentei de curiosidade e me virei para encará-lo. A expressão do *animus* tinha mudado de cuidadosa para irritada, tal qual a minha. Ele abriu a boca umas três vezes, antes, ultrajado, conseguir dizer o que queria:

— Você é sempre um grosso e um mal-educado, Alex! — Ele me acusou, demonstrando reprovação.

Ah, mas não eu ficaria vendo esse cara me dar sermão por algo que eu estava tentando fazer para ajudar. Porque, até onde sei, fui eu quem ofereci ajuda à Jessica, ela mesma não havia me pedido por nada. Estava fazendo tudo na maior boa vontade e de jeito nenhum ficaria aguentando aqueles desaforos.

— Talvez você devesse parar de se meter nas minhas coisas e ir cuidar dos próprios problemas! — devolvi raivoso, com as mãos na cintura.

— Talvez você devesse ser menos arrogante, Alexander Kister! — Dante rebateu tão irritado quanto, o rosto vermelho e os olhos pequenos apertados.

Tendo me assistido por tantos anos, ele sabia perfeitamente que eu odiava que me chamassem pelo nome todo, então estava fazendo de propósito.

— Ah, me desculpe se não sou tão experiente nessa coisa toda como Laura Nucci! E não me chame de Alexander, é Alex. Só Alex!

— Laura era uma ótima médium porque se dedicava e levava a coisa a sério, em vez de inventar planos idiotas que claramente não vão dar em nada!

E, ah, ali estava ele jogando na minha cara que não me achava capaz e confirmando que não confiava em mim. Filho da puta!

— Ah, dá para ver o quão boa ela era, já que não conseguiu mandar você para o raio que o parta em mais trinta anos! — gritei, ainda mais bravo. Na verdade, estava puto de uma forma que não ficava há tempos. Estava mais puto até do que quando descobri a traição do meu ex.

No entanto, arrependi-me amargamente do que havia falado após uns dois segundos. Eu não precisava pegar tão pesado assim, mas me senti tão magoado que estava, instintivamente, tentando machucá-lo da mesma forma que ele vinha me machucando, mesmo que fizesse sem querer. E isso não era nada bom. Eu sabia que estava agindo feito um escroto. Um homem deveria saber perder e eu não tinha o direito de maltratá-lo só porque ele não me queria mais, isso era coisa de embuste!

Só que, antes que eu pudesse falar qualquer coisa, os papéis no meu quarto começaram a voar, como em um vendaval. Os mangás, que eram mais leves, voaram das prateleiras e flutuavam de um lado para o outro, assim como os lençóis da cama antes forrada.

Eu teria ficado assustado, se não estivesse tão surpreso. Sabia que *animus* conseguiam fazer aquilo, mas nunca tinha visto Dante agir assim.

Ele inspirou com força, apertando suas mãos em punhos enquanto me encarava com intensidade.

— Como eu disse, se você não estiver satisfeito com os meus métodos, esse é um problema particular seu — repeti, com um muxoxo. — Isso porque, embora reconhecesse meu equívoco ao destratá-lo pelos motivos errados, ainda estava com raiva por ele e pelos demais *animus* continuarem duvidando tanto da minha capacidade de conquistar uma mulher. Eu ainda era um homem charmoso e bonito, ser gay não mudava isso. Era até meio homofóbico da parte deles, se você quer saber.

De qualquer forma, ele tampouco parecia disposto a encerrar aquela briga. Agora, não só o vendaval dentro do quarto aumentava, como as luzes do teto e do abajur começaram a piscar de um jeito bizarro, como nos filmes de terror. E eu, honestamente, estava começando a ficar todo cagado. Impressão minha ou Dante Donadelli adorava uma discussãozinha acalorada?

— Bem, muito obrigado pela recepção amável, Alexander — falou, com uma voz amarga. — Eu passei aqui para ver se você tava *numa nice* e porque... *Bem, porque senti saudades* — murmurou a última frase de cenho franzido, parecendo contrariado.

Não estava entendendo o motivo daquela reação dramática, já que foi ele quem se afastou de mim primeiro.

— Não é como se isso importasse, não é mesmo? — Dante grunhiu. — Você tem uma vida, amigos, compromissos. Como você mesmo fez questão de frisar, ao contrário de mim, você está vivo. Não é como se *animus* fossem ser sua prioridade, certo? Enfim, desculpe-me incomodá-lo — finalizou em tom irônico, encerrando o show de intempéries que havia começado.

Eu sabia que, naquela hora, ele estava prestes a desaparecer com aquele teletransporte costumeiro de almas penadas que sumiam, bem na frente dos vivos, num piscar de olhos – algo que ele já havia me contado ser extremamente desconfortável. Então, se optaria por se desmaterializar, em vez de ir embora andando, era porque o incômodo que eu estava lhe causando era ainda mais desconfortável do que a desmaterialização.

Por isso, segurei-o pelo pulso, tentando impedi-lo, mas foi como se tivesse acabado de encostar-me a um fio de luz de algum poste caído, em plena tempestade. Ao repelir o toque, dei um grito assustado, o que também o assustou, e Dante imediatamente voltou a ficar com o corpo bem presente ali, encarando-me com os olhos cinza-tempestade arregalados.

— Você me deu a porra de um choque?! — exclamei, totalmente desacreditado.

Eu estava ali, sentindo-me culpado por ter sido duro demais nas palavras, enquanto o cara tentava me eletrocutar?

Ele pareceu perdido e desesperado, com olhos ainda mais esbugalhados e uma expressão de pânico no rostinho bonito, antes de suspirar com pesar, fazendo seu semblante ficar tristonho e cabisbaixo.

— Juro que não quis te machucar, Alex. Eu... — suspirou, profunda e intensamente. — Já estou neste plano há muito tempo... Eu não deveria mais estar aqui. Meus poderes estão ficando cada vez mais fortes e difíceis de controlar.

— Como assim? — indaguei com o cenho franzido, enquanto alisava minha mão, que ainda doía, como se tivesse sido queimada.

— Meus poderes são ligados às minhas emoções. Se elas estiverem muito fortes, eu estouro e coisas ruins acontecem, às vezes não consigo controlar — explicou, em um sussurro dolorido.

Encarando-me com uma expressão sofrida, ele continuou:

— Por favor, me desculpe. Eu jamais te machucaria. Você sabe disso, não sabe? Por favor me diga que sabe disso, coelhinho... — Sua voz era quase chorosa e seu olhar era cheio de culpa, então não pude ignorar.

— Eu acredito em você — repliquei em voz baixa, mesmo que ainda incerto.

Ele suspirou, parecendo aliviado, e relaxou o rosto por um minuto, mas logo sua expressão quebrada retornou.

— Foi uma má ideia ter vindo aqui... Tudo em relação a nós dois só dá errado. Está mais do que claro que não deveríamos nos aproximar assim. Eu... Eu... Me perdoe por te machucar. Tentarei me controlar mais. A gente... A gente se vê por aí — finalizou e, antes que eu pudesse dizer qualquer coisa, ele desapareceu no ar.

Fiquei atônito. Por que diabos tínhamos que nos bicar o tempo todo? Por que minha relação com ele não era normal, como a que tinha com Jessica e Dona Laura? Quer dizer, já era difícil o suficiente sentir as coisas que sentia por ele... E aquele nosso antagonismo, que ficava indo e voltando, só piorava tudo.

Sentei-me na beirada da cama, bagunçando meus cabelos até quase arrancá-los. Depois, joguei-me para trás, caindo no colchão de modo desleixado e soltando o ar pelos pulmões.

Ao repassar todo o acontecimento mentalmente, tive a certeza que toda a discussão fora culpa minha. Dante não parecia ter vindo aqui para brigar, nem para me importunar com a minha suposta incapacidade de conquistar uma mulher. Ele só parecia estar mesmo interessado em saber das novidades, mas também não havia tentado me desmentir.

Eu pensava que, como ele era um cara mais velho e, consequentemente, mais maduro – ou ao menos deveria, já que tinha mais vivência e experiência de vida e de morte do que eu –, o *animus* deveria ser mais paciente e compreensivo comparado a mim, que nasci praticamente ontem. Além do mais, ele me conhecia a minha vida toda, o suficiente para saber como era meu temperamento e como lidar comigo.

Será que ele não percebia o quanto seu afastamento depois daquele beijo havia mexido comigo? Quer dizer, eu não tinha sangue de barata... Ele estava sendo grosseiro, agindo daquela forma tão fria sem dar nenhuma explicação. Não que me devesse alguma coisa depois de um mísero beijo, mas, caramba, ele poderia pelo menos ter deixado claro que tinha só sido coisa de momento!

Eu achava que Dante deveria ter pensado antes de ter me beijado semana passada. Talvez, naquele dia ele estivesse no quarto com outra intenção. Talvez apenas tivesse me beijado num impulso, já que eu estava nu – e vamos admitir que meu corpo era bem atrativo, então qualquer cara que gostasse de outros caras ficaria meio afoito ao vê-lo naquela circunstância, especialmente um cara morto há mais de três décadas, como ele.

Mas a gente não conseguia sequer conversar sem que virasse uma discussão. Vivíamos entre tapas e beijos – mais tapas que beijos, na verdade. E quando falo tapas, quero dizer *choques*, aparentemente.

Queria pegar as chaves do carro e dirigir até o mausoléu. Queria puxar Dante pela cintura e dizer "*Foda-se essa coisa de animus! Eu quero você e não aceito um não como resposta!*", então, lhe dar um beijo tão intenso e apaixonado que deixaria nós dois de pernas bambas. Aí, ele sorriria para mim e me puxaria pelas mãos até o quarto, onde ficaríamos na cama por horas, nos beijando e nos apertando... Apenas nos curtindo de forma despreocupada, como se mais nada além de nós dois importasse... Como se o mundo lá fora não tivesse tanta importância, contanto que estivéssemos juntos.

Mas, bem... Aquilo não ia rolar. Ainda que ele não tivesse dito com todas as letras que não me queria mais, para bom entendedor, meia palavra basta. E eu sou um bom entendedor. Sei *ler nas entrelinhas*.

Talvez, para um fantasma, beijar fosse como transar e eles não sentissem coisa alguma. Talvez aquele fosse o motivo de sua rejeição,? Talvez ele não tivesse sentido nada, enquanto eu tinha sentido em dobro, por nós dois.

Infelizmente, a cada dia que passava, aquele meu sentimento por ele ficava mais forte. Era como se o mundo todo pudesse sumir, porque se eu estivesse com Dante, sequer notaria. E se eu já estava sentindo sintomas de paixão antes disso, eu me sentia amis apaixonado a cada dia. Talvez eu gostasse de sofrer. Talvez fosse uma espécie de masoquista emocional. E, talvez, toda aquela coisa de romance entre um espírito desencarnado e uma pessoa viva não devesse mesmo acontecer... Nem romance, nem coisa alguma.

Dante estava certo, afinal. Nada em relação à gente dava certo. Jamais daria. Eu apenas precisava parar de ignorar os sinais do Universo quanto a isso.

09.

ATÉ QUE O PLANO ESPIRITUAL NOS SEPARE

Eram 6h da noite de sábado e havia sessões de cinema até bem tarde no shopping. Por isso, mais cedo, telefonei para a galera toda, os convidando para irmos juntos.

Enquanto me vestia, pensei em Liza e em como essa seria uma ótima forma de nos aproximarmos enquanto a afastava do tal Dennis. Então, telefonei para ela.

— *Galã! Ai, graças a Deus!* — a voz soou estridente, como se estivesse assustada.

— O que foi? Aconteceu alguma coisa? Você precisa de ajuda? Liza, o que houve?

— *Calma, não é nada realmente trágico, é só que...* — Ela deu uma risadinha. — *O Dennis, meu namorado... Já te falei dele, né? Ai, ele é tão irritante... Quer atenção a todo momento e fica arranjando briga toda hora, sabe? Falar com ele é como pisar em ovos. É muito desgastante...* — Ela suspirou. — *Eu disse a ele que queria ficar sozinha hoje, talvez ensaiar algumas coreografias ou comer um pote de sorvete enquanto assisto algum filme romântico... Deixei bem claro a parte do "sozinha", mas o pegajoso ignorou o que falei e disse que está se arrumando para vir até aqui. Ainda inventou que está trazendo uma surpresa pra mim.*

— Você não tem curiosidade de saber o que é? — perguntei numa descontração falsa, porque, na verdade, eu era quem estava curioso.

— *Ah, não! Não mesmo!* — Seu tom era desdenhoso. — *Alex, se eu pudesse, explodiria Dennis do planeta. É sério.*

Acabei soltando uma gargalhada nervosa.

— Ora, então por que namora com ele? Talvez exista alguém melhor para você por aí, sabe... — joguei a indireta, todo fingido.

— Eu só tô com ele por causa da minha família, para falar a verdade. E sei que existe alguém melhor, eu só... Bem, o destino me provou que a melhor pessoa nem sempre é a pessoa certa — finalizou, com uma voz amarga.

Liza nunca tinha falado nada comigo sobre Jessica; sequer comentado sobre a própria sexualidade. Se não fosse pela *animus*, eu jamais saberia que Liza era bissexual. Entretanto, dava para sentir o peso da mágoa em suas palavras – o que me levava a ter certeza de que, sim, ela havia se referido à Jessica. Ela ainda pensava que a namorada a tinha abandonado, sem mais nem menos, quando, na verdade, a menina havia morrido.

Além do mais, eu evitava tocar no tema *relacionamento*, porque teria que inventar alguma história plausível para não revelar minha sexualidade. O que eu poderia falar para ela sobre relacionamentos com garotas? Todos os contatos do tipo, que tive com mulheres, foram durante a minha adolescência, quando ficava bêbado e perdia a linha. Nunca namorei uma, minha experiência se resumia a uns beijos frios e as pouquíssimas vezes que cheguei a fazer sexo, todas extremamente esquisitas e um bocado desconfortáveis, porque aquela definitivamente não era a minha praia.

— Err... Na verdade, eu te liguei para isso — falei depois de pigarrear, tentando fazer o clima voltar à leveza de antes. — Eu tô indo ao cinema com meu primo e alguns amigos. Tá a fim de ir?

— Ahhh, Alex... Você é minha salvação, Galãzinho! — devolveu animada. — *Eu estava prestes a te ligar pra te convidar pra ir ao cinema, estou indo com a minha amiga Anya, parece que o pessoal da faculdade dela está indo também, então parece divertido, né?*

— A sua amiga se chama Anya?! — grunhi surpreso. — Anya Aguillar, estudante de Cinema, cabelos dourados, bonitinha, mas ordinária?

— Sim... Você a conhece? — Liza parecia ainda mais surpresa que eu.

— Anya é minha amiga! Nós estudamos juntos!

— Ahhh! Mas que coincidência. Era mesmo obra do destino que a gente se conhecesse, Galã! — Liza pareceu um tom de voz manhoso, o que me deixou em alerta.

Ah, minha nossa! Ela tava no papo! Jessica poderia descansar em paz mais cedo do que o esperado!

Pensando bem, eu poderia aproveitar a ocasião para fisgar Liza de vez. É, talvez ela não estivesse apaixonada ainda, mas já estava claramente interessada e eu poderia beijá-la no cinema. Seria uma ótima oportunidade.

Mas, pensando bem... Eu não queria beijar a garota, não. Quer dizer, ela era bonita e tudo o mais, mulheres são lindas, mas... Como posso dizer? Elas sempre foram como frutas de plástico, para mim. Não dizendo que fossem artificiais, mas, sim, no sentido de que eram algo bonito e aparentemente apetitoso, mas não dava para comer, sacou?

Qualquer cara se sentiria um sortudo, se tivesse que beijar uma garota bonita como Liza, mas eu só sentia tédio. Até se ela fosse um homem, não sei se me sentiria super à vontade, para ser honesto. Quero dizer, ultimamente, eu só tinha olhos para Dante Donadelli.

O que era uma droga, pois, aqui estava eu, prestes a beijar uma mulher bonita e divertida, porém achando a coisa toda um martírio antes mesmo de acontecer. Era uma situação de bosta, se você quer saber.

Então me preocupei em achar alguma roupa que me deixasse bem bonitão e bem másculo. Tipo, eu já era tudo isso, modéstia à parte – exceto, talvez, a parte do másculo, porque, cá entre nós, eu desmunhecava com uma certa frequência. Mas a questão era que precisava estar *irresistível*, de forma que uma garota comprometida, bissexual e de coração partido pudesse me ver como um bom partido, porque, se não conseguisse conquistar Liza logo, desistiria daquele plano fajuto e simplesmente socaria a cara do tal Dennis até que ele confessasse o que tinha feito com a Jessica. Assim, eu provavelmente seria preso e sua confissão jamais seria aceita como prova, já que não teria sido obtida por meios legalmente aceitáveis.

E como eu sabia disso? Ora, sou filho de dois juízes.

Entretanto, eu realmente deveria começar a pensar num plano B, porque de jeito algum iria até Dante Donadelli com o rabinho entre as pernas, dizendo: *"Por favor, me ajude, eu falhei. Sou viado, muito viado, aliás, vou ser viado para sempre e não tenho a menor condição de conquistar uma garota!"*.

Isso não, jamais! Até porque não aguentaria ver o sorrisinho presunçoso no rosto dele sem querer partir para agressão, só para depois querer enchê-lo de beijos. O que poderia dizer? Apesar de botar banca e da minha faixa preta em judô, eu era um frouxo. Não era mais segredo.

Depois que encontrei a roupa ideal, peguei minhas chaves e parti para o *shopping*. Eu e meus amigos tínhamos marcado de nos encontrar na praça de alimentação. Liza foi a última a chegar, quando a maioria de nós já estava sentado à mesa, comendo e, quando a apresentei todos, percebi Liza travar quando olhou para Rosalia.

Foi como assistir a um casal se encontrando pela primeira vez em um filme de romance, com as duas se encarando em câmera lenta. Ou talvez fosse apenas coisa da minha cabeça, já que Rosalia era hétero... Quero dizer, pelo menos eu achava que era.

Naquela hora, dei-me conta de que ela nunca me falava nada acerca de sua sexualidade e eu sequer já a tinha visto com alguém. Portanto, não significava que ela era automaticamente hétero. Certo? Certo.

Já estava devaneando outra vez, mas logo tive meus pensamentos interrompidos pelos pulinhos frenéticos de Raphael e Liza, porque, veja só, ele era ex-professor de dança dela.

Me perguntei se Astaroth era mesmo tão pequena assim, já que dois de meus amigos já conheciam Liza antes de mim.

Depois de um momento jogando conversa fora com Raphael, Liza se voltou para Rosalia, com uma expressão simpática e ansiosa no rosto:

— Eu acho que já te conheço...

Rosalia deu um sorriso envergonhado depois de ficar alguns segundos encarando a loirinha, como se estivesse hipnotizada. Se não a conhecesse bem, diria que estava se apaixonando à primeira vista.

— Ah.... Eu me lembro de você. Liza, não é? A Anya era vizinha da sua amiga Jessica.

Agora eram três. Só Doyun ainda não a conhecia.

Pelo visto, Rosalia não sabia os detalhes da *amizade* entre Jessica e Liz, no entanto. E, aparentemente, o mundo não era só pequeno, era um ovo!

— Ah, sim... Lembro de ter visto você em algumas festas, mas seu cabelo era escuro... — Liza sorriu com doçura. — Você fica muito bem com os cabelos vermelhos, aliás. Parece *A Pequena Sereia*!

— Ah, obrigada... — Rosalia imediatamente ficou com as bochechas coradas.

Parei de mastigar a comida. Para o meu azar, Liza havia se sentado ao meu lado à mesa, mas isso a colocava de frente para Rosalia. *Oh-oh*. Aquilo não me parecia bom... Elas estavam *flertando*? Bem na minha cara? Literalmente, bem na frente da minha salada?

— E como está Jessica, afinal? Teve notícias dela? Vocês pareciam bem próximas... — Rosalia puxou assunto. — Anya contou que ela fugiu, do nada.

— Certeza que que a Jess tinha algum romance secreto rolando e fugiu, tipo uma fuga romântica de casal — Anya disparou enquanto comia rosquinhas. — As malas dela sumiram e tudo! Agora tem novos vizinhos morando lá.

O sorriso de Liza murchou instantaneamente, e Rosalia percebeu, encarando-me de olhos arregalados, que pulavam de mim para Liza, mas não era como se pudesse explicar a situação, porque, para todos os efeitos, eu não sabia da história de Liza e Jessica. Aliás, a própria Liza não sabia de tudo, era importante frisar.

Então, deixei que elas se resolvessem e saí de fininho, juntando-me a Raphael e Doyun, sentados na outra ponta da mesa. Eles cochichavam, olhando para algumas pessoas que saíam das escadas rolantes. Contudo, antes que pudesse perguntar o que eles tanto encaravam, meus olhos se arregalaram: Thomas descia a escada de mãos dadas com uma garotinha de cabelos loiros quase brancos, na altura do queixo, bem magrinha e de pálpebras unas. E, a cada vez que eles chegavam mais perto, eu percebia, abismado, como ela parecia a versão feminina de Doyun.

A julgar pelo olhar de Doyun, ele também pareceu notar a semelhança.

Quando o mais novo casal desceu da escada rolante e conseguiu driblar a pequena aglomeração de pessoas próximas, o olhar de Thomas cruzou com o meu e ele acenou para o grupo, antes de correr em nossa direção, ainda de mãos dadas com a garota.

Seria ela a mesma menina que ele havia tentado seduzir com a coisa toda do *surf*? Pelo visto tinha dado certo, mas ela não parecia muito praiana: era branca pra caramba! Juro, parecia uma vampira, poderia passar facilmente por irmã do Doyun, palavra!

Antes mesmo que Thomas apresentasse a garota, Doyun, puxou Raphael pelo ombro e avisou, em alto e bom som, que os dois dariam um rolê para procurar uma jaqueta, mas, por algum motivo, todo mundo se levantou e decidiu ir junto, talvez para garantir que o grupo não se dispersasse no shopping lotado.

A menina, que se chamava Yumi, soltou-se de Thomas e ficou grudada em Liza, Anya e Rosalia, toda animada, andando no grupinho feminino da frente. Eu estava observando a interação delas, andando bem atrás, e pude ver a forma que as mãos de Rosalia e Liza roçavam a todo o momento. Aquilo, sem dúvidas, não era casual. Percebi que precisava conquistar Liza logo, antes que Rosalia furasse meu olho. Quer dizer, seria ótimo se ela afastasse Liza de Dennis, mas isso a colocaria em risco e eu não poderia deixar isso acontecer.

Doyun caminhava de forma despojada, conversando escandalosamente com Raphael, como se não se importasse com os olhares que causava. Já Thomas andava em silêncio ao meu lado, sem dizer uma palavra, mas eu sabia que havia algo o incomodando.

— Então... De namorada nova, hein?— comecei, puxando assunto. — E da sua idade! É aquela da praia?

— Não, essa é outra. A da praia era muito boazinha. Gosto de gente com personalidade mais... marcante.

Pude ouvi-la contar uma piada muito ácida lá na frente e todas as meninas acompanharem a risada.

Ela parecia *mesmo* com uma cópia de Doyun, o que chegava a ser assutador.

— Você sabe com quem ela se parece, né? — falei.

Thomas abaixou a cabeça e suspirou.

— É, eu sei. Tô tentando fazer o que você falou, ficando com alguém da minha idade. Não é como se o Doyun fosse me dar uma chance, de qualquer modo, já que ele pensa o mesmo que você. — Thomas tinha o tom um tanto irritadiço, para a minha surpresa.

Desacelerei um pouco os passos e o observei de cenho franzido.

— Como assim? Doyun te rejeitou ou algo do tipo?

— É... Algo do tipo — respondeu, com um bico chateado.

— Nem sabia que vocês tinham se visto outras vezes, além das que Doyun voltou de carro com a gente para casa... E, até onde me lembro, não foram muitas — pensei alto.

— Pessoalmente, não, mas a gente conversava bastante nas redes sociais. Eu achei que... se parecesse adulto o suficiente, ele ia me querer. Tipo, olha o meu tamanho, sou pelo menos dez centímetros mais alto que ele! E olha o tamanho do meu braço! — Ele apontou pro próprio bícepe, marcando na manga da camisa.

Eu soltei uma risada nasal, desacreditado.

— Não acho que ele tenha algum desejo de ir pra cadeia. Esquece isso, cara.

Thomas bufou e me encarou com rebeldia.

— Eu não sou criança, Alex!

— Não é criança, mas também não é adulto! Olha, Thomas... — Suspirei, andando mais devagar para fitá-lo. — Tá tudo bem você criar uma paixonite, é normal até. Mas vou repetir: você não pode e não deve tentar nada com o Doyun. Você vai metê-lo em problemas, assim como vai arranjar um problema pra você! Não é certo e você sabe disso...

— Mas eu nem sou virgem, cara!

— Não é só isso que importa — rebati. — Querendo ou não, você ainda é bobo, Thomas. Você acha que manipula fácil as pessoas da sua idade, nos *namoricos*, mas isso é justamente porque vocês têm vivências e níveis de experiência semelhantes. O Doyun, ele... Bem, ele não é um cara mau, mas, de qualquer modo, numa relação com ele, você ficaria em desvantagem emocional. Entende o que quero dizer?

— Você se lembra daquele final de semana que você dormiu fora e disse pros seus amigos que estava doente? — ele falou, ao invés.

— Como soube disso?

Thomas estava falando do fatídico dia da praia, o mesmo em que Dante havia me beijado. O dia que ignorei todos os convites e mensagens de meus amigos só para ficar no mausoléu, junto aos *animus*. Se soubesse como aquele zé porrinha agiria depois, com certeza teria ido na tal festa, em vez gastar meu tempo com ele. Eu era tão fodido que tinha tomado um fora de um cara morto!

— Eles me convidaram, também. Eu fui. Lá eles perguntaram de você — explicou. — Quase respondi que não sabia do que eles estavam falando, mas logo imaginei que você tinha usado isso como desculpa, já que tinha dito à Yoona que dormiria fora. Imaginei que estivesse transando com alguém, sei lá. Aliás, sua mãe também. Ela não parava de dizer que estava ansiosa para *conhecer a norinha*. — Ele prendeu um sorrisinho sarcástico.

Quase engasguei. Minha mãe ficava, a cada dia, mais doida! Não gostava nada daqueles momentos em que ela assumia minha sexualidade daquele jeito, mas não achava que era o momento de revelar a verdade. Nem eu mesmo sabia se *queria* dizer a verdade, porque, sinceramente, ela não tinha nada a ver com isso.

— Não sabia que você já anda infiltrado no meu grupo quando não estou presente.

— É, o Doyun e a Anya que me chamaram, quase ao mesmo tempo.

— E aí? Aconteceu algo interessante nessa festa?

— Aconteceram várias coisas. A principal foi que eu tentei beijar o Doyun. Sabe, a gente estava se dando tão bem... — Ele suspirou, meio pesaroso.

Eu imediatamente parei de andar, alarmado.

— Você beijou ele? — grunhi. — E o que ele fez?

Thomas suspirou e seus ombros caíram.

— Ele me deu um sermão. Disse que, mesmo que ele não fosse lá muito maduro, não poderia ficar comigo pois se sentiria tirando vantagem. — Ele riu sem humor. — Vocês, caras, não me conhecem. Ele fez eu me sentir como se eu fosse um alienígena por ainda não ter dezoito anos, mas sou bem humano também, sabe? Não é como se eu fosse um idiota. E também não é como se, magicamente, na manhã do meu aniversário, meu cérebro fosse se encher de maturidade.

— Bom, mas você sabe que ele tem razão, né? — alertei-o.

— Odeio como tudo na minha vida fica empatado só por causa da minha idade! Eu não posso morar na minha própria casa, nem assumir a minha própria empresa, ter acesso à minha herança, visitar minha irmã na cadeia e nem mesmo namorar o cara dos meus sonhos!

Ele estava frustrado e isso me deu um pouco de pena.

Parando para pensar, ele poderia mesmo querer voltar para Paimon, assim que fizesse aniversário. Nunca havia pensado no quanto poderia ser desconfortável para ele estar na casa de estranhos, por mais que ele houvesse dito que nos considerava família e até mesmo se desse muito bem com todo mundo.

— Você... Não gosta de ficar aqui, com a minha família e a nossa casa? — Meu tom era um pouco cabisbaixo. Eu realmente sentia falta do Jonas, e acabei apegado ao Thomas, porque gostava de ter um irmão, mesmo que postiço.

Ele piscou os olhos, um tanto desconcertado.

— É claro que gosto, Alex. Eu adoro vocês, e sou tão grato pelo seu pai, quer dizer... Ele foi tão gente boa, largando o caso e se propondo a cuidar de mim legalmente até o fim do ano. No início até cheguei a pensar que ele poderia ter interesse no meu dinheiro, mas o Hans se mostrou muito honesto. Ele me repassa todas as reuniões que acontecem na empresa, me mostra os relatórios financeiros e até mesmo me aconselha sobre as ofertas de compra das minhas ações. Ele é incrível, Alex. E a Yoona, nem preciso dizer, ela é tão engraçada! Sinto como se fosse minha irmã mais velha... Uma que não é assassina, você sabe. — Deu de ombros. — Mas é frustrante passar por toda essa mudança. Quero dizer...

Thomas começou a olhar para os lados, para garantir que ninguém estava o ouvindo se abrir daquele jeito.

— Meus pais não eram as melhores pessoas do mundo. Eles exigiam que eu e minha irmã andássemos sempre na linha, que tivéssemos as melhores notas, a melhor aparência, era tudo sobre *status* e ter algo sobre o qual se gabar para outras pessoas da elite... Eles gostavam que eu e ela *conquistássemos* alguns investidores interessados em fazer negócios com a empresa, então nós dois éramos apenas como peões de tabuleiro naquele jogo de fazer dinheiro e conquistar o mundo...

Eu o encarei, travado.

— Como assim, *conquistar* os empresários?

Thomas me deu um olhar sombrio e magoado.

— Você sabe o que quer dizer: uma risadinha aqui, outra ali, logo precisei deixar que um velho milionário passasse a mão nas minhas coxas, por baixo da mesa, num jantar de negócios, e um belo dia já não era um problema que minha irmã fizesse um boquete pra outro velho na *limousine*.

Ele sacudiu a cabeça, travando o maxilar, e essa revelação me trouxe um arrepio na espinha.

— Quando a gente se recusava, eles nos castigavam de um jeito que... era... sufocante — confessou. — Não posso dizer que sinto a falta deles, mas também não queria que tudo isso tivesse acontecido, é pesado demais. E a minha irmã... Nós nunca nos demos muito bem, mas agora é ainda pior. Eu não tenho mais a mesma família e isso deveria fazer com que eu me sentisse livre, mas, na verdade, me sinto ainda mais limitado, porque sou um incapaz em tudo, não tenho idade suficiente, legalmente, pra nada, mesmo quando já passei pelo tipo de coisa que faz qualquer um amadurecer muito rapidamente. — Ele sacudiu os ombros. — Eu só queria mesmo ser assim, tão inocente e manipulável como todo mundo por aqui pensa. — Ele sacudiu a cabeça com pesar.

— Thomas, eu... Sinto muito. — Minhas mãos alisaram suas costas e meu coração pesou um bocado, enquanto tentava conter meus olhos marejados. — Eu acho que... Estou feliz que sua família morreu.

Ele deu uma risada nasal e me olhou de um jeito compreensivo.

— É horrível dizer, mas... acho que eu também.

Yumi desvencilhou-se das meninas e veio até Thomas, buscando atenção com um sorriso. Ele mudou da água para o vinho e lhe ofereceu outro sorriso de volta, um muito galante e com jeitinho de conquistador barato, o que, com certo pesar, imaginei que fosse parte da personalidade que ele precisou desenvolver para fazer aquilo que seus pais queriam.

Esperava que aqueles filhos da puta estivessem no Inferno e que seus espíritos jamais cruzassem o meu caminho, pois eu estaria disposto a aprender todo o tipo de ritual sombrio possível para destroçar suas almas e condená-las ao sofrimento eterno.

Thomas acabou se afastando com Yumi, e logo depois Doyun desacelerou o passo para caminhar ao meu lado.

— Ele te contou?

— Sim. — Ofereci-lhe um sorriso de canto. — Você fez o certo.

— É, mas ele ficou tão tristinho. Parecia que eu estava partindo o coração dele. — Doyun franziu o lábio, pensativo. — Talvez, no futuro, quem sabe? De repente, quando ele tiver vinte, e eu, vinte e cinco, não faça tanta diferença assim. — Deu de ombros.

— Você percebeu que a namoradinha dele meio que parece com você, né?

Ele estalou a língua na boca, contrariado.

— Raphael disse a mesma coisa. Ele gosta mesmo de mim assim? Não queria magoá-lo, mas ficar com uma pessoa como ele é... Impensável. Quer dizer, ele ainda está na escola! — Seus olhos arregalaram.

Enfiei as mãos nos bolsos enquanto fitávamos as vitrines com os últimos lançamentos.

— Talvez sim, mas é bom deixar o tempo dizer. Thomas não é tão imaturo e inexperiente quanto a gente pensa... — Deixei no ar.

O resto do caminho até o cinema foi feito em silêncio e eu estava totalmente pensativo. Uma vez que os *trailers* ocupavam os primeiros quinze minutos da sessão, não era como se a gente tivesse perdido alguma coisa, porque todo mundo falava muito. Foi uma sessão barulhenta e, sinceramente, meus amigos não pareciam adultos, tinham o comportamento de calouros do Ensino Médio, era como se estivéssemos com a turma de escola do Thomas. Mas a saída ajudou a me distrair daquela dorzinha no coração que era pensar em Dante Donadelli e toda a nossa situação.

Há quase dois meses, eu era só um cara assustado que via vultos e não fazia ideia do que acontecia com uma pessoa quando ela morria. Na verdade, ainda pensava que a maioria daqueles vultos eram espíritos malignos, se você quer saber.

Bem, eu ainda era medroso, mas pelo menos não estava *completamente* apaixonado. Só meio. Meio apaixonado. E tinha mais medo do amor não correspondido do que tinha de almas penadas.

Sendo assim, eu até participava daquela algazarra na sala de cinema, na intenção de ignorar a sensação esquisita de estar sendo observado. Especialmente porque, em uma sala de cinema escura, não tinha porque alguém estar me observando. Então, pensei que fosse alguma porra de *animus*. Tipo, se você fosse um espírito perdido neste plano, não aproveitaria para assistir aos filmes sem ter que gastar trinta pratas em um ingresso? Sei lá, eu faria, principalmente se ainda não fosse forte o suficiente para segurar um controle remoto e escolher o canal na TV. Além do mais, não era como se no pós-vida houvesse muitos meios de distração.

Quando a pipoca acabou, Liza se dispôs a ir encher os refis e, como precisava de ajuda para trazer os quatro baldes cheios, ofereci-me para ir com ela. Como a fila estava um pouco comprida, deixei a garota na *bomboniere* e fui ao banheiro.

Havia cerca de oito cabines e absolutamente todas estavam vazias, incluindo os seis mictórios. Eu também sabia que ninguém tinha entrado pela porta, mas quando me virei para lavar as mãos na pia, dei um pulo tão grande que quase caí sentado de bunda no mictório mijado. Isso porque Jessica estava encostada na pia, de braços cruzados, esperando-me terminar minhas coisas.

— Você tá doida, garota? — Eu levei a mão ao peito, de forma dramática. — Isso é um banheiro masculino! Você não deveria estar aqui!

— Engraçado, isso não te impediu de entrar num banheiro feminino pra ir atrás de mim — ela devolveu.

— É, mas foi diferente... Você é uma garota e poderia, sei lá, ser assediada por algum cafajeste dentro do banheiro masculino, sua maluca!

Jessica arqueou uma das sobrancelhas.

— Ô Caça-Fantasmas, quem diabos poderia assediar um *fantasma?* Eu tô morta, esqueceu? Ninguém pode me ver nem tocar.

Ali, eu me dei conta. Não que não tivesse me dado conta antes, claro, mas era que os *animus* pareciam tão... *normais*. Tão *vivos*, que eu esquecia do simples detalhe que apenas *eu* era capaz de vê-los. E talvez meu esquecimento fosse porque vinha andando com uma enorme quantidade de falecidos ultimamente. Três, para ser mais exato. Era quase como se eu fosse um cara fazendo parte de dois grupos de amigos: o grupo dos vivos, composto por Doyun, Rosalia, Raphael, Liza, Anya e Thomas; outro composto pelos mortos: Dante, Dona Laura e Jessica.

— Eu sou meio tapado, desculpe — foi só o que respondi. — Mas tá fazendo o que aqui? — indaguei, enquanto lavava as mãos. Já disse que sou um cara limpinho, cheiroso e higiênico.

— Você não me avisou sobre o plano de trazer Liza ao cinema hoje. Já disse que quero estar a par de tudo. — Ela arrumou os cabelos castanhos pelo reflexo no espelho. — Engraçado, *animus* não deveriam ter reflexo, né? Será que os vivos nos enxergam nos espelhos?

Jessica tinha os olhos arregalados, aparentemente tendo uma epifania.

— Eu costumava ver alguns vultos, antes de minha avó morrer e eu receber o dom — contei, pensativo. — Já vi uma coisa sinistra no espelho do meu banheiro, mas estava embaçado, então não sei direito o que era. Fantasmas também podem se locomover através de espelhos, como Dante já deve ter te contado.

— É, ele contou. Na verdade, ele me assustou um bocado. Sinceramente, eu jamais me atreveria a tentar atravessar um deles.

— Dizem que os espelhos refletem a alma, sabia? É por isso que, teoricamente, vampiros não seriam capazes de se ver neles.

Jessica deu um meio sorriso e encarou a água caindo da torneira, meio letárgica.

— Liza adora histórias de vampiros... Ela, com certeza, teria as melhores teorias sobre essa coisa do espelho.

— Mesmo? Talvez eu deva dar algum livro da Anne Rice a ela, de aniversário — falei descontraído, enquanto secava as mãos na máquina de ar.

— O próximo aniversário dela é só ano que vem, Alex. Você não vai mais estar próximo dela até lá... Quer dizer, depois que você partir o coração dela, Liza não vai querer ficar próxima de você.

— Mas nós somos amigos agora. Ela não vai se afastar de mim por causa disso — respondi, convicto. — Rachel não se afastou do Ross, mesmo depois daquela coisa do *estarem ou não dando um tempo*, em *Friends*.

— É, mas eles faziam parte de um grupo inseparável de amigos — retrucou. — Liza e você, não.

— Ela já está bem amigável com o meu grupinho lá na sala de cinema, sabia? Tenho certeza de que vai fazer parte do nosso grupo agora, então dá no mesmo. Aliás, ela e minha amiga Rosalia parecem estar ficando próximas. Elas duas já se conheciam, por causa de você.

— Espera, a Rosalia é sua amiga? Minha nossa, que mundo pequeno! Ela é minha vizinha... Quero dizer, *era*.

— É, eu estudo com ela e a Anya. As duas também estão aqui. Mas o que eu queria te perguntar era... Você já chegou a notar se Rosalia tinha algum interesse na Liza antes? — Fui direto.

— Não que eu me lembre. Se ela tivesse arrastado as asinhas para cima da minha namorada, eu certamente teria cortado as penas dela, como uma galinha. — Jessica deu um risinho meio diabólico. — Mas por que a pergunta? Ela parece interessada na Liza agora?

— É, acho que sim... As duas estão parecendo interessadas, na real. E eu tô só observando.

— Ok, estou um pouco enciumada — confessou, cruzando os braços e fazendo bico. — Mas estou morta, então não importa. Talvez Rosalia seja melhor opção do que um homem gay tentando conquistá-la.

— Ei! Vocês não têm mesmo um pingo de fé em mim, hein?! Puta que pariu! — exclamei, cheio de indignação. — Vocês são tudo farinha do mesmo saco mesmo...

— *Vocês*, quem? Está falando do Dante? O que ele tem a ver com isso? — Jessica tinha a expressão confusa.

Talvez Dante não tivesse contado a ela sobre nossa discussãozinha de dias atrás, o que me levava a pensar que, talvez, ele realmente tivesse ido lá em casa simplesmente por estar com saudades, como havia afirmado, não porque queria informações sobre o andamento do plano para repassar à Jessica.

— A gente andou brigando por causa disso. — Cocei a nuca, desconfortável. — Ele também acha que não sou capaz de ter sucesso nesse plano.

— Vocês brigaram? Então foi por isso que ele chegou lá na casa todo irritadinho e não quis falar com ninguém, só faltou soltar fogo pelas ventas.

Como é?

— O quê? Me explica isso aí melhor. E não poupe detalhes!

— Ué, foi isso... Ele chegou lá em casa esses dias como um furacão, então eu e Laura perguntamos o que tinha acontecido, mas ele só bufou e fez todos os quadros, de todos os cômodos da casa, caírem das paredes. — Ela franziu o cenho. — Daí, ele subiu as escadas, batendo os pés, e também bateu a porta do quarto, como um adolescente quando briga com os pais. Ligou aquela vitrola velha no andar de cima e começou a ouvir um daqueles rocks com *riffs* de guitarra estrondosos, só que como o volume estava irritantemente alto, as janelas da casa tremiam sem parar. Sua avó resolveu dar uma volta por aí, porque aquele barulho estava realmente incômodo. E eu não ficaria sozinha com um Dante tão mal-humorado quanto aquele, porque tenho amor à minha vida, então saímos juntas... Quero dizer, tenho amor ao meu espírito. Ah, você entendeu... — Terminou, dando de ombros.

Ok. Essa informação era muita coisa para o meu cérebro processar e eu já estava há tempo demais dentro daquele banheiro. Liza poderia pensar que eu estava cagando, o que não ajudava muito em toda a coisa da conquista.

— Preciso voltar para a sala de cinema agora. Mas, Jessica... Talvez seja melhor você não voltar lá pra dentro, porque vou tentar beijar a Liza e você não vai gostar de ver.

— Voltar? Como assim, voltar?

— Ué... Era você que estava lá dentro me observando, não era? Estava sentindo alguém me observando, deduzi que era um *animus*, porque nenhuma pessoa viva ficaria me encarando dentro de uma sala de cinema escura.

— E você deduziu que o *animus* era eu, já que me viu aqui?

— Uhum... Quer dizer, não acho que seja Dante ou minha avó. Não faria sentido, eu acho.

— Mas não era eu, não... Tô assistindo a um filme de ação lá na sala 8. Não gosto muito dessa coisa de zumbis a que vocês estão assistindo, Deus me livre! — Fez uma careta.

Estranho... Aquilo significava, então, que tinha alguém me observando, alguém que eu não fazia ideia de quem era. Bacana, viu? Nada assustador!

Saí do banheiro e segui para a *bomboniere* sozinho, onde Liza me esperava, encostada na vitrine de doces. Peguei dois baldes de pipoca, um em cada braço e ela também.

Durante o caminho de volta à nossa sala, que era a número 6, Liza veio tagarelando:

— E ah, obrigada por me convidar, *galã*. Você é um ótimo amigo! — sua voz era doce.

— Não foi nada. Você também é uma ótima amiga, além de divertida e bonita! — Tentei, sorrateiramente, iniciar um flerte.

Mas Liza ignorou, no entanto:

— Sabe a Rosalia? Eu gostei dela — disse, com um sorriso. — A gente já se conhecia, mas meio que só de vista, sabe? Nunca havíamos conversado. Aliás, que coincidência, eu já conhecia quase todos os seus amigos, menos seu irmão adotivo e o branquinho, com cara de vampiro.

— Você é mais que bem-vinda a se juntar a nós com mais frequência. — Fui sincero, sorrindo de volta.

— Você sabe se Rosalia tem algum... Hm... Namorado? — Liza pigarreou.

Ah, não... Ela realmente estava interessada em Rosalia. O que eu poderia fazer agora? Não podia deixar a missão nas mãos de Rosalia. Não que ela não fosse capaz de conseguir – até porque, pelo visto, todo mundo achava que outra pessoa seria melhor para a tarefa do que eu –, mas isso poderia colocar minha amiga em perigo. O tal Dennis era um maluco e já havia matado uma mulher que se pôs entre ele e Liza. Por isso, decidi que não poderia mais adiar aquilo. Eu tinha que fisgar Liza e tinha que ser logo! Então, fui desacelerando o passo e, sorrateiro, acuei Liza na parede, dando um de meus sorrisos mais galantes.

— Não sei se ela tem namorado, mas sei que... eu poderia ser o seu — declarei, com a voz mole, chegando meu rosto perto do dela.

Liza arregalou os olhinhos de maneira fofa, parecendo ter sido pega totalmente desprevenida, mas imaginei que devia ser atuação, já que ela estava ciente dos meus flertes e ainda havia me apelidado de *Galã*; o que significava que ela me achava *muito* bonito. Além do mais, ela havia dito que *era obra do destino nós dois nos conhecermos,* daquela forma toda manhosa, no telefone, quando a chamei para sair.

— Uh? — Seus lábios estavam abertos e a meio caminho do canudo do copo de refrigerante, tentando beber de forma desengonçada enquanto equilibrava os dois grandes baldes de pipoca, um em cada braço e o copo no meio, segurando-o com as duas mãos.

— Não precisa mais disfarçar, Liza... — Dei o meu melhor para continuar bancando o sedutor. — Nós dois seríamos um bom casal, não acha? Temos a mesma idade, os mesmos gostos, a gente se dá bem... — Eu esperava que aquilo não fosse um fiasco, já que também segurava dois baldes de pipoca. — Liza, eu tô *afinzão* de você.

Não dei tempo para que ela respondesse e colei nossos lábios com um selinho. Era a mesma coisa que beijar um cara, afinal, era um beijo sem língua. Mas se ela correspondesse, aí sim, teríamos que trocar saliva e beijos molhados, e aí... Eca.

Quando abri os olhos e me afastei, Liza tinha os próprios tão arregalados que pareciam prestes a saltar do crânio, como nos desenhos. Então pensei que ela provavelmente estava em transe depois de ter sido beijada por um sujeito bonitão como eu.

— Você... Você... — ela tentou dizer, gaguejando.

— Sei que você tem namorado e tal... Mas você não me parece muito feliz com ele, então achei que talvez eu pudesse ser alguém melhor para você. Quero dizer, eu posso mesmo ser. — Meu tom era firme. — Me desculpe se tiver passado dos limites, mas acho que estou me apaixonando por você.

— Alexander Kister! — Droga, ela disse meu nome todo. Péssimo sinal. — *Você não era gay?*

Oh-Oh. Se Dante estivesse aqui, certamente estaria gargalhando, todo convencido, e diria "*Ahá! Eu avisei, bicho!*", com um daqueles dedinhos curtos apontados para minha cara.

— O quê? — fingi espanto. Quer dizer, estava, sim, espantado, mas isso era porque eu não tinha dado nenhum tipo de dica sobre isso a ela... A não ser, é claro, pelo tanto de vezes que desmunhecava sem perceber.

— Eu pensei que você gostava de homens! Não teria me aproximado de você tão rápido, se soubesse que gosta de mulher. Ah, minha nossa, que horror!

— Garota, o que você tá dizendo, hein? — Eu quis pôr as mãos na cintura, mas não podia, já que elas estavam ocupadas com os baldes de pipoca.

Viu? Foi isso que eu quis dizer sobre *desmunhecar*.

— Tô dizendo que não é de bom-tom uma garota ficar saindo pra comer, ir à praia e todas as coisas que a gente faz, com um cara que não seja namorado dela! Isso é estranho! Eu só fui para cima e pra baixo com você porque pensei que você fosse gay! A Anya até me confirmou, quando a gente estava na escada rolante!

Anya Aguillar, por que não fica mais vezes quietinha, meu anjo?

E agora? O que eu diria? Não estava enxergando alternativas. Já havia imaginado esse momento várias vezes, mas de todos os possíveis desfechos, esse realmente não havia previsto. Palavra! Não fazia ideia de que Liza teria percebido minha real sexualidade.

Ai, meu santo caralhinho voador!

Decidi que, então, era melhor abrir o jogo com ela – ou pelo menos em partes, porque se contasse a verdade verdadeira, ela provavelmente se afastaria de mim mais rápido que um jato de mijo sai da uretra. Quer dizer, ninguém acharia normal uma pessoa de quem havia se tornado amiga há algumas semanas dizer: "*Hey, a propósito, esse cara que você namora foi o responsável pela morte da sua ex-namorada e ela agora é um fantasma, que está preocupada com que você acabe tendo o mesmo destino mortal que ela. E ah, sim, eu posso vê-la. Eu vejo gente morta... todo o tempo*[1]".

— Hm, Liz... Me desculpe, tá legal? — comecei de uma vez, alisando a nuca com tanta força que a pele esquentava. — Mas é que... eu acho que você deveria se afastar desse cara, esse Dennis.

Ela deu um suspiro, parecendo cansada.

— Alex, sei que já te disse que não o suporto, mas conheço o cara a vida toda e meus pais querem que eu me case com ele. Não quero ir contra meus pais outra vez. Já fiz isso antes e quebrei a cara no final — declarou, com uma voz amarga.

Ok. Então, eu teria que apelar mais um pouco.

— Liza, eu conheço a Jessica.

Como era de se esperar, ela ficou impactada, e piscou os olhos um bocado de vezes. Isso fez com que os baldes de pipoca quase fossem ao chão.

— Como... O quê...?

— Você precisa saber que a Jessica não te abandonou. Alguma coisa aconteceu a ela e acredito que Dennis tenha algo a ver com isso — disse firme, olhando em seus olhos.

— Mas... O Dennis é uma mosca-morta! O que ele poderia ter feito? Ele, sei lá, obrigou Jessica a me abandonar? Ela não tinha medo dele. E nem eu, aliás! Fora que ela nunca falou de você... De onde vocês se conhecem? — disparou, desconfiada.

Tentei me lembrar de alguma coisa que Jessica tivesse me contado e que pudesse ajudar agora, mas não me lembrava de coisa alguma. Na verdade, ali me

---

1 Referência ao filme *O Sexto Sentido* (1999).

dei conta de que Jessica nunca falava muito sobre ela mesma. Nossas conversas se resumiam a Liza, Liza e Liza. Mas, graças ao bom Buda, percebi que havia alguém parado atrás da pilastra, bem perto de nós: Jessica. Ela estava ansiosa.

— Diga que nós estudamos juntos no subúrbio, quando éramos crianças! Na Escola Primária Solzinho Feliz! — grunhiu, afobada.

— Nós éramos amigos de infância, mas perdemos contato quando me mudei aqui pro litoral. Eu e ela estudamos juntos no primário, na Escola Solzinho Feliz, no subúrbio. Nos reencontramos apenas há dois anos. Ela me falou sobre você na época, disse que te amava muito e que vocês iriam fugir juntas para os Estados Unidos. Para Nova Iorque, especificamente.

Vi Liza ficar imediatamente com os olhinhos marejados antes de uma lágrima grossa escapulir de um deles. Ela se abaixou para colocar os baldes de pipoca e o refrigerante no chão. Parecia tonta. Quando levantou, secou o rosto com a palma.

Jessica se aproximou e tentou, inutilmente, tocar o rosto dela, mas sua mão atravessou a matéria. Percebi, então, que era aquilo que acontecia entre humanos comuns e *animus*. Eu tinha mesmo um dom, já que podia fazer o que ninguém mais podia: tocar em corpos astrais, em pessoas que, para o resto do mundo, não existiam mais.

Jessica bufou e encostou-se à pilastra de braços cruzados, olhando para o teto. Era visível seu esforço para também segurar as lágrimas.

Liza pareceu, enfim, convencer-se do que eu tinha dito. Então, ela me fitou profundamente, mas apreensiva.

— Ela não me abandonou? — sussurrou.

— Não, ela não te deixou, Liz... — minha voz saiu mansa, suave. — Antes de desaparecer, Jessica entrou em contato comigo. Ela se despediu, aí me disse que estava indo te encontrar e que o Dennis era quem estava levando ela até você.

Liza franziu o cenho, chocada.

— Dennis? Jess disse que o Dennis estava levando ela para se encontrar comigo?

— Sim. E depois disso, ela desapareceu. Ninguém mais soube onde ela se meteu. Liza, esse cara pode ter feito algo de ruim! — articulei, embora minha vontade real fosse contar que Dennis *realmente* havia feito algo ruim com a Jessica.

— Aquele filho de uma puta! Eu vou cortar as bolas dele! — Liza exclamou, raivosa. Seu rosto estava vermelho de raiva e ela parecia a Barbie assassina.

— Ei, calma aí... Você não pode confrontá-lo!

— Como não? Posso e vou! Aquele maldito não tinha o direito de se meter na minha vida assim. Aposto que ele ameaçou minha namorada com alguma coisa para fazê-la sumir!

— Alex — Jessica me chamou. — Você precisa convencê-la de que o Dennis é perigoso, do contrário, ela estará correndo risco.

— Liza, me escuta... — insisti, segurando-a pelos braços, já que a garota havia começado a andar de um lado para o outro, nervosa. — Eu tive um mau pressentimento em relação a esse cara desde que Jessica me contou sobre ele. E meu sexto sentido nunca falha! Acredito que Dennis tenha feito algo muito pior do que só ameaçá-la.

— O que você quer dizer? — Ela ficou imediatamente mais tensa.

— Bem, você não acha estranho que a Jessica tenha simplesmente desaparecido, sem deixar rastros? Mesmo se Dennis a tivesse ameaçado, ela não teria sumido dessa forma, sem ao menos avisar a família ou aos amigos dela.

— Mas nós deveríamos ter pego o avião para Nova Iorque, no dia seguinte ao que Jessica sumiu! Já estava tudo planejado. Ela já havia trancado a matrícula na faculdade, vendido o apartamento com tudo dentro... As malas dela também sumiram. Não tinha nenhum pertence pessoal no apartamento! Eu mesma chequei um milhão de vezes antes de ter que entregar as minhas chaves para a imobiliária; as dela também sumiram. Ela me mandou uma mensagem pelo celular, dizendo que "não dava mais" e que "era melhor eu escutar os meus pais."

Opa. Eu não sabia disso. E aparentemente, nem a Jessica. Olhei disfarçadamente para ela, que parecia indignada.

— Pergunte se ela por acaso me viu no aeroporto — pediu pra mim.

— Você a viu no aeroporto?

Liza, então, pareceu se lembrar de algo, enquanto encarava o tapete com um semblante caótico.

— Bem, não — soprou. — Era lá que a gente ia se encontrar, mas ela não apareceu. Eu vi todos os passageiros embarcarem no voo em que nós deveríamos estar. Eu esperei, Alex. Eu esperei até o fim. Ela pode ter ido em algum voo antes! — teimou. — Ou em algum voo depois... Ou talvez ela tenha se mudado para outro lugar na cidade!

— Liza, larga de ser teimosa! — Jessica bradou, bem irritada, mas não era como se Liza fosse capaz de ouvir alguma coisa.

— Me diga uma coisa... — Resolvi apelar. — Você nunca sentiu algo estranho depois que Jessica sumiu... Tipo, algo sobrenatural?

Eu vi as duas mulheres franzirem o cenho ao mesmo tempo e me fitarem.

— O que quer dizer? — a que estava viva me perguntou.

— Quero dizer... Você nunca sentiu certo frio na espinha, quando a temperatura estava normal ou... Uma folha de algum livro que você lia se mover quando não havia nenhuma corrente de ar passando?

Jessica foi, aos poucos, abrindo um sorriso de aprovação, enquanto Liza arregalava os olhos.

— Como sabe disso? — Liza gemeu. — Você quer dizer que... talvez fosse a Jessica fazendo isso? Que ela é tipo, um espírito? Que ela... morreu? — Liza, chocada, levou as mãos magras em direção aos lábios, enquanto seus olhos ficavam ainda mais cheios d’água.

— Não posso explicar como sei disso, mas espero que seja o suficiente para que você confie em mim e acredite quando digo que esse cara fez algo ruim à Jessica.

Liza estava transtornada e começou a chorar silenciosamente, apoiando as mãos nos joelhos, quando, então, as portas duplas da sala 6 foram abertas e uma pequena multidão começou a sair lá de dentro.

Ótimo. Tínhamos demorado tanto do lado de fora que a sessão havia terminado.

Thomas acenou para mim através da multidão e se aproximou, de mãos dadas com Yumi e junto de nossos amigos. E foi aí que percebi um homem suspeito, escorado em uma pilastra no canto, que parecia olhar diretamente para mim e Liza. Não sabia dizer se ele estava ali o tempo todo ou se tinha saído com a galera da sala 6. Seu olhar grudou no meu por um mísero segundo, mas em seguida ele se misturou à multidão e sumiu. Também não sabia dizer se o cara era um vivo ou um *animus*, já que o vi por pouquíssimo tempo e não deu para sentir nada.

— Nossa, vocês foram fabricar a pipoca, por acaso? — Rosalia perguntou quando parou ao nosso lado.

— Estavam aqui fora se beijando? — Yumi deu um sorriso desconfiado e humorado.

Thomas pareceu ser delicado o suficiente para notar Liza chorando e deu um cutucão na cintura da menina.

— Por que está chorando, Liz? — foi Raphael, no entanto, quem indagou preocupado, fazendo um carinho nos fios loiros da garota. Daí, ele se virou para mim com o semblante bravo: — Que grosseria você fez com ela, Alex?

— Ei! Por que acha que fiz alguma coisa?

Aparentemente, todos sempre esperavam o pior de mim. Eu só era um pouco doido, não malvado. Qual é?!

— Não, não! Não foi o Alex! Não se preocupem. — Liza secou o rosto. — É que recebi uma notícia ruim e ele estava me consolando. O Alex é bonzinho, não briguem com ele. — Terminou, sorrindo fraco.

Viu só? Eu sou bonzinho! E foi a Liza quem disse!

— Vem comigo, gata. Vamos ao banheiro, para que você possa lavar o rosto antes de irmos para casa, que tal? — Rosalia disse de modo gentil e preocupado, puxando Liza pela cintura.

— Vou com vocês, tô apertada. Acabei bebendo muito refrigerante, já que a pipoca não chegava nunca — Anya falou de forma descontraída e seguiu com elas.

— Eu vou embora agora, Alex — Jessica, que até então estava quieta, declarou. — Qualquer novidade, sabe onde me encontrar. E você está fazendo um bom trabalho, ok? Espero que saiba que eu confio em você.

Então, ela se desmaterializou no ar.

Eu e Raphael éramos os únicos que estavam de carro, por isso, Doyun e Anya acabaram pegando carona para casa com meu primo enquanto Liza, Rosalia e Thomas vieram comigo. Yumi preferiu pegar um táxi, porque o shopping ficava perto da casa dela e na direção oposta ao nosso caminho, por isso fomos embora logo depois que Thomas se despediu dela com um beijo.

Preferi deixar Liza em casa primeiro, já que ela morava dois bairros antes do meu. Quando chegamos lá, ela pediu que eu descesse também, pois queria falar comigo em particular.

— Muito obrigada por me alertar, galã. Eu não sei como agradecer. — Ela se virou para mim quando paramos em frente à sua porta.

— Tenha cautela, por favor. Não o confronte agora, nós vamos desvendar este mistério, juntos, ok? — garanti.

— Você vai me ajudar mesmo?

— É claro! Por enquanto, aja normalmente e não deixe que ele desconfie de nada. É essencial que o Dennis não perceba que tem alguém na cola dele.

— Pode deixar! — Deu um sorriso triste. — Obrigada de novo, Alex. — Então, ela se inclinou e me deu um abraço apertado, seguido de um beijo na bochecha.

Nós sorrimos um para o outro e ela finalmente entrou em casa.

Quando voltei ao carro, percebi que Thomas me espiava, com um sorrisinho malicioso dançando nos lábios bem desenhados.

— O que foi? — perguntei, enquanto dava partida.

— Você e a Liza estão juntos? Por que não me disse que era *bi* também?

— Somos só amigos. Eu não gosto de garotas.

— Alex... — Rosalia espremeu os fios ruivos entre os dois bancos da frente. — Já que você e Liza são bem próximos, sabe me dizer se ela está namorando alguém?

Eu dei um sorriso e a vislumbrei por cima do ombro.

— Ela namora um embuste aí, por causa da família dela, mas ela não suporta o cara. Tá doidinha pra terminar. Então, talvez você deva chamá-la para sair, sabe... Só dizendo.

— Talvez eu chame. Já peguei o número dela, inclusive. — Deu uma piscadinha.

Bem, pelo menos, meus amigos estavam livres para viverem seus romances e se apaixonarem livremente, o que me deixava feliz por eles. Eu também estava bem satisfeito por estar conseguindo ajudar Jessica, ainda mais porque não precisaria mais magoar Liza para isso. Poderia deitar a cabeça no travesseiro tranquilamente, certo?

Errado. Não conseguia parar de pensar em Dante. Tudo agora se resumia a Dante, Dante, Dante.

Mais tarde, na hora de dormir, eu me virava de um lado para o outro na cama e sentia que meu cérebro seria capaz de explodir a qualquer momento. Então, me levantei, muito puto, e decidi que assistiria alguma coisa na sala de estar e beberia um engradado de cerveja, para tirar aquele *animus* safado da minha cabeça. Talvez, bêbado e sonolento, eu só pensasse no dominador militar gostosão do filme de BDSM que eu estava assistindo outro dia.

— Merda de Dante Donadelli! — exclamei, frustrado, enquanto jogava o edredom para o lado e me sentava na cama, bagunçando meus cabelos.

— O que você quer? — o dito-cujo indagou, brotando como a boa assombração que era.

Encarei-o, assustado.

— O que faz aqui?

Ele ficou um par de segundos em silêncio, como se estivesse pensando na resposta.

Cínico!

— Você me chamou, ué — respondeu, cruzando os braços.

— Eu não chamei ninguém.

O *animus* desviou o olhar.

— Chamou, sim.

— Você sabe que não — encerrei.

— Você acabou de gritar meu nome e de me amaldiçoar! — Ele me deu um olharzinho triunfante que, infelizmente, só o deixava ainda mais irresistível.

Então, eu percebi uma coisa: se ele tinha me escutado, era porque já estava ali, o que só me confundia mais. A gente não se via há dias. Ele sequer veio para buscar o *tablet*, mas fez questão de deixar o *headphone* quebrado sobre a minha cama, exatamente como havia encontrado. Orgulhoso!

— Por que estava me assistindo dormir? Vai voltar com toda aquela merda de *stalker* horripilante? Pois saiba que agora posso te ver e bater nessa tua cara com uma frigideira.

— Eu não t... — E aí ele parou, desconcertado.

Ahá! Ele realmente estava me olhando dormir! Mas por quê? Sentia-me como a Bella Swan outra vez, quando ela descobria que o doido do Edward invadia seu quarto para assisti-la dormir. A diferença era que Edward fazia isso porque estava apaixonado. Já Dante...

Bem, esperava que a tal mania não fosse um hábito maligno de espírito errante.

— É sério, cara... — eu grunhi.

Liguei a luz suave do abajur, para enxergar melhor o rosto bem desenhado, que via com uma frequência quase dolorosa em minha mente nos últimos tempos. Ele parecia mais bronzeado sob a luz amarelada e eu sabia que nunca entenderia aquela relação da luz com o corpo astral de um espírito.

— Por que sempre quer saber de tudo? — Ele foi para a defensiva.

— Ah, cara, corta essa! — gemi, frustrado de verdade. — Qual é o seu plano, me deixar louco? Tem algum *animus* atrás de mim? Eu tô correndo perigo?

Ele fez uma careta perdida, piscando um bocado de vezes, e tirou as mechas laranja da testa.

Se Dante soubesse o quanto eu ficava vidrado quando ele passava a mão no cabelo daquele jeito...

Jesus Cristo, esse homem foi feito para mim! Eu o queria, papai!

— Não, *bicho*. Não tem ninguém atrás de você. Por que esse *bode?*

— Porque você disse que costumava me vigiar para me proteger dos *animus* que queriam se vingar de Laura! E se não tem *animus* algum, então o que diabos você veio fazer aqui no meio da noite? — inquiri, muito sério.

Dante ficou em silêncio e desviou os olhos cinza-tempestade para o chão. Vi seu pomo de adão subir e descer, como quando a gente engole saliva de um jeito custoso.

— Então, vou concluir que você só quer me deixar louco mesmo — eu disse azedo. — Qual é, hein, cara? Qual o seu problema comigo?

Meu corpo já começava a suar, de um jeito nada agradável. Era aquele calor da raiva incandescente me consumindo. Dante tinha sorte de eu não ser um *animus*, porque se fosse, tudo dentro do quarto estaria voando; inclusive ele, que parecia levinho.

— Coelhinho, o que está dizendo? Eu não tenho problema nenhum com você! — Seu tom beirava à indignação.

— Então, você só quer me deixar doido mesmo? — Ri sem humor e me levantei em um rompante, começando a caminhar nervoso pelo quarto, de um lado para o outro, passando as mãos nos meus cabelos escuros.

— Por que tá *grilado* com isso? — ele grunhiu.

Não aguentando mais de calor, arranquei minha camisa e a atirei no chão, desesperado por um frescor que nunca vinha. Podia sentir minha testa umedecendo pelo suor. Que irritação!

— Por que... Por que você tá tirando a camisa? — Dante sussurrou, os olhos fixos em meu tronco desnudo, quase como se estivesse... *enfeitiçado*.

Era claro que aquilo amaciava brutalmente o meu ego, mas não podia me esquecer de todos os acontecimentos que vinham nos levando até aquele momento. Por isso, retruquei:

— O que foi? Isso é demais para você? Não se preocupe, não sou do tipo que beija e depois finge que nada aconteceu. Tenho respeito e consideração pelos sentimentos das pessoas, ao contrário de você. — Mandei tudo na lata.

Ele abriu e fechou a boca um punhado de vezes, parecendo um peixe fora d'água. A boca, ao menos, era igual a de um.

— O que foi, Gasparzinho? — Cruzei os braços, o que só fez com que meus músculos ficassem mais evidentes.

O pobre coitado parecia prestes a ter uma síncope e me olhava como se fosse me devorar ali mesmo. O que eu não entendia era o porquê. Dante ainda estava a fim de mim? Ainda sentia tesão? Se sim, por que agia como se não me quisesse mais? Já estava de saco cheio daquele joguinho ridículo, te juro! Se ele queria brincar, brincaria sozinho. Não tinha paciência para aquela palhaçada.

— O que você quer, Dante? Vai me deixar maluco assim! Por que fica me comendo com os olhos a porra do tempo todo e depois foge de mim? — inquiri, estupefato. — Aliás, por que me beijou naquele dia, se ia fazer a grosseria de me dar um gelo depois? Se queria dar um beijo para sair da seca, deveria ter deixado explícito. E eu teria te ajudado numa boa, sabia? Não seria esforço nenhum. Mas o que você fez... Eu me senti usado. Me senti um trouxa, como se aquilo não tivesse significado nada e tivesse sentido sozinho as coisas que senti... Você não tem mais o direito de ficar aparecendo toda hora, cara. Não se, quando eu corro atrás de você, sou ignorado. Não gosto dessa brincadeirinha de *quente e frio*: ou você é quente sempre, ou não é. Então, que porra está fazendo? — Despejei tudo de uma vez só.

O *animus* abriu e fechou a boca daquele jeito confuso de novo, mas finalmente, as palavras saíram, ainda que sussurradas, enquanto ele sustentava meu olhar com firmeza em seus orbes cinza:

— Eu só queria ver você dormir — confessou. — Sei que parece estranho, mas me acostumei a te ver assim, Alex. Você fica calmo e sereno, seu rosto fica leve e eu... — Ele inspirou profundamente e prendeu o ar. — *Eu gosto de ver você.* Antes, eu podia te ver sempre que queria, mas agora preciso esperar que você apareça. E isso é angustiante, me deixa sem controle!

— Então, por que, quando apareço, você foge de mim? O que fiz errado? — Dei um passo que me pôs perigosamente perto dele.

— Você não fez nada errado, Coelhinho. — Ele riu soprado, suavizando a expressão, e sacudiu a cabeça, enquanto seus olhos dançavam pelo meu rosto, fazendo meu corpo esquentar ainda mais. — Você não entende? A gente não pode fazer isso. Aquilo que aconteceu... aquele beijo...

Ele fechou os olhos, dando a entender que estava revivendo o momento em sua mente, enquanto eu me perdia em seu rosto suave e tão pertinho do meu, totalmente inebriado pelo cheiro gostoso de sândalo que sempre tomava conta do ambiente quando ele estava por perto.

— Aquilo só foi a prova de que esse tipo de coisa jamais deveria acontecer. Não é natural. — Ele abriu os olhos. — E cá entre nós, você sabe que seria passageiro. Não posso me dar ao luxo de te prometer nada. Não sei quanto tempo ainda terei que ficar aqui neste plano, mas talvez você vá ser meu único amigo depois que a Laura se for, então, se começarmos a fazer isso, as coisas podem ficar complicadas. E não poderemos ser amigos se houver complicações. Entende o que quero dizer? — disse tudo em tom suave, quase como um psicólogo infantil.

Dessa vez, o hipnotizado fui eu. Não tinha entendido por completo, mas eu deveria aceitar aquilo, por ora.

De fato, aquela discussão não tinha sequer um sentido porque, no fim das contas, *a gente jamais poderia acontecer*. Então, o contemplei, absorto naquele rosto bonito, e ele me admirou de volta. Nós ficamos ali, nos olhando sem dizer uma palavra.

As coisas estavam estranhas, mas, ainda assim, aquela bendita tensão sexual persistia, tão forte que era quase palpável. Eu queria tocá-lo. Deus do céu, precisava ficar mais perto dele! Ali, me dei conta de que sua atitude significava que ele ao menos se importava comigo. Dante havia dito, dias atrás, que estava com saudades e tinha vindo aqui só para me ver. *Foi aí que entendi, mais uma coisa:*

— Você não aguenta a tensão — murmurei, quase desacreditado. Mal pude conter o sorriso presunçoso surgindo na lateral da minha boca, enquanto chegava mais perto dele. — Você foge porque sabe que, se ficar sozinho comigo num cômodo comigo, como está agora, e eu estiver consciente, não dormindo... Você vai ceder e a gente vai se agarrar até o mundo acabar, não é?

Ele foi andando para trás, mas acabou encurralado entre mim e a cadeira da escrivaninha. Ele suava. Literalmente. Eu estranhei, mas ainda não entendia bem como a física das almas penadas funcionava e não era aquele o momento de perguntar, tampouco.

— *Chuchu beleza...* — ele respondeu, então, em um suave murmúrio. Seus olhos não desgrudaram da minha boca. — Agora é melhor pararmos de *chacrinha*.

Não planejava beijá-lo, mas se eu ainda causava tanto efeito nele quanto ele causava em mim, então poderia me vingar por meu ego ferido.

Foi pensando nisso que me estiquei sobre ele, ao passo que ele se curvou para trás, tentando fugir, até não conseguir mais. Seu lábio inferior carnudo estava preso pelos dentes, mas ele não se atreveu a desviar os olhos da minha boca.

E aí, foi com um sorriso cafajeste e vencedor que estalei um beijo em sua bochecha, bem pertinho de seus lábios, no cantinho, e o assisti tremer na base e suspirar ao sentir o contato macio. O formigamento delicioso e já conhecido se expandiu na pele sensível de meus lábios e o estalar durou um par de segundos apenas. Mas, quando terminou, afastei-me menos de um palmo e, olhando-o no fundo dos orbes cinza-tempestade, sussurrei:

— *Apenas amigos, então.*

Ele ficou perdido, os lábios entreabertos enquanto me fitava.

Juro que nunca fui tão ousado assim, pelo menos estando sóbrio, Palavra! Meus momentos para pagar de macho sedutor se resumiam a quando eu estava cem por cento alcoolizado – o que, definitivamente, não era o caso. Flertar era muito tranquilo, eu fazia toda hora, mas ir tão longe assim não era bem do meu feitio.

Então, quando estiquei meu braço por trás de Dante para capturar um moletom que repousava no encosto da cadeira, quem precisou conter o gemido fui eu, ao senti-lo semiereto por baixo do jeans quando rocei, nem tão acidentalmente assim, a pélvis na dele. Vi o maxilar do fantasma travar, preso em sua própria luta interna.

De repente, senti-me mal por ter discutido com ele e tê-lo deixado tão fulo da vida aquele dia, como Jessica contou. No fim, ele só queria estar próximo de mim, como sempre, mas eu havia estourado e o magoado por causa do seu súbito desinteresse romântico.

A contragosto, então, percebi que ele estava certo sobre estragarmos as coisas, caso tentássemos ficar juntos daquela maneira, então decidi que o melhor seria esquecer a coisa toda do beijo e viver a minha vida. Eu precisava mesmo parar de provocá-lo, e não seria justo com o pobre coitado. Embora eu estivesse louco por ele, aquilo não era racional. Meus sentimentos iam passar. Eu só precisava esperar. Era naquilo que eu precisava acreditar. Sendo assim, afastei-me, dando um passo para trás e infelizmente cortei toda a tensão sexual entre nós. Depois, vesti o moletom para cobrir a seminudez e ofereci um sorriso a ele.

— Melhor assim? — indaguei, brincalhão.

— *Barra limpa, bicho* — Ele sorriu de lado e retomou a postura, empertigando-se.

Quando ele sorria, seus olhos sorriam junto e eu ficava todo molinho, tenho que confessar.

— Me desculpe... — sussurrei.

— Não, eu é que deveria me desculpar, Coelhinho. Sei o motivo de você ter agido daquele jeito. Andei afastado desde que... Bem, desde que nos beijamos, é claro que isso te confundiu. Eu ficaria tão irritado quanto você se alguém fizesse isso comigo. Eu só... quis fugir do confronto. Sabe que sou libriano... — Ele suspirou e me encarou com intensidade nos lumes acinzentados, que ficavam escurecidos na penumbra do cômodo. — Não sabia como explicar, também não achei que você fosse ligar — prosseguiu. — Quer dizer... Tem vários caras se jogando em cima de você, então, na minha cabeça, você não teria razão para se importar comigo por causa de um único beijo.

— Eu não tenho *vários caras* se jogando em cima de mim, não! — retruquei, quase soando indignado.

Ok, era uma bela mentira porque eu *tinha, sim*, só não me interessava o suficiente por nenhum deles para corresponder. Quer dizer, eu nem mesmo tinha falado com o entregador de comida de quem fiz questão de conseguir o telefone, semanas atrás.

Dante deu aquele sorriso debochado costumeiro.

— Você esquece que sempre consegui te ver. Sei dos seus casinhos, Alexander Kister.

— Alex. Só Alex — corrigi, mas vi que ele só queria implicar comigo, então desisti e rolei os olhos para o teto, sem abandonar o sorrisinho brincalhão. — Tá, tanto faz. — Olhei para ele de novo. — Nós somos só amigos agora, então. Nada de amigos com benefícios, certo? Vivos e mortos podem ser amigos tranquilamente... Tipo, você pode assistir a alguns filmes comigo lá embaixo agora, por exemplo. — Dei a ele um sorriso sincero.

A verdade era que eu só queria ficar perto dele agora. Se não poderia tê-lo como queria, porque era um esquema impossível e que não dependia apenas de nós, então eu poderia, ao menos, tê-lo como amigo. Eu só queria poder conhecê-lo mais a fundo. Conhecê-lo de verdade, tanto quanto ele me conhecia, pois eu tinha ficado duas décadas em desvantagem.

Dante sorriu de volta e os olhos se fecharam como dois risquinhos. Ele ficava a coisa mais fofa sorrindo assim e decidi que, a partir de agora, seria a pessoa a fazê-lo sorrir daquele jeito sempre. Não importava se poderíamos ficar juntos ou não. Tudo o que importava era que Dante e eu fôssemos amigos. Eu seria a companhia que ele precisava no plano terreno, até que ele partisse para o Outro Lado e o Plano Espiritual nos separasse.

10.
LIBERTINAGEM

Acordei por vontade própria, apenas porque meu corpo quis; porque meu ser se sentiu exausto de estar deitado na cama.

Conseguem sentir esse sabor? Esse era o gosto de acordar sem o maldito despertador buzinando no ouvido, avisando que você precisava se arrastar para fora da sua cama quentinha, para entrar em uma sala com outras sessenta pessoas sonolentas se quisesse ser alguém na vida. Estão ouvindo a melodia? Era o som silencioso das férias.

Eu estava mais do que desperto, embora meu cérebro ainda estivesse meio dormindo. Tonto, fui até o banheiro e quando saí de lá, verifiquei as horas e as várias notificações em meu celular. Passava das 9h. Primeiro dia de férias e eu havia acordado às *9h da madrugada*! Isso era um tremendo absurdo!

Pensei seriamente em voltar a dormir, mas o ronco no meu estômago me fez descer as escadas até a cozinha, no maior alvoroço. Enquanto colocava o pó de café no coador, ouvi barulhos destrambelhados vindos da sala, então parei o que fazia e observei escondido, no cantinho do corredor, enquanto Thomas, aparentemente bêbado, entrava em casa, tentando passar despercebido.

Ele carregava alguma coisa nos braços, mas resolvi que era melhor nem olhar, então voltei à cozinha e terminei de ligar a cafeteira. Foi quando o café começou a passar que ouvi um latido fino vindo de onde Thomas estava e a voz dele retrucando:

— Shiu, Tomtom! Fica quieto!

Quem diabos era esse Tomtom que deveria fazer silêncio?

Ansioso, disparei até a sala e cruzei os braços, encontrando Thomas correndo desengonçado pelo cômodo, atrás de uma bolinha cor de caramelo, que tinha a pelagem eriçada, como se tivesse acabado de tomar um choque. Minha nossa, era muito fofo!

Thomas corria todo torto, tentando capturar o bichinho, mas Tomtom pulava em cima dos móveis e latia, fugindo do garoto enquanto olhava para certa direção em específico.

Acompanhei o olhar do cãozinho e me deparei com Dante encostado no arco que separava a sala de estar da sala de jantar, enquanto fazia caras e bocas para atiçar o bicho, porque os animais podiam ver espíritos. Era um suposto mito humano que descobri ser verdade, mas não sabia verdadeiramente se havia uma explicação para isso.

O cachorro correu na direção de Dante, rodopiou em volta dele e pulou na mesa de jantar, latindo fino, eufórico e abanando o rabinho de pompom.

Thomas estava confuso do porquê o *doguinho* ter corrido em círculos, quando supostamente não tinha nada ali – quer dizer, tinha o Dante, mas Thomas não sabia disso.

— Tomtom, o que é isso? Ai, ai, ai! Tomtom mau! — sussurrou, ainda sem notar minha presença, e correu até o cachorro na mesa, passando diretamente pelo corpo de Dante.

E quando digo *diretamente*, foi tipo como nos filmes: seu corpo físico atravessou o corpo astral de Dante, que fez uma careta incomodada.

Thomas capturou a bolinha peluda sobre a mesa, dizendo:

— Eu acho que essa casa é mal-assombrada, Tomtom. Tô todo arrepiado. Mas não se preocupe, o Alex vai cuidar disso.

Aí, sim, eu arregalei os olhos. Por que Thomas achava que *eu* cuidaria de alguma assombração? Ele não sabia sobre minha mediunidade, certo? Se bem que não era a primeira vez que Thomas sentia alguma coisa...

Uma vez, Dante me contou que o que possibilitava os *videntium* a ver e tocar algum *animus* era a questão da frequência, como se a dos espíritos fosse uma rádio AM, enquanto a dos vivos era FM. E, no caso de médiuns que ainda não haviam herdado o dom, essas pessoas ficavam numa barreira entre as rádios AM e FM, tipo quando você está mudando a estação e consegue captar alguns sons de ambas, mas sem conseguir escutar direitinho nenhuma das duas.

Já Dona Laura foi mais fundo na explicação: ela disse que *animus* errantes, como ela, Dante e Jessica, estavam presos em uma espécie de dimensão intermediária e precisam passar para a dimensão dos mortos. E para o que nos interessa – questões de vida e morte –, vamos considerar três dimensões, divididas por véus de realidade: a do Plano Físico, do Plano Intermediário e o Plano do Além.

Nosso corpo astral, nossa alma, é feita de matéria pura e intangível. No caso dos *animus videntiuns*, é como se nossos corpos se unissem de tal forma ao espírito, que conseguimos interagir com as duas camadas, a dos vivos e a dos mortos. Como se nosso corpo ficasse estável naquele limiar entre os dois véus da realidade. Como se nossa alma fosse parte *vida* e parte *morte*, ao mesmo tempo.

Isso me fazia pensar que, talvez, Thomas tivesse algum *videntium* na família e que, de alguma forma, possuía algum tipo de resquício mediúnico em seu DNA. Obviamente, não eram seus pais, já que eles estavam mortos, assim como seus avós. Ele não tinha parentes vivos, com exceção da irmã assassina.

— Não, ele não é um *videntium* em potencial — Dante me alertou com a voz suave enquanto se aproximava.

— Tá ouvindo meus pensamentos agora? — sussurrei, para que Thomas não nos escutasse. Se ele me ouvisse falando com o *nada*, só teria mais certeza sobre a minha mediunidade. E eu não estava certo sobre contar a ele ainda.

— Quem dera... — Dante rebateu, dando um risinho de lado. — Mas quase dava para ver os balõezinhos de pensamento saindo da sua cabeça, como nos quadrinhos. Suas expressões sempre te entregam, Alex... Você é como um livro aberto, *bicho*.

Na verdade, tinha bastante convicção de que isso era coisa da cabeça dele, porque eu era muito bom em mentir. Então, minhas expressões nem sempre condiziam com a realidade, mas é claro que não diria aquilo a ele. Ainda queria que o *animus* nervosinho acreditasse em mim, quando eu precisasse inventar alguma coisa.

— Já é a segunda vez que Thomas sente a presença de um fantasma, Dante. *Sua* presença, mais especificamente... — Fui andando em direção à cozinha, enquanto ele me seguia.

— Lembra das coisas que te expliquei sobre a frequência, há algum tempo?

Eu assenti com um muxoxo, sem olhá-lo.

— Então, normalmente, as pessoas sentem calafrios quando ficam perto de um *animus* ou até mesmo têm a impressão de sentirem a presença física do desencarnado. Tem gente que até mesmo sente o perfume que um *animus* exala. Mas isso não quer dizer que a pessoa tem algum "gene" *animus videntium* no DNA. É que muita gente tem a mente mais aberta e acredita na existência de coisas que não podem ser vistas pelos olhos humanos, *manja*?

— Tá dizendo que o Thomas acredita em fantasmas? — Arqueei uma sobrancelha, enquanto desligava a cafeteira e capturava uma xícara de porcelana no armário em cima da pia.

— É exatamente isso. E em óvnis. Ele acredita com firmeza em extraterrestres.

O encarei, abismado.

— Como você sabe disso?

— Porque isso é a cara dele, ué. — Dante deu de ombros. — E também porque já o peguei assistindo a vários documentários sobre isso no *Discovery Channel*.

— Você anda assombrando o garoto? — Apertei os olhos e o bule de café.

— *Bicho,* você tá ficando igual à sua mãe e à *coroa*. — Ele sacudiu a cabeça de um lado para o outro.

Mas eu sabia que não era uma crítica, apenas mera provocação entre amigos, como havia se tornado praxe.

— Quanto ao Thomas... Pô, você sabe como é, eu fico entediado, ainda mais quando você tá dormindo e não posso te assombrar — respondeu, girando suavemente os olhos verde-acinzentados para o teto.

Porra, ele ficava tão lindo, debochadinho! Era uma tortura querer tanto alguém que você não podia ter.

— Geralmente, quando você dorme, o Thomas está acordado.

— Você sabe como me sinto em relação a essa coisa de assombração, Donadelli... — reclamei, desgostoso.

— É pro bem dele, *broto!* O moleque é meio *mocorongo* e um pouco inconsequente, precisa de alguém tomando conta dele — justificou. — Hoje, por exemplo, posso apostar que ele pegou *sapinho*.

— Eu deveria saber o que diabos é isso? — Arqueei uma sobrancelha. — Seria algum tipo de gíria para...?

Eu não fazia ideia.

— Ele ficou realmente bêbado. Aliás, ainda está, mas o problema nem é esse. A *bagaça* é que ele beijou mais bocas do que dá para contar com as duas mãos. Definitivamente, vai acordar com algumas bolotas na língua. *Isso* é sapinho.

— Credo, cara! — Eu ri, tentando conter o barulho com as mãos. — Mas, espera... E a namoradinha dele, que apelidamos de "gêmea do Doyun"?

— Ele terminou, é claro. No início da festa. Depois, vieram as outras bocas. A juventude dessa época é muito libertina! — Ele tinha um tom falso de indignação.

— Falou o cara que viveu as décadas em que tudo era sobre sexo, drogas e *rock n' roll*. — Fui sarcástico. — Os anos 70, então, foram totalmente sobre o *amor livre*, o que, na real, era só uma desculpa pra galera fazer orgia e fumar maconha nos festivais.

Ele titubeou antes de responder:

— Ok, eu não tenho como argumentar. Você venceu. O *Woodstock* mesmo, foi uma loucura — admitiu a derrota, rindo.

— Você esteve em *Woodstock*? — Quase engasguei.

— Não. O festival foi em 1969, eu só tinha 11 anos. Mas, naquela época, todo mundo só falava disso, então era o mesmo que estar lá.

Dei um suspiro decepcionado porque, qual é? Se ele tivesse ido ao *Festival de Woodstock*, teria assistido ao Jimi Hendrix, ao vivaço!

Então, beberiquei meu café fumegante e deliciosamente açucarado, estudando-o. Dante andava *bem mais* aberto nas últimas semanas, talvez porque tínhamos posto tudo a pratos limpos algumas semanas atrás e decidido que nossa *única* opção era não sair da zona da amizade. Eu e Dona Laura éramos, basicamente, tudo o que ele tinha. Não dava para correr o risco de uma *complicação*, como ele mesmo havia intitulado.

Desse modo, percebi que aquela era a oportunidade perfeita para desenterrar mais sobre o misterioso Dante Donadelli.

— E você? — inquiri.

— Eu o quê?

— Como você era? Era um cara mais do sexo, mais das drogas ou do *rock n' roll*? Ou você era um pouco de tudo?

— Ah... Faz tanto tempo, *bicho*. Não me lembro direito.

Eu sabia que era mentira. E sabia também que ele era péssimo naquilo, porque a tentativa de me despistar era óbvia.

— Corta essa... Desembucha, Donadelli.

Ele revirou os olhos e bufou teatralmente, porém com um toque de humor.

— É, digamos que eu era um pouco de tudo.

Para mim, aquilo não era exatamente uma surpresa, mas ainda assim, fiquei admirado, quando ele disse em seguida:

— Eu curtia uma boa música, ia a muitos shows de rock, transava nos banheiros de forma irresponsável, apostava em *rachas* com os *mauricinhos* da elite e usava drogas que me deixavam a um passo da morte.

— Uau... Você foi de esquivo a cem por cento sincero em um segundo — comentei, espantado.

Dante deu de ombros.

— Dante, você... você era um cara mau? Sei lá, do tipo encrenqueiro e arruaceiro?

Dante soltou uma risadinha envergonhada.

— Não diria que eu era mau... — Ele encarou o nada, provavelmente perdido em memórias. — Eu só era meio rebelde e galinha, como o Thomas. Sendo sincero, eu era muito pior do que ele — revelou com uma careta engraçada.

— E por quê? O que te fazia rebelde?

— Bom, minha mãe faleceu em um acidente de carro, e meu pai, em menos de um ano, se casou outra vez — contou, de um jeito amargo. — Eu não gostava nada de ter minha mãe sendo substituída, mas a minha madrasta não era exatamente ruim comigo, então fui aprendendo a lidar com aquela realidade. Ela era bem mais nova que o meu pai e ainda tinha um filho da minha idade, mais ou menos, então eu e ele fomos criados juntos e o amei como meu irmão de sangue.

— Então, você era rebelde porque sua mãe morreu e seu pai esqueceu dela rápido? — Tentei entender.

— Claro que não! É que depois de adulto, acabei descobrindo que minha madrasta já era amante do meu pai, quando minha mãe ainda era viva.

— E como você descobriu isso? — Meus olhos dobraram de tamanho.

— Quando meu pai ficou muito doente e precisou de um transplante de medula. Nem eu, nem minha madrasta éramos compatíveis, mas o enteado dele era. Foi assim que descobri que Anthony era meu irmão de verdade, filho do meu pai, não enteado. E ele era só um pouco mais velho que eu, o que significava que meu pai já traía minha mãe antes mesmo de eu nascer. Me senti traído junto. Não que ter o Anthony como irmão de verdade me incomodasse, pelo contrário... Ele era meu melhor amigo, mas isso significava que meu pai era um grande filho da puta. Ele traiu não só a minha mãe, mas a nossa família toda. E aquilo me deixou irado. Cheguei a pensar que ele tinha encomendado a morte a minha mãe, pra se livrar dela...

— E ele fez isso?

— Não. Mas eu acreditava que isso fazia todo o sentido, e por isso acabei viciado em fazer coisas irresponsáveis e viver perigosamente, porque queria castigar o meu pai. Bom, no fim, quem acabou castigado fui eu. — Terminou, com um sorriso abatido.

Nos três meses desde que conheci Dante oficialmente, jamais consegui tirar tantas informações sobre ele, ainda mais de uma vez só. Percebi que, somente com aquela história, já podia entender muita coisa. Poderia dizer que estava feliz com isso, mas a frustração e tristeza estampadas em sua face me faziam apenas sentir sua dor.

Minha vontade era de pegá-lo no colo e protegê-lo. Havia algo sobre Dante que me fazia querer cuidar dele, porque ele parecia honestamente perdido. Talvez fosse por ele ser muito fofo, talvez por suas gírias cafonas e ultrapassadas terem me conquistado ou, talvez, por ele ser muito gentil. Não sabia ao certo.

Mas não vamos nos precipitar, certo? Eu não o amava, nem nada. Nos conhecíamos há muito pouco tempo para que meu sentimento chegasse naquele nível. Três meses era pouco – ou deveria ser pouco – mas eu estava definitivamente apaixonado, arriado, de quatro, aos seus pés e balançando o rabinho, como um cachorrinho contente ao ver seu dono. Como o Tomtom!

É, eu tinha que admitir que estava sentindo aquilo tudo, mas amando, acho que não... Pelo menos, espero que não. Afinal, aquilo seria um problema.

Dante não pertencia a este plano e, a qualquer momento, poderia partir para seu novo estágio de existência após a morte.

Perdido em minhas divagações sobre estar vivendo um romance impossível, como um mocinho de filme, dei um pulo de susto quando vi um Thomas cambaleante entrar na cozinha, segurando a cabeça como se estivesse com dor.

— Bom dia! — falei alto, de propósito.

— Ai, ai, ai, Alex... fala baixinho, fala? Pra que gritar? Eu não estou surdo... — Ele estava aos gemidos.

— Não tô falando alto, não. Você que tá de ressaca!

E sim, aproveitei a chance de castigá-lo. Foi assim que minha mãe fez comigo e eu não parei de beber, mas pelo menos diminuí a frequência. Eu deveria denunciar essa festa, por permitir que menores de idade bebessem, mas quem era eu pra dizer alguma coisa, se com dezesseis anos já chegava em casa cambaleando escondido pelas madrugadas?

Thomas gemeu mais um pouco e fez careta, o que quase me fez sentir pena... Quase.

— Alex Kister, por que você é assim?

Ele pegou uma garrafa de água na geladeira e bebeu tudo num gole só, diretamente do gargalo.

Suspirei e lhe entreguei um comprimido de Aspirina, junto a um frasquinho de antiácido, no potinho de remédios no balcão da cozinha.

— Aqui, tome isso. Depois feche as cortinas do quarto, ligue o ar-condicionado e durma.

Assisti a Thomas engolir os remédios enquanto assentia com a cabeça.

— E, ah! — continuei. — Deixe o cãozinho no meu quarto, senão ele vai latir enquanto você estiver dormindo e vai ser um inferno.

Thomas engasgou e cuspiu a água, que escorreu por seu pescoço, arrancando um bocado de gargalhadas reprimidas minhas e de Dante, que observava tudo, sentado em um banquinho ao meu lado.

— Como você sabe do Tomtom? — Os olhos de Thomas dobraram de tamanho.

— Olha, você não é exatamente um gênio do crime, ainda mais bêbado.

Ele continuou me encarando, pasmo, sem assimilar muita coisa. Talvez por conta do álcool, talvez por ser meio devagar mesmo.

— Como você planejava esconder um cachorro aqui em casa, digníssimo?

— Ia ficar no meu quarto, ué. — Deu de ombros.

— E o que você diria para mim ou Yoona quando a gente batesse à sua porta, perguntando sobre latidos? Porque o cão ia latir, né? Você sabe disso.

— Eu diria que... Sei lá, era o barulho do encanamento. Ou que estava vendo acasalamento de animais no *Discovery*.

— Você claramente não pensou bem sobre isso. Acho que nem pensou, na verdade...

Nesse momento, eu fazia o máximo possível para não alisar as costas de Dante, que tossia e engasgava de rir ao meu lado.

— Claro que não, eu estava bêbado... Aliás, ainda tô... Muito. — Thomas deu uma gargalhada, mas o gesto alfinetou sua cabeça. — *Argh*! Ok, preciso dormir. Obrigado pelos remédios. Vou deixar Tomtom no seu quarto e dinheiro para comprar comida pra ele, se puder.

— Pode deixar... Não é como se eu tivesse muita coisa pra fazer hoje mesmo, além de deixar o sofá com o formato da minha bunda — murmurei. — A propósito, onde arrumou esse filhote? E por que deu esse nome a ele?

Thomas se virou para mim de novo e deu aquele sorriso com o rosto todo, típico de criança arteira.

— Foi o Doyun quem me deu de presente.

Eu arqueei a sobrancelha.

— Ele disse que, se era o culpado por partir meu coração, então era ele quem deveria me ajudar a sará-lo. — Seu sorriso era inegavelmente e o mais rendido possível. — Ele me deu o Tomtom como pedido desculpas e disse que um cãozinho seria o melhor em me dar tanto amor quanto eu merecia. — Thomas suspirou, como um bobo. — Tomtom é em referência ao meu nome, Thomas. E se ele é meu filho, ele é o pequeno Tom. Por isso, Tomtom — explicou, parecendo muito orgulhoso de si mesmo. — Doyun disse que o cachorro era parecido comigo, pela cor do cabelo. Disse que quando o viu, imediatamente pensou em mim. — Thomas se escorou no balcão e suspirou de novo. — Doyun é um príncipe, Alex. — Seus olhos brilharam e ele me deu um sorriso, com ares de confissão. — Não vou mais namorar ninguém. Não importa quanto tempo precise passar, vou ficar esperando o Doyun. E quando ele me quiser, vou estar pronto pra ele.

Depois de cinco segundos inteiros olhando para Thomas, em total silêncio, resmunguei:

— Tomtom parece nome que você dá pro seu pinto, não pro seu filhote. Credo! — Balancei a cabeça em reprovação.

Ele me fitou com a mesma perplexidade que dei a ele, mas nos limites que o álcool poderia lhe permitir.

— Você é muito excêntrico, Alex. Por isso, gosto de você. *Tamo junto*!

E aí, saiu da cozinha, deixando-me sozinho com um *animus* risonho.

— Não acredito que tenha nomeado o bichinho de Tomtom... Você tá certo, *broto,* Tomtom parece mesmo nome de pinto. E essa coisa de dar um cachorro de presente pro cara que você gosta? É uma técnica de conquista avançada. *Super, hiper, mega pra frentex.* No meu tempo, as pessoas davam flores — Dante comentou, como se ele fosse dos anos 1920 ou algo assim.

— O Doyun não *gosta* do Thomas. Não desse jeito.

— Quem daria um cachorro pro irmão do seu amigo, assim, do nada? — contrapôs.

— Não é assim. Acho que ele se sente culpado justamente por ter partido o coração do Thomas. Sabe que eles dois não pode rolar, né? Pelo menos não agora.

Dante deu de ombros.

— Se você diz...

— A azul é mais bonita, tá *arrebentando a boca do balão!* — Dante teimou atrás de mim, enquanto um agitado Tomtom se remexia em meu colo por causa do *animus* cheio de gírias brincando com ele por cima do meu ombro.

Esperava, de verdade, que ninguém percebesse o cachorro miúdo em meus braços dando atenção a algo invisível atrás de mim, porque a visão com certeza seria meio assustadora. E, pelo amor de Deus, eu não queria causar pavor em um *pet shop*!

— Eu gostei mais da coleira vermelha — resmunguei baixinho, quase como o senhor de um boneco ventríloquo, para que apenas Dante pudesse me ouvir.

— Você é um *chato de galocha*! Então leva as duas, o dono dele é um *mauricinho* mesmo.

— Thomas deixou o cartão de crédito com a senha, beleza, mas estava bêbado. Se eu gastar uma fortuna nesse *pet shop*, ele vai se arrepender disso quando acordar. — Olhei ao meu redor.

— Mas ele é cheio de *tutu*, já falei, isso não é nada. E ninguém mandou o moleque assumir a responsabilidade de criar um filhote. Criar um animal não *é fichinha*, não! Agora é obrigação dele dar do bom e do melhor ao Tomtom. E o melhor pro Tomtom é ter duas coleiras. Thomas *dançou!* Não é, nenezinho? — Dante fez uma voz de bebê para o *doguinho.*

Não pude deixar de sorrir com a cena. Não sabia quem era mais fofo, era Dante ou Tomtom, mas diria que o cachorro ganhava, para não parecer muito boiola.

Eu estava deslizando entre as prateleiras de casinhas quando, de repente, estanquei no lugar – porque tinha um carinha estranho me espiando, do outro lado do corredor. Ele tentou disfarçar, mas era óbvio que eu já havia notado. Então, ele mexeu em algo na prateleira mais próxima e foi andando em direção à saída. Tive a impressão de já ter visto aquele rosto antes, mas não sabia dizer exatamente quem era.

— Que foi? — Dante perguntou, olhando em volta.

— Nada não. Acho que tinha um cara me espiando aqui na loja.

— Cadê? Onde? Quer que eu vá atrás dele? Posso *amassar* ele pra você.

A cara de bravo do Dante era fofa demais! Ele não tinha, nem de longe, uma aparência de bandido mau. Tinha cara de rebelde, sim, mas era por causa das roupas de arruaceiro, além do cabelo colorido e oleoso. Na real, não passava de um roqueirinho com cara de quem não tomava muitos banhos. Fora isso, seu rostinho era delicado e ele era apenas um neném. Por isso, toda vez que ficava nervosinho, embora eu retribuísse o ódio, adorava admirar suas expressões.

— Não precisa, ele já foi embora. Deve ter me achado bonito e não teve coragem de pedir meu número — falei, bem convencido, tentando esquecer o assunto.

Dante, por outro lado, fechou a cara, montando uma carranca no rostinho bonito.

— Acho que o Tomtom já tem coisas demais. Vamos pagar e *dar no pé*.

Ele foi andando na frente, como se fosse pagar por alguma coisa com seu dinheiro astra. *"Compre a ração de seu doguinho no American Pet Shop! Aceitamos cartões, dinheiro vivo e ectoplasma também."*

Ai, me poupe!

Depois de pagar, arrependi-me de ter comprado tanta coisa, não porque gastei uma boa grana de Thomas, mas porque não fomos de carro e esqueci que Dante não poderia me ajudar com as sacolas no meio do caminho.

Por conta disso, acabei carregando tudo sozinho de uma vez só, enquanto tentava segurar Tomtom pela coleira – que parecia uma perereca pulante e desesperada, de pelos eriçados. Ter Dante atiçando o cãozinho com suas brincadeiras também não facilitava em nada.

Senti meu telefone tocar dentro do bolso da calça jeans, mas não era como se eu pudesse atendê-lo no momento. Quem quer que fosse, teria que esperar eu chegar em casa e retornar a ligação.

E foi o que fiz, depois de chegar na minha residência e abrir todas as embalagens das coisas que tinha comprado para o cãozinho. Deixei uma caminha para ele na sala, em frente à TV, e outra dentro do quarto de Thomas. Coloquei um potinho de ração e outro de água, lado a lado, na cozinha, então abri a portinhola de passagem ao jardim para animais, caso o filhote quisesse fazer suas necessidades lá fora.

Assim, sentei-me em frente à TV enquanto Dante brincava com Tomtom no sofá ao meu lado. Vi as ligações em meu aparelho e descobri que as chamadas perdidas eram de Tyler Ross, o carinha do curso de Arquitetura com quem eu havia trombado no meio do pátio e que tinha quebrado minhas lentes da câmera, tempos atrás. Pensei que ele nem daria mais as caras e que toda aquela conversinha de pagar por lentes novas tivesse sido só papo furado.

Liguei para ele de volta e, no terceiro toque, Tyler atendeu:

— Oi, Alex! Finalmente! Tá ocupado?

— Desculpe não atender antes, estava na rua, ocupado. E aí?

Pude ver Dante me observar pelo canto dos olhos, de uma forma que devia pensar ser discreta. Só que eu estava bem ciente de que ele queria prestar atenção em toda a conversa, principalmente, no que a voz metálica saindo do aparelho dizia.

— Espero que não tenha comprado lentes novas! E eu sei que demorei... Mil desculpas, gato.

Hm... Gato, é? Esse aí tava no papo.

— Ah, não. É que meu irmão apareceu aqui em casa com um cachorrinho filhote bem fofo, então tive que comprar algumas coisinhas no *pet shop*, enquanto ele tenta curar a ressaca, dormindo até que o sol se ponha.

— Ele chegou bêbado em casa com um cãozinho? Também já fiz isso! Quer dizer, na real foi com um gatinho preto. Mas se estivesse sóbrio, teria resgatado de qualquer forma. Gatinhos pretos nas ruas acabam usados como sacrifícios para rituais de bruxaria feitos por gente do mal, então salvei a Samara.

— Samara? O nome da sua gatinha é Samara? — Esse era um nome peculiar para um bichano.

— Aham. É que ela tem essa mania de pular por cima da TV, então parece que está saindo lá de dentro. Lembra a menina de O Chamado, daí o nome.

Eu dei uma gargalhada tão desesperada que acabei babando um pouco. Envergonhado, limpei a saliva com pressa, torcendo para que Dante não tivesse visto o cuspe pulando de minha garganta. Seria vergonhoso e eu não precisava de mais vergonha para passar além das que já passava diariamente, né?

— É, todo mundo racha com isso — Tyler respondeu. *— Mas me diz... Você tá livre hoje?*

— Bem, hoje é o primeiro dia de férias, então meu planejamento é fazer um grande nada durante o dia inteiro.

— Então, o que acha de irmos até o outro lado da cidade almoçar num restaurante legal e depois comprarmos suas lentes? Podem ser de modelos semelhantes aos que quebrei ou até algo mais caro, não tem problema. O almoço é por minha conta também.

— Por acaso, está me chamando para um encontro disfarçado, Tyler? — zombei, mas em tom de flerte.

Só que aí, lembrei-me de que Dante continuava ao meu lado, ouvindo a conversa.

Atrevi-me a espiá-lo rapidamente e sua cara não parecia boa. Poderia me arriscar a dizer que Dante estava com ciúmes, mas ele já tinha deixado muito claro que optava por não se relacionar comigo de uma forma que não fosse apenas amizade, certo?

Quer dizer, depois que fizemos as pazes, ficou meio que claro que a atração continuava recíproca, mas ele não disse nada sobre estar apaixonado. A única coisa certa, além do fato de Dante também querer meu corpinho nu, era que não ia rolar entre nós dois, pelo nosso próprio bem, para que as coisas não ficassem esquisitas quando aquela parte da relação desse errado. Fim de história. E era melhor assim. Seríamos como dois bons amigos, que nunca enfiaram a língua na garganta um do outro. Era melhor que cortássemos o mal pela raiz de uma vez, e no meu caso, era preciso fazer logo, porque ao invés de meus sentimentos diminuírem, eles continuavam aumentando e eu mal podia evitar suspirar quando estava junto do Dante. Era uma droga.

Eu já não tinha idade – e ele menos ainda – para ficar todo emocionado por causa de um beijinho.

Além de que, Dante era um *animus*. Era sempre bom lembrar que a gente não poderia ficar junto, ainda que ele quisesse. Então, o que eu deveria fazer? Dispensar todos os caras pelo resto da minha vida, em nome de uma relação que nunca aconteceu e nunca aconteceria? Sem chances!

— *Alex?* — A voz de Tyler puxou-me para fora de meus devaneios.

— Uh?

— *Eu disse que se não tiver problema pra você, pode ser um encontro* — confessou, rindo, mas aparentava certo nervosismo na voz.

Achei fofo.

— Então, é um encontro. Nos vemos lá?

— *Vou te mandar a localização do restaurante por mensagem. Que tal às 2h30?*

— Vou me arrumar. Até mais tarde!

Levantei-me do sofá e subi as escadas até um pouco animado, mas senti o olhar de Dante queimar minhas costas. Resisti ao ímpeto de questioná-lo, porque sabia que isso poderia acabar em discussão. Não que ele tivesse qualquer direito de discutir comigo sobre eu ter um encontro com alguém.

Ignorando isso, fui ao quarto me arrumar. Ao pensar sobre Tyler, constatei, de novo, que ele era extremamente bonito. E que para conquistar um cara daqueles, eu precisava estar à altura. Por isso, botei a minha melhor roupa casual e um bom perfume. Quando o horário chegou, peguei minhas chaves, a carteira e desci as escadas, deparando-me com um Dante emburrado, sentado no sofá enquanto me olhava de cima a baixo, com um bico na face carrancuda.

Porra, qual era a dele, afinal? Não ia foder, mas também não ia sair de cima!

— Vai sair com esse *mauricinho* mesmo? — Dante perguntou entre os dentes cerrados e com os olhos faíscando, o que me deixou atônito.

— Por quê? Ele não parece ser do bem? Sabe algum podre dele?

— Não, é que... — Ele trocou o olhar furioso por um biquinho que parecia até fofo. — Você disse que não tinha muita gente te querendo. — Deu uma risadinha sem humor, revirando os olhos cinza-tempestade que tanto me chamavam atenção.

— Olha, se isso for estranho para você, beleza. Posso cancelar e ficar aqui — arrisquei, mirando-o com expectativa.

— Claro que não! Eu só acho que você é um falso.

Eu olhei bem para ele, incrédulo.

— Do que você tá falando agora, macho? — grunhi.

Ele me fitou, como se quisesse cravar uma faquinha de serra no meu olho. Eu realmente não conseguia entender qual era a dele: se não podíamos mais dar uns amassos, por que diabos ele estava agindo todo ciumentinho?

— Dante, quer me dizer alguma coisa? — perguntei, com uma sobrancelha arqueada.

E puta que pariu, eu estava totalmente esperançoso. Meu peito batia forte e meu cérebro gritava para que Dante me pedisse para ficar e se declarasse a mim. Por dentro, ansiava que ele me puxasse pelo braço e dissesse: "Não *saia com esse mela-cueca! Fique comigo. Seja meu namorado!*".

Ai, eu ficaria derretidinho, que nem manteiga na panela.

Fiquei segurando o ar, cem por cento ansioso, nos segundos em que ele permaneceu em silêncio, estático, piscando enquanto me encarava.

— Sabe o que você é? Um galinha! — falou, finalmente. — E tudo bem, já estive nessa posição também, de poder ter quem eu quisesse com um estalar de dedos. Mas você também é um hipócrita! Tava todo cheio de sermão pro meu lado porque a gente se beijou *uma vez* e eu não fui mais atrás de você depois, ficou com todo aquele papo de que respeita os sentimentos das pessoas e não sei o quê mais... E agora tá indo sair com esse cara aí? Quem ele é, aliás? O que ele faz da vida?

— Você está sendo muito injusto, sabia?! — retruquei, fulo da vida. — Por acaso, quer ter alguma coisa comigo, pra estar agindo desse jeito? Porque, até onde sei, *você* deixou bem claro que estava terminando comigo naquele dia! E terminando uma coisa que nem existia, porque você mesmo descartou a possibilidade antes mesmo de termos uma chance de começar. E em momento nenhum você falou dos seus sentimentos. Então, vamos lá: você gosta de mim? Sente alguma coisa além de tesão? Porque se a resposta for sim, eu cancelo esse encontro agora e a gente conversa mais uma vez. Mas se não, nem me venha com esse papo, porque até onde nós concordamos, somos apenas amigos. Então, qual vai ser? — Pus as mãos nos quadris, meu rosto estava vermelho de raiva.

Dante pareceu querer dizer alguma coisa, já que sua boca abriu e fechou várias vezes, mas ele continuou sem dizer coisa alguma. Já eu, fiquei por um minuto inteiro lhe dando tempo para pensar sobre aquilo. Palavra! Eu sabia ler nas entrelinhas, mas havia situações em que não podia simplesmente supor uma coisa e tomá-la como verdade. Precisava de confirmação, para que pudesse agir.

Mas Dante não disse nada.

Então, apenas bufei e fui em direção à porta, murmurando um "*Tente não assustar o Thomas*", desanimado e conformado.

Entretanto, quando estava pegando na maçaneta, senti uma das mãos de Dante sobre a minha, de forma delicada.

Aquele formigamento, que sempre acontecia quando a gente se tocava, arrepiou-me inteiro. Podia sentir perfeitamente seu corpo atrás do meu, perto demais para que minha sanidade pudesse aguentar. Seu cheiro de sândalo tomou os meus sentidos sensíveis e quase derreti outra vez, em frente à porta.

Cacete, esse homem simplesmente derrubava todas as minhas defesas sem fazer absolutamente nada demais!

— Coelhinho... — Seu rosto estava perigosamente perto do meu, que o mirava por cima do ombro.

Meus olhos alternavam como loucos entre seus lábios e aquele par de orbes acizentados. Meu pobre coração bateu com tanta força que pensei que ele faria um buraco no tórax, pularia para o chão e sairia quicando por aí, sem parar de bater. A sensação era inexplicável.

— Uh? — balbuciei, encarando aqueles lábios cheinhos e convidativos. Foi necessária até a minha última gota de autocontrole para não grudar minha boca na sua.

Dante, então, umedeceu os lábios com a língua e meu interior se contorceu em desespero. Podia jurar que ele estava prestes a me beijar, aproximando-se cada vez mais, com a ponta do nariz roçando de leve no meu, os lumes alternando lentamente entre minha boca e meus olhos.

O tempo que ele passou encarando meu rosto assim, tão de perto, pareceu durar uma eternidade. Eu já estava quase fechando os olhos e fazendo beicinho, só esperando que ele colasse aquele bocão macio no meu. Mas, então, Dante sacudiu a cabeça e se afastou, tirando, inclusive, sua mão de cima da minha, que ainda estava na maçaneta.

— Só... Por favor, tenha cuidado, Coelhinho — foi tudo que falou.

E é claro que não pude esconder a decepção em meu rosto. Eu era um bom mentiroso, sim, mas me fingir de pleno depois de toda aquela tensão e do quase beijo – que ansiava mais do que qualquer coisa, nas últimas semanas – era pedir demais. Acho que nem os melhores atores hollywoodianos conseguiriam realizar tal façanha. Então, apenas respondi:

— Pode deixar.

E saí de casa, cabisbaixo.

Passei o caminho todo incomodado com aquela situação com o Dante. Estava tremendamente confuso. O que eu esperava que ele dissesse, afinal? E se ele tivesse se declarado, como eu desejava? Eu teria um namorado *animus?* Transaria com um fantasma? Quer dizer, eu podia tocá-lo como se ele estivesse vivo, não era nenhuma novidade. Mas isso não seria estranho? Não parecia certo. Como ele mesmo disse, não era *natural*.

Queria muito perguntar à dona Laura se, alguma vez, durante todos esses anos como médium, ela havia se interessado por algum espírito de maneira romântica ou até mesmo... sexual. Porém, só de imaginar sua cara espantada, acabava desistindo. Eu costumava conversar sobre muitas coisas com minha avó, mas não sabia se aquele era um assunto sobre o qual poderíamos discutir numa boa, até porque não sabia até onde ela queria que eu e Dante nos déssemos bem. Imaginava que não fosse *tão* bem assim.

Quando entrei no restaurante, não pude evitar arregalar um pouquinho os olhos. Achei que Tyler me levaria num *fast-food* ou, no máximo, a um restaurante legalzinho, mas o lugar era tipo um daqueles metidos à besta, onde você paga uma fortuna em um punhado de comida com a aparência colorida, posta a foto na internet e depois vai tirar a barriga da miséria em um *food truck* da esquina. Tyler deveria ser, realmente, de uma família rica. Tipo ricos de berço, a elite, não classe média, como a minha.

Eu o vi acenar todo alegre, sentado a uma mesinha mais reservada nos fundos. Então, sentei-me à sua frente, sorrindo sem jeito, com a plena certeza de que minhas bochechas deviam estar um pouco vermelhas. Quer dizer, eu era bem confiante na maior parte do tempo, mas ainda ficava um tantinho envergonhado quando ia a um encontro com alguém novo. E se a pessoa fosse o futuro amor da minha vida? Ele poderia ser, porque o achei bonito o suficiente pra isso.

— Uau. Não precisava de toda essa pompa, cara — eu disse de modo descontraído, para disfarçar o pânico interno. — Eu ficaria impressionado só de comer no Mc Donald's.

— Ah, mas você não é qualquer um. Eu queria te impressionar... E parece que consegui. — Ele deu um sorriso brincalhão.

— É, conseguiu, sim. — Sorri de volta, esquecendo-me momentaneamente de Dante e suas complicações. — Você costuma vir aqui com frequência?

— Quer saber se trago muitos caras aqui? — Ele tinha uma expressão divertida. — Não trago, não. Só trouxe meus dois últimos relacionamentos, o Alan e a Miranda.

— Então, você também gosta de garotas?

— Um pouco, sim.

— Como assim, *um pouco*?

— Quero dizer que fui muito apaixonado pela Miranda, mas ela foi a única. Às vezes, até fico com mulheres, mas não tenho tanto interesse assim. Prefiro homens e, quando vejo um cara bonito, é difícil me controlar.

Tyler foi sincero, tão sincero que me fez arquear uma sobrancelha. Talvez aquela não fosse a melhor escolha de palavras para se dizer em um primeiro encontro.

— Então, você admite que é galinha — alfinetei, mas na brincadeira.

— Ah, não! Não foi isso que eu quis dizer... — Os olhos dele se arregalaram. — Eu... — Ele parecia bastante desconcertado. — Ah, puta merda.

— Não se preocupe. — Eu ri mais um pouco. — Posso entender. Tem alguns caras que... Uau! É difícil resistir.

— Mas não sou do tipo infiel, nem nada! — Já foi logo tentando consertar. — É que tendo a gostar mais de homens... Foi isso que quis dizer, que não sou bem um bissexual meio a meio, mas tá valendo — finalizou, com um sorriso de bochechas coradas.

Depois disso, eu senti certa simpatia, e o resto do almoço se deu em conversas amenas e mais algumas risadas. Estávamos nos conhecendo melhor e Tyler parecia bem divertido. Não era uma presença pesada. A conversa entre nós apenas... fluía. Era fácil.

Em algum momento, meus olhos começaram a cair demais para os lábios dele. Tyler tinha uma boquinha bonita e beijável. Não que eu fosse um desses safados, que mesmo apaixonado por um, ficava de olho em outros – como Dante havia tentado insinuar na discussão de horas atrás. Eu sequer sentia vontade de beijar outras pessoas por aí, uma vez que toda a minha libido era dele. Como se a gente tivesse nascido pra ser um do outro e ninguém mais tivesse muita graça depois de conhecê-lo. Era como se Dante tivesse me enfeitiçado.

Mas no que uma relação entre nós poderia dar?

Não que eu fosse do tipo que pensava em casar cedo nem nada, mas o próprio Dante não parecia muito interessado em ficar comigo de um modo mais sério. Até então, a conversa com ele se resumia, aparentemente, à possibilidade de transarmos e não conseguirmos parar mais, porque seria gostoso pra cacete, e como ele mesmo disse, seria algo passageiro; uma hora, o fogo passaria e teríamos um sério problema para manter e a relação que *precisávamos* ter, de médium e *animus*.

Por isso, eu precisava realmente de alguém que tomasse minha atenção e tirasse meus pensamentos daquele amor impossível.

Espere, eu disse *amor* impossível? Quis dizer *atração* impossível. Conhecia o Dante há apenas três meses, não tinha nada de amor, não... Era só uma quedinha, daquelas que a gente rasga o joelho depois de rolar ladeira abaixo.

É claro que usar uma pessoa para esquecer outra era uma atitude egoísta, mas era de conhecimento comum que para esquecer uma pessoa, você precisava de outra. E não era como se eu fosse usar Tyler só para isso e depois descartá-lo, como um sujeito sem caráter. Não era assim. Tyler era divertido o suficiente para que eu quisesse passar um tempo com ele ou, no mínimo, ser seu amigo colorido. E ele também era gostoso o suficiente para que eu quisesse transar com ele, sem ter de fazer do ato um sacrifício.

Durante o resto do nosso encontro, contudo, pude enxergar alguns defeitos nele. Uma coisa incômoda, por exemplo, era que Tyler gostava de esbanjar e mostrar o quanto podia gastar, como se ter dinheiro fosse parte do seu charme – o que, para mim, era até meio desagradável. Eu não tenho muito apego a tais futilidades e sou um cara bem simples, para falar a verdade. Fui criado por pais que, mesmo com uma grana boa, nunca me deram nada de mãos beijadas. Tanto meu pai quanto minha mãe me fizeram cortar a grama, lavar os carros ou até fazer as compras no lugar deles no mercado, em troca de alguns trocados, para qualquer coisa que eu quisesse fazer ou comprar que não fosse absolutamente necessária – como sair com os amigos, por exemplo.

Na adolescência, estagiei em um escritório de advocacia por anos, fazendo entrega de processos nos tribunais, andando o dia inteiro de um lado para o outro, até ficar com bolhas nos pés no fim do expediente. Graças aos meus pais, eu sabia um pouco sobre o esforço necessário para conseguir as coisas... E eu dizia *um pouco* porque estava ciente de que, enquanto não me sustentasse integralmente sozinho, ainda teria muito a aprender sobre ser independente, não seria fácil.

Tyler ignorou todas as vezes que eu falei algo como "*Não precisa, essa lente está boa o suficiente*", e pediu que o vendedor embrulhasse as mais caras. Ele também me deu uma porra de projetor; disse que tinha um igual no quarto dele e que era muito legal ter um cinema em casa, além de sugerir que poderia me visitar várias vezes para *pegarmos um cineminha caseiro* – o que, com certeza, era só um plano para que a gente acabasse trepando durante o filme.

É claro que transar com um filminho num projetor de fundo deveria ser magnífico, mas realmente não precisava de tudo aquilo. Sem falar que eu me sentia como se estivesse sendo comprado – o que, a cada minuto, estava fazendo meu interesse por ele entrar em declínio. Ele insistiu em me dar o presente, dizendo que era para se desculpar pelo transtorno com as lentes e pela demora a me contatar.

Já estava ficando meio irritado, então passei a ignorá-lo enquanto bisbilhotava outras coisas pela loja, na intenção de que ele esquecesse a ideia do projetor. No entanto, ele foi até o caixa e fez a compra, entregando-me o embrulho na saída. Depois de pago, eu não podia fazer nada, a não ser aceitar.

Acabei ficando um tanto emburrado, porque antes estava bastante animado sobre esse encontro, mas agora estava mais brocha que um velho fumante.

Tyler fez questão de me levar até meu carro, que estava estacionado na rua, para depois procurar o dele. Quando nos despedimos, ele sorriu e, com um carinho em minha bochecha, deu-me um selinho nos lábios.

É claro que, se você vai a um encontro, sabe que um beijo pode acintecer, mas não estava tão preparado quanto achei que estivesse. Então, não deixei que ele enfiasse a língua e se aprofundasse; dei um sorriso delicado e me afastei com um "*Nós nos vemos por aí*".

Entrei no carro antes que ele pudesse querer tentar mais um beijo, porque a realidade era que eu, simplesmente, já não estava mais a fim, pelo menos não naquele momento.

O olhar final de Tyler, contudo, dizia-me que se contentaria com isso, por enquanto.

Dei partida no carro e o vi caminhar para outra esquina, onde havia dito ter estacionado seu carro, com um sorriso estampado na cara – o que me fez sorrir, também.

É, talvez isso pudesse dar em alguma coisa. Ainda que Tyler fosse meio esnobe, era melhor do que chorar por um amor impossível ou por um macho morto e temperamental, que falava como um vovô. A gente só precisava fazer programas onde ele não pudesse fazer todas aquelas demonstrações com dinheiro. Talvez, eu pudesse chamá-lo para ir à praia, ou aqueles barzinhos nos quarteirões do aterro, com muita cerveja e música ao vivo. Não teria como ele esbanjar demais por ali, a ponto de me deixar incomodado.

Coloquei uma *playlist* do *Guns N' Roses* para tocar e voltei para casa, sentindo-me um pouco animado outra vez. Já estava escurecendo e, embora houvesse bastante veículos no trânsito, eu corria com o carro livremente pelas pistas. Até abri as janelas, para sentir o ventinho nos cabelos, enquanto cantava num tom que forçava demais minha garganta, tentando chegar a algo próximo à voz do Axl Rose. Podia apostar que soava bizarro, mas não era como se eu pudesse me ouvir com clareza, uma vez que o som do carro estava tão alto que fazia tremer os vidros.

Imerso na letra e sabendo a tradução, comecei a sentir um pouco de receio, porque enquanto cantava, só conseguia pensar em Dante. E todo mundo sabe que quando você escuta uma música romântica e sua mente pensa em alguém específico, significa que você está encrencado.

Lutei contra a vontade de bater minha testa contra o volante. Não era assim que eu conseguiria afastar aquele *animus* abusado da minha cabeça. Então, mudei a música para algo menos meloso, dando-me conta, então, de que praticamente todas as músicas do *Guns N' Roses* falavam sobre amor – a outra parte do repertório era exclusivamente sobre drogas e sexo, com uma ou outra música sobre política.

Foi aí que, para minha surpresa, notei que meu espelho retrovisor refletia um carro todo preto seguindo bem atrás de mim. Até aí seria normal, isto é, se esse não fosse o exato mesmo carro que estava atrás de mim desde que eu havia virado a primeira esquina.

Comecei a me sentir paranoico, então parei de cantar e acelerei, tentando me afastar, mas o carro preto também acelerou e continuou me seguindo, bem de perto. Quem quer que fosse, não estava tentando esconder, queria que eu o visse.

Seria Tyler? Se fosse, eu ficaria muito puto da vida e não hesitaria em quebrar o projetor, que ainda estava dentro da sacola, bem na cabeça dele. Quem ele pensava que eu era? Um garotinho indefeso? Sou um lutador, pô!

Passei a fazer curvas em todas as esquinas possíveis, em alta velocidade, tentando despistar o carro, mas ele continuava na minha cola. Àquela altura, eu já estava ficando assustado pra caralho, porque eu só me garantia se a gente fosse resolver no mano a mano. Já numa perseguição de carro, eu estaria em terreno inseguro.

Infelizmente, precisava passar por um caminho deserto, por onde só havia mato e uma estrada de terra batida para chegar até a minha casa.

Minha cabeça começou a criar mil e uma teorias sobre como Tyler havia planejado esse nosso encontro do outro lado da cidade, quando a gente poderia simplesmente ter se encontrado no centro.

Engoli em seco.

E se aquilo fosse alguma armação e Tyler estivesse tentando me sequestrar? Matar? Ou pior, me violentar? Vender meus órgãos? Ai minha nossa! Por isso que ele é rico! Ele sequestra pessoas e vende os órgãos delas no mercado clandestino!

Comecei a me virar para trás, tentando ver se o carro ainda me seguia, porém não aparecia mais no retrovisor. Já estava escuro e eu não conseguia enxergar muita coisa na estrada com poucos postes de iluminação.

Quase pude respirar aliviado.

E digo *quase*, porque a próxima coisa que vi foi o clarão de outro veículo à minha esquerda, vindo da encruzilhada, segundos antes de colidir direto na porta do motorista.

Foi aí que eu apaguei.

11
COLISÃO

Eu sabia que estava fodido no minuto em que abri os olhos.

Tentei tapar o rosto com as mãos para evitar a claridade forte, mas ao tentar mover o braço esquerdo, senti a dor mais aguda da vida. Era como se um enorme pressurizador estivesse dentro da minha pele, sugando todos os meus ossos, ao mesmo tempo que estava tudo dormente. Talvez tivesse torcido ou quebrado alguma coisa, afinal, uma batida de carro quase sempre causa estragos, dos mais leves até... bem, resultados *mortais*.

Virei-me de costas e abri os olhos, deparando-me com um vasto céu escuro e estrelado. Tentei espiar em volta, mas uma claridade me impedia. Era uma luz extremamente forte. Ah, cacete! Aquela era a tal luz branca? Eu... *morri*?

Tentei levantar as mãos outra vez, mas percebi que meus pulsos estavam amarrados; chequei meus pés e vi que meus tornozelos também, embora não estivessem juntos, ainda estavam presos pela mesma corda, com um curto espaço entre os dois – o suficiente para me permitir dar pequenos passos, mas não para correr.

Decidi rolar no chão. Só que, quando o fiz, acabei gemendo de dor ao amassar meu braço possivelmente quebrado contra a superfície de terra. O gemido chamou atenção de alguém, já que um corpo tapou a claridade exorbitante que, tardiamente, notei ser o farol de um carro, cujo para-choque estava destruído e o capô amassado. Era o mesmo carro que havia batido no meu, assimilei, descontente.

— Ah! Você acordou — um cara todo de preto falou.

— Quem diabos é você? — grunhi, muito puto da vida.

É claro que esse cara não estava ali para me ajudar. Se fosse o caso, eu não estaria todo amarrado depois de sofrer uma batida de carro extremamente suspeita, por sinal.

— Sou o cara que vai se casar com a Elizabeth. E não vai ser um merdinha como você que vai tirá-la de mim — cuspiu as palavras.

Era isso, então. Esse era o tal Dennis. E percebi, nem um pouco surpreso, que ele era o mesmo cara que eu tinha visto no *pet shop*. Também era quem eu tinha avistado na multidão, saindo de dentro da sala de cinema, logo após beijar Liza.

Que merda, tudo fazia sentido agora.

— Olha, cara, não sei o que você tem na cabeça, mas não vai escapar da pena por um assassinato outra vez!

Ele piscou, atordoado com meu comentário – provavelmente, perguntando-se como diabos eu sabia que ele tinha matado alguém, mas, logo depois confirmou o crime sem o menor remorso:

— Bem, ninguém me pegou da primeira vez. — Deu de ombros, puxando-me pela gola do casaco enquanto me arrastava pelo chão.

Foi quando me dei conta: estávamos em um estaleiro, provavelmente na mesma porra de estaleiro onde ele havia assassinado Jessica.

— O que você vai fazer? — Eu sentia o pânico crescente começar a embolar a minha garganta.

— Vou me livrar de você — foi tudo que ele respondeu, para o meu horror. E então, ele me deu as costas e se embrenhou entre os matos.

Qual era o plano dele? Deixar-me ali amarrado, até meu corpo desfalecer? Não parecia muito inteligente. Contudo, uma vez que seu carro permaneceu ali com as portas abertas e os faróis acesos, imaginei que ele voltaria logo. Tentei me soltar das amarras, mas estava tudo muito apertado, além de que a dor em meu braço me consumia. Percebi algo molhado e quente em minha testa e tive a mais pura certeza de que era sangue. Comecei a pensar em Dante, mentalmente gritando por sua ajuda, mas ele não apareceria, claro. Não era como se tivéssemos alguma conexão astral ou algo do tipo; assim como não tinha com Dona Laura ou Jessica.

Jessica.

Foi com o coração acelerado que percebi que ela estava ali, mais ao canto.

— Como você me achou? — perguntei, chocado. — Como sabia?

— Eu não te achei, caça-fantasmas! Estava seguindo aquele filho da puta e aí vi quando ele arrastou seu corpo para fora do carro! Alex, ele vai te matar!

— Não vai não, porque você vai me ajudar! Rápido, desamarre minhas mãos! — ordenei, com a voz agoniada.

Ela se abaixou e tentou tocar a corda, mas seus dedos atravessaram a matéria.

Ela me encarou com pavor.

— Alex, nós precisamos do Dante! Nem eu, nem a Dona Laura conseguimos tocar nas coisas direito quando a gente quer, ele é o único!

— Não dá tempo! Será que você não está irritada o suficiente por saber que esse cara vai me matar para ficar com a Liza, hein? Tenta outra vez!

Ela continuou tentando, desesperadamente, mas suas mãos persistiram em atravessar a matéria – com exceção do meu corpo.

— Merda! — ela bradou. — Vou ter que ir atrás do Dante, antes que seja tarde demais!

— Não, não, não! Se você me deixar sozinho aqui, por um segundo que seja, Dennis pode me jogar nessa água e aí já era!

O farol baixo e amarelado de outro veículo nos iluminou, um com a lateral amassada. O meu carro. Dennis o havia estacionado próximo à borda.

— Porra, Jessica, ele vai me botar no carro e me jogar na água, pra parecer que foi um acidente!

Ela, então, começou a apalpar meu corpo.

— Seu celular! Ele tá no bolso! Não preciso segurá-lo, apenas mexer na frequência e fazer o telefone gravar tudo!

— O que você tá dizendo?

Jessica passou meio minuto quieta, olhando para o meu bolso da calça, as sobrancelhas unidas e um biquinho de esforço nos lábios, totalmente concentrada. Sem querer atrapalhá-la, eu não disse nada, mas me mantive agoniado, alterando um olhar desesperado entre a garota fantasma e Dennis. Até que, de repente, senti meu celular vibrar no bolso.

— Eu acabei de fazer seu celular iniciar uma gravação de áudio, Alex! Tente arrancar uma confissão de Dennis! Agora é a hora!

— Uma gravação no celular não vai adiantar muito quando encontrarem meu corpo afogado no fundo do mar! — respondi em um grunhido, vendo Dennis sair do carro e vir em minha direção. — Jessica... — choraminguei, insistente, as lágrimas já descendo dos meus olhos.

— Faça-o falar! Todo vilão adora se gabar sobre suas façanhas! Isso vai atrasar ele e me dar tempo para buscar o Dante. Por favor, Alex... Essa é a nossa única opção, meus poderes não estão funcionando agora!

Respirei fundo e assenti, assistindo Jessica se afastar e encarar Dennis com ódio, enquanto ele me puxava pelo tronco para que me pusesse de pé. Então, comecei a pôr o plano em prática:

— Acha que vai poder matar todo mundo que se aproximar da Liza?

— Não todos que se aproximarem... — respondeu, seco. — Apenas quem Elizabeth corresponder.

— Que porra você tá falando?! Você é descompensado das ideias, cara? Anda vendo e ouvindo coisas? Liza não correspondeu nada, ela não tem o que corresponder!

— Não foi isso que pareceu quando, depois de vocês se beijarem no *shopping*, você levou ela em casa e ainda se despediram com aquele abraço meloso! — Dennis tinha o tom irritado e a expressão raivosa.

— E daí? Um beijo e um abraço são declarações de amor desde quando? Nós não estamos no jardim-de-infância, cacete!

— Não importa! — ele berrou. — Vocês ficaram juntos a porra do tempo todo nas últimas semanas! Ela me dizia que estava indo dormir ou que faria horas extras no trabalho quando, na verdade, estava se encontrando com você! Eu sei que um homem não sai tantas vezes com uma mulher se não tiver intenção de comer ela!

Esse foi o auge. Comecei a rir histericamente, quase ficando sem ar, olhando para ele cara a cara, já que estava de pé, encostado na lateral do seu carro.

— *Eu sou gay, cara! GAY!* Sua namorada tem um novo melhor amigo gay, seu tóxico do caralho! Você é ciumento a esse nível doentio? Ter ciúme de um cara que nem gosta de mulher?

— Não foi o que pareceu — grunhiu, puxando-me pela gola. — Eu vi vocês se beijando no cinema! Que vergonhoso inventar que é gay, só para tentar se salvar... Não tem orgulho, não? Que tipo de homem é você?

Dei outra risada incrédula, tão escandalosa quanto a anterior; ao passo que ele me arrastava em direção ao meu carro que estava estacionado na borda, todo arrebentado.

Eu estava fodido, mas estava rindo de histeria de novo.

— Você só fala merda, cara! Não é à toa que Liza não te suporta. Não é à toa que ela estava prestes a fugir com outra mulher!

— Ela ia fugir porque aquela *sapatão nojenta* colocava coisas na cabeça dela. Coisas sujas, demoníacas, profanas! Ela a manipulava, fazendo coisas que homens não fazem. É assim que o Diabo confunde as pessoas.

— Ah, meu caralhinho alado! Vai me dizer que você é desses que acredita que homossexualidade é coisa do Diabo? — Quem visse a situação de fora poderia pensar que eu não tinha um pingo de amor à vida. — Qual foi a última vez que você foi à igreja, seu cínico do caralho?

— Bem, eu não vou. Se eu fosse, não estaria aqui pra me livrar de você, como me livrei daquela vaca. — Ele deu um sorriso cruel, fazendo-me engolir em seco.

Merda, merda, merda!

Onde diabos Jessica havia se metido, afinal? Esperava que ela tivesse ido buscar Dante no Inferno, para justificar a demora do caralho. Eu estava à beira da morte, literalmente!

— Por que você matou a Jessica, Dennis? Você poderia ter feito qualquer outra coisa para separá-las. Poderia ter armado para que Liza pensasse que foi traída ou sei lá, qualquer outra coisa!

— Claro que pensei nisso, mas do jeito que aquela garota fazia a cabeça da Elizabeth, seria tudo em vão. Elizabeth a perdoaria. — Ele fez uma expressão de desgosto. — De qualquer forma, não era como se tivesse intenção de matar aquela garota, desde o começo. Só aconteceu. O destino quis. Eu queria assustá-la e deixá-la aqui sozinha, sem carro, no meio do nada. Sabia que seria a primeira pessoa pra quem Liza correria quando pensasse ter sido abandonada. Ela passaria a noite comigo, na hora da raiva, e isso sim, acabaria de vez com a baixaria entre as duas. Liza ia entender o que é estar com um homem de verdade e foder de verdade!

— Não parece um bom plano — comentei ácido, exalando desprezo.

— O que você acha não me interessa. O que importa é que lidei com a Jessica.

— Você a *matou* — corrigi, lembrando-me do maldito celular que estava gravando a conversa. Eu só esperava que Jessica tivesse colocado mesmo aquela merda para gravar; do contrário, estaria pondo minha vida em risco à toa.

Dennis revirou os olhos e bufou, impaciente:

— Lidei, me livrei, matei, fiz ela sumir... Que seja! — Ele puxou a arma da cintura de um jeito casual, gesto que me fez tremer na base.

Eu não estava contando com isso, não poderia escapar de um tiro.

— Foi ela que se exaltou e acabou caindo da beirada, aliás — Dennis revelou, desamarrando meus pulsos com uma das mãos, enquanto apontava o cano da arma bem na minha testa com a outra. — Mas já se passou tempo o suficiente para que alguém encontrasse o corpo. Até agora, ninguém descobriu. E ninguém mais vai. Então, se eu te deixar morrer do mesmo modo que ela, ninguém vai descobrir também, só vai parecer que você bateu o carro e acabou caindo na água. Eu forjei até as marcas dos pneus na terra. — Ele apontou para o chão, sorrindo maliciosamente, muito orgulhoso de si mesmo.

— Será que você não percebe que seu amor é doentio? Não tinha outro jeito de ficar com a Liza? Você não poderia simplesmente ter tentado conquistar ela de um jeito normal? Dando flores, chocolates, fazendo ela rir? — questionei irritado, ainda que o medo estivesse prestes a me consumir.

Foi aí que senti a presença dos *animus* ali. Em um momento, eles não estavam, mas no seguinte, *BAM!* Suas presenças podiam ser sentidas perfeitamente, quase como uma assinatura sobrenatural.

Por pouco, não suspirei aliviado, pois não tinha certeza de que estava a salvo com a chegada daqueles dois. Eles ainda eram apenas fantasmas, afinal. Espíritos ainda não podiam parar balas, até onde eu sabia.

— Desamarre os tornozelos — o maníaco ordenou friamente.

E percebendo minha demora a desamarrar a corda com apenas uma das mãos, já que o braço esquerdo estava doendo e eu era incapaz de movê-lo, Dennis balançou a arma na minha cara, gritando:

— RÁPIDO, PORRA!

Engoli em seco e vi Dante fuzilá-lo com os olhos. Jurava que nunca na vida, o tinha visto tão puto, nem mesmo quando brigamos.

— Sou apaixonado pela Elizabeth desde os 6 anos de idade — Dennis voltou a falar. — Faz ideia de tudo que passei, vendo ela se apaixonar e desapaixonar por pessoas de gêneros, nacionalidades e etnias diferentes, enquanto eu estava bem ali, oferecendo meu coração a ela?

— Sinto muito ter que ser eu a te informar... Mas isso que você sente já não é mais amor há muito tempo. No início, talvez até fosse, mas agora é só algo podre e obsessivo. Todo mundo sofre de amor não correspondido algumas vezes na vida, não é o fim do mundo. Existem outras pessoas por quem você poderia se apaixonar e ser amado de volta, mas você estragou tudo, pra todo mundo!

Ele deu um sorriso afetado enquanto movia a cabeça, indicando que eu entrasse no carro estacionado à beira do estaleiro. O que, mais uma vez, eu não poderia negar. Do contrário, tomaria um tiro. E talvez fosse muito mais fácil escapulir de um afogamento do que da mira de um revólver.

Tremendo mais que cachorro *pinscher,* sob o olhar maníaco de Dennis, sentei-me no banco do motorista, em desespero, como se estivesse entrando em meu próprio caixão – o que realmente se tornaria, se eu, de fato, morresse ali.

— E você acha que não sei disso? — Dennis não tinha um pingo de emoção na voz. — Mas agora já fui muito longe para voltar atrás.

Ele bateu minha porta, mantendo a janela aberta, antes de ordenar:

— Pisa no acelerador.

Meus olhos se arregalaram. Não era como se pudesse me negar a obedecê-lo, porque o tal Dennis era insano o suficiente para apertar o gatilho, se eu não o fizesse.

Vi Jessica parada atrás dele, tentando tocá-lo a todo custo, mas sem sucesso.

Um segundo depois, senti uma nova presença sobrenatural muito forte, dessa vez no banco de carona, por isso me virei, encontrando Dante sentado ao meu lado. Ele enfiou a mão em meu bolso com uma destreza sem igual e tirou de lá meu celular. Saiu depressa do carro, apenas para deixar o aparelho aos pés de uma árvore mais ao canto – onde, certamente, Dennis não encontraria. Só que, enquanto voltava para dentro, Dennis subitamente explodiu, histérico, puto e mais assustador do que nunca:

— Sei que aquela vadia tá aqui, eu sinto os calafrios! — rosnou, referindo-se à Jessica. Ele inesperadamente atirou para o alto, assustando até mesmo os espíritos antes de se voltar para mim: — Nem se atreva a voltar para me assombrar como ela!

Ele puxou meus cabelos pela janela aberta, para bater com minha testa no volante. E eu apaguei, antes que Dante estivesse de volta.

Não sei exatamente quanto tempo passou até que senti estar dentro d'água, meus pulmões se afogando. Acho que ele só fechou o carro com a chave elétrica e, com tudo fechado, inclusive as janelas, empurrou o carro trancado para dentro d'água, o que não era difícil, já que estávamos na beira.

Minha consciência estava rapidamente se esvaindo, sentia uma tontura que não sabia dizer se era pela pancada na cabeça ou porque meu cérebro já estava perdendo todo o oxigênio.

Pensando bem, teria sido melhor que Tyler fosse a pessoa que me seguiu de carro, ao invés de Dennis. Se fosse ele, sem dúvidas, eu estaria em outra situação agora.

Foi bem aí que tive plena certeza de que iria morrer.

Olhei ao redor e constatei que ele havia fechado as janelas antes de atirar o carro de lá. Então tentei abrir as portas, desesperado. Meu braço quebrado doía para um santo caralho e eu não sabia se a pressão da água piorava tudo, mas de qualquer forma, doía ainda mais que o normal. Tentei dar cotoveladas no vidro com o braço bom, mas aquela merda não se partiu em nenhuma das tentativas. Busquei os botões do vidro automático, mas a água provavelmente já tinha causado pane na eletricidade do veículo, já que nem mesmo o painel solar queria abrir.

Quando estava quase perdendo os sentidos, vi um par de braços abrir a porta e me puxar para fora, nadando comigo até a superfície. Dante me deitou às margens da água sobre o chão terroso, fazendo respiração boca a boca e massagem cardíaca até que eu cuspisse e vomitasse toda a água que havia engolido.

Uau... Vomitar água era algo bem nojento para se fazer na frente do cara de quem você gostava, mas eu estava morrendo, né? O que mais poderia fazer?

— Alex? — ele me chamou, desesperado. — Coelhinho?

Para minha surpresa, seu tom de voz estava angustiado. Não esperava que ele fosse ficar aflito com minha possível morte. Quer dizer, se eu morresse, seria até melhor para ele, certo? Poderíamos ficar juntos e sermos amigos. Não haveria mais nenhum impedimento. Nós dois seríamos *animus*.

Senti alguns tapinhas no rosto, até conseguir, meio zonzo, abrir os olhos por completo e fixá-los em Dante.

— Gasparzinho... — murmurei, sorrindo abobado. — Você me salvou.

— É claro que salvei, seu *pangaré!* — ele exclamou aliviado e, para meu surto particular interno, me puxou para um abraço forte.

— Então, você gosta de mim? — balbuciei, afetado, *sem ter ideia do que estava dizendo em seus braços*. Eu estava completamente tonto e desprendido da realidade.

Seu corpo totalmente grudado no meu fazia parecer que aquela corrente elétrica havia se espalhado entre nós dois, fazendo cócegas, ao invés de choque. Talvez fosse a adrenalina após uma experiência de quase morte ou algo assim, mas eu claramente estava delirando.

— E você pensou que eu não gostasse, em algum momento? — Ele pareceu genuinamente indignado, com o cenho franzido enquanto se afastava um pouco para olhar meu rosto de pertinho, ainda me abraçando.

— Então, por que não me impediu de sair com o carinha mais cedo? Eu disse que cancelaria para ficar com você...

Ok, eu estava, definitivamente, delirando. Tinha acabado de quase morrer – e continuava em perigo, até onde sabia –, mas tudo que me importava era resolver aquele assunto inacabado com a alma penada. E também estava pensando muito em cupcakes de sobremesa, depois de comer pelo menos uns cinco ovos fritos com um pouco de queijo derretido. Como eu estava com fome! Quase morrer dava fome?

— Não vamos conversar sobre isso agora, Alex. Eu preciso que você se levante! Você tá delirando, é *de lascar!* Seu carro está dentro d'água e a gente precisa ligar para uma ambulância. Não posso chamá-la por você, nem te carregar nas costas por aí, já que sou um fantasma! — Sua voz tinha aquele tom fino reclamão.

— Ah, não, não vou sair daqui enquanto você não me responder tudinho, *bicho!* — eu zoei suas gírias de idoso antes de cuspir mais água e ter uma crise de tosse.

— Arrgh! Levanta, Alex!

— Não levanto, não!

— Levanta, *pivete*!

— Já disse que não! — teimei.

Ainda no chão de terra, fiz um bico e cruzei os braços, o que me fez contorcer o rosto em uma careta dolorida. Meu osso estava realmente quebrado, pelo visto.

— Eu acabei de ter uma experiência de quase morte! Quase virei um *animus* que nem você! Acho que tenho o direito de ter algumas respostas! Qual é o problema hein? Não sou bom o suficiente pra você, bonitão? Não sabia que você tinha tantas opções assim!

Dante soltou uma gargalhada histérica e, claramente, descrente enquanto me fitava com os olhos cinza-tempestade meio arregalados.

— É claro que não, pivete! Você é doido?! — Ele me olhou de um jeito doce. — Sou *gamadão* em você há muito tempo, seu *figura*...

E quando ouvi aquela confissão, foi a minha vez de arregalar os olhos, sentindo meus ouvidos zumbirem.

De um jeito irresponsável e inacreditável, parecia que nada mais importava ao meu redor. Nada além do homem morto à minha frente.

— Foi estranho começar a me sentir desse jeito, justo por você — Dante prosseguiu, diante de meu silêncio e da minha cara de choque. — Eu te vi crescer, garoto! Eu deveria te ver como, sei lá, um irmão mais novo, mas depois que te vi com aquele seu namoradinho, passei a te enxergar de outra maneira e aquilo me deixou *grilado, bicho*.

— Dante... — Em transe, não consegui refrear um sorrisão no meu rosto molhado, temporariamente me esquecendo da dor do meu braço quebrado.

— Não, coelhinho, isso não é bom — ele reprimiu, fazendo meu sorriso murchar. — Nós jamais poderemos ficar juntos. Eu só não quero adiar o inevitável e te fazer sofrer também, porque quem está morto sou eu, não você. Você ainda precisa viver, Alexander. Viver plenamente ao lado de alguém de carne e osso, que possa ser tudo para você e te dar tudo que você merece.

— Mas tô sofrendo! Isso não basta para você? — resmunguei, sentando-me de frente para ele, em minhas vestes ensopadas. — Você demorou duas décadas para se apaixonar por mim. Eu me apaixonei por você em semanas! Te quero de uma forma que nunca quis alguém... — finalmente confessei, mas eu não conseguia encará-lo nos olhos, porque estava perdido em meu delírio e nem sabia se aquilo estava acontecendo de verdade ou se era só um sonho. Talvez eu tivesse morrido de uma vez e aquele fosse o meu céu — ou inferno pessoal.

Ele me fitou surpreso, com os orbes arregalados e brilhantes, mas não respondeu, já que fomos interrompidos por uma luz cegante ao nosso lado. Uma fenda havia rasgado o ar e, dela, saía uma luz clara e bonita que emanava uma absoluta sensação calmante, surreal. Era meio hipnotizante, para falar a verdade, como se a luz te *atraísse* até ela.

— Hum... Caras... — Jessica murmurou.

Eu nem sabia que ela ainda estava por ali, de tão perdido que havia ficado.

— Não acho que eu vá conseguir me despedir da Liza — a voz dela era nervosa, enquanto ela caminhava, como um mosquito atraído pela luz.

Jessica me fitou, emocionada.

— Caça-fantasmas, não sei como te agradecer! Você vai ser um ótimo médium. E Dante, aproveite enquanto tem tempo. Você vai se arrepender, se não ficar com esse garoto. Por favor, não seja um *bocó*!

E essa foi a última coisa que ela disse, antes de ter seu corpo sugado para dentro da luz branca.

Eu não sabia se ria, se chorava, se me levantava — estava inegavelmente em meio a uma crise histérica e era tanta coisa para assimilar que só fiquei ali, parado, vendo Dante desaparecer e reaparecer à minha frente, com meu celular nas mãos. Nem mesmo sabia onde diabos estava Dennis, mas tinha a impressão de que já estava bem longe.

— Ligue para emergência, Alex — o meu fantasma disse, sério. — Não é um pedido.

E, a julgar por aquele tom de voz grave, não era mesmo. Era uma ordem. Sendo assim, obedeci.

12.
A QUALIDADE DOS *SHAMPOOS* NOS ANOS 80

Não foi um sonho.

E foi graças ao inferno causado por Dennis, que passei o resto das minhas férias sem poder fazer absolutamente nada. Nadinha. Por quase um mês inteiro. Até tomar banho era difícil, precisava cobrir o gesso em meu braço esquerdo com plástico filme, para que ele não molhasse. Além do mais, aquela coisa coçava, fedia e era muito difícil botar o pinto para fora, mijar e sacudir usando apenas uma das mãos!

Na noite do acidente, depois que liguei para a emergência, vi que Jessica havia mandado mensagens para Liza pelo meu celular, avisando-a para sumir de casa o mais rápido possível e não voltar até que Dennis fosse preso. Graças ao aviso, ela se mandou na mesma hora e foi se esconder na casa de Rosalia, enquanto eu estava a caminho do hospital. Lá, a polícia foi chamada e entreguei a eles o telefone com a gravação.

Felizmente, para mim, a gravação era confidencial e prova-elemento do crime, de modo que ninguém fora do caso – tipo, além dos policiais que registraram a queixa – pôde ouvir. Porque se minha mãe escutasse aquela gravação, minha nossa! Eu ainda não estava preparado para contar a ela sobre minha sexualidade e aquele áudio me tirava do armário. Já bastava o fofoqueiro do Dante me expondo por aí.

Dennis estava preso, respondendo pelo assassinato de Jessica, além da tentativa de me matar. Os advogados dele estavam tentando alegar insanidade para que, ao invés de passar o resto da vida em uma prisão de segurança máxima, Dennis pudesse ficar em uma unidade psiquiátrica. Eu concordava que ele não era muito são, mas, honestamente, isso seria perigoso para os pacientes do lugar.

Meus amigos descobriram sobre o acidente e por isso me visitaram quase todos os dias. Liza chorou quando finalmente soube de tudo o que houve. Ela se sentiu tão culpada que me entupiu de doces, que ela mesma cozinhou. Mas, depois de uns dias, ela parecia extremamente... triste, mais que o normal, como se aquele curto período de tempo tivesse feito sua ficha cair sobre Jessica estar comprovadamente morta e que o motivo de sua morte estava diretamente ligado a ela.

Descobrir sobre a morte de seu grande amor a destruiu, toda a luz da vida dela pareceu ter apagado. Era algo muito difícil de presenciar e me senti muito mal por ela.

Liza organizou um memorial para a Jessica – já que não havia corpo algum para enterrar – e aquela foi a única vez que saí de casa, ainda com o gesso.

Meus dias estavam se resumindo a comer, assistir a séries, filmes, doramas, *animes* e brincar com Tomtom – que foi aceito muito bem por minha mãe. Quando tentei adotar um bichinho, Yoona havia negado com sonoros "*não*", mas já que esse era de Thomas – e a senhora Kister fazia de tudo para agradá-lo –, ela simplesmente adorou o doguinho, e foi isso.

Tyler também soube do acidente, até porque a coisa toda tinha passado na TV. Então, ele arrumou meu endereço com alguém da faculdade e me visitou algumas vezes, trazendo novas lentes e outro maldito projetor – já que o anterior estragou, quando meu carro foi jogado na água com ele dentro –, o qual Tyler fez questão de instalar em meu quarto, além de assistir a alguns filmes comigo. Ele não tentou fazer nada além disso. E eu também não deixaria nada, porque Dante estava sempre nos observando, todo irritadinho.

E sim, eu e ele ainda tínhamos assuntos inacabados, mas ele se recusava a falar sobre aquilo.

Dona Laura também veio me visitar todos os dias. Ela estava orgulhosa por eu ter ajudado meu primeiro *animus* a ir para o Outro Lado, mas sugeriu que, quando meu trabalho envolvesse pessoas perigosas, talvez fosse melhor que eu fizesse uma denúncia anônima às autoridades pelo telefone e nada mais – até porque, se eu morresse, não seria capaz de ajudar mais ninguém.

Então, chegamos ao motivo que realmente me fez ficar preso em casa o resto das férias, ainda que um braço quebrado não me deixasse inválido. A culpa era de alguém que tinha nome e sobrenome: Yoona Kister. Mesmo que Dennis estivesse preso, ela estava certa de que, se eu pusesse os pés para fora de casa, alguém tentaria me matar outra vez.

Só que a coisa toda de ficar preso estava me deixando sufocado e irritado em níveis absurdos. E foi aí que eu e minha mãe explodimos numa discussão homérica. No minuto em que ela deu a notícia de que meu pai havia conseguido se transferir de volta para nossa cidade, após abandonar o caso dos pais de Thomas – para que pudesse adotá-lo oficialmente – e de que ele "me colocaria na linha", bem... Resolvi sair de casa.

E quando digo *resolvi sair,* foi de mala e cuia. Naquele dia, arrumei o que consegui carregar com um braço só das minhas roupas, calçados e eletrônicos, enfiei tudo em bolsas e malas e pedi um táxi, já que meu carro estava arruinado e com um braço só eu não poderia dirigir, nem se o seguro já tivesse liberado um veículo novo. O destino foi o mausoléu, onde passei a morar.

Não vou mentir que estava sendo divertido morar na minha casa herdada, porque, além de me sentir livre, tinha levado o maldito projetor para lá; o que fazia com que Laura e Dante não saíssem do meu novo quarto nem por um minuto. Ao mesmo tempo em que estava sozinho, não estava. E, pela primeira vez na vida, estar na presença de gente morta era simplesmente confortável. A presença dos dois era leve e havia se tornado familiar demais.

Quanto aos meus pais... Bem, minha mãe estava fula da vida. Disse que não me daria um tostão e que se eu quisesse mandar no meu próprio nariz, teria que arrumar um emprego para comprar minha comida, pagar as contas e tudo o mais.

No entanto, eu só tinha economias para durar cerca de dois meses sozinho ali, então usaria esse tempo para procurar algum emprego. Com a volta do semestre letivo, abririam vagas de estágio, ou, de repente, eu até poderia conseguir alguma coisa em uma agência de modelos ou em algum estúdio, trabalhando como assistente de fotografia.

Tinha dois meses para procurar uma fonte de renda, porque, caso não conseguisse, teria de voltar para casa de meus pais com o rabinho entre as pernas. Não que meu pai estivesse ligando tanto... A única coisa que ele me disse foi: "*Sua mãe não é louca ou paranoica, ela apenas se preocupa com você"*. Não era mentira, e eu sabia, entretanto não queria dar o braço a torcer – não por birra, mas porque, sendo um médium e um homem adulto, já era hora de ter certa privacidade e ficar longe dos meus pais. Era o meu momento de decidir se eu poderia ou não sair na rua, mesmo com um braço quebrado, sem ter que me curvar às decisões deles.

No meu penúltimo dia de férias, resolvi dar uma festa na casa velha que havia herdado. Não precisei gastar um tostão, já que todos os meus amigos racharam as despesas com comidas, bebidas e descartáveis, uma vez que eu já estava cedendo o espaço.

Eu ainda estava de gesso e só tiraria dali a um mês, mas o braço já não doía mais. O osso já estava numa boa, só precisava terminar de calcificar.

Durante a festa, o único quarto que se salvou de ser profanado foi o meu.

O álcool dá a coragem para as pessoas fazerem o que não conseguem, mas desejam, quando estão sóbrias, isso é de senso comum.

Por isso, primeiro eu encontrei Thomas e Doyun discutindo embaixo da escada. Meia hora depois, vi Thomas entrar no quarto lá de baixo com duas garotas ao mesmo tempo, os três se atracando.

Depois, vi Doyun na cadeira do jardim, rebolando no colo do cara que mostrou a bunda no Halloween passado e era irmão do Tyler.

Por último, Liza e Rosalia me causaram um novo trauma visual, dessa vez com outra classe indicativa: em um minuto, Liza estava chorando bêbada, dizendo que a culpa por Jessica não estar mais entre nós era dela; em outro, quando abri a porta do banheiro do corredor do andar de cima, lá estava ela, sentada na pia, de pernas abertas, com Rosalia tendo a cara metida entre elas.

Fala sério! Pegar esse tanto de gente se amassando pelos cantos da minha própria casa era azar demais para uma pessoa só, porque eu estava na seca há mais de um ano. Era muito injusto, se você quer saber! Eu ajudava as almas e era assim que o Universo me recompensava? Fazendo-me ser o único a ficar chupando dedo?

Às 4h da madrugada, encontrei Doyun saindo do banheiro enquanto ajeitava a roupa, e dois segundos depois, Thomas saiu do mesmo lugar, enfiando a camisa para dentro da calça. Não preciso constatar coisas óbvias porque sei que você já constatou aí da sua casa também, é claro.

A essa altura, eu já estava sem pique para aguentar toda aquela algazarra. Amigos, conhecidos e gente que eu nunca havia visto na vida dançavam *k-pop*, acompanhando as coreografias pela TV da sala, enquanto outras pessoas fumavam pelos cantos. Eu não me preocupava, no entanto, já que não tinha vizinhos que pudessem se incomodar com o barulho da festa ou o cheiro do fumo.

Entrei no meu quarto, exausto, ainda com uma garrafa de cerveja na mão e me joguei na cama. Só que nem um minuto se passou até eu ouvir o pigarro irritado que já sabia ser de Dante. Ele estava parado no canto do cômodo, de braços cruzados, encarando-me feio como fazia toda vez que ficava nervosinho.

— Eu tranquei a porta do quarto, Gasparzinho — falei, sem olhar para ele. — Isso quer dizer que não quero companhia — minha voz ficou abafada, já que minha cara estava afundada no travesseiro.

— Não vale de nada, pivete. Eu atravesso paredes.

— O que eu deveria fazer para te manter afastado, então? Jogar sal na porta? — grunhi, apoiando-me no cotovelo para encará-lo.

— Por que tanto me quer longe? — Dante tinha a voz afetada. — Nem parece que fui eu quem te salvou da morte algumas semanas atrás!

— Se eu tivesse morrido, talvez as coisas estivessem mais interessantes entre nós dois, não acha? — impliquei.

Era claro que eu estava um pouco bêbado, pois só tinha coragem de confrontar Dante sobre nossos assuntos inacabados quando estava quase morrendo ou totalmente fora de mim, como você já pôde observar.

Eu, no auge da minha inocência, tinha pensado, mais uma vez, que as coisas finalmente se acertariam entre nós, depois de todas aquelas declarações lá no estaleiro. Quer dizer, naquela noite confessei que gostava dele e ele confessou que gostava de mim de volta, há um bocado de tempo. Mas ele havia decidido, mais uma vez, por si só, fingir que nada tinha acontecido entre nós, que coisas não tivessem sido faladas ou sentimentos tivessem sido confessados.

Eu preferia que tivesse sido só um delírio de quase morte e aquela conversa com Dante nunca tivesse acontecido, porque eu só tinha me humilhado mais, pra absolutamente nada. Eu e Dante continuávamos no zero a zero.

O problema foi que a partir daí, tudo que Dante fazia era ficar com ciúmes de Tyler e assistir a filmes comigo o dia todo, como se fosse um cão de guarda.

Nas vezes que eu tentava flertar ou tocar sorrateiramente em suas mãos, por exemplo, quando estava descansando sobre a cama, ele ficava todo nervoso, inventava algum compromisso e se desmaterializava em um piscar de olhos – como se um fantasma fosse ter algum compromisso urgente. Pelo visto, seu único compromisso era o de fugir de mim, o que ele fazia com maestria.

Aquilo era o que me dava raiva, entende? Ele não me deixava *escolher* ficar com ele, só decidia por mim e fim de papo. E eu *odiava* que as pessoas tentassem controlar a minha vida.

— Coelhinho... — Ele fez, como sempre, aquela expressãozinha fofa de cachorro caído do caminhão de mudanças, o bico carnudo me compelindo a perdoá-lo.

Mas eu estava decidido a não me deixar cair, não daquela vez.

— Esquece — falei, já sem paciência, desabando no colchão.

Ele suspirou e me encarou, pesaroso.

— Você vai dormir? — indagou, vendo-me tirar os sapatos e largar a garrafa quase vazia de cerveja na mesinha de cabeceira.

Apenas assenti com a cabeça e me levantei, tirando a calça *jeans* com toda a dificuldade que o uso de só um dos braços me permitia, então permaneci só com a cueca e a camisa larga.

Dante virou o rosto para a parede, parecendo extremamente constrangido em me ver sem calças – coisa que não aconteceu das outras três vezes que estivemos naquela mesma situação, em que sua reação foi totalmente oposta, ao me comer com os olhos.

Não que eu ligasse.

Ele definitivamente não estava constrangido quando me viu totalmente pelado, tanto é que me deu aquele beijão de tirar o fôlego.

Agora, percebia, com muito pesar, que a gente nunca mais trocaria saliva ou enfiaria a língua na garganta um do outro, se dependesse dele. O que só fez eu me sentir mais rejeitado e, por isso, cabisbaixo.

— Não vai mandar aquela galera lá embaixo embora? — Dante perturbou outra vez, ainda evitando me olhar. — Essa casa tá parecendo um puteiro, todos os cômodos estão ocupados por gente transando.

— Pelo menos alguém tá se dando bem — murmurei, desgostoso.

Vi o rosto de Dante se virar para mim mais rápido que o da garota de *O Exorcista*.

— Alex...

— Ah, deixa eu adivinhar: você vai falar alguma coisa pra mexer comigo e depois vai se recusar a entrar no assunto outra vez? — Cruzei o braço engessado no outro, como podia, ainda de pé à beira da cama, observando o *cara morto* por quem eu estava ridiculamente apaixonado, me encarar enviezado pelo canto do olho. — Ou, então, você vai fazer alguma declaração romântica, para depois fingir que nada aconteceu. Vai fingir que não me beijou ou que nunca me disse, com todas as letras, que gostava de mim, desde antes de eu ser capaz de te ver — terminei, sem nem tentar esconder a irritação na minha voz.

É claro, o álcool estava falando mais alto, permitindo que eu entrasse naquele assunto. Só queria jogar tudo na cara dele e me livrar daquele martírio, porque estava difícil segurar aquela barra que era gostar dele.

Só que, quando vi seu semblante, sabia que estava fodido – talvez literalmente, se Deus quisesse.

Ele se aproximou devagar, como um leão prestes a atacar um cordeiro. Isso significava que, naquele cenário, eu era a presa e Dante o caçador que me rondava. Seu olhar demonstrava que ele realmente seria capaz de me devorar mesmo, sem nem precisar me tocar.

Imediatamente ao notar a mudança brusca em sua postura, comecei a ficar quente. Quente pra um santo cacete. Estava suando. Uma gota minúscula de suor escorreu por minhas têmporas e só consegui dar passos tímidos para trás, inesperadamente recuando enquanto Dante avançava, sem desgrudar os olhos dos meus.

Eu estava muito, muito tenso, e se Dante se aproximasse, meu autocontrole iria para a casa do caralho. Eu não seria capaz de resistir a ele, porque além de ser o cara absolutamente mais lindo deste e de outros planos, Dante também era o cara que vinha ganhando meu coração, desde o momento em que pus meus olhos nele. E olha que isso foi antes dele salvar a porra da minha vida e deixar claro através de suas ações que, por mais que quisesse ficar comigo, ainda prezava pela minha vida mais do que pela minha eterna companhia espiritual; do contrário, teria me deixado morrer.

Então, aquele sentimento só crescia, cada vez mais descontrolado, no meu peito. O quão bondoso, altruísta e fiel um cara morto, que não tinha mais nada a perder, poderia ser? Quer dizer, ele poderia simplesmente ser um grande egoísta e não se importar com nada, porque não era como se fosse morrer por causa disso. Suas atitudes demonstravam que ele se importava mais comigo do que a maior parte das pessoas ao meu redor.

— Dante...

Me vi entrando em uma espécie de pânico gay clássico.

Ele, por outro lado, seguiu avançado, a passos lentos, enquanto eu recuava, com medo das minhas próprias reações. Podia apostar que se alguém visse de fora, parecia mesmo uma dança ensaiada ou a cena de algum documentário do *Animal Planet,* na qual a pobre zebra tomava água na beira do rio, sem ter noção alguma de que um leão selvagem estava à espreita, aproximando-se lentamente para devorá-la.

Mas, sabe como é, a única semelhança entre mim e essa zebra era a posição, porque de inocente eu não tinha nada. Deus sabe os pensamentos nada castos que rondavam minha mente toda vez que pensava em Dante Donadelli. Ali, quanto mais perto ele chegava, mais sentia minha boca salivar e o peito incendiar.

— Dante, para com isso. Se a gente começar, não vou conseguir largar o osso depois. E se alguém entrar?

— Você trancou a porta, lembra? — ele sussurrou, apenas alto o suficiente para que eu o escutasse.

Seus olhos tinham um brilho escuro e sua expressão era inegavelmente perigosa.

Então, travei no lugar. Ele estava assutadoramente próximo e, sabendo que não havia mais ninguém ali além de nós dois, acabei me dando por vencido. Eu não ia mais conseguir controlar aquele jogo, porque não era como se pudesse mais *me* controlar, de qualquer maneira. Até porque, quem queria isso era ele, não eu. Tudo o que eu poderia fazer, a partir dali, era torcer que ele não mudasse de ideia de novo no dia seguinte, como fez das outras vezes.

Dante finalmente estava tão perto que nossas respirações se chocaram. Não que ele respirasse realmente, já disse isso. Dessa vez, era só um reflexo ou imaginação.

— Não aguento mais, Alex... — sussurrou outra vez, vasculhando meu rosto com os olhos caídos. — Eu quero você... Quero tanto que dói. E se você não vai me deixar ignorar isso, então, porra... Fica logo comigo e a gente acaba com essa tensão, porque tá me deixando sufocado.

Como se estivesse enfeitiçado, não consegui desviar o olhar de seu rosto e dos olhos cinza-tempestade tão intensos. Meu corpo queimava, clamando desesperado pelo dele, porque finalmente ele havia me dado sinal verde. Precisei apertar os punhos para impedir o impulso de puxá-lo pela cintura, até que nossas bocas se grudassem que nem um desentupidor de pia. Palavra!

— Sei como é, porque me sinto exatamente assim, mas...

— Mas o quê, hein? — Dante segurou minha cintura em um aperto firme, o que me deixou excitado pra caralho. *Que pegada era essa, Jesus?!*

— Se for para você me beijar, dizer coisas bonitas e então fingir que nada aconteceu... prefiro que não faça nada.

Dante avançou para um beijo, mas bravamente evitei, virando o rosto. Daí, o fantasma resolveu jogar sujo e aproximou a boca da minha orelha e falou ao pé do meu ouvido com a voz rouca e roçando o nariz na pele do meu pescoço, o que imediatamente me fez arrepiar e tremer na base:

— *Coelhinho, ainda não percebeu que eu faria qualquer coisa pra te agradar e te fazer feliz? Eu iria até o Inferno por você!*

Você pode pensar que não passo de um confuso, já que sempre quis que Dante me agarrasse daquele jeito e, agora que ele finalmente estava fazendo aquilo, eu estava fugindo. Mas, para mim, se esse fantasma quisesse ficar nesse *chove e não molha*, eu o deixaria brincando sozinho na chuva. Evitá-lo seria bem melhor para minha sanidade, até porque aquele *não fode e também não sai de cima* estava me deixando maluco! Se não fosse para rolar ali, preferia ficar em paz, ao invés dele me instigar só para me deixar chupando o dedo depois, com um pau duro na mão.

— Em sessenta e um anos neste mundo, nunca me senti tão vivo quanto me sinto perto de você... — sua voz era cantada antes dele mordiscar meu pescoço, fazendo meu membro semi-inflado latejar.

Ele continuou a falar, com uma voz absolutamente convincente, quando ele nem precisava de muito para me convencer a alguma coisa:

— Nunca me senti tão eufórico quanto no dia que você começou a ouvir minha voz... — disse, de modo doce. — É claro, também me senti mal por Laura e por sua morte iminente, mas... Alex, eu já estava tão *gamadão* em você que era como se eu fosse um ímã sendo atraído pelo polo oposto. Você sempre foi... algo que eu queria muito, mas não podia ter. Você é, literalmente, um sopro de vida — terminou, mirando fundo em meus olhos.

Naquele momento, ver aquela cor verde acinzentada revelando seus sentimentos, suas emoções. Ele era como a calmaria escondendo uma tempestade, uma chuva torrencial no meio do verão.

Eu estava quase sem voz, tentando não me afetar por suas declarações. Parecia bom demais para ser verdade e eu não queria ficar frustrado outra vez.

— Talvez você só sinta essas coisas por mim porque sou um médium e a única pessoa viva capaz de te tocar... — Não tentei esconder o medo e a tristeza em minhas palavras.

Dante, sorrateiramente, lambeu meu pomo de adão e seguiu subindo com suas carícias, até dar uma última mordida em meu queixo para dizer, com os lábios roçando nos meus:

— Então você é um médium muito poderoso, porque mesmo estando morto há trinta e seis anos, quando estou perto de você, é como se eu pudesse sentir meu coração voltar a bater.

Minhas pernas ficaram moles como gelatina. Filho da puta! Como eu poderia resistir a uma declaração dessas? Sou um cara fraco, romântico. E com Dante Donadelli, a coisa toda vinha tomando uma dimensão muito maior. Eu estava apaixonado de verdade. *Dante era a minha perdição*. Seria capaz de dar as mãos a ele, ainda que ele estivesse prestes a me levar para o Inferno.

Não tinha percebido que segurava seu ombro com meu braço bom, apertando o pano de sua camisa entre os dedos e o braço engessado repousava em sua cintura, enquanto suas mãos seguravam minha cintura possessivamente, daquele mesmo jeito que havia feito na primeira e única vez que nos beijamos.

Ele olhou fundo nos meus olhos e puxou meu rosto com a mão esquerda, colando nossos lábios e enrolando sua língua na minha vagarosamente, fazendo-me sentir, outra vez, como se fogos de artifício explodissem em minha boca.

Movimentei a língua de um lado para o outro, devagar, me deleitando com o contato macio e molhado que me passava uma sensação eufórica, difícil de explicar, porque não se comparava a nada que eu já tivesse experimentado nesse mundo.

Dante me apertou com força, como se me segurasse para ter certeza de que eu ficaria ali – só que eu definitivamente não tinha intenção de fugir para lugar algum, pois não havia lugar em que quisesse estar mais do que em seu aperto.

Passei meu braço bom em volta de seu pescoço e, com uma das mãos, apertei seus cabelos; subitamente, acabei sentindo minhas costas irem de encontro à parede gelada, com uma brutalidade moderada deliciosa.

Com o fogo que estava sentindo, não pude só ficar parado, então comecei a explorar o corpo de Dante, alisando-o em todos os lugares que somente um braço bom me permitia, mas aproveitando para seguir completamente sem direção, do jeito que conseguia. Só queria senti-lo por inteiro e queria que ele me sentisse de volta.

Acabei o deixando despenteado – o que era uma visão linda, pude notar quando pausamos o beijo e fui capaz de ver seu rosto. Além de ter os cabelos bicolores totalmente bagunçados, ele também tinha os lábios vermelhos e as bochechas coradas.

Animus coravam? Porque ele estava corado e não podia ser coisa da minha cabeça. Palavra! Talvez seu corpo astral tentasse imitar as reações de um corpo de carne e osso, como se fosse um reflexo.

Sua respiração ficou pesada, como se respirar tivesse se tornado difícil. E mesmo que talvez fosse apenas algo involuntário, eu não estava diferente dele.

Quando o encarei percebi que ele me olhava com intensidade, transparecendo um desejo quase visceral. Sem descolar meus orbes dos dele, mordi seu lábio, puxando-o entre os dentes, bem devagarinho. Não deixei de fitá-lo – o que só pareceu mais provocador e era mesmo: queria fodê-lo até o talo, assim como queria ser fodido muito gostoso. Queria que ficássemos tão entrelaçados que nos tornaríamos um só.

Ele deslizou as mãos para minha bunda, onde apertou a carne pouco farta, mas durinha e musculosa, com gosto. A pressão do seu aperto, puxando-me de encontro a ele, fez com que nossos membros duros, cobertos por pedaços de pano, se encontrassem, um atiçando o outro.

Sentir o pau de Dante se chocando com o meu era como tomar energético e meu corpo se acendeu de modo brutal. Nada seria capaz de apagar meu fogo naquele momento, além de Dante. Eu precisava tê-lo, como precisava de ar.

Então, o empurrei para a cama, onde ele caiu sentado. Sem cerimônias, subi em seu colo com muita destreza, já que só podia usar um dos braços como apoio, envolvendo-o com uma perna de cada lado. Puxei-o pela nuca, trazendo-o para perto, então voltei a beijá-lo, começando a mover meu quadril em cima dele, desesperado para sentir sua dureza em minha bunda.

Dante puxou meus cabelos de um modo quase rude, causando uma dorzinha que alimentou mais ainda meu fogo. Com a outra mão, ele se encheu da minha bunda, dando golpes fortes e estalados a cada rebolada minha, de forma ritmada, tapa atrás de tapa.

Essa brutalidade era deliciosa pra caralho e meu pau queria explodir de tesão. Eu já estava indo à loucura quando ele, subitamente, jogou-me para o lado, atirando-me contra o colchão. Ele ficou por cima, mas teve o cuidado e destreza para não atingir meu braço engessado – que acabou estendido no colchão, acima da minha cabeça.

Com isso, Dante investiu o quadril contra o meu – e eu o recebi entre minhas pernas – enquanto ele beijava meu pescoço, de forma molhada e tortuosa. Ele passava a língua lentamente pela minha pele, traçando um caminho de saliva da minha clavícula até a orelha, brincando comigo, enquanto puxava o tecido da gola da minha camisa. Eu ainda estava vestido demais e achava que ele deveria tirar aquela camisa de mim, tirar tudo, tudinho!

E o que me restava fazer, para descontar o tesão fodido que estava sentindo, era puxar seus cabelos macios ou arranhar suas costas por baixo da camisa do Led Zeppelin. Era o máximo que podia fazer, também, com só um braço disponível. Não tinha muita certeza da qualidade dos *shampoos* dos anos 80, mas imaginei que Dante usava algo muito bom, porque o cabelo dele era bem cheiroso, brilhoso e macio, como se eu estivesse tocando uma pluma.

Ele se afastou por um momento para, delicadamente, remover minha camisa e atirá-la no chão, e aí distribuir mais beijos e mordidas em minha pele, indo pela primeira vez em direção ao meu peito descoberto, enquanto um de seus dedos começava a brincar com meu mamilo, direito ao mesmo tempo que ele passava a língua aveludada pelo esquerdo, sugando-o. Estimular-me dos dois lados de uma vez só era jogo sujo! Inevitavelmente fiquei desesperadamente fraco, rendido.

Quando pensei que não poderia ficar mais gostoso, o provocadorzinho me fitou com aqueles orbes cinza-tempestade de um jeito sacana e lançou um sorrisinho safado para, logo em seguida, trocar de lado e abocanhar meu outro mamilo. Enquanto me acariciava com a língua, ele dava mordidinhas fracas no bico rígido e, em conjunto, simulava estocadas do seu quadril contra o meu, encaixando seu membro ainda coberto bem na divisão da minha bunda. Eu só tinha forças para apertar seus cabelos e revirar os olhos, remexendo-me inquieto sobre o colchão.

Se ainda com roupas já estávamos assim, mal podia esperar para ficarmos nus. Ah... Isso, sim, seria uma amostra do paraíso. Com o pouco que Dante estava fazendo, já podia prever que ele, *com certeza*, era muito bom de cama. E eu queria tanto, tanto, tanto tirar a prova...

Entretanto, um pensamento me atingiu: eu *deveria mesmo* transar com ele? Quer dizer, eu *poderia*, estava claro. Eu *queria*, também. Queria pra caralho. Mas era errado, não era? *Soava* errado – ele estava morto, afinal. Tudo bem que não era com o cadáver dele que eu estava prestes a foder, nem nada assim, mas ainda assim, não parecia certo.

Ah, caralho, eu estava muito confuso!

E a verdade era que eu nem conseguia raciocinar sobre os *contras* enquanto Dante mordiscava meu mamilo daquele jeito fodido de bom, somente nos *prós*.

Ele, então, ergueu o rosto e atacou meus lábios outra vez com um beijo ardente que me deixou sem ar no mesmo minuto. Sem interromper o trabalho de nossas línguas coladas, girei-o na cama, invertendo nossas posições mais uma vez para me sentar, trazendo-o para meu colo – onde ele se encaixou com facilidade, sem reclamar ou demonstrar incômodo. Deslizei minha mão em sua coxa até chegar em seu membro, duríssimo dentro do jeans.

Sem se fazer de difícil, Dante começou a rebolar em cima de mim com aquela bunda gostosa que me hipnotizava desde o primeiro momento em que o vi. E eu só conseguia pensar que visão seria mais gloriosa ainda, se ela estivesse pelada, empinadinha e aberta para mim.

Ele rebolou cada vez mais empenhado, tendo a maior audácia de quicar em cima do meu pau exaustivamente duro e latejante, encarando-me com a expressão mais sem-vergonha possível nos olhos semicerrados.

Naquele momento, meu rosto se contorceu em um sorriso malicioso e satisfeito ao constatar que, se no início ele havia simulado estocadas em mim e agora rebolava no meu pau com tanta vontade, provavelmente a coisa toda com ele seria completa. Quer dizer, ele não iria querer só me foder, mas também ia querer que eu o fodesse. E, puta merda, isso era tão... *tentador*. As *fadinhas intergalácticas protetoras das gays* sabiam o quanto eu amava comer e ser comido.

Então, além de lindo e fofo, Dante Donadelli também era muito safado, tinha boa pegada, provavelmente transava gostoso e ainda curtia trocar posições sem reclamar, sem egoísmo. O cara era um cheiroso, cheio de atitude e que ainda por cima era versátil. Porra, eu tinha ganhado na loteria ou o quê?!

Evitei pensar que, talvez, todas essas qualidades fossem uma forma de o universo compensar o fato de Dante estar morto. Afinal, ninguém era perfeito, mas se ele estivesse vivo, seria – ao menos para mim.

Tentei empurrar sua jaqueta de couro com uma das mãos, mas vendo minha dificuldade, ele mesmo a retirou em um movimento afobado, aproveitando para tirar também a camisa do Led Zeppelin e a de flanela amarrada em sua cintura, atirando tudo longe. Para o desespero do meu pau duro e pulsante, o resultado foi Dante com o tronco exposto, vestindo apenas aquela calça jeans coladinha, parecendo um perfeito *stripper cowboy* ou algo parecido.

Parei para admirar o torso nu à minha frente com atenção e a visão foi ainda melhor do que eu imaginava: a barriguinha trincada tinha entradinhas no baixo abdômen, unindo duas linhas, o perfeito caminho da perdição. Os mamilos marronzinhos decoravam um peitoral reto que não era estufado como o meu, mas era claramente firme e de músculos marcados.

Admirado, alisei seu peito com carinho e devoção, mas Dante tornou a atacar meus lábios com os dele e a rebolar com mais afinco em cima de mim. Sua bunda fez uma pressão deliciosa em cima do meu pau vergonhosamente duro e as pontadas em meu baixo abdômen anunciaram a realidade absurda: mesmo com roupas – ele de calça e eu de cueca –, ainda sem nenhum toque pele na pele, aquele roçar desesperador me faria gozar. E meu quadril se moveu para cima no automático, querendo afundar dentro dele, apertando sua cintura entre meus dedos. Precisava fazê-lo parar antes que eu gozasse, não queria que Dante pensasse que eu tinha ejaculação precoce. Aquilo de gozar sem nem tirar a roupa era coisa de virgem. Mas quando apertei sua cintura com a mão boa e rodeei, cuidadosamente, seu quadril com o braço engessado, ele rebolou ainda mais rápido e mais gostoso, pressionando-me mais, fazendo-me soltar um gemido involuntário de tesão. Então, ao invés de afastá-lo, apenas me agarrei a ele e encaixei meu rosto em seu pescoço, chupando sua pele, parando apenas para dizer no seu ouvido o quanto ele era delicioso pra caralho e o quão insuportavelmente louco estava me deixando. Queria deixá-lo saber a intensidade de tudo que estava me fazendo sentir.

Dante pareceu aprovar minhas declarações, já que gemeu manhoso e rebolou ainda mais gostoso que antes, como se estivesse determinado a me fazer gozar a todo custo. Novos arrepios atravessaram meu corpo, da cabeça aos pés. Era tesão forte, bruto e intenso. Enlouquecedor.

Ele se esfregou em mim, puxando meus cabelos entre os dedos e gemendo pelo trabalho de minha língua em seu pescoço, mas os gemidos me deixavam ainda mais desesperado. Foi como se uma explosão mental acontecesse – nas minhas calças, também –, porque gozei com força, respirando rápido, sentindo minha porra melar toda a cueca enquanto meu corpo inteiro tremia embaixo do dele.

Continuei segurando Dante contra mim, com a respiração acelerada e o cansaço batendo. Mas, é claro, precisava retribuir. Ainda queria – e deveria – fazê-lo gozar gostoso. Entretanto, infelizmente, não tive tempo de dar um próximo passo, porque, após alguns segundos parados recobrando o fôlego, ele desceu do meu colo, deitou na cama e me puxou para ele.

Nós nos encontramos em outro beijo afoito, pois já me preparava para o segundo *round*, porém ele me interrompeu, respirando fundo como se tivesse acabado de correr uma maratona.

— É melhor não passarmos daqui, Coelhinho... — falou em voz baixa, fitando-me com o olhar meio perdido.

— Por que não? Vamos nos pegar mais um pouquinho, quero retribuir... Quero te fazer gozar, também — eu disse com a voz estava manhosa, ao passo que distribuía selinhos castos e estalados em seu pescoço.

— Eu não preciso — devolveu.

Arqueei uma sobrancelha e o encarei confuso. Como assim, não precisava? Ele estava ridiculamente duro, eu estava vendo! E, com certeza, se Dante não gozasse, aquilo ficaria dolorido. Quer dizer, se ele ainda estivesse vivo, ficaria, pelo menos.

— É sério... — replicou ao notar minha expressão. — Se a gente continuar, não vou conseguir parar. Não tô brincando, Alex. Você me deixa louco. *E eu não sou bom em me controlar*.

Não entendi bem o motivo dele querer parar agora, porque não era como se ele fosse algum donzelo. Ele estaria sentindo que talvez aquilo fosse errado demais, como eu também tinha sentido antes? Porque, embora houvesse, sim, aquela sensação de que algo estava fora do lugar, não estava disposto a parar. Não era justo. Então, insisti:

— Pelo menos, deixa eu te chupar. Me deixa chupar seu pau e goza na minha boca, vai — pedi, com a voz necessitada, cheio de um tesão inabalável, mesmo depois de ter gozado forte. — Me deixa satisfazer você...

Ele pareceu completamente abalado e transtornado com o pedido, prendendo o lábio inferior entre os dentes, encarando-me com um desejo muito intenso. Mas então, soltou o ar antes de negar com a cabeça.

Algo me dizia que ele não *queria* recusar, mas *precisava* – o que só me fazia acreditar mais ainda que tivesse seus motivos, embora não parecesse disposto a revelá-los agora. Então, aceitei que, por enquanto, isso era suficiente, mesmo ficando um tanto decepcionado. Desde que ele não me tratasse como se nada tivesse acontecido, no dia seguinte, estaria tudo bem.

Deitei-me na cama, puxando sua cabeça para cima do meu peito.

— Dorme comigo? — perguntei, suave.

— Você sabe que eu não durmo, Coelhinho.

— Eu sei... Quis dizer que você deveria passar a noite comigo, se não for te incomodar... — expliquei, sem jeito.

Dante olhou para mim e sorriu daquele seu jeitinho fofo, os olhos fechados em dois risquinhos.

— Se você não se incomodar que eu passe o tempo assistindo a filmes no seu projetor, enquanto fico deitadinho com você, tá tudo certo. — Ele riu, apertando mais ainda minha cintura com seu abraço.

— Então, a partir de agora, quero você sempre aqui — exigi. — Mas deixa eu ir ao banheiro me lavar, porque você causou uma enorme bagunça aqui embaixo... — Apontei para minha pélvis ainda coberta, rindo.

Ele escondeu o rosto entre as mãos, parecendo uma criancinha envergonhada.

Dante era tão contraditório: ora super adorável e fofo, ora extremamente agressivo, sexy, cheio de atitude. Será que um *animus* podia ser bipolar?

Não sabia o que a gente estava fazendo, mas sabia que não daria em nada. Quer dizer, que planos poderiam ser feitos numa relação com um espírito?

No entanto, eu o queria muito, muito mesmo e já havia aceitado ser incapaz de não tê-lo, ainda que estar com ele significasse estar preso em um *pseudo-relacionamento* e não em algo real.

Mas seria real o suficiente para mim.

Sabia que queria ficar com Dante Donadelli, independente de qualquer coisa, e eu já não era mais capaz de desejar qualquer outra coisa mais do que o desejava. Não era como se eu tivesse escolha, agora que estava irreversivelmente apaixonado por ele.

13.
PEQUENO MENTIROSO

A campainha tocou escandalosamente no andar de baixo. Eu não estava nada acostumado a ter que me levantar da cama para atender, porque por todos os vinte e um anos em que morei na casa da minha família, sempre tinha alguém para fazer isso antes de mim. Agora, que estava morando sozinho – e sozinho, entende-se com fantasmas, ou melhor dizendo, *animus*, que obviamente não podiam atender a uma porta –, eu era o único responsável em atender aos chamados de qualquer *alma duvidosa* na minha residência. E eu chamava de *alma duvidosa*, porque, uma pessoa que toca a campainha da casa de outra às 9h da manhã de um domingo, com certeza tem algum tipo de espírito obsessor encarnado nela.

Acho uma indelicadeza profunda.

Foi por isso que joguei o edredom pesado e macio para o lado, sentindo o frio da manhã arrepiar meu corpo seminu de maneira nada agradável, e desci descalço as escadas de piso frio.

A primeira coisa que senti, assim que me levantei, foi a falta de Dante ao meu lado. Depois daquela noite, que acabou sendo apelidada de *festa da orgia juvenil* por ele e Dona Laura, todas as noites aquele fantasma lindo do caralho dormia no meu quarto. Não que Dante precisasse dormir, de fato, porque fantasmas não dormiam, mas ele ficava abraçadinho comigo, deixando eu usá-lo de travesseiro e fazendo-me de travesseiro também, enquanto passava a noite assistindo a filmes de guerra no projetor. Ainda bem que meu sono era pesado, porque aparentemente Dante tinha a audição de um cara de sessenta anos e colocava tudo no último volume.

E não, nós não tínhamos transado... Ainda. Estávamos indo com calma – e *com calma* quero dizer que a gente se beijava muito e se tocava muito, o máximo que meu braço engessado e cheio de desenhos coloridos feitos com canetinha permitia. Por enquanto, era suficiente... Eu acho.

Os questionamentos sobre onde diabos Dante teria se metido foram interrompidos por ele mesmo, surgindo à minha frente como a assombração que era, de fato.

— Porra, Dante! — Irritado, levei a mão ao peito, à medida que caía de bunda no degrau da escada dura.

Quando digo que ele veio *surgindo*, não era daquele jeitinho sobrenatural, e sim como um carro que te fecha na esquina. Senti-me praticamente atropelado, para ser sincero.

— Não abra a porta — ele avisou com uma expressão inesperadamente séria demais.

Seu tom soava mais como uma ordem do que um pedido. E, sabe como é, eu não era do tipo que obedecia. Era óbvio que agora eu faria questão de abrir. Em primeiro lugar, já tinha me dado ao trabalho de levantar da cama e perdido o sono da beleza por isso. Em segundo, porque além de tomar um susto, tinha machucado a bunda na escada. Terceiro, porque o som da campainha era particularmente irritante, ainda mais com a criatura desconhecida lá fora, esmagando o botão sem dó nem piedade. E quarto, porque adorava contrariar Dante, mas porque ele costumava esconder as coisas de mim e eu achava que já estava bom de segredinhos entre nós.

E, ah, não que já tivesse, de fato, descoberto alguma pista do que ele vinha escondendo, mas o *animus* era todo misterioso e vivia evitando tocar em certos assuntos, como o motivo de sempre parar nossas pegações justo na hora em que as coisas estavam ficando boas. Tivemos sessões de amassos muito intensas nas últmas semanas, nas quais Dante encerrava as coisas do nada, deixando uma ereção dolorida no meio das minhas pernas. Não entendia o porquê de nunca irmos até o fim e, obviamente, não o forçaria a nada, mas isso já estava dando no saco. Por que ele não abria logo o jogo comigo?

Além disso, Dante continuava fazendo mistério sobre sua morte – algo que decidi descobrir mais a respeito, mas por conta da mudança de casa, a briga com minha mãe, a busca por um emprego, voltar a estudar e ainda por cima ajudar *animus* perdidos no nosso plano, eu havia simplesmente ficado ocupado demais para lembrar de investigar.

E sim, eu tinha auxiliado outros *animus* depois de Jessica, mas, para minha surpresa, foram situações bem mais simples, como uma velhinha que se recusava a partir porque estava puta da vida com a neta por ela ter vendido a estante de vidrarias da sala de estar, quando aquele deveria ser um artefato de família, passado de geração em geração. Que pendência preocupante para se ter depois da morte, né? Eu esperava não acabar ficando preso no plano terreno por algo tão fútil quanto aquilo.

O pouco tempo livre que eu tinha acabava sendo usado para me agarrar com Dante, e era um tempo bem gasto, se você quer saber... Por isso, sequer me dei ao trabalho de perguntar o porquê a ele, apenas soltei uma risadinha desacreditada e um olhar que dizia *"Ah, jura?"* e me levantei do degrau, empurrando-o para me dar espaço. Virei o pescoço e dei a ele uma risadinha debochada quando já estava lá embaixo, mas, ao me virar para frente outra vez, ali estava o *animus*, parado a centímetros de mim. Ele realmente deveria perder essa mania de teletransporte *animusgórico*; era assustador e me lembrava de que ele era, sim, uma porra de assombração e não alguém de carne e osso como eu.

— O que foi agora, hein? — Coloquei as mãos na cintura, impaciente.

— Por que você é sempre tão teimoso? Por que simplesmente não confia em mim? — Ele estava afetado, mas por trás de sua expressão, percebi que estava tenso.

— Dante, não torne isso um grande drama sobre você. Só me diz logo por que eu não deveria abrir a porta e, se eu achar que é motivo o suficiente, não vou abrir.

Ele me fitou, piscando os olhos, mas não conseguiu inventar uma boa desculpa.

— Você está só de cueca — resmungou, apertando os orbes miúdos. — Sou ciumento, não quero ninguém te comendo com os olhos.

— Não tô *só* de cueca, Dante, tem trinta centímetros de gesso cobrindo meu antebraço... E, além do mais, pelo menos assim alguém me comeria, sabe?

Sacudi o braço engessado na frente dele, mas me arrependi de dizer aquilo no segundo seguinte, porque o rosto de Dante perdeu um pouco da expressão desafiadora, tomando um semblante cabisbaixo, assim como seus ombros, que caíram um bocado.

— Desculpe... — murmurei sem jeito, e corri para o banheiro do andar de baixo, onde sabia ter um roupão branco pendurado.

Quando o vesti e saí de lá, ainda amarrando o laço felpudo na cintura, já que o gesso atrapalhava os movimentos, vi Dante encostado na parede, de braços cruzados e muito emburrado.

Já falei que adorava vê-lo irritadinho? Ele ficava fofo que nem um gatinho manhoso. Isso me atiçava.

— Alex, confie em mim ao menos uma vez na vida e obedeça... — ele pediu outra vez, com a voz em leve tom de desespero, o que só me deixava ainda mais cabreiro e menos inclinado a obedecê-lo sem um bom motivo.

Tinha alguma coisa errada e era inadmissível que ele fosse optar por esconder, justo de mim.

— Sabe que não pode mandar em mim, né? — Fui em direção à porta. — Se não quer confiar em mim para contar o real motivo, então também não confiarei em você. Direitos iguais. — Dei de ombros.

A campainha tocou irritante de novo, então abri a maldita porta de uma vez. Antes mesmo de visualizar a pessoa na minha frente, disparei:

— Você tá com pressa por quê, meu anjo? Aqui não tem porteiro, não!

É claro que toda a minha coragem para gritar com o desconhecido morreu, assim que fiquei frente a frente com ele. O cara era um velhinho com cara de dono de jogo do bicho e, sem dúvida, podia me dar um sopapo pelo desrespeito. Eu não tinha muito jogo de cintura com gente idosa, exceto quando o velho em questão era doido e desbocado, como minha falecida avó.

— Ah... Me desculpe pela insistência. — Ele pareceu espantado. — É que sei como uma senhora de idade como a Dona Laura pode ter um pouco de problemas auditivos...

Olhei para o homem de cima a baixo. Quem ele estava chamando de velha, quando parecia uma peça de museu? Ele aparentava ter entre sessenta e setenta anos e usava uma roupinha bem cafona, com uma camisa estampada de flores havaianas e uma corrente dourada no pescoço – mas algo me dizia que aquilo não era ouro –, além de uma calça social puída, que deveria ter sido preta em outra vida. Ele também usava um relógio de pulso que provavelmente era um Rolex falsificado.

— Err... Posso ajudá-lo, senhor...?

— Fernández!

— Ok, Senhor Fernández. Tudo bem, no que posso ajudá-lo?

— Vim à procura da Dona Laura. Ela está? — Ele tentou espiar dentro da casa, nada discretamente, esticando o pescoço enrugado.

— Senhor Fernández... — Cocei a nuca. — Dona Laura faleceu, cinco meses atrás.

O velhote arregalou os olhos.

— Ah! Você é da família dela? — Ele transmitia um nervosismo desconfiado que me chamou a atenção.

— Sim, me chamo Alexander Kister, sou o neto dela.

— Ah! Meus pêsames, Alexander... — O cara parecia realmente surpreso e um bocado tenso. — Sua família está morando aqui? Vocês, por acaso, pretendem vender ou reformar?

Que cara fofoqueiro!

— Não sei ainda. Não decidi.

— Ah, tudo bem, criança. Chame seus pais e diga que preciso conversar com eles, então. — Deu um sorriso simpático.

Arqueei uma sobrancelha pela suposição equivocada, antes de responder:

— A casa é minha, sou o herdeiro.

— Ah, entendo. — Ele se mostrou um pouco desconcertado, mas só durou um segundo. — Tudo bem, podemos conversar, então? — pediu, ao mesmo tempo que Laura surgia atrás dele na entrada.

— Senhor Fernández! — Minha avó ecarou o velho. — Convide-o para entrar, Alex. — Deu-me um olhar travado, que não fui capaz de interpretar direito.

O convidei, então, dando-lhe passagem.

— Pode esperar só um minuto, para que eu me vista adequadamente? Não estava esperando visitas...

Ele acenou com a cabeça, então corri para o quarto no andar de cima, vesti uma calça de moletom e uma camisa larga, com ainda mais dificuldade do que vesti o roupão. Quando desci de novo, deparei-me com o tal Senhor Fernández espiando todos os cantos da sala, enquanto Dante estava sentado no sofá, observando cada passo dele, junto à Dona Laura.

Ignorando os dois *animus*, fui até a cozinha preparar um café – que, não tão misteriosamente, já estava pronto, o que podia apostar ser obra de Dante; levei as xícaras à sala, depositando-as na mesinha do centro, onde estava a bandeja com açúcar e colherezinhas.

— Trouxe café. Sente-se, por favor.

Eu e o Senhor Fernández nos sentamos um de frente para o outro nos sofás e apenas começamos a conversar depois que ele adoçou sua bebida e deu dois goles.

— A Senhora Laura nunca chegou a falar sobre mim, filho? — Ele pareceu incerto e um tanto decepcionado.

— Não senhor, me desculpe. — Encarei vovó de lado. — Ela não teve muito tempo para me contar, antes de partir... — Dei a ela uma careta, deixando explícita a ironia para os fantasmas.

Laura coçou a nuca e soltou uma risadinha sem jeito, fitando o teto. É, se eu fosse ela, ficaria sem jeito também.

— Bem, sou o antigo dono desta casa — ele disparou.

Meus olhos se arregalaram.

— É mesmo?

— Sim, criança... — Deu uma risadinha descontraída. — Infelizmente, a casa foi vendida e nunca mais tive dinheiro para comprá-la outra vez. Minha família estava falida, então tivemos que vendê-la.

— E quer comprá-la de volta?

Vender a casa seria uma boa ideia. Com o dinheiro, eu poderia comprar um pequeno apartamento de um quarto só, ao lado do *campus*, e ainda sobraria um pouquinho para gardar na poupança.

— Não, não é isso, jovem. — Senhor Fernández tinha o timbre estranhamente pesaroso. — Eu não tenho dinheiro para isso, minha família nunca se recuperou. A questão é que vivi por muitos anos nesta casa com minha mãe, meu irmão e meu padrasto. Só que, quando ele morreu e o único herdeiro dele desapareceu, as ações caíram e a empresa da família faliu. Todos os nossos imóveis foram leiloados... E, bem, meu irmão foi dado como morto depois de alguns anos. Então, todos os anos, a Dona Laura me permite fazer uma missa nos jardins, em homenagem a ele.

Algo estava martelando na minha memória. Essa história não me era estranha. Família falida, padrasto, herdeiro desaparecido... Algo em minha mente parecia querer se arrastar para fora do meu subconsciente, mas eu não conseguia assimilar o que, ainda. Pareciam peças soltas de um quebra-cabeças.

— Vovó nunca chegou a me contar sobre isso, mas sua história não me é estranha. Se o senhor veio pedir autorização para fazer a tal cerimônia no jardim, pode fazer, sem problemas. — Sorri com sinceridade. Não impediria o cara de fazer uma missa para o irmão morto, ainda mais se ele já costumava fazê-la aqui todos os anos, com permissão de minha própria avó.

— Muito obrigado, criança! Você pretende... continuar morando aqui? — ele perguntou como quem não queria nada, mas vi uma curiosidade genuína de bisbilhoteiro em seus olhos.

— É, provavelmente, sim. Não tenho muitos lugares para ir. Quando será a cerimônia?

— Três de outubro. Foi o dia que meu irmão desapareceu.

Três de outubro.

O aniversário de Dante era um dia antes disso, ele me disse uma vez.

Olhei de relance para o *animus* no sofá e ele mordeu o próprio lábio inferior. Parecia nervoso...

"Eu morri logo depois do meu aniversário. Um dia depois", lembrei-me dele dizer, quando nos conhecemos.

Aquilo não tinha mesmo cara de coincidência...

— Onde quer que esteja, espero que meu irmão esteja em paz... — senhor Fernández murmurou.

Minha mente não estava exatamente ali, no entanto, estava em outra lembrança:

— Alex, só vi um caso igual ao da Jessica, em toda a minha vida — Dona Laura avisou, em tom cuidadoso. — E essa única vez, que eu não sabia onde estava o corpo, não fui capaz de ajudar.

— Como assim?

— Bom... — Ela deu uma olhadela em Dante, pelo canto do olho.

Ele, no entanto, virou-se de costas para nós e ficou de frente para a janela. Imaginei que fosse porque conhecia aquela história e não estava interessado nela.

— Uma vez, conheci um animus que tinha sido dado como desaparecido — explicou. — Ele era de uma família rica, herdeiro de uma grande construtora e, ao que parece, o patriarca da família faleceu de uma doença terminal. Assim, o filho dele deveria assumir seu lugar na empresa ou decidir para qual dos sócios venderia sua parte das ações. Só que, pouco tempo

depois, o rapaz sumiu. Simplesmente desapareceu, evaporou do mapa.

— Por favor, continua! Parece história de filme! — exclamei, empolgado.

— O caso foi parar em todos os jornais e a mídia ficou atrás do rapaz por meses. Então, a segunda esposa e o filho dela assumiram tudo. Quando a construtora começou a falir, as buscas pelo verdadeiro herdeiro foram retomadas, mas ninguém conseguiu encontrá-lo. Alguns diziam que ele havia sumido por não querer lidar com a obrigação de assumir a empresa, já que tinha fama de rebelde e arruaceiro. Outros teorizavam que ele tinha roubado todo o dinheiro da empresa e mudado de nome. Mas uma minoria pensava que ele pudesse ter sido sequestrado ou morto... E ele realmente morreu. Ninguém sabe como, quando ou onde.

Arregalei os olhos com a lembrança e encarei Dante, boquiaberto. Ele evitava olhar para mim, ficava apenas girando aqueles malditos anéis prateados nos dedos.

Outra lembrança me atingiu:

— Ei, nervosinho, você morreu aqui?

O animus me encarou por alguns segundos e piscou algumas vezes antes de responder:

— Eu não, pô! Só morei aqui. Não tinha outro lugar para ir depois de morrer, por isso decidi ficar. E quando Laura comprou a casa, ela não se incomodou que eu continuasse por aqui, então, cá estou.

Eu estava paralisado. Mal podia acreditar naquilo que estava assimilando. Agora, sim, entendia tudo.

— Você conheceu o animus? — indaguei super interessado. — E se vocês não conseguiram achar o corpo dele, nem descobrir o assassino, como o animus conseguiu partir?

Laura abriu a boca para falar, mas Dante foi mais rápido:

— Ele foi para o Outro Lado quando viu que não tinha jeito. A vingança não leva a nada, é como um veneno para alma. Ela acaba atingindo mais aquele que se vinga do que sobre quem a vingança deveria recair...

Lembrei que, na ocasião, tinha achado Dante bastante filosófico. Tinha imaginado que, talvez, passar um terço de século morto havia lhe dado muito o que pensar, pois *animus* evidentemente tinham muito tempo livre. Mas o negócio era que ele, naquele momento, parecia-me um pequeno mentiroso que não confiava em mim para coisa alguma. E depois ainda choramingava, questionando o porquê de eu não confiar nele também, e isso era uma audácia!

Então, uma última memória brotou: estávamos conversando na cozinha da casa dos meus pais, logo depois de Thomas subir para o quarto, bêbado, tentando esconder o recém-adquirido cão, o Tomtom:

— *Quando meu pai ficou muito doente e precisou de um transplante de medula, nem eu, nem minha madrasta éramos compatíveis, mas o enteado dele era. Foi assim que descobri que Anthony era meu irmão de verdade. E ele era só um pouco mais velho que eu, o que significava que meu pai já traía minha mãe antes mesmo de eu nascer. Me senti traído junto. Não que ter o Anthony como irmão de verdade me incomodasse, pelo contrário... Ele era meu melhor amigo, mas isso significava que meu pai era um grande filho da puta. Ele traiu não só a minha mãe, mas a nossa família toda...*

— Senhor Fernández... — chamei-o, fracamente.

Ele já se levantava do sofá, pronto para partir.

— Sim?

— Qual o seu nome todo?

— Me chamo *Anthony Fernández Donadelli* — respondeu com um sorriso.

Minha cabeça girou. Engoli em seco e permaneci estático, encarando-o, usando todo meu autocontrole para não transparecer o choque e nervosismo que sentia, além da vontade alarmante de pegar Dante pelos ombros e chacoalhá-lo até que ficasse tonto, enquanto eu gritava: *"Por que você escondeu tudo isso de mim, seu panaca?"*.

Reparando no velho agora, percebia claramente as semelhanças: Anthony tinha o formato de rosto igual ao de Dante, com o maxilar não tão marcado, agora que era idoso, mas seus lábios eram grossos e cheinhos, ainda que não tivesse os olhos cor de cinza-tempestade. Eles, claramente, eram irmãos. As idades batiam. Tudo batia.

— Bem, me desculpe ter vindo tão cedo, já que o memorial será apenas em outubro, mas acho de bom-tom avisar essas coisas com antecedência — Anthony murmurou, já a postos para ir embora. — Afinal, não gostaria que um desconhecido chegasse na minha casa, pedindo permissão pra fazer algum evento em meu jardim de um dia para o outro. Não que eu tenha condições agora para ter uma casa com jardim. Já foi-se o tempo... — Ele deu uma risadinha divertida, mas o sorriso não chegou aos seus olhos. — Não se preocupe em me levar até a porta, garoto, conheço o caminho. E obrigado pelo café, me lembrou o café do meu falecido irmão, que Deus o tenha. — Sorriu nostálgico e fez o sinal da cruz. — Nós nos vemos daqui a um mês e meio, combinado?

Ainda sorrindo, Anthony foi embora.

Eu me mexi como um robô. Estava surpreso, abismado e irritado. Comecei a teorizar que, talvez, Dante escondesse algo muito sério sobre sua morte, assim como havia escondido que via Anthony todo ano. Talvez houvesse mais pessoas envolvidas nessa história, pessoas que ele não queria ou não podia explanar, porque uma coisa era clara: Dante não queria ajuda. Se quisesse, já teria me dado todas as informações necessárias e não esconderia nada de mim.

Foi só aí que notei que ele estava no plano terreno *porque queria*. Não era azar, era uma escolha consciente.

— Alex!

Ignorei a voz de Dona Laura, mas ela repetiu:

— Alex!

Virei-me para ela, sem esconder o desgosto estampado no rosto.

— Vocês dois pensam que sou algum tipo de idiota? — Alternei meu olhar irritadiço de um *animus* para o outro. — Por que me esconderam uma coisa dessas? Eu sou algum tipo de incapaz? — Estava começando a me exaltar.

— Alex, abaixa a bola — Dante rosnou.

— Seu cu! — devolvi, com um rosnar irritado. Quem aquele baixinho pensava que era, para me mandar abaixar a bola quando a culpa disso era dele?

— Ei, ei, ei, Alex! — Vovó tinha a expressão assustada. — E você também, seu *punk*, se controla. — Ela se posicionou entre nós dois. — Mequetrefe, ninguém aqui te acha incapaz, para com isso! Eu disse ao Dante que deveríamos te contar logo na primeira semana em que morri. Disse que, em algum momento, você iria juntar dois mais dois, principalmente quando Anthony viesse aqui pedir permissão para o memorial.

— E por que não me contaram logo? Eu tenho cara de idiota pra você, Dante? — Virei-me para ele. — Não sou digno da sua *preciosa* confiança?

— Não contei porque não é da sua conta. — Foi seco, aparentando também estar bem irritadinho.

— Bom, Dante Donadelli, talvez isso não fosse da minha conta antes, mas é da minha conta agora. — Encarei-o com firmeza. — E caso não tenha notado, tudo que tem a ver com este lugar é da minha conta, sim!

— E você iria saber, eventualmente... — Ele pareceu desconcertado, mas ainda bravo. — Só não esperava que Anthony aparecesse tão cedo.

— Ah, é, você queria jogar a bomba no último minuto, então? E agora? Vai continuar sem me dizer como morreu? Ou vai me contar logo essa merda?

Dante cruzou os braços, teimoso, e continuou me fitando desafiadoramente, de cara feia, deixando bem claro que não abriria o bico.

— Ótimo! — declarei, ácido. — Eu descubro sozinho. — Virei-me de costas, e fui em direção às escadas.

Mas Dante puxou meu braço bom com força, fazendo-me virar de frente para ele.

— Eu te proíbo — grunhiu, com a expressão sombria. — Te proíbo de desenterrar as coisas sobre minha vida!

Encarei-o por dois segundos, desacreditado, antes de soltar uma gargalhada bem debochada. Aquele cara era tão abusado que eu tinha vontade de amassar a cara dele, para tirar toda aquela pompa. Nessas horas até me esquecia do porquê gostava dele. O cara me tirava do sério!

— Me proibir?Quem diabos você pensa que é pra me *proibir* de alguma coisa, hein, Gasparzinho? Você não tem moral nem para me *pedir* nada, seu mentiroso patológico — declarei, entre os dentes e dei as costas a ele, puxando de volta o meu braço bom de seu aperto.

Mas, então, ele ficou furioso e, assim como aconteceu da outra vez, no meu quarto, tudo ao nosso redor começou a balançar: os móveis começaram a tremer e um vento de outro planeta começou a soprar na sala, formando uma espécie de minitornado. Os quadros velhos despencaram das paredes e o candelabro sacudiu de forma assustadora, explodindo suas centenas de lantejoulas.

— Alex... — Dona Laura grunhiu, amedrontada.

Virei-me para ela, impaciente. Por mim, aquele idiota podia quebrar tudo, não tinha medo dele.

— Por favor, é perigoso tirar o Dante do sério...

Só que aí, quem explodiu fui eu. Voltei correndo até ele, chegando tão perto que nossos narizes e testas quase se encostaram. Se ele estava puto, eu estava furioso. Queria matá-lo, se ele já não estivesse morto!

— Você não me assusta com esse poderzinho de merda, Donadelli! — bradei, num rosnado tão furioso que mal pude me reconhecer. — Controle-se ou saia da minha casa!

Aos poucos, as coisas foram parando de se movimentar e o vento enfraqueceu. Dante ainda me encarava com ódio, o rosto colado no meu. Dei uma última encarada séria e me afastei. Meu olhar sombrio era do mesmo nível que o seu.

Quando eu estava no meio da escada, minha avó advertiu:

— Alex, você está sendo insensato.

— Já chega! Estou cansado de vocês sempre tentando me dizer o que fazer ou o que eu sou. Vó, você que me desculpe, mas se estiver incomodada, sinto muito, terá de partir também. É aquela velha história: os incomodados que se mudem.

— Alex! — ela exclamou, agora devidamente irritada. Essa casa também é minha! — Dona Laura retrucou.

Eu olhei bem para os dois e soltei uma risadinha sem humor, antes de responder:

— Não é, não. A casa é *minha*. Você mesma me disse, não lembra? *Mortos não possuem coisas*. — Meu tom era seco, enquanto finalmente terminava de subir as escadas.

É claro que fui muito grosseiro, mas sentia-me traído e subestimado pelas duas pessoas de quem mais gostava no mundo. Não queria ter que jogar nada daquilo na cara de nenhum deles, mas eles não me deixavam alternativas quando mentiam para mim. Afinal, se eu era o único vivo entre nós, aqui, no mundo real, a responsabilidade por qualquer coisa seria minha. E se as coisas relacionadas à morte de Dante oferecessem perigo para mim, como o assassino de Jessica havia me oferecido?

Laura e Dante estavam tentando ficar numa posição de superioridade, como se estivéssemos em algum tipo de hierarquia, mas eu não funcionava dessa forma, recebendo ordens ou sendo tratado como uma criancinha de quem se deveria omitir a verdade para protegê-la. Aquele tipo de coisa me tirava do sério e foi o mesmo motivo pelo qual eu abandonei a casa de meus pais. Então, é claro que passei o resto do dia sem falar com eles.

Aliás, vários dias.

Depois de três, Dona Laura se desculpou comigo, reconhecendo, por si mesma, que eu não era mais criança para ela tentar mandar nas minhas decisões. E reconheceu, também, que, como estava morta, não tinha direito de interferir nas minhas ações, mas que precisava, finalmente, me alertar sobre a delicadeza da situação de Dante.

— Alex... — Sentada na poltrona do meu quarto, ela começou em voz baixa. — Dante é muito sensível sobre esse assunto. Ele não quer que as coisas sobre sua morte sejam descobertas. Nem eu mesma sei exatamente como ele morreu, sei apenas algumas coisas que conclui, sozinha, mas mesmo que soubesse com riqueza de detalhes, não é algo que teria o direito de te contar. Só quem pode decidir te dizer ou não é o próprio Dante. É a história dele, não a minha. Sei que nosso trabalho é ajudar as almas a atravessarem o véu, mas, Alex, ele não quer. Dante não quer ajuda e não quer partir, você já deve ter assimilado isso, a essa altura.

Eu acenei positivamente com a cabeça, em conflito.

— Quando Jessica entrou para a luz, você percebeu ela sendo atraída para dentro, como se estivesse hipnotizada?

Eu fiz que sim, de novo.

— Isso é porque o *animus* não decide a hora que vai atravessar o véu. A luz aparece e o chama, quando inconscientemente ele se dá conta de que não há mais nenhuma pendência a se resolver por aqui, quando a alma se sente em paz. Quando Jessica notou que você estava a salvo e que tinha conseguido a confissão de seu assassino, a luz se abriu para ela e a forçou a partir. E é isso que pode acontecer com Dante. Se, por qualquer motivo, a verdade sobre as circunstâncias da morte dele virem à tona, ele poderá ser forçado a ir. Por isso eu optei por não descobrir mais nada relevante demais.

Foi assim que constatei, que: *puta merda, fui um babaca outra vez.*

14.
PRESENTE DE ANIVERSÁRIO

Fazia uma semana desde a briga. Era também meu aniversário, dia cinco de setembro.

Fiz as pazes com meus pais, que me levaram para jantar em um restaurante legal e me deram algumas roupas de presente – nada muito caro, já que eles não eram do tipo que mimavam muito. A única coisa valiosa que me deram foi o carro, mas ele já tinha uns dez anos na época e foi deles primeiro.

Eu estava, também, livre do gesso – o que era ótimo, em vários sentidos –, mas precisava frequentar a fisioterapia duas vezes na semana, para recuperar os movimentos dos dedos; às vezes, era como se eu perdesse a conexão com os tendões e acabava derrubando as coisas no chão. Só naquela semana, já havia quebrado duas canecas e um enfeite de estante. Ainda bem que era um enfeite feio, mas Dona Laura ficou possessa. Ela se fazia de desapegada, mas vivia preocupada com as bugigangas naquela casa. Ela me deixou doar todas as suas roupas e sapatos depois que morreu, mas as bugigangas, não.

Era impossível, porém, negar que eu estava me corroendo de saudades de Dante, mas nenhum dos dois dava o braço a torcer. Quase não o via pela casa, mas sabia que ele estava lá. Escutava-o assistindo à TV na sala, conversando com minha avó ou cozinhando para mim, enquanto eu insistia que ele não deveria fazer nada. Dante também não se deitava mais comigo quando eu ia dormir ou dizia algo além do necessário. A gente só se ignorava.

Vez ou outra, ele podava as plantinhas no jardim, especialmente depois de me ouvir dizer à vovó o quanto achava o mato alto na frente da mansão horripilante, porque dava uma aparência de casa de filmes de terror. Ele foi muito atencioso, como sempre, mas eu não sabia bem como fazer as pazes, já que também continuava chateado. E além de tudo, eu ainda não sabia como faria para controlar a minha ânsia em descobrir tudo sobre a vida dele e, mesmo sem querer, acabar o despachando, sem querer, para o Além.

Então, antes de dormir, quando cheguei ao quarto e coloquei no chão as sacolas de presentes que recebi de meus amigos e parentes ao longo do dia, deparei-me com Dante sentado na beirada da cama, de pernas cruzadas, com um embrulho nas mãos. Nossos olhares se prenderam daquele jeito intenso que causava um formigamento já conhecido e meu coração falhou uma batida.

Fazia dias que, além de Dante não aparecer no meu quarto ou dormir ao meu lado, também não nos tocávamos mais. Aliás, nós só havíamos trocado palavras quando foi estritamente necessário; como quando ele avisou que gastou os últimos quatro ovos para fazer um bolo de chocolate para mim e que eu deveria comê-lo no café da manhã, ao invés dos ovos mexidos.

Então, naquelas horas, lembrava o porquê de ter me apaixonado por ele, ainda que fosse um morto: porque, embora absurdamente irritante, Dante Donadelli era doce, prestativo e carinhoso. Ele cuidava de mim como se cuidasse de um filhotinho de gato, resgatado das ruas, com todo amor e carinho.

Eu queria chorar. Sentia tanto sua falta...

Por isso, aproximei-me dele e capturei, com delicadeza, o embrulho estendido por suas mãos de dedos enfeitados com anéis prateados.

— Feliz aniversário, coelhinho... — sua voz era doce e cuidadosa, sem demonstrar raiva ou mágoa nenhuma. Falava como se nada tivesse acontecido entre nós, como se não tivéssemos nos ignorado com veemência nos últimos dias.

Abri o pacote colorido depressa, deparando-me com a coisa mais linda que já tinha visto na vida: um quadro com uma moldura simples e leve, mas relativamente grande, do tamanho do meu tórax. Na tela, havia um desenho magnífico, feito com lápis de cor, mas de um jeito realista.

Era um desenho de nós dois.

Na gravura, eu estava abraçado ao Dante, como se fosse uma foto de casal.

Cada detalhe, cada traço era perfeito. Eu jamais teria uma foto daquelas com Dante, porque ele era um *animus* e estávamos dolorosamente cientes daquilo. Ele não apareceria daquele jeito nas minhas fotos; não estaria nas minhas redes sociais, não poderia ser apresentado aos meus pais um dia.

Ninguém jamais conheceria, mesmo que fosse o meu namorado.

No rodapé da tela havia a rúbrica *D.D*, junto a data: 03/08/2019 – o que significava que o presente já estava pronto há cerca de um mês. *Um mês inteiro*.

Segurei, arduamente, a lágrima emotiva que tentava pular do canto de meu olho direito. Sabe, não costumava ser frouxo assim. Não sabia muito bem por que diabos Dante me deixava desse jeito, todo emotivo. Talvez ele fosse meu sopro de vida, ainda que estivesse morto há tanto tempo.

Eu sequer deixei que ele abrisse a boca, porque repousei o quadro entre o chão e a parede e corri para ele. Atirei-me em seu colo e o beijei, da forma mais apaixonada e saudosa que podia, sendo correspondido, felizmente, na mesma intensidade. Puxei-o para mim, passando meus braços em volta de seu pescoço e abracei sua cabeça contra meu peito quando desgrudamos nossas bocas. Sequer percebi que estava chorando copiosamente quando Dante me soltou e secou minhas lágrimas com os dedos enquanto, com a outra mão, fazia um carinho singelo nas minhas costas.

— Shhh... Não chore, meu coelhinho...

— Dante, me perdoa. Me perdoa por teimar em saber sobre sua morte e tudo o mais... Eu não quero que você vá embora — eu disse, com a voz embargada.

Ele deu um daqueles lindos sorrisos, que repuxava o cantinho de seus olhos e deixava os dentes à mostra, com algumas lágrimas transformando o tom de cinza-tempestade em um verde intenso como neon.

Tão lindo...

Merda, eu estava tão apaixonado por esse cara! Não era justo. A vida não era justa, e a morte, menos ainda.

— Você achou que conseguiria me expulsar desta casa com apenas alguns gritos e rosnados de macho alfa? — ele perguntou, brincalhão, mesmo com algumas lágrimas escorrendo pela bochecha.

— Não foi isso que quis dizer e não quero, de forma alguma, que você faça isso — respondi em voz baixa, aconchegando-me mais em seu colo enquanto alisava seu rosto e roçava a pontinha de meu nariz grande no seu, tão delicado e pequenino.

— Então, o quê? — Ele me fitou com curiosidade.

— Quis dizer que não quero que você resolva suas coisas, Dante... Sei que é egoísta, mas sei que você também não quer partir para o Outro Lado. Então, prometo que não vou mais tentar descobrir nada sobre sua morte, ok? Eu procurei sobre a família Donadelli na internet, mas não tive coragem de ir adiante. Não quero que isso faça com que você desapareça daqui, diante dos meus olhos, como aconteceu com a Jessica. É egoísta, mas quero você aqui, pertinho de mim. Eu...

Ele me calou outra vez, colocando o indicador em frente aos meus lábios, impedindo-me de continuar.

— Eu não vou te deixar. Não por vontade própria. Quero ficar aqui, Coelhinho. Meu lugar sempre vai ser aqui, com você.

E, talvez, aquela sua declaração fosse como se todos os desejos de *Feliz aniversário* que recebi ao longo do dia se concretizassem.

Ficamos nos encarando por um longo tempo, até que o ar ficou denso demais. Eram tantos sentimentos envolvidos que listá-los demoraria muito tempo. Paixão. Carinho. Desejo. Amor. Sim, amor. Não havia outra explicação para aquela coisa forte que comprimia meu peito toda vez que eu olhava para ele. Eu o amava e já era impossível, àquela altura, esconder. Então, a próxima coisa que fiz foi unir nossas bocas uma vez mais. As línguas trabalharam rápido, em um beijo desesperado e intenso, precisando de mais a cada segundo. Minha destra moveu-se para seus cabelos macios, puxando-os entre meus dedos do mesmo modo que minha canhota apertava sua camisa.

Já ficando sem fôlego, afastei-nos para buscar ar. Dante colou nossas testas e ficou brincando de morder meu lábio inferior, intercalando com risadinhas safadas, e apertou bem forte minha bunda. Tomei a frente, arranquei sua jaqueta de couro e depois a camisa branca, jogando-as no chão de qualquer jeito. Seu olhar sobre mim queimava e eu sabia que, a partir dali, não podia mais me responsabilizar pelos meus atos.

Não que eu soubesse de *reais* motivos pelos quais nós deveríamos parar, além de presunções da minha cabeça, sem nenhuma comprovação.

Nossas bocas voltaram a se beijar, enquanto nossas línguas sugavam uma a outra. Dante arrancou minha camisa e lambeu meu pescoço de um jeito quente, deixando-me em transe.

O resto das minhas roupas voou como num passe de mágica e estava só de cueca quando voltei a rebolar em cima dele, sentindo seu membro desperto abaixo de mim, roçando entre minhas bandas.

Ele desceu o rosto, distribuindo mordidas em meu peitoral até alcançar um de meus mamilos, então começou a sugá-lo com afinco, enquanto eu puxava seus cabelos e acelerava em seu colo, necessitado e suspirante. Os mamilos eram meu ponto fraco e Dante parecia conhecer meu corpo tão bem que tudo se tornava dez vezes mais intenso com ele.

Ele tirou meu pau de dentro da cueca, passando a masturbá-lo, lento e delicioso. Senti seu dedão circular a glande, fazendo-me arfar ao passo que eu tentava, em vão, me conter. Ele me mataria, não só com o prazer que me dava com tão pouco, mas também com seus olhares extremamente provocantes; porque, enquanto sua boca me lambia, a coisa mais excitante era o seu olhar lascivo, como se apreciasse, mais que tudo, ver-me tão entregue às suas carícias, parecia afogar-se nelas.

Então, o empurrei na cama, terminei de tirar minha cueca e voltei a beijá-lo furiosamente, enquanto arrancava o resto de suas roupas, tendo-o lindo e completamente nu para mim.

Quando montei em cima dele, no entanto, prestes a me empalar em sua rigidez, ele trocou as posições e me prendeu embaixo dele; masturbou o próprio cacete veiudo, expelindo pré-porra na minha frente. Bombeou uma, duas, três vezes antes de cuspir na própria palma e voltar a se tocar, lubrificando-se para mim. Só que ao invés de me penetrar, tomou meu pau junto ao dele, masturbando nós dois ao mesmo tempo.

De uma coisa, eu estava certo: Dante não era super grande, mas era grosso pra caralho. Era um pau bonito, de cabecinha inchada e em tom um pouquinho mais escuro que o resto. Uma delícia!

Senti meus olhos revirarem e meu abdômen formigar. Se só aquilo já estava fodidamente maravilhoso, isso me dava muitas expectativas em relação ao que poderia acontecer quando nós finalmente transássemos *de verdade*.

Sua mão pequena não conseguia dar a volta nos dois membros por completo, então coloquei a minha por cima da dele, aumentando o movimento prazeroso.

O tempo todo, os olhos de Dante me fitaram, exalando luxúria. Eu era uma bagunça de gemidos e suor embaixo de seu corpo menor, mas que, contudo, fazia eu me sentir tão pequeno ao seu lado. Ele era como o sol e eu, a Terra, orbitando ao seu redor.

A pele fina do seu falo rígido roçava na minha, e a pressão de um contra o outro – junto ao aperto e o vaivém de minha palma ao redor de ambos – deixava-me à beira da insanidade, sobretudo quando as glandes meladas se tocavam e eu via as uretras lubrificadas misturarem seus fluidos. Era um pornô perfeito. Quando me senti prestes a gozar, Dante desacelerou, sorrindo matreiro.

— O coelhinho está com tanto tesão assim, uh? — sussurrou provocante em meu ouvido.

— Porra, para de me torturar...

Ele levantou o rosto para o relógio na parede, antes de se voltar para mim:

— Ainda restam vinte minutos do seu aniversário... Me peça mais um presente — sua voz estava deliciosamente rouca.

— Caralho... — suspirei, nervoso. — Me faz gozar. Dante, me faz gozar, não aguento mais... Por favor...

Eu poderia pedir para a gente transar, mas não era burro. Pedir isso só faria com que Dante ficasse tenso antes de negar, o que acabaria com o clima. Quando ele quisesse, tomaria a iniciativa e eu sabia.

Ele voltou a sugar meus lábios em beijo tão afoito que era quase na mesma velocidade dos movimentos de nossas mãos, em volta dos pênis duros e excitados. As línguas se encontravam fora das bocas e a saliva escorria das laterais de nossos lábios. Tudo estava terrivelmente quente e melado.

Eu comecei a tremer. Era uma sensação de outro mundo, talvez até literalmente. Assim, o comichão no pé da barriga foi insuportável e eu me desfiz, gemendo alto, sujando meu abdômen com minha própria porra. Meu corpo se contraiu, dando espasmos, sentindo o relaxamento e moleza que se seguiram com uma onda de satisfação. Essa era a segunda vez que Dante me fazia gozar gostoso pra caralho.

Ele aproveitou que meu membro estava começando a ficar flácido e, de alguma forma, puxou a pele do prepúcio que cobria minha glande, cobrindo a sua própria, entrando em mim, mas de uma forma que eu ainda não havia experimentado antes. Ele se masturbou assim por um tempo e aquilo era particularmente gostoso, ainda mais porque sua glande dura e inchada continuava a roçar na minha, que mesmo já adormecida, ainda sentia os resquícios de um prazer gostoso.

Eu o derrubei na cama e, sem nenhum aviso, abocanhei seu falo rígido, enfim realizando a fantasia que há muito ansiava. Ter tudo aquilo na minha boca me fazia salivar de tesão. Tê-lo entre meus lábios era melhor do que imaginava, sua dureza me excitava cada vez mais, aumentando e inchando na minha língua. Dante tinha o tamanho perfeito para me dar prazer. O tamanho perfeito para que eu o cobrisse, engolisse e babasse tanto na boca quanto, você sabe, lá atrás.

Enquanto o chupava, vendo aquele abdômen ridiculamente trincado subindo e descendo em busca de ar, mais faminto eu ficava. As entradinhas no pé de sua barriga, aquele caminho da perdição, chamavam minha atenção de maneira quase dolorosa. Talvez eu quisesse mordê-las. Então, o chupei, cada vez com mais vontade, desesperado para sentir seu gosto em minha língua nervosa.

— *Alex...* — ele gemeu manhoso, enquanto eu chupava seu caralho para cima e para baixo, sem usar as mãos, apenas o cobrindo por inteiro, levando-o fundo até a garganta, ao passo que meus dedos se ocupavam em apertar suas coxas grossas e definidas.

Devo dizer que nunca, na vida, tive o prazer de ficar com um cara que tivesse pernas mais bonitas que as minhas. Será que, quando vivo, Dante jogava futebol? Porque ele tinha pernas de jogador.

Minha língua rodeou as veias saltadas atenciosamente, com mais afinco a cada gemido mais necessitado que ele soltasse. Lambi-o por inteiro, com fome, chupando a cabecinha tal qual um delicioso pirulito, enquanto fitava Dante diretamente nos olhos pequenos de cor cinza-tempestade, de forma safada e desafiadora. Amava ver seu olhar cheio de tesão preso no meu. Estava claro, para mim, que o mesmo tesão que eu sentia chupando-o, ele sentia em ser chupado. Toda a luxúria que seu olhar emanava poderia ser capaz de me fazer explodir, porque meu pau já estava duro outra vez e desesperado para ter Dante Donadelli quicando nele.

— Merda! — ele exclamou em um grunhido, tentando controlar a voz. — Seus olhos são tão lindos... — Ele fez um carinho delicado no topo da minha cabeça, ao passo que me fitava com clara admiração. — Coelhinho...

E, com um aperto em meus fios, despejou-se com força na minha garganta.

Sentir seu prazer daquele jeito era ridiculamente delicioso. Eu estava nas nuvens.

Com cuidado, tirei o pênis de dentro da boca, deixando uma pequena lambida na glande antes de abandoná-lo completamente. Engoli o restinho de sêmen e me levantei para ir ao banheiro, tomar um banho rápido e limpar o gozo seco em minha barriga.

Percebi que os espíritos eram mesmo como um reflexo de seu corpo físico. Tipo, ele literalmente tinha sêmen. Minha boca estava cheia de porra, podia sentir no paladar amargo e palpável.

Interessante.

Pensei em atiçá-lo um pouco mais para que, juntos, resolvêssemos a situação do meu pau, que estava mais uma vez desperto e dolorido, contudo algo me dizia que podia ser demais para ele e que eu deveria ir com calma para não assustá-lo, pois Dante ainda parecia muito relutante em se abrir para mim e se jogar naquela relação de uma maneira mais física. Havia algo o segurando. Ele sabia de alguma coisa que não queria compartilhar comigo por algum motivo. Além de todas as outras coisas que eu já havia descoberto, sabia que ainda havia mais segredos ali, que iam muito além dos motivos sobre sua morte. Não podia ser só a mera sensação de que havia algo errado, porque não tinha passado nem perto de me impedir, então eu estava certo que não o impediria também. *Ele tinha um motivo, um bem específico.*

Antes de entrar no banheiro, voltei-me para ele, que descansava na cama, respirando fundo enquanto me acompanhava com os olhos, como se estivesse me admirando.

— Você... não vai sumir se eu for ao banheiro, vai? — sussurrei, subitamente amedrontado.

Ele deu um sorriso doce, levantou-se do colchão, segurou meu rosto entre as mãos pequenas e esfregou nossos narizes juntinhos em um beijo delicado como nunca, antes de me dar um selinho.

— Por mim, eu nunca mais vou deixar essa cama.

15.
UM MIOJO PARA CADA DIA DO ANO

Eu odiava acordar cedo. Não acreditava em pessoas que ficavam superfelizes pela manhã, nem naquelas que acordavam mais cedo do que deveriam para correr no parque ou tomar suco cheio de vegetais e frutas batidas no liquidificador, em nome da saúde. Tenha dó!

Tudo pela manhã era absurdamente irritante: a luz do sol me acordando, as buzinas de carros na rua, o falatório das pessoas na casa... Para meu alívio, aqueles itens não estavam presentes na minha vida nos últimos meses, já que havia me mudado. Agora, eu acordava com o balanço do peito de Dante agarrado ao meu, quando ele ria de alguma coisa que assistia no projetor do quarto. Ele fazia de tudo para não se mover, mas não conseguia.

Para mim, só em tê-lo abraçado a mim, já me fazia acordar de bom humor... Quer dizer, se eu não precisasse acordar mais cedo que de costume para ir à aula. Porque além de estar sem carro, a casa velha de Dona Laura era ainda mais longe do campus do que a casa dos meus pais.

Eu bocejei e, com tristeza, soltei-me do corpo de Dante, estalando todos os ossos enquanto um bico tomava conta do meu rosto. Levantei, acendendo a luz do cômodo escurecido pelas cortinas pesadas tampando a janela e a primeira coisa que meus olhos capturaram foi o quadro que ele me deu de presente de aniversário, semanas atrás. Aquele desenho lindo de nós dois juntos, que era o mais perto que eu teria de um registro nosso juntos. E seria, também, a única coisa que eu poderia ter de recordação dele, quando, inevitavelmente, Dante partisse.

Puxa, tão romântico! Porra, estar apaixonado e ser correspondido era uma merda boa pra caralho.

Nathaniel disse que precisava falar comigo antes da aula, sobre um estágio. Portanto, precisei me levantar ainda mais cedo do que em todos os outros dias, mas era claro que não reclamaria – pelo menos, não abertamente – já que meses tinham se passado desde a mudança e emprego algum eu havia arranjado. Parecia uma poesia: *O Soneto de um Desempregado*.

Às vezes, Thomas vinha aqui em casa e me trazia alguma comida, como chocolates, biscoitos e, na maioria das vezes, miojos. Meu armário da cozinha sequer tinha espaço para mais macarrão instantâneo, pois Thomas havia me dado, exatamente, trezentos e sessenta e cinco embalagens. Ele disse que, assim, eu teria a garantia de pelo menos uma refeição ao dia, por um ano.

É claro que ninguém avisou ao coitado que era impossível passar um ano inteiro comendo apenas miojo sem morrer de desnutrição, mas ele estava sendo bondoso e me fazendo um favor, eu não podia reclamar. Ele era um cara excêntrico. Ou, como diria Dante: Thomas Kim era uma *figura*.

Minha mãe também já tinha desistido da coisa de tentar me castigar por sair de casa – talvez porque, com meu pai voltando a morar com ela, junto a Thomas e o cachorrinho Tomtom, ela não se sentisse mais tão sozinha. Então, ela também vinha aqui em casa e trazia iogurtes, ovos, arroz e carne. É claro, Yoona aproveitava as visitas para reclamar de minha alimentação à base de miojos, quando via o armário da cozinha cheio deles, mas eu não colocaria a espada na cabeça do Thomas.

Ainda que comida não estivesse sendo exatamente um problema – já que eu tinha o básico – ainda havia contas a pagar, como as de luz, internet, TV a cabo, gás... Fora que eu precisava urgentemente dar um jeito naquela casa, porque algumas paredes estavam com muito mofo, o que poderia ser ruim para a minha respiração, li no Google que isso mata. Vinha chovendo muito nos últimos meses, deixando o ar mais úmido e, como consequência, as paredes, sobretudo as do segundo andar. Desse modo, um emprego era algo que precisava arranjar logo.

— Bom dia, Coelhinho! — Meu fantasma, abraçou-me quando saí do banheiro enrolado na toalha.

— Dia... — respondi sonolento, dando uma fungada em seu pescoço macio.

Ele era tão real que me deixava louco pensar que só eu era capaz de tocá-lo.

Dante riu e me deixou um beijo estalado na bochecha.

— Fiz seu café.

— Dante, pare de agir como a governanta da casa — reclamei, com um bico de desagrado. — Parece até que tô escravizando você.

Dante sorriu e segurou a ponta do meu queixo, dando vários selinhos em meus lábios até eu trocar meu bico por um sorriso preguiçoso.

— Já disse que faço com prazer. Se eu não fizer sua comida, você será obrigado a acordar ainda mais cedo, ou então a sair sem comer. Não quero que desmaie na rua — replicou, fazendo carinho no meu cabelo molhado.

— Tá legal... Pelo menos, sua comida é gostosa. — Convencido, abri o armário para escolher algumas peças de roupas.

Ele desceu para a cozinha, e eu o segui depois me vestir, encontrando ele e dona Laura conversando distraídos. Ela estava com um jornal enorme estendido na bancada.

— Mequetrefe! Olha, olha! Olha o que o Dante me ensinou a fazer! — ela disse animada, como uma criança. Então, pegou a ponta da página do jornal com seus dedinhos magros e virou para a próxima.

Levei alguns segundos para assimilar que Dante estava ensinando-a a mover as coisas e a conseguir tocá-las, mas quando me dei conta, também fiquei animado.

— Uau, isso é incrível! — Arregalei os olhos. — Só espero que você não use seus novos poderes para o mal, mocinha... — Enfiei um pedaço de bolo na boca.

— O que quer dizer com isso, moleque? — Ela franziu o nariz de um jeito fofo.

— Ah, você sabe, não é para sair assustando os vivos, movendo as coisas na frente deles...

Por falar de boca cheia, acabei fazendo vários farelos voarem em cima do jornal.

Dante riu descontrolado, com as mãos na frente do rosto, enquanto Laura me encarava, apertando os olhinhos daquele seu jeito característico.

— Eu não vou nem me dar ao trabalho de responder a essa palhaçada — murmurou, esticando-se para dar um sopapo na parte de trás da minha cabeça.

Dois sopapos no mesmo dia e ainda não eram nem 7h da manhã.

Quando terminei de comer e coloquei as louças na pia, a campainha soou alta pela casa. Nós três nos entreolhamos com estranhamento, afinal, quem apareceria por ali a uma hora daquelas? Já estava farto daquele negócio de gente tocando minha campainha sem que eu estivesse esperando visitas. Da última vez, foi o irmão do Dante e deu merda. Merda braba.

Fui em direção à porta com os dois curiosos em meu encalço, mas por obra do maligno, acabei abrindo a porta sem verificar quem era pelo olho mágico e sabia que teria problemas com Dante mais tarde, outra vez.

— *Oizinho*! — Tyler acenou do lado de fora.

Engoli em seco, sem sequer me atrever a olhar para Dante ao meu lado, mas eu apostava que ele estava com uma bela carranca estampada no rosto.

— Hm... Oi, Tyler. É... Tá fazendo o que aqui? — perguntei, tenso.

— Vim te dar uma carona, para você não ter que sair muito cedo de casa para a entrevista de estágio. — Ele soava despreocupado, enquanto eu prendia a respiração.

— Não precisava, Tyler. Eu... vou de táxi e nem sei se vou mesmo precisar fazer alguma entrevista hoje. Só vou conversar com o Nathaniel. — Tentei escapulir.

— Ah, é quase certo que sim, gatinho.

Merda, ele ainda estava me chamando por apelidos no diminutivo, bem na frente do Dante. Minha nossa, eu estava muito, muito fodido.

— Aliás, nem comi nada, tô morrendo de fome. Ia te levar para comer em algum lugar, mas o trânsito pra cá estava terrível, então será que posso comer aqui?

Isso poderia ficar pior?

— Ah... Pode — concordei, desconcertado e a contragosto, abrindo mais a porta e dando espaço para o garoto entrar. Seria estranho, além de deselegante, negar.

Tyler foi direto à cozinha e começou a devorar tudo que via pela frente. Não era como se ele não conhecesse o caminho, já que tinha vindo aqui no dia da festa. Tive a impressão de tê-lo visto com Anya na ocasião, mas não era como se me lembrasse de muita coisa daquela noite.

Bem, deixe-me explicar: depois daquele nosso encontro, tentei fugir de Tyler. Mas, então, fomos descobrindo mais amigos em comum e, quando me dei conta, ele já estava andando de um lado para o outro comigo e meus amigos pelo campus. Aliás, o grupo dele havia se fundido com o meu, então fugir era quase impossível.

Eu dava algumas desculpas esfarrapadas para negar seus convites para sair – já que não tinha muitas alternativas –, só que Tyler era um cara insistente. E aí, ele começou a me dar caronas depois da aula e não tive forças para negar, uma vez que estava sem carro e o mausoléu ficava bem longe da faculdade, além de ter uma ladeira enorme para subir até aqui, pois o casarão ficava isolado no topo de uma subida.

E assim, nós criamos uma certa relação de amizade, embora eu soubesse que Tyler tentaria algo a mais assim que tivesse oportunidade. Ele estava apenas esperando o melhor momento e era fácil de perceber.

Entretanto, sabia que Dante não gostaria nada disso. Ele não ia com a cara de Tyler, de forma nenhuma, desde que eu tinha tentado sair com o cara. Então, mantive a coisa das caronas em segredo e descia do carro na esquina, já que o *animus* costumava ficar no jardim da entrada, podando as plantinhas no horário em que eu geralmente chegava da aula. Era óbvio que eu estava fodido em dobro por ter omitido minha recente aproximação com Tyler. Vivia reclamando sobre Dante ficar de segredinho sobre as coisas, mas fazia o mesmo com ele.

Vergonhosamente hipócrita, é isso que eu era.

Laura observou Tyler comer enquanto ele falava sem parar, contando-me alguma fofoca sobre nossos amigos, mas eu não conseguia me concentrar no que ele dizia, já que estava mais preocupado com Dante, que não tirava os olhos de mim, causando-me calafrios assustadores. A cara dele não estava nem um pouco convidativa, com um bico do tamanho do mundo nos lábios fartos, além dos braços cruzados na frente do peito. Podia jurar que uma veia de sua testa estava quase estourando.

— E aí eu respondi: *"É, esse sapato não te deixa com os tornozelos gordos"*, mas todo mundo sabe que deixam, sim — Tyler tagarelava. — Ei, Alex?! — exclamou, estalando os dedos na minha frente.

Atordoado, pisquei, antes de o fitar.

— Oi? Já acabou de comer? Podemos ir? — gemi, aflito.

Estava desesperado para fugir dali o mais rápido possível. Era um milagre que os pratos e as portas não estivessem tremendo e voando pelo ar, porque era basicamente isso que acontecia toda vez que Dante ficava irritadinho. E ele estava, sem dúvidas, querendo *soltar fogo pelas ventas*.

— Estava pensando em quê? Aposto que nem prestou atenção no que eu estava falando, né? — Tyler apertou os olhos.

— Diga que estava pensando no seu namorado, Alex — Dante grunhiu, encarando-me sério.

"Ah, então agora a gente é namorado?", mentalmente resmunguei.

Ele não tinha me pedido coisa alguma!

Dona Laura deu uma risadinha espalhafatosa, então se virou de costas, apoiando-se à pia enquanto ria ainda mais. Eu já tinha irritado Dante o suficiente e sabia que estava errado naquela história; afinal, sabia que Tyler estava interessado em mim e nós já até havíamos saído em um encontro. Não que Dante pudesse me dizer o que fazer, mas sabia que as intenções de Tyler iam além da nossa suposta amizade. A gente nem era tão próximo assim, como amigos, para falar a verdade. Mas Dante também não tinha me pedido em namoro coisa nenhuma, e agora estava cheio de gracinha.

— Eu... Hm... Tava pensando no meu namorado, na verdade. Acho que hoje ele vem dormir aqui — inventei, finalmente.

Vi Dante olhar para Tyler com um sorrisinho presunçoso e vitorioso no rosto, mesmo que o outro não pudesse vê-lo.

— Desde quando você tem namorado? — ele retrucou de olhos arregalados, depois de quase se engasgar com o café.

— Ah, é. É uma relação nova e tudo mais... Ele nem me pediu em namoro de verdade, mas, aparentemente, a gente tá namorando sim. — Olhei para Dante pelo canto do olho, enquanto dizia.

— Mas o Doyun me garantiu que você estava solteiro. — O tom de Tyler era de pura reclamação.

Senti minhas bochechas queimarem. *Esse Doyun, hein, vou te contar...*

— Ainda não tive muito tempo para apresentar o Dante aos meninos, ele mora em... Agares! É, ele mora em Agares, fica a três cidades daqui, então a gente não se vê muito, sabe como é...

Tyler me encarou por um momento, provavelmente checando se minha expressão entregaria algo. Dante, por sua vez, aproximou-se de mim e deu um beijo estalado em minha nuca, o que me fez arrepiar e arquear a coluna na hora. Tyler apertou mais ainda o olhar em minha direção e, por um instante, pude jurar que ele tinha enxergado muito bem o que acontecia ali, apesar de saber que era impossível.

— Você só pode tá de brincadeira... — murmurou, ainda olhando em minha direção como se estivesse vendo algo além, o que me deixou intrigado.

Sacudi a cabeça, sabendo que não havia nada de estranho ali, ao menos não para ele, então me levantei.

— Vou buscar minha mochila, você pode deixar a louça na pia — declarei antes de subir as escadas.

Quando abri a porta do quarto, Dante já estava lá, de braços cruzados, encarando-me com uma expressão nada raivosa, mas... cabisbaixa.

— Não acredito que você mentiu pra mim, Alex — falou, encarando-me tristonho.

Eu me aproximei ansioso, mas ele me impediu, apenas colocando a mão na frente do corpo.

— Olha, se você quiser, eu corto relações com ele, tá legal? Não disse nada antes justamente para você não ficar enciumado, porque eu e Tyler não temos nada a ver.

— Jamais te proibiria de falar com alguém, Coelhinho. — Ele me encarou de cenho franzido. — Não sou seu pai. Eu entendo, Alex. Não é como se você pudesse me levar a sério, já que estou morto. — Seu tom era amargo.

— O quê? Você é louco? Acha que não te levo a sério por você ser um *animus*? Você nunca me pediu em namoro, pra oficializar, mas eu tô só com você e você tá só comigo, cara.

— Bem, ninguém levaria. Você sabe que não podemos ficar juntos para sempre, né... — ele argumentou, com a expressão séria. — Não podemos andar de mãos dadas na rua, não posso conhecer seus amigos... Seus pais jamais irão me conhecer e não posso te abraçar em público, te levar ao cinema, te pagar uma cerveja... Isso tá errado, Alex. — Ele bufou, com uma expressão derrotada no rosto, de dar dó, antes de prosseguir: — Ficar comigo significa se privar de toda uma vida. E você deve viver. Deve conhecer pessoas novas e transar com algumas insignificantes, até encontrar alguém que signifique algo. E quando encontrar esse alguém, você vai se sentir nas nuvens. Vai apresentar esse cara aos seus amigos e vocês serão felizes por um tempo, até ele partir seu coração ou você partir o dele, aí você terá um pouco de sofrimento. Esse cara pode ser até mesmo Tyler. E se ele for sua alma gêmea? E se ele for o cara certo e eu estiver atrapalhando as coisas?

Eu fiz uma careta.

— Você fumou alguma coisa hoje? Não fala besteira! Tyler, minha possível alma gêmea? Você só pode estar brincando... — Eu ri, desacreditado, enquanto fechava a porta do quarto, impedindo que o dito cujo lá embaixo me escutasse falando *sozinho*. — Esse cara não sabe o nome de nenhuma banda de rock famosa dos anos 80. Minha alma gêmea teria que saber algo assim.

— A questão não é essa, *bicho*. — Dante revirou os olhos, impaciente. — A questão é que você deve passar por situações amorosas ao longo da vida, que irão servir como aprendizado e experiência, de modo que, quando encontrar a pessoa certa, não vá cometer os mesmos erros, pois já terá aprendido com os relacionamentos passados.

— Nem todo mundo precisa quebrar a cara várias vezes para aprender a fazer o certo, sabia? — resmunguei, já sem paciência e entristecido, porque já havia divagado sobre todos os pontos que ele apontava. E se, ainda assim, tinha escolhido ficar com ele, era porque nenhuma daquelas coisas me importava mais do que estar com ele. Aquele era o alcance dos meus sentimentos por Dante. Eu o queria tanto que abriria mão de toda a normalidade em minha vida futura apenas por ele. E aquilo me assustava mais do que qualquer coisa, porque, a qualquer momento, ele poderia sumir e partir para o Outro Lado. E aí, eu ficaria sem ele. Sem o meu amor.

— Alex, quando encontrar a pessoa certa, você vai se sentir tão feliz e tudo parecerá tão certo que você não poderá mais se ver sem essa pessoa. Vocês vão querer mostrar ao mundo o quanto se amam. — Ele suspirou e começou a andar de um lado para o outro no quarto. — Vocês trocarão alianças, numa festa com todos os seus entes queridos e terão fotos lindas desse maravilhoso dia, para mostrar aos seus filhos — prosseguiu, olhando pela janela. — É claro, vão brigar algumas vezes e ficarão muito bravos um com o outro, mas será passageiro. Vocês saberão que pertencem um ao outro e que seria bobagem se distanciarem por coisas cotidianas, sem importância.

Tentei interromper, mas ele me ignorou e continuou seu monólogo emotivo:

— Seu marido vai chegar nervoso do trabalho algumas vezes, dividindo com você tudo que anda tirando ele do sério e você vai sorrir para confortá-lo e massagear os ombros dele. Você irá ajudá-lo a aliviar a tensão com uma intensa noite de amor e, aí, o cara vai perceber que nenhum problema no mundo será tão grande ou tão importante, enquanto ele tiver você.

Ele se virou para mim, encarando meu rosto com um semblante apreensivo, mas não se aproximou, pelo contrário, só continuou a falar:

— Vocês vão comemorar cada vitória dos seus filhos e chorar juntos no casamento deles. Você chegará em casa, um dia, cheio de felicidade por ter sido promovido em seu emprego, depois de tanto tempo fazendo um bom trabalho. E aí, vocês vão comemorar com mais uma noite de amor embaixo dos lençóis, lembrando-se de que a felicidade é mais intensa quando se tem alguém que ama, para dividir os momentos da vida.

Senti um frio na barriga ao constatar que todo o futuro que Dante previa, eu imaginava com ele – ainda que fosse completa e absolutamente impossível. Quando aquele tipo de fantasia surgia na minha cabeça, era a imagem de nós dois juntos que eu via, deixando meu coração mais apertado, tanto por mim, quanto por ele, porque sabia que nunca poderia se tornar realidade.

— E um dia, vocês vão olhar as fotos do casamento, sentados na varanda de casa, tomando um chá da tarde e relembrando o quanto foram felizes nessa vida — ele continuou. — Seus filhos seguirão seus passos, admirando o quão lindo é o amor de seus pais que, mesmo depois de tantos anos, continuam se amando como se fosse o primeiro mês. Quero dizer, é assim que eu gostaria que acontecesse, se nós dois fôssemos os protagonistas desta história. Mas não farei parte dela, Alex. Nunca poderei fazer. Eu estou morto.

Ele ficou em silêncio e nos encaramos intensamente.

Doía.

É claro que já havia pensado em tudo aquilo até a exaustão, mas tê-lo esfregando aquelas verdades dolorosas na minha cara machucava para um caralho, principalmente, porque sabia que, para ele, a situação deveria ser ainda mais triste; afinal, era ele quem estava morto. E eu não podia imaginar a dor de passar anos preso aqui, assistindo a todas as pessoas queridas viverem enquanto continuava congelado, invisível e sozinho.

— A minha vida acabou — disse ele, com um sussurro pesado. — Quando você notar que o amor que sente por mim não cabe mais no peito e quiser levar nossa relação para um altar, para dizer o quanto me ama em frente a todo mundo que for importante pra você, eu não poderei estar ali. Não poderei usar uma aliança, nem mesmo comprar uma para você.

— Dante! Você tá viajando! Você acabou de descrever um filme de romance clichê de casal hétero dos anos 50! — Tentei fingir que aquilo não me afetava. — Que história é essa de filho? Eu sou viado, porra!

— Coelhinho, você está vivo e deve aproveitar sua vida ao máximo, antes que seu corpo termine o prazo de validade e seu *animus* tenha que partir para o Outro Lado. Você deve passar por todas as etapas da vida e conhecer o máximo de alegria, amores, desilusões, esperanças... Ter experiências, entende? E não posso dar isto a você, porque estou morto — ele repetiu, em tom dolorido.

— E você acha que sou alguma criança iludida? Acha que já não pensei em todos esses *poréns*?

— Alex, não vou estar aqui para sempre. Em algum momento, vou partir. Não por querer deixá-lo, mas aparentemente é assim que tudo funciona. E mesmo depois de você se privar de tudo por mim, vai ficar sozinho. Não posso fazer isso com você, eu me odiaria se fizesse. — Encarou-me com os olhos cinza marejados. Uma pequena lágrima escorreu por sua bochecha esquerda e ele rapidamente a enxugou com o dedo, desviando o olhar do meu.

— Você está terminando comigo, de novo? Tipo, uma hora você é meu namorado, na outra não é mais, e aí um dia a gente tá junto, sem compromisso, mas no outro você tá falando de um futuro casamento. Por que você fica mudando de ideia toda hora, porra? Não tem culhão pra sustentar suas decisões? O que mais pode acontecer? A parte positiva de ser um fantasma não deveria ser não ter mais nada a perder, hein?

Ele permaneceu encarando o chão, sem responder.

Então, fiquei puto. Muito puto.

— Seu escroto!

Dei-lhe um empurrão no ombro, o que finalmente chamou sua atenção e o forçou a olhar para mim.

— Já disse que pensei nisso tudo e aceitei todas essas coisas; do contrário, não teria deixado nada acontecer entre nós. Olha aqui, Donadelli... — Apontei um dedo acusador em frente ao seu rosto. — Essa decisão não é *sua*, é *minha*. Como você mesmo apontou, *eu* estou *vivo*. Portanto, é *minha* escolha abrir mão dessas coisas ou não. Se você fizer essa gracinha de novo e vir com esse papo altruísta de *"Não posso fazer isso com você e me odiaria se fizesse"*, eu quebro essa sua cara! — Encenei suas palavras com uma voz caricata.

— Tá dizendo que não posso terminar com você? — Um pequeno sorriso surgiu na lateral de seus lábios, deixando-me desconcertado.

Bem, não foi exatamente o que tentei dizer, mas sabia que ele estava apenas debochando de mim.

— É, não pode, não — respondi, resoluto, então. — A não ser que você encontre outro *animus* por aí e se apaixone. Ou outro médium. Caso contrário, você é meu, porque eu quero que você seja.

— Então, estou autorizado a te abandonar se me apaixonar por outra pessoa, desde que seja um médium ou um fantasma? — Ele arqueou uma sobrancelha.

Eu bufei.

— Olha, é brincadeira, sabemos que não posso te obrigar a ficar comigo, do contrário não seria um relacionamento e sim uma prisão. Mas enquanto você continuar sentindo... esse... Bem, o que quer que sinta por mim, por favor, não me abandone. Não por esses motivos, Dante. Não tire meu direito de escolher.

Ele pareceu aprovar minha declaração, já que um sorriso muito maior se formou no cantinho dos lábios grossos. Contudo, logo sua expressão se tornou cautelosa e aflita.

— Coelhinho... Tem algo sobre isso que você ainda não sabe...

A voz de Tyler gritando lá embaixo, no entanto, o interrompeu:

— *Alex! Você perdeu a mochila? Entrou no armário e foi parar em Nárnia? Estamos atrasados! O sinal já vai bater.*

— JÁ TÔ DESCENDO! — gritei na porta, para que ele escutasse. — Você me deixou curioso agora, Donadelli. Péssimo *timing* — reclamei, pegando a mochila na cadeira.

— A gente conversa sobre isso mais tarde, *broto*. Boa sorte com a coisa que Nathaniel quer te falar. Espero que consiga realmente um emprego. Você precisa comer melhor, está ficando muito magrinho. Prefiro homens musculosos — tirou sarro.

Esse cara só podia estar de brincadeira! Eu comia como um atleta olímpico, ele sabia disso! Implicante...

— Mais tarde, então. E nem pense em fugir!

Permaneci parado, esperando que ele fizesse algo, como um me dar beijo de despedida ou um abraço, como fazia todas as manhãs, mas Dante só me deu um tchauzinho com aquela mão pequena. Fiquei um pouco cabisbaixo e retribuí o aceno, virando-me de costas e alcançando a porta. Mas quando a abri, senti seus braços rodearem minha cintura, abraçando-me por trás, bem apertado. E aí, ele sussurrou ao meu ouvido:

— *Eu amo você.*

Fiquei totalmente estático. E em seguida, abri um sorriso maior que minha cara inteira. Ele me empurrou porta afora logo depois e se trancou no meu quarto. Ou seria *nosso* quarto? Não sabia mais dizer. Porque a gente meio que morava junto, certo? E estávamos juntos, tipo um casal namorando – embora nenhum pedido tenha sido feito realmente, estava decidido: éramos namorados.

Senti alguma coisa se agitar em meu peito e meu estômago ficou esquisito, como se tivesse uma bailarina bêbada dando piruetas dentro dele outra vez.

— ALEX! — Tyler chamou de novo.

— JÁ VOU, INFERNO! — retruquei e finalmente desci as escadas.

— E aí, como é esse cara que você tá namorando? — Tyler soltou enquanto dirigia, sem olhar em minha direção.

— Ele é um doce — respondi, sorrindo, mais para mim mesmo do que para o motorista.

— Uau. Só isso? — Tyler deu-me uma rápida olhadela debochada. — Qual é, Alex? Como ele é?

Eu suspirei.

— Dante é como um anjo da guarda. Ele está sempre cuidando de mim, me protegendo, evitando que coisas ruins aconteçam...

— Tudo isso de longe, é? Esse tal Dante é o quê, o Super-Homem? — murmurou em tom irônico.

— Você só está com inveja — disparei, semicerrando os olhos.

— Te garanto que não lindinho. Ninguém é melhor que eu. — Tyler riu sem humor.

— Uau, queria ter sua autoestima. A minha é até legal, mas a sua... Caramba — retruquei, olhando a paisagem pela janela.

— E quantos anos o seu Dante tem?

— Vinte e cinco — respondi rápido.

— E há quanto tempo esse cara tem vinte e cinco?

Imediatamente, virei-me para encará-lo, perplexo. Que tipo de pergunta era aquela?

— Humn... C-como assim?

— Sabe, ele não é tipo o Edward Cullen, que tem dezessete há noventa anos, né?

Senti o sangue fugir de meu rosto e os meus olhos quase saltarem para fora do crânio. Por acaso, ele sabia alguma coisa? Não era possível, era?

— O quê? — grunhi, amedrontado.

Depois de alguns momentos de um silêncio super esquisito, ele deu uma gargalhada, batendo no volante.

— Tinha que ver a sua cara! — respondeu aos risos. — Eu estava brincando, Alex. Agora vai soltando tudo aí.

Expirei o ar que nem sabia estar prendendo e comecei a conectar meu celular ao aparelho de som do carro para fugir daquela conversa, fingindo estar concentrado na tarefa.

— Ah, além da personalidade incrível, ele é bem gostoso, sabe? Eu acho que nunca fiquei com um cara tão bonito quanto o Dante.

Tyler não fez uma cara boa, mas prossegui na declaração abobada:

— Foi tipo amor à primeira vista — terminei, procurando uma música em minha *playlist*.

— Uau. Eu não conto? — Ele voltou-se para mim com uma expressão falsamente indignada.

— Ah... — Acabei ficando sem graça. — Você é bem bonito, sim, sabe disso. Mas é que Dante é meu tipo, entende?

— Tudo bem, Alex. Eu ainda vou te fazer mudar de ideia — declarou todo cheio de si.

— Tá legal. — Eu lancei uma pequena risada descrente e, enfim, dei *play* na música. Só que, antes da metade, Tyler já estava resmungando sobre o quanto achava música antiga cafona. — *Candy* é um hino atemporal. Iggy Pop foi um dos maiores ícones do Rock nos anos 70 — falei, me sentindo ultrajado. Falasse mal de mim, mas não das minhas músicas, ora, veja só!

— Por favor! Vai me dizer que você também curte *mullets*, ombreiras e Polaroids? — Tyler ironizou.

— Bem, sim... Quero dizer, Polaroids.

Tyler revirou os olhos. Obviamente, não esperava que minha resposta fosse positiva.

Ele estacionou na esquina do campus e, quando chegamos à porta, seu irmão o esperava de braços cruzados, com uma cara irritada. Eu sempre lembrava dele como o cara que tinha mostrado a bunda na festa de *Halloween* do ano passado.

— Valeu pela carona. — Dei um sorriso fraco.

Tyler me fitou por uns instantes, como se me estudasse, antes de acenar com a cabeça.

— Tranquilo, gatinho. Boa sorte!

Assim que cheguei à sala dos professores, Nathaniel avisou que, ao final das aulas, deveríamos nos encontrar no estacionamento, para ir até a sede da emissora Zap, onde estavam precisando de estagiários auxiliares de filmagem, e ele havia me indicado para a vaga a um amigo que trabalhava por lá.

O prédio da Zap era enorme, todo cinza e espelhado, com muitas luzes e telões exibindo os mais diversos quadros de programação da emissora.

Eu e Nathaniel ficamos um tempo na recepção, sentados em pequenos sofás de couro, esperando que a recepcionista terminasse de fazer nossos crachás para termos livre acesso ao interior do prédio. Depois, a mulher explicou o caminho que deveríamos tomar, então fomos em direção aos elevadores.

Vi alguns atores e atrizes que fizeram me sentir um tiquinho envergonhado, afinal, eram famosos. Eu não era como aquelas pessoas que ficavam desesperadas por ídolos, mas era estranho ver gente tão bonita e com peles de porcelana, assim, tão de perto. Quer dizer, sou um mero mortal. Um homem que pode ver – e trocar uns beijos com – espíritos, mas, ainda assim, normal.

Quando saímos do elevador, inesperadamente, percebi um cara bonito parado no cantinho, encarando-me com uma expressão chocada no rosto. Desconcertado, levei minhas mãos até os cabelos e tentei dar uma ajeitada. Será que meu rosto estava sujo? Mas, um momento depois, entendi que não era nada disso, porque quando passei mais perto dele, senti aquela força... Aquela presença...

O cara era um animus.

Nathaniel e eu entramos no setor de gravações das novelas, onde fui apresentado a algumas pessoas pelo meu professor e entrevistado por uma mulher não muito velha. Depois, ela pediu que eu fizesse alguns testes de câmera e a coisa toda acabou ocupando minha tarde inteira. Pelo visto, a mulher assistiu ao meu documentário de terror, que foi enviado para eles junto ao meu currículo, por Nathaniel – aquele vídeo em que gravei experiências assombradas com Laura e Dante.

Então, ela me entregou um contrato e explicou, rapidamente, os principais pontos sobre ele. Eu trabalharia ali por três meses, mas se fizesse um bom trabalho auxiliando nas gravações e edições – já que faria os dois –, meu contrato poderia ser renovado para um ano inteiro. Depois de um ano, eu poderia ser promovido e ganhar um emprego fixo, junto a um salário generoso também.

Eu e Nathaniel fomos levados a uma área aberta no andar de cima, onde alguns funcionários conversavam e fumavam cigarros. Fui apresentado a um sujeito chamado Abraham, que era o amigo de Nathaniel.

Abraham Kahn era um cara gordinho, de olhos caídos, que devia ter a idade de meus pais, mais ou menos. Ele costumava ser um apresentador de TV muito popular nas décadas passadas, mas tinha virado diretor de novelas. Quando meu professor se retirou para ir ao banheiro, Abraham finalmente se voltou para mim:

— Está sentindo esse cheiro? — indagou com o rosto perto do meu ombro, como um cachorro me farejando.

— Ah... Acho que é nicotina — respondi. Juro que não estava tentando fazer nenhuma gracinha, eu só... respondi o que achei.

Grande erro.

Abraham me olhou de cima a baixo e depois soltou uma risadinha sarcástica.

— Não, não. Esse é o cheiro de franguinho novato. — Então, ele deu uma gargalhada digna de vilões de filmes. — Ah, se prepare para ser massacrado, rapazinho.

Apertei os olhos para ele. Não era como se pudesse lhe dar uma resposta à altura, afinal, o cara era meu novo chefe e eu não queria ser demitido antes mesmo de começar. Tinha contas a pagar, afinal. Então, apenas sorri amarelo.

— Não está com medo, franguinho? — Ele encarou-me com deboche.

— Estou tranquilo, sei que vou fazer um bom trabalho, *senhor*. — Curvei brevemente a cabeça em sinal de respeito e, quando voltei a olhar o rosto dele, o cara parecia uma bomba prestes a explodir.

— *Senhor?* — repetiu a palavra com repulsa. — Quão velho está insinuando que sou, seu...

Ele foi interrompido pela volta de Nathaniel.

— Tá tudo bem por aqui? — Nathaniel alternou o olhar entre mim e Kahn. — Você não tá assustando o garoto não, né, Abe?

— Eu? Ora, mas é claro que não! — Ele sorriu, falso, enquanto me puxava para um desconfortável abraço de lado. — Estava dizendo que ensinarei a ele a maravilhosa arte televisiva e que, se ele tiver qualquer dúvida, só precisa me perguntar. Estarei aqui para esclarecer suas dúvidas, como um irmão, um mentor.

Segurei um risinho. Peguei no ponto fraco. O cara não queria ser chamado de *senhor* porque não se achava velho. Imaginei que seria divertido irritá-lo com isso futuramente.

Então, com o estágio garantido, nós nos despedimos e voltei para casa.

— Dante? — chamei, assim que abri a porta de casa. — Dona Laura?

Comecei a vasculhar o primeiro andar. Parei na cozinha e peguei um pacote de *Cheetos*, abrindo-o na mesma hora, porque estava faminto.

— DAAAAAANTE! — gritei com a boca cheia de biscoito. — VÓÓÓÓÓ?

Voltei à sala e abandonei minha mochila no sofá, prestes a subir as escadas para checar o andar de cima. Era muito provável que Dante e Laura estivessem assistindo aos filmes de espionagem no projetor, aqueles que rolam tantos tiros que você fica até meio surdo. Era meio que uma coisa deles: a péssima audição e o gosto por filmes com muito sangue.

Assim que mirei o topo da escada, entretanto, encontrei algo bem oposto a um *animus* ali: *Jonas Kister*, meu irmão.

— Há, agora tu fala sozinho, coisinha? Vem aqui e dê um abraço no seu irmão mais velho favorito! — ordenou, abusado.

Jonas tinha basicamente a mesma altura que eu, além de olhos grandes, redondos e escuros como os de um cervo – também iguais aos meus. Usávamos o mesmo corte de cabelo, com a diferença de que, às vezes, eu deixava o meu crescer, como agora, que meus fios já alcançavam o queixo, mas os de Jonas estavam sempre com a franjinha bem rente às sobrancelhas, num corte de tigela.

Ainda em choque, pensando que talvez essa fosse uma miragem ou que meu irmão estivesse surpreendentemente morto e aquele fosse apenas seu *animus*, respondi, piscando:

— Mas você é meu *único* irmão mais velho.

— Você vai ou não subir e me dar um abraço de boas-vindas? — Ele me encarou de olhos apertados.

Eu, então, subi as escadas num pulo e parti para cima dele, derrubando-o de bunda no chão. Nós nos batemos nos primeiros segundos, como em um ringue de luta livre. Era estranho para quem visse de fora, mas era assim que faziamos um com o outro.

— Como você entrou aqui? — perguntei ofegante, depois de toda a pancadaria, levantando-me de cima dele e estendendo a mão para ajudá-lo a se erguer.

— Pela porta de vidro da varanda, que você deixou aberta. Nunca se lembra de que é por lá que os assassinos entram com facas nos filmes de terror?

Limitei-me a um revirar de olhos. Eu lembrava, sim, mas acontece que tinha dois *animus* em casa e um deles poderia ser particularmente assustador quando queria. Na real, eu tinha pena do sujeito que tentasse invadir esse lugar, tendo Dante como um cão de guarda do Além. Pensando bem, eu era como a Daenerys Targaryen, de *Game Of Thrones,* só que, ao invés de ter dragões me protegendo, tinha fantasmas.

— Você não deveria estar no Japão?

— Aham, mas fui chamado pra trabalhar como professor auxiliar substituto numa universidade que paga muito bem aqui na cidade, aí não pude recusar.

— Mas e o mestrado? Você nem terminou...

— Vou terminar lá na universidade, mesmo. Vou dar aulas pela manhã e cursar o resto das matérias à tarde. Com um salário reduzido, claro, já que ainda não estou formado. Eles me ofereceram uma bolsa de doutorado, pra começar assim que eu concluir o mestrado. Não é o máximo? Os Kister nem vão precisar gastar parte da nossa herança com meus estudos! — Ele sorriu, cheio de sarcasmo, enquanto ia abrindo a porta do meu quarto e me empurrava para dentro. — Quanto tempo você teve que juntar dinheiro para comprar esse projetor? Isso é irado! — comentou, parecendo estar segurando aquela pergunta desde a hora em que pôs os olhos em mim.

Dona Laura e Dante estavam lá dentro, assistindo a algum programa de culinária. Claramente, era coisa de Jonas, já que ele adorava assistir àquelas competições de confeiteiro. Meu irmão gostava de comer até com os olhos – mas não que eu fosse muito diferente dele. Quando ficava triste, por exemplo, era só alguém me dar comida que a tristeza ia embora em um instante.

Dante me encarou risonho e revirou os olhos, mostrando o quanto estava entediado em estar ali, assistindo àquela programação.

— Em qual universidade você vai trabalhar? — perguntei a Jonas.

— A mesma em que o Nate trabalha e você estuda — revelou com um sorriso triunfante.

Nate era apelido para Nathaniel, o que me levava à conclusão de que ele mesmo havia arranjado aquela vaga de trabalho para o meu irmão, já que era seu melhor amigo. Aparentemente, metade da família Kister estava empregada graças a ele. Era um bom amigo.

Fiquei encarando-o, desconfiado, esperando ele dizer mais alguma coisa, pois sabia que tinha mais.

— E...? — indaguei.

— Adivinha!

— Olha, eu tô cansado, preciso que me conte logo.

— Tudo bem, aí vai: *vou morar aqui com você!* — exclamou, todo animado.

Eu arregalei os olhos.

— *O QUÊ?* — Eu, Dante e vovó exclamamos juntos, ainda que Jonas tivesse escutado apenas a mim.

— Alex, em nome de tudo que é mais sagrado — disse, puxando-me pelos ombros —, não me faça voltar para a casa dos Kister!

— Ora, por que não? São seus pais!

— Aqueles não são meus pais, são dois seres possuídos pelos demônios da luxúria! — ele grunhiu com a voz subindo três oitavas.

— De que porra você tá falando?

— Quero dizer que aqueles dois ficaram tanto tempo naquele casamento a distância, que agora transam em todos os lugares da casa. É um horror!

— Ah, isso... — respondi desanimado, porém compreensivo. Não era como se eu não esperasse aquilo, pois, pouco antes de vovó morrer, eu mesmo havia pegado Yoona se filmando para o marido, só de lingerie, no quarto. A lembrança ainda me dava calafrios. Eu ainda não sabia como Thomas aguentava, honestamente. Talvez ele ainda não tivesse visto nada traumatizante demais. Ou talvez, se visse, não achasse nada demais, considerando que eles não eram verdadeiramente seus pais. — Você viu, é?

— Nem me lembre. Quase joguei álcool nos olhos. — Jonas jogou-se em minha cama.

— Ei, mas esse é o meu quarto! Não vai ficar aqui.

— Mas eu ainda não trouxe o resto das minhas coisas, fora que aquele quarto lá embaixo está bem sujinho. Você não tem alguém que venha aqui limpar, sei lá, pelo menos, uma vez na semana? Por que não chama a faxineira lá de casa?

— Tenho cara de gente com dinheiro, por acaso?

— Bem, com o meu primeiro salário, com certeza vou pagar alguém para limpar isso aqui. Parece uma casa abandonada, credo!

— Ah! — Eu apontei o dedo para cima, subitamente recordando das minhas próprias novidades. — Acabei de voltar da Zap! Nathaniel me indicou para um cargo de filmagem e eu passei. Tenho um emprego! Quer dizer, é um estágio, mas também é meio que um emprego.

Jonas começou a pular na cama, animado, os olhos dobrando de tamanho. Ele era como uma criança grande.

— Parabéns! Já contou aos nossos pais?

— Ainda não. Acabei de chegar, né?

— Então, vai tomar um banho. Vou ligar para eles agorinha mesmo e vamos todos sair pra comemorar.

— Comemorar com um jantar? Mas não é nem meu primeiro emprego. Não é tão especial assim.

— Tá brincando? — ele rebateu, olhando-me bravo. — É claro que é especial, cara. Você agora mora sozinho, tem que se sustentar... Você é um homem, finalmente!

— E, por acaso, eu não era homem antes?

Jonas só revirou os olhos e bufou, impaciente.

— Vai logo, garoto. Vou ligar para eles e depois tomar banho lá embaixo. Não demore — disse, antes de sair do quarto.

Assim que a porta bateu, Laura pulou em meu colo, gritando:

— Ah, que orgulho! Meu netinho é um homem! — exclamou, divertida.

Eu a soltei no chão e fiz careta.

— Você também, é? — reclamei e ela sorriu sem dizer nada, apenas saiu do quarto, deixando-me a sós com Dante.

Ele se levantou e veio até mim sorrindo, segurou meu rosto com uma das mãos e a cintura, com a outra. Então, deu-me um beijo longo e carinhoso, que me deixou todo suspirante, além de chateado por não poder me esquecer do mundo lá fora e me agarrar com ele por horas na minha cama, graças à chegada inesperada de Jonas. Aquela comichão continuava firme e forte, toda vez que nos tocávamos e eu me sentia nas nuvens, tão leve, que me fazia pisar fofo.

Quando nos separamos, ele me fitou com admiração.

— Estou orgulhoso de você, meu Coelhinho.

Nós sorrimos um para o outro e eu o abracei apertado, sentindo-me em casa – muito mais que literalmente – após um dia longo e cansativo, longe dele.

— Obrigado, *velhinho*. Isso significa muito para mim — falei com a voz abafada em seu pescoço.

Resolvi parar com o lance de chamá-lo de *vovô* porque isso me lembrava de quando eu ainda achava que ele poderia ser o namorado da minha avó. Então, substituí a implicância por *velhinho*, que certamente era mais condizente para o meu namorado de 61 anos – sendo vinte e cinco de vida e quase trinta e seis de morte –, porque ele me chamava de *Coelhinho*, como o Pernalonga, que usava o bordão *"O que que há, velhinho?"*, então achei que faria sentido.

— Eu sei que sim. Agora você é independente. Mas estou um pouco triste de não ter mais tempo com meu *homem de verdade*... — Dante debouchou, com a língua entre os dentes, de um jeito sapeca.

Antes que eu pudesse sair no soco com ele, do mesmo jeito que saí com Jonas minutos atrás, ele deu uma gargalhada e saiu correndo porta afora.

Palhaço! Adorava rir da cara do perigo. Ter Jonas por perto daria a Dante muita munição para implicar comigo, isso era um fato. Mas o pior seria a falta de privacidade que teríamos, tanto eu quanto os fantasmas, além do inevitável risco de eu ser pego falando sozinho.

Como diabos as coisas iam funcionar naquela casa, agora que meu irmão estava ali?

16.
O MELHOR MOMENTO DA VIDA

Dante não quis conversar sobre a coisa com o Tyler... O que era muito estranho, já que ele parecia uma fera no dia que o metido apareceu à nossa porta, oferecendo-me uma maldita carona. Quando tentei puxar o assunto para me explicar, ele apenas disse algo como *"Tá tudo bem, Coelhinho. Não precisamos falar disso. Confio em você"*.

E foi só.

Estranho, né? Pensei que ele fosse mais ciumento.

— Ei, garoto. — Meu fantasma cutucou meu ouvido com aquele dedo mindinho roliço.

Meu fantasma. Eu gostava de pensar nele como *meu*, já que Dante também se referia a mim como *seu*, toda vez que me chamava de *meu coelhinho*. Era fofo, e eu, um romântico cafona e apaixonado.

— Espera aí, já tô acabando. — Empurrei sua mãozinha para longe.

Ele cruzou os braços e fez um bico do tamanho do mundo.

— Fica aí com seu *dever de casa*, então. — Ele ameaçou levantar-se da cama, onde estávamos esparramados de bruços enquanto eu digitava freneticamente no *notebook*.

— Preciso terminar isso, amorzinho... — expliquei pela, sei lá, quadragésima vez. — E não é *dever de casa*. Não tô na quinta série, né? Fala sério!

— Mas o trabalho nem é seu, *bicho!* — Ele afinou a voz.

Porra, que espírito teimoso! E carente, também. Não que eu fosse diferente, mas precisava terminar logo aquele negócio se quisesse passar algum tempo despreocupado com ele.

— Dante, bebê, olha para mim... — chamei, puxando seu maxilar afiado para mim. — Eu preciso de dinheiro.

Grana. *Dólar, dólar!* Bufunfa, compreende? E o Doyun é o cara mais preguiçoso do universo, não é à toa que esse é o trabalho dele de repetência acadêmica. Então, se ele me oferece uma grana para fazer a tarefa dele, eu faço, sem reclamar.

— Mas você quase não fica mais comigo... — ele murmurou com uma carinha triste, de cenho franzido e um bico enorme.

Já falei o quanto Dante ficava todo fofinho reclamando? Não era igual a quando estava irritado, que ficava todo sexy, assustador e tal. Quando ele resmungava, parecia um bebê do caralho. *Meu bebê.* Meu, meu, meu. Igual ao meu *dólar, dólar*.

— Eu sei, também tô com saudade... — respondi com pesar. — Que tal a gente se agarrar? — Joguei no ar.

Dante fechou a cara e revirou os olhos antes de se levantar da cama mais rápido que a velocidade da luz, porta afora.

— Esquece, *caroço*.

Ah, droga! Eu disse que não insistiria na coisa dele transar comigo e que esperaria ele me dar o sinal verde, mas nunca prometi que não jogaria as indiretas-diretas no ar. Com outros casais, elas funcionavam como um estímulo, mas, no nosso caso, só serviam para deixar Dante *pistola*, já que ele saiu irritado e tive que dar um pulo da cama para ir atrás dele.

A gente quase não conseguiu tempo para ficarmos juntos nos últimos dias e o máximo que tínhamos era a presença física um do outro... Bom, a *minha* presença física, a dele era astral, mas você entendeu. Então, por mais que tê-lo ao meu lado, sem poder interagir com ele fosse um pé no saco, ficar sem ele ali era ainda pior.

— Amorzinho, para com isso... — cochichei, para que meu irmão não me ouvisse lá da sala, falando supostamente sozinho. — Eu tava brincando, neném.

Dante se virou por cima do ombro para me olhar, já no meio da escada, e fez aquela carinha debochada de sempre. Algo me dizia que ele estava prestes a aprontar.

— Neném? — ironizou. — Você é o único bebê inexperiente aqui.

Meus olhos se arregalaram e abri a boca, em uma careta indignada. Quem ele estava chamando de inexperiente? Era algum tipo de dica?

— Olha aqui, ô seu... seu... seu *grunge*! — falei, meio gritando, meio cochichando. — A gente tava lá em cima numa boa, vai ficar se desfazendo de mim agora? Venha cá que eu mostro o inexperiente.

Ele sorriu maldoso e subiu as escadas até chegar ao degrau em que eu estava, dividindo o espaço comigo, com o rostinho bem colado no meu, fazendo-me engolir em seco.

Aquela proximidade toda me dava tesão. Tipo, *muito* tesão. Dante podia ser intimidante quando queria, de um jeito que fazia meu pau ficar bem duro. Eu não tinha culpa de pensar em transar com ele vinte e quatro horas por dia, sete dias na semana, quando estava apaixonado, né? Pode me julgar, mas queria trepar com o cara que eu gostava.

— Tá aprendendo as minhas gírias, Coelhinho? Me chamou de *grunge*... — Ele me pegou pela cintura. — O que mais você aprendeu? — Ele mordiscou meu beiço.

— Aprendi que essa casa tá muito *crowd* pra gente ficar *de rolo* na escada e que se o *caroço* do meu irmão vir, a gente vai entrar *numa furada* — murmurei meio abafado, já que ele continuava a mordiscar meu lábio.

Dante riu, fechando os olhinhos e deu um beijinho estalado na minha bochecha.

— A gente pode voltar pro seu quarto, então, pra ficar *numa mega, hiper, super* privacidade sem que o *mala* do seu irmão apareça.

Agora sim, eu estava entendendo. Foi tudo armação dele. Dante Donadelli era um pequeno demônio. Ele não estava chateado coisa nenhuma, só queria arrumar um jeito de me fazer parar o trabalho para dar atenção a ele!

Apertei os olhos antes de dizer:

— Você me fez *dar o cano* no trabalho, né? — resmunguei, subindo as escadas de costas, enquanto segurava seu rosto entre as mãos e dava um selinho atrás do outro naquela boquinha carnuda. — Seu. Diabinho. Manipulador.

Ele sorriu entre meus lábios, sacana.

— Você me conhece tão bem, *bidu*.

— O que é *"Bidu"*? — Ainda não conhecia essa gíria.

— *Bidu* significa "*pessoa esperta*" ou, tipo, um cara tão esperto que é meio que um adivinho... — Ele estalou um beijinho em meu pescoço.

Aí, perdi um pouco o equilíbrio, então me virei para subir de frente. Mas quem disse que Dante me soltou? Ele rodeou minha cintura por trás e veio subindo colado em minha traseira, dando beijinhos em minha nuca.

Caramba, era muito difícil resistir a ele... Por que esse cara era assim?

— Você é um sujeitinho excêntrico, sabia?

— O termo certo é *figura*. — Ele riu, empurrando a porta do quarto, nos jogando para dentro.

Fui andando para trás, até cair de costas na cama e ele ficar por cima de mim. Jurava que a gente começaria uma agarração frenética ali. Eu estava com tesão e sabia que ele também. Mas, sinceramente, naquele momento, acabei viajando na luz do sol entrando pela janela lá de fora, iluminando seu rosto lindo e deixando seus olhos acinzentados em um tom de verde-limão muito bonito.

— Você é o cara mais lindo que já vi... — declarei como um bobinho, alisando seu rosto com carinho.

O fantasma esfregou a pontinha do nariz dele no meu, piscou os olhos claros lentamente e suspirou.

— Você é a *pessoa* mais linda que eu já vi — rebateu, dando ênfase à *pessoa*. Franzi o cenho, já que não tinha entendido o porquê. — Nem o homem, nem a mulher mais bonitos que já vi ganham de você... — explicou.

Dei um sorrisinho, lisonjeado.

— Só diz isso porque está apaixonado, safado...

— Apaixonado, eu? Quem disse, *bicho?* — Ele se fingiu de desentendido.

Eu lhe dei um tapinha no braço.

— Não está? Bom, azar o seu... Eu sou bem namorável, tá bom? Sou engraçado, bonitão, corpinho *nos trinques*, tenho bom gosto musical e faço um boquete ótimo... Quer que eu mostre? — provoquei.

Dante se jogou para o lado sobre a cama, rindo alto e cobrindo a boca com a mão. Fiquei jogado no colchão enquanto sorria virado para ele, admirando-o. Vê-lo contente era muito gostoso. Quer dizer, um homem morto obviamente não teria motivos para sorrir; sobretudo, um morto há três décadas e meia, sem poder ir ao próximo estágio da existência, como deveria ser. Então, sim, eu me considerava um sortudo de ser o cara a deixá-lo daquele jeito, todo alegre e tão cheio de vida.

— Você já me mostrou seu talento no boquete dias atrás, Coelhinho... — relembrou, virando-se para mim.

— Mas, sabe, talvez eu deva refrescar sua memória.

Ele sacudiu a cabeça e riu ainda mais. E, ao fazer aquilo, seu rosto se franziu tanto que as bochechas altas fizeram seus olhinhos pequenos sumirem.

— Deita de lado e vira de costas pra mim. Quero ficar de conchinha... — As palavras eram suaves, mas seu tom era autoritário.

Adorava aquela nossa briguinha para ver quem era o mais mandão, onde cada um cedia em algum momento. Aquela dinâmica impedia o relacionamento de ficar entediante.

Então, obedeci e Dante passou um braço por baixo do meu pescoço, encaixando-se logo atrás de mim, para distribuir beijinhos castos em minha bochecha. Fofinho pra caralho. Hoje ele estava todo trabalhado nos beijinhos, como um neném carinhoso.

Já disse que me sentia muito sortudo ultimamente?

Assustei-me quando o projetor ligou sozinho no canal de música, fazendo-me dar um pulinho e virar o rosto para encarar o Dante.

— Foi você quem fez isso? O controle nem tá aqui!

— Claro que sim, tá vendo mais algum Gasparzinho por aqui?

Dei de ombros e comecei a cantarolar *Time of My Life*, que foi trilha sonora de *Dirty Dancing*, um filme lançado no último ano em que Dante era vivo. Eu costumava gostar bastante das músicas dos anos 80 e 90, o que fazia de mim e Dante o par perfeito. Nós nos entreolhamos na hora em que o refrão da música começou e, ao mesmo tempo, levamos as mãos em direção aos lábios, simulando um microfone, para gritar:

Because I've had the time of my life
Porque eu tive o melhor momento da minha vida
And I never felt this way before
E nunca me senti assim antes
Cause I swear, it's the truth... and I own it all to you...
Porque eu juro, é verdade... e devo tudo a você...

Dante se pôs de joelhos no colchão, fazendo o gritinho da música de um jeito hilário e, depois, o grave:

Hey, babe! Awn yeah yeah yeah

Acabei me levantando para dançar alguma parte da coreografia, inventando passinhos, quando o chamei com o dedo indicador, cantando:

With my body and soul,
Com meu corpo e alma,
I want you more than you ever know...
Te quero mais do que você pode saber...

Dante se levantou risonho e apanhou minha mão estendida. Eu o puxei pela cintura com a mão esquerda e ele repousou a direita em meu ombro. Então, a gente começou a dançar junto, como no filme – e claro que eu fazia a parte do Patrick Swayze, enquanto Dante fazia a Baby. Não era porque eu era narigudo que faria o papel daquela garota nariguda, também. Aliás, Patrick era o nome do ator, mas não lembrava o nome do personagem. Já Baby era o nome da personagem e não da atriz, mas talvez você nem saiba de quem estou falando.

Nós começamos a girar de um lado para outro e, cara... a gente dançava realmente bem. Nem sabia que Dante dançava alguma coisa, mas lá estávamos nós, muito *rebolativos*. Como eu disse, o casal perfeito.

Puxei sua mão, descolando seu corpo do meu para girá-lo no eixo, como o Patrick girava a Baby na coreografia. Dante se esticou até o fim e depois voltou, colando o peitoral no meu para, aí, rebolar o quadril no ritmo certo, junto comigo. Seu rosto estava bem pertinho, mas apenas eu estava ofegante. Para ele, tal esforço não era nada, já que era um fantasma. E eu devia ser um safado mesmo, porque enquanto a gente dançava assim, sentia um calor muito mais intenso do que deveria e o meu pau logo ficava duro, dentro da roupa.

A música mudou para *La Isla Bonita*, da Madonna. Era uma faixa com ritmo latino, bem dançante e sensual. Então, como quem não queria nada, fui deslizando a jaqueta de couro pelos ombros de Dante, enquanto a gente continuava dançando e se provocando, com as testas coladas uma na outra. Acabei tendo que morder o lábio para me controlar e não avançar em cima daquele gostoso do caralho.

Quando a jaqueta caiu no chão, Dante apoiou as mãos em meu peitoral, alisando-o com malícia. E, claro, estando tão perto assim, pude notar direitinho seu suspiro ao tocar meu peitoral durinho. Por isso, coloquei a mão esquerda em sua cintura e levei a direita até a mão dele espalmada em mim, cobrindo-a com a minha enquanto o arrastava pelo quarto, sem perder o ritmo.

Ele rebolava cada vez mais sensual e, competitivo como sou, rebolei mais também. Deslizei a mão da sua cintura pela lateral de sua coxa, até chegar em suas nádegas e apertar uma das bandas. Nós suspiramos juntos, sem parar de dançar.

— Não está com calor, Coelhinho? — provocou, deslizando as mãos por minha barriga até achar a barra da minha camisa e levantá-la. — Você deveria tirar isso.

Eu, portanto, levei as mãos à gola e puxei aquela camiseta com um movimento só. Dante fitou meu corpo de modo faminto, por isso não aguentei mais e trouxe seu rosto para um beijo afoito, massageando sua língua com a minha, cheio de fogo.

Ele escorregou as mãos pelos meus braços, ombros e por todo o lugar, enquanto às minhas desceram por suas costas, até chegar à parte detrás de suas coxas e içá-lo no ar. Ele se equilibrou em meus ombros e não se opôs em ser pego no colo; afastou o rosto de leve e lançou uma risadinha matreira.

— Uau, olha que macho alfa... Como você é forte — zombou. E sem me dar tempo de responder, voltou a me beijar com gana.

Fiz questão de apoiar seu peso em minhas palmas bem abertas em suas nádegas, enquanto o levava às cegas até a parede. Quando o pressionei contra a superfície gélida, pude pressionar minha pélvis na dele, sem parar o movimento furioso de nossas línguas.

Outra música começou, com uma *vibe* completamente diferente das outras: *Sweet Child O' Mine*, do Guns n' Roses. Cara, era uma música romântica, mas ainda dava para usar como trilha sonora para umas safadezas. Os solos de guitarra do Slash eram meio *sexies*. Então, quando a voz do Axl Rose começou com seus agudos, levei Dante com calma até a cama, depositando-o no colchão antes de ficar por cima dele. Mas não, não fiquei entre suas pernas; em vez disso, sentei-me em seu colo, pois queria sentir seu pau duro na minha bunda de novo. Não importava se eu comeria ou seria comido, o que importava era que tudo seria gostoso com ele. Não que a gente já tivesse ido até os finalmentes, mas eu sabia que seria. Rebolei sobre ele devagarinho, no ritmo do *riff* das guitarras.

Em algum momento durante o solo, a coisa toda ficou quente demais. Dante levantou o tronco, sentando-se, comigo em seu colo.

— É melhor a gente parar... — sussurrou, descabelado.

Soltei um muxoxo e deslizei para me sentar ao seu lado.

— Você não sente dor porque é um *animus*, Dante. Não sei se você se lembra, mas ficar de pau duro e não gozar faz as bolas ficarem doloridas depois. Não é justo comigo...

Ele encarou-me por um momento, estudando-me.

— Tira a roupa e senta ali na beira da cama. — Apontou com o queixo.

Ainda meio contrariado, levantei-me para tirar a bermuda e a cueca, sentando-me na ponta do colchão, de costas para ele. Senti a movimentação atrás de mim e logo ele estava sentado às minhas costas, de pernas abertas, pondo-me entre elas.

Ele removeu sua camisa do Led Zeppelin e puxou minhas costas de encontro ao seu peito. Depois, veio de novo com aqueles beijinhos no meu pescoço, subitamente deixando mordidas e chupões molhados e quentes, muito quentes, que faziam meu corpo ferver.

Sua mão destra deslizou por meu abdômen até capturar meu caralho teso, massageando de forma delicada no início, enquanto a outra mão era levada aos meus lábios. Eu não sabia o que ele faria com aqueles dedos, mas os chupei, deixando-os lubrificados com minha saliva. E aí, ele usou dois deles para alisar meu mamilo esquerdo.

Porra, que tesão fodido!

Acabei descansando minha cabeça em seu ombro, as costas apoiadas no peitoral dele, com meus olhos fechados enquanto suspirava. Ele lambeu meu pescoço, mordiscou o lóbulo de minha orelha, apertou o biquinho do meu peito e deslizou o dedão sobre minha glande inchada, espalhando o pré-gozo dali.

Era uma grande sucessão de estímulos para uma pessoa que já estava tão sedenta quanto eu, de modo que era certo que não aguentaria mais muito tempo.

Meu pau pulsava em sua mão pequena, mas firme – e eu sabia que ele estava sentindo aquilo, porque gemeu em meu ouvido para me atiçar, ainda que ele mesmo não estivesse tendo um estímulo direto, a não ser pela minha traseira pressionando seu membro.

— Tão manhoso, meu coelhinho... — Sua voz era rouca ao pé do meu ouvido. — Tão necessitado... Percebe como você pulsa na minha mão, hm?

Porra... Por que ele tinha sempre que falar sacanagem? Eu adorava quando ele falava sacanagem! Ficava duro que nem pedra.

Apoiei as mãos em suas coxas, apertando-as com força para descontar o contínuo tesão e calor que ele me causava.

Olha, eu tinha minhas teorias sobre Dante ser tipo um deus do sexo ou algo assim. Ninguém nunca me deixou tão desesperado, se você quer saber.

Como se não bastasse, a música mudou para *Personal Jesus*, do Depeche Mode, que tinha uma batida sensual demais para minha sanidade. Tinha certeza de que era o safado do Dante quem estava escolhendo as melodias de propósito, mudando-as com seus poderes sobrenaturais para me deixar mais atiçado.

— *Goza pra mim, meu amor...* — sussurrou com a voz rouca. — *Goza.* — Então, ele apertou meu pau pela base e trouxe a mão esquerda para se juntar à direita.

Aí, já era demais.

Ele me estimulou com as duas palmas no ritmo provocante da música, apertando forte, de modo quase doloroso, subindo e descendo. E era justamente aquele *quase* que me deixava louco. Aquela linha tênue me fazia respirar acelerado, o peito inspirando e expirando rápido, a testa suando e os lábios separados, por onde gemidos necessitados escapuliam. Ele deslizou a língua de um jeito ainda mais instigante sobre minha pele, enquanto abarcava meu pênis nas duas mãos, forçando mais o aperto ao passo que tocava a glande.

Com os olhos fechados, sentia-me delirar.

De súbito, Dante acelerou a punheta, pouco se fodendo para o ritmo de *Personal Jesus* e, quando os últimos segundos da batida soaram, gozei pra um caralho, gemendo como um cachorrinho no cio. Grunhi seu nome, enquanto sentia minha porra quente escorrer e melar suas mãos.

Ele foi parando os movimentos, apertando bem a glande até que a última gota fosse expelida e, então, abandonou meu pau, agora flácido, para depois depositar beijos no meu ombro sem nenhuma malícia, num carinho suave que me deixava relaxado.

— Vou limpar as mãos — ele avisou suavemente, levantando-se devagar.

Eu assenti, desnorteado, balançando a cabeça; em seguida, deixei-me cair de costas no colchão, com um baque. Encarei o teto, sorrindo ao perceber o começo das notas de *The Promise*, do When In Rome. Eu particularmente me lembrava de Dante ao escutar a letra:

Me desculpe, mas estou pensando nas palavras certas para dizer, sei que elas não soam como planejei, mas se você puder esperar um pouco, farei você se apaixonar por mim, prometo que farei...

De mansinho, senti Dante voltar e se aconchegar ao meu lado, deitando a cabeça em meu peito e circulando minha cintura com um dos braços.

— Você conseguiu... — ele sussurrou.

Virei-me para ele, meio confuso. Dante estava falando da letra da música?

— Conseguiu fazer eu me apaixonar por você... — declarou, olhando no fundo dos meus olhos.

Meu coração começou a bater tão rápido, como se aquela bailarina bêbada tivesse voltado, dando piruetas na minha caixa torácica, quando normalmente surgia no meu estômago. Aquela sensação de euforia era causada apenas por Dante Donadelli. Eu nunca havia tido o prazer de sentir algo tão intenso assim, e chegava a doer, só de pensar em um dia perdê-lo — o que aconteceria, a qualquer momento.

Mesmo que Dante ficasse neste plano por mais algumas décadas, como seria quando eu estivesse velho e decadente, enquanto ele continuaria com aquele rostinho de novinho? Ninguém notaria a diferença física entre nós, é claro, exceto nós dois. Dante ainda sentiria atração por mim, quando eu estivesse daquele jeito? E se ele sentisse, isso significaria que ele me amava independente de aparência, ou revelaria algum fetiche super bizarro em ficar com gente idosa?

— Não fiz você se apaixonar... Você foi quem me conquistou, com seu jeito nervosinho e carinhoso — confessei, mais uma vez. Era real demais para não ser repetido o tempo todo. Eu estava louco demais por ele para conseguir evitar, por isso espantei aqueles questionamentos da minha cabeça.

Dante sorriu daquele jeito doce, que fazia seus olhos ficarem tão miudinhos, o que só me deixava ainda mais derretido pelo *animus* temperamental.

Como na música de *Dirty Dancing*, que dançamos primeiro, talvez eu estivesse tendo o melhor momento da minha vida. E era tudo era graças a ele, ao homem morto por quem estava completa e irreversivelmente apaixonado. E eu estava decidido a viver aquele amor com ele. Mesmo que para isso precisássemos ir contra todas as regras sobrenaturais.

Se você acha que morar sozinho, estudar, trabalhar e pagar suas contas é algo fácil, posso te garantir, EM LETRAS GARRAFAIS, que NÃO! Definitivamente, não.

Acordar cedo já é uma desgraça, agora imagine acordar cedo, sabendo que você não pode voltar para casa e tirar sua soneca da tarde porque precisa ir ao trabalho?

Meu horário de expediente era até às 8h da noite, mas nunca podia sair no horário certo. *Ninguém saía no horário certo*. Na emissora Zap, se você saísse do trabalho exatamente no fim de seu turno, era visto como preguiçoso. E já que eu tinha botado a maior banca para cima da minha mãe só pelo fato de já ter uma casa para morar, uma propriedade minha, não tinha pensado em quantas horas de sono e descanso teria que dispensar para trabalhar e ter dinheiro para encher meu buchinho faminto. Palavra!

Além de tudo aquilo, eu tinha um chefe que me odiava. Abraham era um cara intragável e egocêntrico. Só na primeira semana de trabalho, ele já me tinha feito chegar em casa depois das 11h da noite. Desse modo, eu não conseguia passar tempo com Dante, nem Dona Laura ou meu irmão. Vivia tão cansado que, no meu primeiro dia de folga, acabei dormindo até as 4h da tarde. Jonas pensou que eu tivesse entrado em coma. No domingo, ele pensou a mesmíssima coisa, acordando-me aos gritos, às 11h da manhã:

— Alexander Kister! — Ele me sacudiu sobre o colchão de um jeito irritante.

É claro que eu estava ouvindo, mas quem tinha o coração amargo o suficiente para acordar um trabalhador universitário às 11h da *madrugada* de um domingo? Porque 11h, pra mim, era madrugada!

Então, o ignorei e continuei de olhos fechados. Eu deveria ter trancado a porta, já que sempre dormia agarrado a Dante e, se meu irmão entrasse no quarto, veria-me abraçado com um grande nada – e eu nem estaria acordado, para disfarçar a posição esquisita.

Ao pensar em Dante, me perguntei aonde ele estava. Ele costumava deitar com a cabeça em meu peito, mas quando Jonas começou a puxar meu edredom e rolei no colchão, não tinha *animus* nenhum deitado ali comigo.

— Acorda, inferno! — Jonas gritou outra vez. — Argh, mas essa coisinha dorme que nem uma pedra. Alex, vou jogar água em você!

Ignorei sua ameaça. Para isso, ele teria que ir até o andar de baixo, buscar um copo na cozinha e, quando saísse, eu me levantaria e fecharia a porta. Simples assim. Só que o grande filho de chocadeira puxou o edredom outra vez, fazendo-me rolar até cair no chão, enrolado como um canelone.

E o que eu fiz?

Continuei fingindo que dormia, bem pleno, até sentir Jonas me virar de frente e enfiar as mãos, às cegas, para dentro do cobertor, tatear o meu peito e torcer meus mamilos.

— AAAAAAAAAAH! Qual é o seu problema, caralho?! — exclamei de olhos arregalados e o empurrei para trás, afastando suas garras maldosas de mim ao mesmo tempo que me segurava para não rir daquele ato absurdo. — Você tem pacto com o Tinhoso? Por que não me deixa dormir, hein? Por que faz uma maldade dessas com seu irmãozinho mais novo? Por que você me odeia?

— Quanto drama! — rebateu, revirando os olhos. — Nossos pais estão vindo almoçar com a gente de novo. Acho que eles curtiram o jantar em família, na noite que você contou do emprego e agora querem ficar próximos mais vezes. Eles chegam em uma hora, então vai se vestir e lavar essa cara. Seu quarto está com cheiro de leite estragado!

— Vá à merda! — Levantei-me com um bico armado.

— Você realmente deveria bater punheta no banheiro e não na cama, sabia? Limpar gozo com as meias sujas faz o quarto ficar fedido — falou, já perto da porta.

Inflando as bochechas, acabei soltando um grito gutural, enquanto atirava três almofadas diferentes nele, que gargalhou e saiu do quarto, fechando a porta atrás de si.

Jonas era um sujeito que gostava de brincar com a sorte. Ele podia até pensar que eu jamais o expulsaria daqui – o que não faria mesmo, porque meu coração era mole –, mas nada me impedia de colocar uma divisa na casa e deixá-lo ilhado, sem poder utilizar outro cômodo, nem mesmo o banheiro.

Além do mais, eu não fazia aquela coisa nojenta de bater punheta com uma meia suja, claro que não. Pelo menos, não desde os meus 15 anos... Porque, antes disso, fazia mesmo e Jonas sabia, já que quando a faxineira limpava meu quarto, infelizmente a casa inteira ficava sabendo das meias. Mas me dê uma trégua, vai, eu era um adolescente espinhento, roqueiro, trevoso e pensava que era o próprio Conde Drácula dentro da cripta! Fora que, naqueles tempos, não era como se eu pudesse sair por aí perguntando a caras gostosos se algum deles estava a fim de trepar comigo. Então, só tinha a minha mão e as meias.

Levantei-me e fiquei um tempo parado, encarando o nada. Meu sono estava tão pesado que meus olhos doíam como se tivessem sofrido uma picada de abelha. Bufei pesado e soltei um gemidinho sofrido.

Por algum motivo, comecei a encarar o armário de madeira à minha frente, lembrando da vez que Jessica tinha ficado parada ali, observando o móvel, sentindo uma energia estranha. Eu nunca tinha parado para pensar naquilo, para falar a verdade. Dante e Dona Laura sempre estavam aqui e, veja bem, os dois eram *animus*, certo? Do que mais eu poderia ter medo, se já convivia com dois fantasmas e conversava com eles diariamente? Não havia o que temer.

Entretanto, fiquei bem ciente de que estava sozinho ali e de que Dante tinha se mandado para algum lugar, além de não fazer ideia onde minha falecida avó havia se metido, então estava ficando meio cagado de medo. Quer dizer, aquele armário era, de fato, meio... horripilante.

Como em um filme de terror, levantei-me e andei, a passos curtos, até chegar ao armário. Abri as duas portas de uma vez só e fiquei encarando a parte de dentro por algum tempo. Depois, escolhi minhas roupas, ainda sem parar de fitar a madeira do fundo. Foi só naquele momento que percebi que havia algo muito errado...

Aquela madeira estava podre.

Parecia que os fungos que vinham tomando as paredes chegaram até ali. E eu tinha plena certeza de que a madeira do fundo estava lisinha quando me mudei para cá e arrumei minhas roupas no móvel.

Muito estranho.

Peguei minhas roupas e segui para o banheiro para tomar uma ducha, pensando em aproveitar que meus pais estariam aqui em breve para pedir dinheiro emprestado para comprar um armário novo, além de chamar um carpinteiro para arrancar aquela coisa nojenta dali.

Estava de olhos fechados, enxaguando o cabelo quando senti uma presença...

Dei um pulo e um gritinho assustado quando percebi uma mão veiuda e pequena deslizando por meu abdômen e um corpo se colando ao meu, por trás.

— Dante? — Olhei por cima do ombro, encontrando-o nu também. E com nu, quero dizer peladinho mesmo. Nem os costumeiros anéis estavam ali.

— Oi... — Ele deu um sorriso fofo, beijando-me debaixo d'água.

— Onde estava? — perguntei com um biquinho.

— Tão manhoso! — Ele deixou selinhos em meu ombro enquanto me abraçava mais forte. — Seu irmão entrou para te acordar, então fui lá pra fora. É muito chato morar com ele, Coelhinho! Não posso podar as plantinhas do jardim, nem fazer comida pro meu namorado... — Sua voz era reclamona. — Uma coisa era lidar com o mala do Thomas te visitando toda hora, mas Jonas morando aqui é realmente um pé no saco, *bicho*.

— Namorado, é? E quem é o sortudo? — brinquei.

— Ah, você sabe. Um garotinho meio insuportável que costuma ver fantasmas. Ele tem um corpinho bem sarado...

Dei várias risadinhas e um selinho em sua boca, por cima do ombro.

— Eu conheço esse daí, mas acho que até hoje ele não ouviu um pedido formal de namoro, sabe?

— Não achei que fosse necessário. — Dante me ofereceu um sorrisinho de canto. — Mas você é meu namorado, não é? — Seu rosto estava bem pertinho do meu, provocando-me, seduzindo-me. Afinal, aquela era a especialidade dele.

— Não sei, talvez eu precise de um incentivo. — Arqueei uma das sobrancelhas ao olhar para baixo, em direção ao meu púbis.

— Seus pais já estão chegando, Coelhinho. Termine de se arrumar, depois nós terminamos. — Deu-me um último selinho na ponta do nariz antes de abandonar o box de vidro.

Suspirei, derrotado. Sabia que tinha algum motivo para Dante não querer ir em frente comigo, que possivelmente ia muito além da coisa de não nos envolvermos para não deixar as coisas estranhas após o rompimento. Já estávamos envolvidos pra cacete e até havíamos entitulado a relação como um namoro. Por isso, não fazia o menor sentido não irmos até os "finalmentes"... A não ser que ele também sentisse aquela sensação estranha que eu também sentia, como se algo estivesse errado, mas ele soubesse que ia muito além de uma mera impressão...

Então, lembrei-me de que, no dia da entrevista de estágio, ele tinha começado a me contar alguma coisa, mas nunca chegou a terminar. Assim que estivesse sozinho com ele de novo, o questionaria.

Depois que me arrumei e desci para o andar de baixo, meus pais chegaram, acompanhados de Thomas e vários pacotes de comida de algum restaurante caro. Observei o mais novo um pouco descabelado, os fios cor de caramelo completamente desengonçados, usando óculos escuros dentro de casa, e estranhei... Até entender que Thomas devia estar de ressaca.

Isso não era bom. Acho que ele estava sofrendo de coração partido, porque desde que ele e Doyun andaram se atracando na minha festa, não tinha rolado mais nada, e eu já tinha ouvido Thomas resmungar sobre isso um milhão de vezes.

Escolhi não me meter mais naquele assunto, afinal, o aniversário da maioridade de Thomas já estava muito perto. O cachorrinho fora nada mais que uma desculpa, antes mesmo do primeiro beijo entre eles acontecer, e servira apenas para deixar Thomas ainda mais apaixonado, o que era exatamente o oposto das intenções de Doyun, à época. Agora, eu sabia que ele vinha evitando Thomas como se fosse lepra, o que deixava o garoto cabisbaixo por aí.

Nós nos sentamos à mesa e cada um tinha uma novidade para contar, mas todos pareciam bem mais interessados em ouvir sobre meu novo emprego e se eu e meu irmão estávamos muito próximos de nos matarmos, o que causava risadas em todo mundo.

— Ah, Jonas é ótimo — falei, fingindo seriedade. — Ele faz um monte de comida e briga quando como tudo depois de chegar do trabalho, varado de fome. Aí, não limpa nada e fica reclamando que deixo tudo sujo, quando nós dois passamos o dia fora.

Jonas fazia uma cara de falsa indignação.

— Ele, pelo menos, tem hora para sair do trabalho — continuei. — Já eu, sou obrigado a ficar editando vídeos até às 10h da noite, do contrário, eles não vão me efetivar, achando que sou preguiçoso, talvez nem me deixem continuar como estagiário. Aliás, meu chefe me odeia — terminei com uma careta.

— Ah, minha pequena criaturinha parida... — Yoona, fingindo estar emotiva, mas eu sabia que era só para tirar uma com a minha cara. — Quem poderia odiar um serzinho adorável e nada irritante como você?

— Você deveria ficar do meu lado, sabia? Você é minha mãe! Para uma juíza, você não é muito justa... — resmunguei, enfiando um pedaço de carne enrolado em alface dentro da boca.

— Ouvi dizer que esse ex-apresentador, Abraham, é meio maluco das ideias mesmo — Thomas comentou, despreocupado. — Meus pais conheciam essa gente famosa e ouvi dizer que ele parou de apresentar programas de TV porque fazia umas coisas loucas em frente às câmeras e meio que ficava olhando para o nada, como se falasse sozinho.

Apertei os olhos, desconfiado. Aquilo parecia coisa de quem via gente invisível, como fantasmas. Abraham não podia ser um *animus videntium*, poderia? Mas, de qualquer forma, não queria perder meu tempo pensando na vida do meu chefe odioso.

— Xander, o senhor Fernández já passou por aqui? — Yoona subitamente indagou, lembrando-me de que o tal memorial de Dante já estava próximo.

Eu queria só saber alguma coisa, mas não o suficiente para despachar o fantasma de Dante para longe, porque estava quase tendo um síncope, de tanta curiosidade. No entanto, morria de medo que descobrir qualquer coisa sobre sua vida (e morte) pudesse afastá-lo, por isso, achei melhor não procurar saber de nada. Então, se minha mãe estava perguntando sobre o irmão dele, aquilo poderia colocá-lo em risco.

Engoli em seco, com a cabeça rodando, porque não sabia bem como levar aquela conversa sem gerar problemas. Agradeci, mentalmente, que Dante não estivesse por perto. Talvez, se ele não presenciasse a conversa, qualquer revelação que eventualmente acontecsse não causaria um problema de luz branca.

— Quem é esse? — foi Thomas quem perguntou, de boca cheia.

— Anthony Fernández era o antigo morador desta casa — Yoona explicou. — Todos os anos, ele pede para usar o jardim pra fazer um memorial pro irmão desaparecido. — Ela se voltou para mim: — Ele já falou com você?

— S-sim, já autorizei e tudo. Tá tudo certo. — Olhei em volta só para confirmar que Dante não estava por ali.

Comecei a queimar meus neurônios, tentando ter uma ideia rápida para mudar o assunto, sem parecer muito óbvio, mas lá se foi Thomas, com sua curiosidade inocente e imparável:

— E por que ele precisa fazer isso aqui? Não pode ser num cemitério ou algo assim? Quero dizer, em algum momento ele pode não ter mais acesso a essa casa. Tipo, se o Alex não quiser ou se ele vender a casa e o novo dono não autorizar...

— O corpo do irmão dele nunca fui encontrado, o último lugar onde foi visto, foi aqui — meu pai esclareceu. — Nós acompanhamos a investigação em tempo real. Naquela época, não havia internet ou tanta tecnologia para passar o tempo, então a coisa mais chocante e comentada daquele ano foi o caso da família Donadelli e o sumiço do garoto. Eles eram como *as Kardashians*[1] do nosso tempo.

Comecei a ficar apreensivo. Precisávamos mudar de assunto logo, mas acabei me vendo hipnotizado em ouvir alguém falar sobre Dante, sem ser um outro espírito.

— Eu ainda acho que a família matou ele por causa da herança. — Minha mãe pareceu convencida.

— Como assim? — Thomas quis saber, atento.

Meus olhos dobraram de tamanho e comecei a tossir, engasgado. Thomas alisou minhas costas e eles continuaram a conversa, enquanto eu lutava para respirar.

— A família Donadelli era uma das mais ricas e importantes da cidade, naquela época — papai explicou. — O patriarca da família, senhor Donadelli, acabou morrendo de câncer, acho que foi leucemia ou algo dessa natureza, aí seu único herdeiro no testamento era o filho biológico. Só que ele estava casado com sua antiga amante e tinha um filho com ela também, então esse filho também tinha direito à herança, mesmo que estivesse fora do testamento.

— Anthony Fernández — concluí, quando me recuperei.

— Exato — meu pai confirmou. — Todo mundo pensava que Anthony era só um enteado do senhor Donadelli, mas acabaram descobrindo que, na verdade, Anthony era filho biológico e o mais velho, que nasceu quando o senhor Donadelli ainda estava casado com a primeira esposa. Ele nasceu antes mesmo do irmão.

— Ele e a mãe tentaram pleitear o direito a uma parte da fortuna, também — disse Yoona —, mas o juiz na época rejeitou o pedido, alegando que, ainda que Anthony fosse um filho biológico, por ter nascido durante a vigência do casamento anterior com a mãe de Dante, ele era filho ilegítimo e não tinha direito à herança, principalmente porque o falecido tinha deixado tudo que tinha para Dante Donadelli e apenas ele.

— Ué... Mas existe isso de *filho ilegítimo* por ser fora do casamento? — Thomas indagou, um tanto contrariado. — Isso é absurdamente arcaico!

— As leis não são mais assim, querido — minha mãe explicou. — Já faz duas décadas que os filhos fora do casamento têm os mesmos direitos dos nascidos dentro

1 Famosa família de *socialites* estadunidenses.

do matrimônio. Agora, filho é filho, e casamento é casamento, são dois institutos independentes. Esse caso dos Donadelli, inclusive, gerou tanta repercussão que acabou influenciando na mudança da lei de sucessões. Hoje em dia, nas faculdades de Direito, o caso dos Donadelli é citado, quando se estuda Direito de Herança.

— Voltando à história... — meu pai prosseguiu, para a minha aflição, mas eu era incapaz de pedir para mudarem o assunto, pois continuava ouvindo a tudo como se estivesse em uma espécie de transe. — A empresa da família precisava de um novo CEO, mas não poderiam eleger um novo, quando o acionista majoritário era quem tinha direito ao cargo. Tinha que ser o Dante Donadelli, já que era o único herdeiro considerado legítimo para as leis da época. Só que alguns dias antes da decisão final do juiz sobre a herança dos Donadelli, o rapaz sumiu, desapareceu do mapa.

— Boatos dizem que ele sabia que a empresa estava falindo e decidiu sumir para não ter que arcar com aquilo tudo — minha mãe declarou em tom sensacionalista, bebericando seu refrigerante. — Outros boatos dizem que Anthony matou Dante para ficar com a herança só pra ele. A construtora dos Donadelli estava com alguns problemas, devido aos desvios de verbas em contratos milionários, que só pioraram por conta da internação do Senhor Donadelli. Assim, a empresa faliu pouco depois que Anthony assumiu o cargo de CEO, porque o garoto não tinha experiência alguma em administrar uma empresa, então ele nem sabia o que estava fazendo. Sem falar que muito dinheiro do capital da empresa havia sido desviado durante a confusão, por outros sócios, mas ninguém jamais conseguiu comprovar nada. Havia muita corrupção envolvendo o caso, de vários lados, até mesmo do governo, com quem a Construtora Donadelli havia feito vários empreendimentos.

— E quanto à casa? — indaguei, mesmo com medo, fui incapaz de me refrear, e por isso minhas mãos começaram a tremer e suar. — Por que eles venderam a casa? Minha avó disse, uma vez, que ela estava com preço baixo e recém-reformada quando comprou.

— Quando todos os credores entraram com ação de cobrança contra os sócios da empresa, os Fernández perderam a mansão. Todos os bens dos Donadelli foram leiloados. A empresa ficou tão quebrada que nem mesmo todo o dinheiro e bens que os Fernández herdaram conseguiram saldar a dívida por completo.

— Alex... — Thomas tinha uma expressão confusa estampando a face. — Dante Donadelli não é o nome do seu namorado?

Arregalei os olhos e vi meus pais pararem de comer, com os talheres parados no meio do caminho em direção à boca. Eu dei uma risada *tão* forçada que tive vontade de chorar.

— É namorad*a*, Thomas, com *A*, no feminino. — Bati com um pouco de força demais em suas costas para ver se ele se mancava.

— Não sabia que estava namorando, Alex — disse meu pai. — Vai dar em casório? Porque você sabe que sua mãe anda desesperada para conhecer uma namorada sua há anos... Já disse a ela que você, na verdade, prefere pescar alguns peixes e depois devolvê-los ao mar, se é que me entende. — Ele me deu duas cotoveladas brincalhonas e uma piscadela cúmplice de um olho só, querendo insinuar que eu nunca apresentava nenhuma garota à família por ser mulherengo demais para estar numa relação séria. Ledo engano.

— Não vai dar em nada sério, não se preocupe — falei, nervoso.

Minha nossa, queria estrangular Thomas Kim! E o garoto já me olhava assustado pelo canto dos olhos, sabendo que tinha feito merda e quase entregado o jogo, sem querer, por ser um grande tapado.

Maldito Tyler Ross, que tinha espalhado o nome do meu namorado pra todo mundo, achando que meus amigos e Thomas lhe contariam alguma coisa!

— Preciso pedir um favor a vocês — disse cauteloso, quando lembrei que havia um tema perfeito para mudarmos de assunto, antes que fosse tarde demais. — Acabei de perceber que o armário embutido do meu quarto está com mofo. Deve ser porque a parede atrás dele é a do box do banheiro e eu tomo banhos bem quentes, então deve ter deixado tudo muito úmido. Não tenho dinheiro suficiente pra resolver isso agora, mas quero mandar tirarem o armário de lá e dar um jeito na parede, antes que o mofo se espalhe.

— Você quer dinheiro emprestado para isso? — Yoona deu-me uma expressão estranha.

— Sim — respondi, sem graça, já imaginando que ela diria um grande *não*. — É que o mofo se espalha e faz mal à saúde, pode me causar sinusite ou algo assim. Não tenho dinheiro para arrumar a parede, nem pra comprar um armário novo, então, se não for muito incômodo... Quero dizer, não pediria se não fosse extremamente necessário e...

— É claro que emprestamos, ser humano — minha mãe respondeu, surpreendendo-me. — Você tem nos dado muito orgulho, filho. Sei que agi mal quando você foi embora de casa, mas a verdade é que não queria te ver longe de mim. Você sabe o quanto sua avó foi ausente por conta das loucuras dela durante minha infância, então eu ainda não estava pronta para deixar você. Não a culpo, já que ela sempre foi meio doentinha da cabeça... Mas, no fim, tive menos tempo com a minha mãe do que deveria ter e não queria que acontecesse o mesmo conosco — confessou, a voz pesarosa, fazendo-me sorrir compreensivo.

— Alex... Sei que eu e sua mãe sempre fizemos questão de te ensinar o valor do dinheiro para que você não se tornasse um garoto mimado, por isso estamos muito orgulhosos de quem se tornou. Você não tem medo de trabalhar, conquistar seu espaço e viver sua vida, mesmo que pudesse continuar estudando e vivendo conosco até se casar.

Fiquei emocionado pra valer naquele momento. Meus pais, finalmente, tinham orgulho de mim. Era uma pena que jamais fosse me casar e dar netos a eles. Mas eles estavam orgulhosos e era o que importava, por agora.

Foi nesse momento que me dei conta que Dona Laura estava escondida atrás da pilastra, observando minha mãe, como se quisesse fazer um carinho na cabeça dela, contudo sua mão passava direto. Claro que era melhor assim. Imagine só se Yoona, do nada, sentisse um carinho sendo feito pelo vento?

Entretanto, ver minha avó com os olhos marejados enquanto observava nossa família à mesa, me fez perceber algo: talvez o motivo que a estivesse prendendo aqui fosse não querer abandonar sua família, principalmente a filha.

E foi aí que um estalo me ocorreu: e se Dante estivesse neste plano por causa do irmão? E ele sumisse no minuto em que Anthony morresse? Isso, definitivamente, me fez suar frio.

Depois de comermos, meu pai e Thomas se ofereceram para lavar os pratos na cozinha e Jonas foi junto, deixando-me à sós na varanda com minha mãe, enquanto ela fumava um cigarro.

— Fazia tempo que você não fumava. Aconteceu alguma coisa? — perguntei, preocupado.

Geralmente, ela só acendia um cigarro quando passava por períodos de estresse no trabalho; como quando ficava responsável por casos importantes, dos tipos que envolviam a mídia e em que a pressão era muito grande.

— Eu... — tentou dizer, pensativa, então acabou bufando, vencida. — Sinto falta da sua avó, Alex. Mesmo com seu pai de volta e tendo o Thomas lá em casa, que é um amorzinho de garoto, sinto falta da minha mãe. Sinto falta de ser filha, de ser cuidada, entende? Sei que talvez seja muito tarde para que eu pense nisso, já que estou velha, mas não ter mais você e o Jonas lá em casa torna tudo tão real! É como uma lembrança constante de que estou envelhecendo e de que, em algum momento, seremos só eu e seu pai, sozinhos. Ou talvez apenas eu, porque, você sabe, seu pai não tem uma saúde muito boa, com a quantidade de *fast-food* que ele come...

— Mãe, é normal sentir isso, sabe? Não quer dizer que seja menos doloroso. Quando fiz 20 anos e finalmente me dei conta de que não era mais um adolescente, tampouco criança, entrei em crise. Parecia que tudo estava passando rápido demais e que eu não receberia mais amor e carinho, por ser um adulto. Todas as responsabilidades de ter uma carreira, um emprego, uma casa... — Dei um suspiro cansado. — De repente, tudo caiu no meu colo e me vi angustiado, porque eu nunca quis ser o cara que mora com os pais até os trinta. Aí, eu ficava ainda mais desesperado cada vez que você ou meu pai diziam que eu morreria de fome por escolher o curso que escolhi. Em algum momento, achei que seria assim, de fato, mas se eu não fizesse Cinema, não conseguiria me dedicar a outra coisa.

— Alex... — Minha mãe estava com os olhos marejados. — Não sabia que tínhamos colocado tanta pressão em você. Eu e seu pai só queríamos te ajudar a fazer uma escolha mais segura.

— Eu sei... E tá tudo bem, agora. A questão é que você certamente também teve essa crise dos vinte, certo?

Ela balançou a cabeça em confirmação. Então, continuei:

— Ainda não cheguei na sua idade atual, é óbvio, ainda sou jovem — brinquei —, mas acredito que com o passar das décadas, nós, como seres humanos, sabendo que nossa vida é finita, entramos num tipo de crise de ansiedade e depressão. Começamos a imaginar o que poderíamos ter feito no passado para que o presente fosse diferente, mas a questão é que não dá pra mudar o passado, né? Então, nós deveríamos aproveitar o presente, o que temos agora, e tentar mudar as coisas a partir disso. Afinal, o presente, um dia, será passado.

— Você sempre foi tão maduro, bebê... — Ela fungou e não conseguiu segurar as primeiras lágrimas. — Jonas sempre me preocupou pela imaturidade dele. Já você, por outro lado, sempre me deixou muito tranquila. Você sempre soube o que queria e isso não passava batido. Me desculpe por todas as vezes que agi de maneira injusta com você, ou que não te apoiei.

— Tá tudo bem, mãe... Apesar de tudo, você e meu pai nunca deixaram de me dar amor e carinho — respondi, sorrindo enquanto ela me abraçava.

Seus cabelos eram macios e o cheiro de perfume, misturado ao do tabaco, era algo que me lembrava da minha infância. Estar nos braços de minha mãe era como estar no lugar certo. Era acolhedor.

Quando nos soltamos, fiquei estático, deparando-me com Dona Laura sentada na cadeira de palha à nossa frente, com lágrimas brilhosas escorrendo de seu rosto enquanto o sol quentinho a iluminava com suavidade.

— Diga a ela, mequetrefe... — vovó pediu, com a voz embargada. — Diga pra Yoona que ela sempre será meu bebê, também. Diga que sempre achei minha filha durona demais e que, por isso, talvez não me preocupasse tanto com ela quanto deveria. Sinto muito que minha obrigação de ajudar os mortos tenha atrapalhado a nossa relação desse jeito. Sinto tanta falta dela... E eu já sentia muito, mesmo antes de morrer.

Não sou tão emotivo, mas era a minha família ali, caramba! Era quase impossível segurar as lágrimas grossas e o choro abalado que subiu pela minha garganta.

— Mãe... — chamei, fazendo carinho em suas mãos que já haviam se livrado do cigarro. — Vovó te amava muito, sabia? Nunca duvide disso. A realidade dela era um pouco diferente da nossa, porque ela estava sempre... Vendo e ouvindo *coisas*. E talvez as coisas não fossem reais para você, mas eram bem reais para ela.

— Deus, sinto como se eu estivesse louca! Posso jurar que estou sentindo o perfume dela. É como se ela estivesse aqui, junto com a gente. Você... — ela balbuciou entre lágrimas finas. — Você não está sentindo esse cheiro, está? O cheiro dela? De capim-limão?

Sacudi a cabeça, em afirmativo, porque o cheiro da vovó impregnava o ar. Não era incomum que humanos sem dons sobrenaturais pudessem sentir o perfume de algum ente querido, quando o *animus* estava por perto. Era o jeito deles de se fazerem notar. Então, eu sorri.

— Talvez ela esteja, mãe. Dizem que é possível sentir o cheiro de uma pessoa recentemente falecida se o espírito dela estiver por perto... — insinuei, enquanto minha mãe me fitava de volta, com a expressão surpresa. — E do mesmo modo que eu e Jonas ainda somos seus bebês, você será sempre o bebezinho dela também. Sabe disso, né?

Yoona apertou as pálpebras com força, deixando cair mais lágrimas; depois, girou os olhos para fitar o céu ensolarado.

— Por que não aproveita e diz alguma coisa para ela? Se vovó estiver por perto, vai poder te ouvir — instiguei, dando-lhe um sorriso encorajador.

— Me desculpe, mãezinha... — ela chamou, com um suspiro culpado. — Me desculpe por não te entender e por te julgar mal. Eu te amo e sinto sua falta. Por favor, fique bem, onde você estiver.

Devagar, uma fenda foi se abrindo bem atrás do fantasma de Dona Laura, de onde saía uma forte luz branca.

Não que eu já não esperasse, pois há apenas alguns minutos atrás, tinha pensado na possibilidade de Dona Laura estar presa no plano material por causa de algo relacionado à minha mãe. E eu estava certo.

— Obrigada, Alex. Eu te amo. Vou sentir tanta saudade de vocês, que não vai caber no peito. Cuide do Dante, você é tudo o que ele tem. — Minha avó sorriu, genuinamente grata, mesmo em meio aquele olhar hipnotizado que direcionava à luz branca, antes de seu corpo ser atraído para dentro do feixe de luz e ela desaparecer, por completo, para dentro dele.

Aquela foi, infelizmente, a última vez que pude ver minha avó.

Após a partida de minha avó para o famoso Outro Lado, a casa ficou mais vazia. E me sentir daquele jeito não estava nos planos. Eu, enfim, estava sentindo a dor de perdê-la, pois ainda não estava preparado para lidar com sua partida definitiva.

Após não muitos dias, Yoona ligou, dizendo que tinha contratado um carpinteiro para verificar o armário pra mim. Então, acabei tendo que matar aula para recebê-lo e, naquela manhã, acordei com Dante em meus braços, fazendo-me carinho.

Talvez, naquele dia, eu pudesse aproveitar melhor meu namorado; afinal, desde que havia começado o estágio na emissora, quase não conseguia mais vê-lo, nem passar muito tempo com ele. E já não bastava sentir saudades de minha avó, sentir falta de Dante também, ainda que estivesse aqui, era terrível, especialmente sabendo que, sem a Dona Laura, Dante não tinha nenhuma companhia durante o dia todo. Eu detestava deixá-lo sozinho e até sugeri que passasse a frequentar a faculdade comigo todas as manhãs, mas ele nunca foi. Talvez ainda não tivesse me perdoado por mandá-lo embora de lá da outra vez, meses atrás.

Atendi a porta e subi com o carpinteiro, que analisou o mofo na madeira do fundo do armário, o qual eu nem tinha tido tempo de esvaziar. Não havia explicado aquilo a Dante, afinal, não tinha necessidade, mas ele parecia muito tenso enquanto eu e o carpinteiro tirávamos as roupas lá de dentro. Ele não parava de perguntar o que diabos a gente estava fazendo e o porquê, mesmo sabendo que eu não poderia lhe responder na frente do marceneiro.

— Alex, pra que vocês estão mexendo aí? — Dante indagou, pela quinta vez em quinze minutos, com uma voz esquisita, quase como se estivesse assustado. — É só um mofinho de nada! Esse armário e essa casa são velhos, deixa isso pra lá!

É claro que a coisa toda com o armário era estranha. Eu não tinha me esquecido de como ele foi rude com Jessica, na vez que ela afirmou sentir uma *vibe* estranha vinda do armário. Se estivéssemos sozinhos, eu certamente diria: *"Desembucha! Qual o teu problema, ô velhinho?"*.

— Me desculpe por ter vindo de última hora, rapaz. Mas esse era meu horário livre mais próximo... — O carpinteiro era um senhor de meia-idade e aparência frágil, mas de olhos espertos.

— Tudo bem, o importante é tirar isso daqui.

Aos poucos, ele ia destruindo o armário, arrancando peça por peça, pedaço por pedaço. A parte do fundo, que era embutida na parede, parecia ser a mais complicada de ser removida.

Ele, então, decidiu que seria mais fácil desprender a parte do armário que era embutida no teto e, quando subiu na escada para alcançar o alto, ela começou a tremer e o velho quase foi ao chão...

Mas eu notei que o *animus* era quem tentava derrubá-lo, usando seus poderes sobrenaturais para balançar a escada.

Então, fui bem rápido em segurar o homem. Em uma queda daquelas, mesmo que fosse boba, poderia quebrar algum osso.

Isso me deixou muito fulo com o Donadelli. Era absurdo demais vê-lo fazer aquilo, ele não costumava ser maldoso desse jeito, ainda mais com gente da *idade* dele. Era claro que ele tinha algum maldito motivo para não querer que mexêssemos naquele armário. Assumi que ele, talvez, escondesse algo ali.

Seria essa a coisa que ele queria me contar daquela vez? Com tanta coisa na cabeça, eu havia me esquecido de voltar naquele assunto. Além do mais, por que ele não aproveitava para contar agora? Não precisava fazer aquilo com o velho.

Por isso, sugeri ao marceneiro que sua pressão pudesse estar baixa, e pedi que fosse à cozinha comer um biscoito e tomar água, para se recuperar. É claro que era só uma desculpa para ficar sozinho com Dante e soltar os cachorros em cima dele:

— Que porra você pensa que está fazendo? — Meu tom era rosnado.

— Eu não fiz nada! — Ele teve a coragem de negar.

— Sonso! Eu vi, Dante. Nem tente me fazer de bobo! Você vai me contar, *agora*, que merda está escondendo. Por que você sempre fica estranho com relação a esse armário? Sei que existe algo muito sério sobre isso, porque de forma alguma você tentaria derrubar um velhinho de uma escada, sabendo que ele poderia se machucar! Eu te conheço. — O encarei com seriedade.

Dante me deu uma expressão pesarosa e angustiada.

— Coelhinho, por favor... Confie em mim, ok? Mexer nesse armário não vai trazer nada de bom.

— Cara, eu preciso tirar esse troço daqui! Se o mofo se espalhar, pode envolver a parede inteira e acabar até comprometendo a estrutura da casa. Já pensou se ela desaba, comigo ou o Jonas aqui dentro?

— Não desabou em trinta e seis anos, não vai desabar agora.

— Esse mofo também não existia até um tempo atrás e... — Então, eu parei no ato, notando o que Dante tinha acabado de dizer. — Espere... Trinta e seis anos? Isso quer dizer que o que quer que esteja escondendo sobre esse armário, é do tempo em que *você* estava vivo?

Ele coçou a cabeça e começou a girar os olhos em todas as direções, para fugir de meu olhar inquisitivo.

— O que você pretendia me contar daquela vez? Tinha algo a ver com isso? Por que não me conta agora?

Dante não respondeu, mas foi para o canto da janela e começou a girar seus anéis prateados nos dedos.

— Você escondeu pornô atrás da parede, foi isso? — Tentei brincar, para ver se o convencia a me contar alguma coisa.

— Você acertou! — Ele apontou o indicador para cima, como se tivesse acabado de ter uma ideia, o que apenas denunciava sua mentira óbvia.

Estava estampado na minha cara, também, que eu não estava caindo naquele papinho. Então, ele fez uma expressão mais urgente e afinou a voz, ao insistir:

— Eram pornôs muito pesados, não posso deixar que veja isso, senão você vai se apavorar e terminar comigo. É uma coisa muito pesada...

Franzi o cenho.

— Aham, tá legal. Acho que posso conviver com isso.

— Alex, é sério, pare de brincar! Por favor, *bicho*, esquece esse armário! — ele pediu, em tom agoniado.

— Só paro se você me der um bom motivo. O que envolve esse armário pode te fazer ser despachado para o Além?

— Você não pode só confiar em mim? — Seu olhar era estranhamente desesperado e urgente, enquanto me sacudia pelos ombros, deixando tudo ainda mais estranho. Era como se ele fosse morrer, caso eu continuasse com aquilo. Só que ele já estava morto.

— Meu Deus, por que tanto desespero? Você escondeu um corpo ali, foi? — Comecei a zombar. Até que me dei conta do que disse, ao mesmo tempo que a expressão de Dante ficava ainda mais sombria. — Merda... — murmurei em voz baixa, quase desacreditado. — É o *seu* corpo atrás da parede, não é? Esconderam *você* atrás dessa parede. E é por isso que seu irmão faz questão de fazer o memorial aqui, todos os anos... — E então, me dei conta de mais uma coisa. Uma que me assustou e arrancou lágrimas dos meus olhos antes mesmo que eu pudesse concluir. — Caralho, ele *sabe* que o seu corpo está aqui. Dante, o seu irmão te matou?

Ele engoliu em seco e suspirou, ao mesmo tempo que o marceneiro voltou ao quarto, com um pedaço de biscoito ainda na mão.

— Acho que tive mesmo uma queda de pressão, garoto — o homem declarou, risonho. — Obrigado por me deixar comer, acho que não vou mais ter nenhuma vertigem.

E enquanto o marceneiro tagarelava, eu sentia um bolo em minha garganta, com meus olhos fixos em Dante. Então, ele declarou, com aquele olhar cinza-tempestade intenso:

— Mande-o embora, coelhinho, por favor... Se encontrarem meu corpo, pode ser que a luz branca apareça. Se isso for revelado, terei que ir embora.

Minha cabeça estava girando. Eu sequer conseguia piscar naquele momento.

— Escuta, tio, eu... Eu preciso sair de casa agora. Você pode voltar outro dia? — falei ao marceiro, nervoso.

— Claro. Sem problemas. Vou só recolher o entulho e...

— Não precisa, eu mesmo resolvo depois. É que estou com pressa. Lembrei que tenho reunião hoje, na faculdade, com o meu orientador!

O carpinteiro piscou os olhinhos enrugados e sorriu, dando de ombros.

Depois que fechei a porta lá de baixo e me livrei do homem, pude voltar a confrontar Dante, lá na sala:

— Como você morreu? — fui direto. — Eu juro que não vou fazer nada com essa informação, mas me conta o que você puder!

— Não quero falar sobre isso. É perigoso, Alex. Pra mim e pra você.

Cruzei os braços e grunhi. Aquilo era mesmo difícil, porque agora eu já sabia demais e tinha medo que qualquer outra informação pudesse fazer a luz branca aparecer, por isso não podia mesmo insistir. Mas por que saber de mais coisas seria perigoso para mim, também? O irmão dele poderia fazer alguma coisa contra mim se soubesse que descobri a verdade? Isso é, se fosse essa a verdade. Ele não parecia perigoso. No máximo Anthony Fernández Donadelli era um perigo à moda, mas era só isso.

— Eu não vou fazer nada, Dante — resmunguei em voz baixa, completamente cabisbaixo. — Se não quer contar, eu entendo. Mas é horrível não saber quem machucou você.

Dei as costas, vencido e frustrado, enquanto subia as escadas para voltar ao quarto, mas Dante veio atrás, ainda tentando me convencer:

— Alex... Eu confio em você, só... É que... Porra — Ele sacudiu a cabeça, deixando a frase sem conclusão.

Dante não me diria e eu não insistiria, não mais. Eu era o maior fofoqueiro do mundo, mas se era verdade dele isso de que me contar seu segredo fosse fazê-lo ir para a luz branca, então eu preferia morrer sem saber nadinha. O problema era que, sem saber o que o prendia aqui ou qualquer outro detalhe crucial sobre sua história, eu não poderia me planejar para absolutamente nada envolvendo sua partida. No dia que ele sumisse, seria como se nunca tivesse existido e eu nem mesmo saberia como contatá-lo ou, sei lá... trazê-lo de volta, de alguma forma, se fosse possível.

Cansado, subi para o quarto outra vez e observei a madeira mofada na parede. Ainda que convivesse com o *animus* de Dante todos os dias, saber que seu corpo decomposto estava lá dentro era assustador demais. Por isso, um calafrio me subiu pela espinha, assim como os que eu costumava sentir quando era apenas um garoto assombrado e não um médium consciente.

Eu definitivamente não dormiria mais naquele quarto; não sabendo que o cadáver de meu namorado tinha sido desovado ali...

Parando para pensar, nenhum corpo que morre de causas naturais vai parar escondido atrás de uma parede. Isso, então, só prova uma coisa: Dante Donadelli foi, definitivamente, assassinado.

Agora, tudo o que restava saber, além do *como* e o *por quê*, era se seu irmão era mesmo o culpado.

17.
ALEX KISTER NÃO É UM CARA DURÃO

Depois de todo aquele tempo, desde que Dennis tentou me assassinar, a seguradora enfim liberou meu carro, o que melhorava as coisas em quarenta por cento, já que eu não precisava ficar sozinho na rua depois do expediente, esperando um ônibus que só passava de hora em hora e, ainda por cima, subir a pé a estrada de terra pavorosa que levava até minha casa; tampouco precisava das caronas do Tyler, meu pretendente insistente. E isso também era bom, porque eu não precisava causar crises de ciúmes em Dante, sem necessidade.

Agora que Dante não podia mais o meu café da manhã, já que Jonas estava infiltrado em minha casa, eu tomava café da manhã com meu irmão na ilha da cozinha enquanto Dante me fitava da forma mais doce e saudosa possível, sem podermos nos comunicar, o que era um saco. E quando digo *saudosa*, quero dizer que era de uma forma dolorosa e melancólica, do mesmo modo que eu olhava para ele enquanto a voz de Jonas berrava qualquer coisa que eu não fazia questão de ouvir.

Dante sentia minha falta, tanto quanto eu sentia a dele. Também tinha a coisa de parte da verdade sobre sua morte ter sido revelada. Ele não queria me contar como, tampouco *quem* havia feito aquilo e eu não podia mesmo insistir.

Sempre estive ciente de que, em algum momento, Dante poderia partir – afinal, ele era um *animus* e seu plano de existência já não deveria ser esse há muito tempo. Mas eu estava irredutivelmente apaixonado por Donadelli, de um modo que jamais estive na vida. Não escolhi me apaixonar por um homem morto, eu só... olhei para ele e nunca mais consegui parar de pensar em coisas nada castas para fazer com seu corpinho astral.

Quando eu chegava do trabalho, estava sempre tão cansado que às vezes nem tomava banho, só me jogava na cama, pronto para dormir. Dante sempre estava lá para me abraçar e me encher de beijinhos carinhosos enquanto eu dormia. Era um dengo só, mas não era como se eu pudesse aproveitar de verdade, já que acabava me entregando ao cansaço e dormia nos primeiros minutos.

Entretanto, saber que o corpo do meu namorado fantasma estava enterrado entre as paredes daquele quarto me dava calafrios e me deixava com os pelos em pé. Aliás, o único motivo pelo qual eu conseguia dormir naquele maldito quarto que tinha um corpo escondido entre as paredes era, justamente, estar abraçado ao fantasma do cadáver em questão. Irônico, não?

No fim, nossa relação tinha esfriado um pouquinho. É claro, havia os finais de semana livres, mas eram tantos trabalhos acadêmicos acumulados que eu não tinha escolha a não ser fazê-los naquelas folgas e, assim, ficar sem dar atenção ao Dante.

No último mês, nós sequer havíamos passado das mãos bobas. O máximo que eu fiz foi enfiar as mãos por dentro da cueca dele e apertar aquela bunda durinha. Era como se estivéssemos retrocedendo, porque eu não tinha tempo de fazer mais nada além.

E foi assim até o final de semana do tal memorial dele, organizado por seu irmão. Embora estivesse sem tempo, eu tinha feito de tudo para que, no dia dois, seu aniversário, pudéssemos passar o dia todo trancados a sós no quarto – não que Dante quisesse comemorar seu aniversário, já que, segundo ele, não fazia sentido comemorar seu nascimento quando já estava morto, mas, de qualquer forma, eu era muito agradecido por ele ter vindo ao mundo. Do contrário, não sei bem como eu estaria agora. Talvez tivesse morrido ainda criança, pelas mãos de algum *animus* puto da vida com Dona Laura, ou depois de adulto, afogado dentro de meu próprio carro, por obra do Dennis. Não tinha como saber, mas era claro que eu só continuava vivo graças ao Donadelli.

Entretanto, justamente porque Dante estava morto, não era como se pudesse dar objetos materiais a ele. Até comprei um vinil do Aerosmith e embrulhei bonitinho, mas depois pensei que *animus* não podiam ter coisas. Era como comprar algo para mim mesmo e, consequentemente, emprestar a ele. Porque o vinil seria tecnicamente meu, no fim das contas. Ele nem poderia levar o presente, quando partisse para o plano astral, então que serventia teria?

Depois de dizer a Jonas que teria visitas naquela noite e que ele não deveria me incomodar de jeito nenhum, meu irmão deu de ombros e saiu com Nathaniel e nosso primo, Raphael. Acreditava que Thomas e Doyun tivessem ido juntos, já que recebi mensagens do Doyun:

> Não acredito que você deixou de sair para beber com a gente pra ficar transando com esse seu namoradinho misterioso!

Aparentemente, todo mundo já sabia do namorado misterioso, exceto a parte que ele estava morto.

Ao cair da noite do dia dois de outubro, preparei o quarto todo com velas aromáticas de sândalo, o cheiro dele. Troquei os lençóis que estavam na cama por uns limpinhos, coloquei algumas músicas românticas para tocar e pedi comida pelo telefone. Quando o *motoboy* chegou para entregar o pedido, levei tudo para o andar de cima e coloquei sobre a manta no chão – para mim, é claro. Dante não comia.

Assim que estava com tudo prontinho, deixei que ele viesse para o quarto. Após alguns segundos observando o cômodo, meu fantasma sorriu, sem jeito, com os olhinhos acinzentados brilhando sob a meia-luz.

— Feliz aniversário! — declarei, sorrindo.

— Isso tudo é muito romântico... — sua voz era divertida. — Eu achava que tinha um namorado mais do tipo durão.

Eu bufei, num misto de irritação e vergonha. Depois, escondi meu rosto em uma almofada e falei:

— Cala essa boca e senta logo aqui.

Ouvi sua risada gostosa e senti suas mãos retirarem delicadamente a almofada do meu rosto, mas permaneci de olhos fechados, sem coragem de fitá-lo, afinal, eu estava mesmo sendo um sentimental do caralho e não costumava ser assim. Quer dizer, sempre fui um romântico incurável, mas meloso demais, não.

— Olha para mim, Coelhinho... — ele pediu, doce.

Aos poucos, fui abrindo os olhos e vi um *animus* sorridente, parecendo genuinamente feliz, sentado de pernas cruzadas à minha frente. Ele acariciou minha bochecha antes de avançar sobre meus lábios, de olhos fechados. Nossas bocas se encontraram de forma suave em um beijo muito apaixonado e carinhoso, sem todo aquele fogo costumeiro – não porque havia se apagado, mas porque era um momento fofo demais para pensarmos em sacanagem.

Devagarzinho, interrompemos o beijo, deixando apenas nossas testas encostadas uma na outra.

— Eu pedi comida... — falei, rindo suave e ainda um pouco zonzo, quando ele afastou seus lábios dos meus. — Sei que você não come, mas tô com muita fome.

Dante soltou uma risadinha, fazendo seus olhinhos se fecharem quase que por completo e, por conta da proximidade, pude sentir as vibrações de seu corpo balançando, quase como se ele fosse de carne e osso. Constantemente, sentia como se ele ficasse cada vez mais *vivo*. E alguma coisa, em meu âmago, dizia que aquilo era estranho, assim como todas as vezes que nos tocávamos fisicamente, mas eu preferia ignorar a sensação, porque não podia ser nada de ruim. Eu o amava verdadeiramente, e ele a mim, então o que poderia ser errado sobre amar alguém assim? Amar nunca seria um erro.

— Não tem problema... Eu sempre assisto você comer, de qualquer modo. Mas teria gostado mais se você tivesse me deixado fazer a comida... — Ele fez um biquinho. — Sabe que gosto de cuidar de você.

— Eu sei — respondi, um pouco tímido. — Mas queria fazer uma surpresa para você, Gasparzinho.

Ele sorriu mais abertamente.

— Então, vou te alimentar. — Ele estava decidido, por isso pegou a embalagem e já foi logo me estendendo um talher com uma quantidade considerável de comida.

— Me alimentar? Tipo, me dar comida na boca?

— Isso aí, *broto*.

— Ah, cara, você faz eu me sentir um bebezão, sabia? — Eu comecei a rir de nervoso enquanto sentia minhas bochechas queimarem.

— Mas você é um bebezão. O *meu* bebezão — Dante respondeu, risonho. — Agora, abra a boca antes que eu faça o *aviãozinho*...

— Ah, para com isso... — Virei o rosto para evitar a comida.

— Olha só, é meu aniversário, então tem que fazer o que eu quero. Você quer ou não quer me deixar feliz hoje, hein?

Eu apertei os olhos pra ele.

— Seu manipuladorzinho da porra — devolvi, vencido, antes de abrir a boca.

Ele sorriu de volta e me deu a comida, fazendo brincadeirinhas, o tempo todo provocando e me comparando a um bebezão. Eu quase cuspi tudo de tanto rir, porque não era como se não gostasse daquilo, eu só fingia, por ser meio vergonhoso. Já disse que sou um nenê, porém gostava muito de negar em nome da boa fama. Mas, afinal, quem mais saberia? Éramos apenas nós dois ali.

Depois de terminar de comer – ou melhor, de ser alimentado pelo meu *namorado* –, nos deitamos na cama e escolhemos alguns filmes para assistir no projetor. No entanto, em algum momento, durante a sessão, peguei-me alisando o Dante com mais malícia do que deveria. Eu podia sentir os músculos trincados por baixo de sua camisa branca do Led Zeppelin e a maciez da sua pele que parecia tão real quanto a minha. E quando dei por mim, já estava sentado em seu colo, rebolando fogoso, como se não houvesse amanhã, enquanto atacava aqueles lábios cheios e apetitosos.

Dante era todo gostoso, da cabeça aos pés, e eu não podia mais controlar o fogo que ardia dentro de mim por ele. Precisava tê-lo, do mesmo jeito que precisava de ar. Era como se eu pudesse morrer, caso fosse impedido mais uma vez de transar com ele *bem gostoso*... E certamente aquilo seria muito mais que apenas *gostoso*, ah, disso tinha certeza!

Subitamente, ele interrompeu nosso beijo – como sabia que faria – para então segurar meus quadris com força, fazendo o ritmo de meus movimentos quase cessarem, mas continuei a forçá-los, decidido. Nada me impediria de tê-lo, a não ser que ele não quisesse mesmo.

— Coelhinho, acho melhor a gente parar agora... — Dante parecia descompassado, ofegante e descabelado, enquanto me encarava com um olhar que gritava o quanto ele não queria parar.

Eu senti nitidamente uma lufada de ar deixar os seus lábios e meus olhos dobraram de tamanho.

— O que... — Não consegui terminar de dizer, porque Dante mordiscou o meu lábio inferior, soltando outra lufada de ar, sabe-se lá como diabos.

Ele parecia mesmo vivo. E aquilo, definitivamente, não era só coisa da minha cabeça.

É claro que pude interpretar como um bom sinal, um sinal verde...

Parando para pensar, como uma pessoa viva, eu era cheio de vida, enquanto ele era cheio de morte... E se toda aquela troca de energia sexual comigo fosse como estar doando um pouco da minha vida para ele? E se *esse* fosse o motivo de ele sempre evitar ir mais a fundo comigo? Dante estaria tentando preservar minha vida ou algo assim? Doar parte da minha vitalidade para ele teria como efeito colateral perder um pouco da minha? Talvez isso diminuísse meus anos de vida?

Caramba, isso poderia fazer todo o sentido! Dante jamais aceitaria isso, que eu me sacrificasse de alguma forma por ele. Dante não aceitaria que eu doasse sequer um ano da minha vida, em troca de dez da dele, tenho certeza, porque quando se tratava de mim, Dante era inevitavelmente altruísta, sempre me colocaria à frente de si mesmo. Explicava perfeitamente bem o porquê de ele nunca querer transar de verdade.

Dei um sorriso, que foi abrindo lentamente, enquanto uma euforia me consumia por inteiro e meu pau latejava na cueca.

— Não aguento mais... — sussurrei, com a voz emitindo o desespero que sentia. — Eu quero você... *Quero tanto que dói.* — Usei as mesmas palavras que ele tinha usado comigo uma vez, porque sabia como era sentir aquilo, desejá-lo tanto a ponto de sentir meu coração doer, doer de amor. Soei todo manhosinho, mas nem foi proposital, e sim porque eu, definitivamente, estava mais necessitado do que nunca. Já estava segurando há muito tempo.

Perceber que Dante abria mão de se satisfazer, depois de décadas morto, só para me poupar alguns anos de vida era cuidadoso e amoroso, definitivamente a cara dele. Isso só me fez sentir que deveria fazer valer todo o seu sacrifício. E eu tinha certeza de que não tinha nada a ver com ele não poder sentir nada, porque seu pau duro e os seus suspiros, em todas as vezes que nos tocávamos, deixavam claro que sim, ele sentia e sentia muito. Eu era um ser sobrenatural, nascido com a habilidade de tocá-lo. Era certo que podia fazer de tudo com ele. Afinal, por que *animus videntium* teriam esse tipo de poder, então? Estar apaixonado por ele só me dava mais tesão.

— Sei como funciona... — Ele deu um suspiro, com um olhar pesaroso queimando minha pele. — Eu sinto isso, mas...

— Mas o quê? — Rocei meu nariz em seu pescoço, sentindo-o tremer na base ao passo que segurava minha cintura em um aperto firme. — Dante, preciso muito de você... — apelei, sugando seu pescoço cheiroso enquanto voltava a rebolar sobre ele.

— Coelhinho... Escuta... — Sua voz estava por um fio. — Tem uma coisa que eu preciso dizer. Uma lenda. Ou melhor, uma crença. Uma que faz todo o sentido do mundo e você precisa acreditar nela.

Ele segurou meu rosto, obrigando-me a encará-lo antes de continuar, todo apreensivo:

— A gente... não sabe o que pode acontecer... se um espírito fizer sexo com um vivo. É nefasto, Alex.

Com isso, parei os movimentos na mesma hora e o encarei, de cenho franzido.

— O que quer dizer? Você não é diferente de nenhuma pessoa viva pra mim, quero dizer, você goza quente e gostoso, seu pau fica duro na minha mão e eu acabei de engolir o seu hálito quente na boca. Isso deve ser sobre se envolver com humanos comuns, mas não sou comum, Dante, eu literalmente nasci com o poder de tocar você. Se fosse algo ruim, não acho que os *animus videntium* poderiam fazer isso...

— Isso pode trazer problemas a você, Alex. A lenda diz que...

— Foda-se a lenda — rebati, em um quase rosnado. Não queria discutir isso com ele agora, porque não fazia o menor sentido e ele não ia me convencer do contrário.

Dante respirou fundo, cerrando as pálpebras por um momento. Quando abriu os orbes cinza-tempestade, fitou-me com intensidade, de forma que fui capaz de perceber o quanto estava se controlando para não calar a boca e me foder imediatamente. Ele queria também, não havia sequer sombra de dúvida.

— Você pode ter parte da sua energia vital sugada, Alex — declarou totalmente tenso, com aquele mesmo tom profético que usou quando ouvi sua voz pela primeira vez na cozinha, meses atrás.

Foi com deleite que notei que minha teoria estava mais do que certa. Eu o conhecia bem demais.

— Não adianta, Dante, eu não me importo. — Sacudi a cabeça. — Quanto tempo de vida vou perder por uma transa com você? Um mês? Um ano? Isso é muito pouco. É pouco em comparação ao que vamos sentir. Ir até o fim e te amar como eu quero, te amar com o meu corpo, a minha boca e o meu coração ao mesmo tempo, é simplesmente a coisa que mais quero nos últimos tempos. Você não vai mais me negar isso, Donadelli, não ficando com o pau duro desse jeito.

— Alex, transar com um *animus* pode acabar com você. — Ele sacudiu a cabeça, exasperado. — Não existem casos relatados de *animus* transando com pessoas, porque somente os *videntiuns* podem tocar um fantasma de verdade. Por isso, há apenas lendas e histórias que dizem que os resultados disso podem ser... desastrosos. Sem provas e documentos de relatos concretos, é quase como a porra de um mito, ninguém fala disso, porque é um tabu até mesmo entre os médiuns...

— Espere... — Meu cérebro imediatamente se acendeu. — Se eu te doar parte da minha energia ou, sei lá, do meu espírito, isso poderia te trazer de volta à vida? Te fazer ficar mais real do que esse hálito quente na sua garganta? — Eu estava quase animado.

— Não — ele respondeu, pesaroso, fazendo minha animação passar em um segundo. — Isso seria impossível, Coelhinho. É algo mais parecido com... transar com a morte. *Eu sou a morte, Alex.*

Fitei-o, tentando entender algo além de sua expressão, mas a única coisa que fui capaz de notar era que Dante, como sempre, sabia bem mais do que falava, mas decidi que me ateria somente ao que ele estava dizendo. Se houvesse algo além daquilo, ele diria, já que não envolvia só ele, e Dante jamais deixaria deliberadamente que algo ruim acontecesse comigo.

— Eu não me importo — decidi, então. — Tô pouco me fodendo pro que pode acontecer comigo. É sério, duvido muito que eu vá morrer, não é como se transar com você fosse me sugar até a morte. Vai?

— Esse é o problema, Alex, eu não sei! Você arriscaria? Arriscaria sua vida por isso? Por uma foda comigo?

— Eu preciso de você, não aguento mais! Foda-se o que talvez, de repente, pode acontecer comigo! — grunhi, puxando seu rosto para mim outra vez.

Entretanto, antes que pudesse beijá-lo, o *animus* nos afastou.

— Mas eu me importo, Alex, porra! — Ele se exaltou, totalmente angustiado. — Se algo de ruim acontecer por culpa minha, eu...

— Por favor, Dante, por favor... — Meu tom era de súplica. — Eu quero isso mais do que já quis qualquer coisa nesta vida. *Eu preciso*! Não percebe o quão certo é? Também pensei que transar com um espírito fosse algo maligno... Mas você não vê? Se a gente pode se tocar como dois vivos, então não há o que temer. *É pra ser*.

Eu havia me convencido disso há algum tempo.

— Não é qualquer foda, porra! — insisti, ao ver contrariedade se apossar de seus olhos de novo. — É uma foda com *o cara que eu amo*. Tenho minhas necessidades, assim como qualquer pessoa. E você também, mesmo sendo um espírito! Eu sei que tem! Você sente, não sente? Não é como com os outros fantasmas... Você consegue me *sentir*, não consegue?

— É claro que consigo... — Ele bufou, contrariado. — Eu tentei, uma única vez, ficar com um fantasma, logo no primeiro ano após minha morte — finalmente revelou aquilo que, há meses, eu queria saber. — Não senti nada. Nada mesmo. Os toques, os cheiros... Nada. Era como se eu estivesse anestesiado. Ele também não sentiu e eu imagino que seja porque o sexo é o fator determinante para gerar *vida*, então você precisa estar *vivo para* gerar vida. A morte é o completo oposto... Por isso não somos permitidos a ter esse tipo de prazer. Mas com você, foi totalmente inverso, desde o início.

Donadelli sacudiu a cabeça e seu olhar estava desfocado, como se estivesse perdido nas próprias memórias.

— Eu não me lembro de ter sentido nada tão forte, mesmo quando estava vivo e meu corpo era de carne e osso... — Ele me olhou, angustiado. — Você pode cuidar das suas necessidades com pessoas vivas, Alex, eu juro que vou entender. — Seus lábios diziam isso enquanto o seu rosto denunciava a mentira em uma careta desgostosa. — Se fizermos isso, não só posso sugar a vida que existe aí dentro de você, mas também acabar te infectando com a mais pura *morte*... Posso trazer sombras pra dentro de você, Alex.

Encarei-o, com os orbes ardendo de raiva. Ele não poderia estar falando sério, né?

— Não é só uma questão de pura luxúria, não é um desejo fútil! *Eu amo você!* E eu preciso te amar com o meu corpo, eu preciso... Preciso *fazer amor com você* ou vou explodir de agonia, cara! — exclamei, puxando a gola de sua jaqueta de couro.

Eu estava ciente do quanto meu olhar devia parecer o de um maníaco, o que era ridículo, se você parar para pensar. Era estúpido que eu tivesse que implorar para que meu namorado transasse comigo. Então, pensei que... talvez ele simplesmente não quisesse aquilo tanto quanto eu. Não realmente. Seu *corpo* queria, era inegável, mas talvez ele não quisesse em seu coração.

— Você... Você não quer fazer mesmo, não é? Você não me quer tanto *a esse ponto*, é isso? — indaguei.

Eu já sentia meus olhos arderem, mas lutei bravamente contra as malditas lágrimas de rejeição querendo escapulir.

Dante me devolveu um olhar arregalado e uma expressão totalmente ultrajada, quando apanhou meu rosto com uma das mãos, enquanto que, com a outra, segurou meus cabelos com firmeza entre os dedos, forçando-me a encará-lo.

— Você ouviu uma palavra sequer do que falei? Não entende que te desejo mais do que já desejei qualquer pessoa, até quando eu estava vivo? — Seu tom era afetado. — Não percebe que eu iria até o Inferno por você?

Os olhos cinza-tempestade pareceram me engolir quando ele passou a língua pelos lábios cheios e soltou suspiro. Os orbes percorreram meu corpo de baixo a cima, devorando-me ao mesmo tempo que me seduziam — o que estava funcionando, já que ficar próximo dele sempre me deixava tenso.

Os olhos eram, definitivamente, a coisa mais charmosa de Dante. Aquele par de olhos pequenos demonstrava uma malícia e profundidade sem tamanho, como se apenas seu olhar pudesse ler a minha alma – o que era irônico, já que ele era uma alma pura, um corpo astral, sem a carcaça de um corpo físico de carne e osso.

Fazia sentido, que ele, como um espírito, pudesse ver o *animus* através da minha pele.

O seu aperto ficou mais forte em minha cintura, puxando meu corpo de encontro ao seu, o que me fez ter certeza de que minha presença mexia com ele do mesmo modo que a dele mexia comigo. Era como se nossos corpos se atraíssem, como perfeitos ímãs. E eu estaria mentindo se dissesse que não havia sentido aquilo desde o primeiro momento em que fui capaz de vê-lo; porque a primeira coisa que fiz, quando o *animus* tornou-se visível para mim, foi comê-lo com os olhos e sentir aquela eletricidade curiosa e deliciosa com o toque de nossas peles.

Dante ficou me encarando por um minuto inteiro, de modo intenso e abrasador, como se travasse uma guerra consigo mesmo dentro da própria mente.

Vi, então, a dúvida dele se dissipar em frente aos meus olhos para ser substituída pela decisão: seu aperto se intensificou, então Dante juntou nossos lábios com um baque rude, esmagando nossos peitorais um no outro, como se as míseras amarras mentais que o prendiam tivessem, enfim, soltado-se, todas de uma vez só.

Pude sentir a dureza entre suas pernas já a ponto de bala, chocando-se contra minhas nádegas cobertas de forma mais intensa, deixando-me louco. Toda aquela tensão também havia me deixado duro como pedra e eu queria ser capaz de fodê-lo ao mesmo tempo que ele me fodesse.

Fechei os olhos e soltei um gemidinho baixo quando ele começou a impulsionar seu quadril para cima, provocando-me ao forçar mais sua rigidez contra minha traseira. Eu estava perdendo a sanidade, estava por um fio. Apertei os olhos com mais força, numa inútil tentativa de me conter.

Dante aproximou os lábios do meu pescoço e tive a impressão de sentir seu hálito quente mais uma vez. Ele arrastou a ponta do narizinho fino por toda a minha pele, demorando-se mais na bochecha, onde desenhou círculos imaginários na minha tez macia em um movimento carinhoso, totalmente oposto à maldita tensão sexual entre nós. Depois, inspirou próximo ao meu ouvido, sentindo meu cheiro.

Todos os pelinhos do meu corpo se arrepiaram e meu pau quase explodiu, pulsando brutalmente. Minha respiração tornou-se errática, enquanto meu peito subia e descia rápido. Segurei, com força, em seus braços magros, porém de músculos deliciosamente inchados e aparentes. Era aquele o nosso momento, podia sentir. Era naquele momento que, finalmente, seríamos um do outro.

Abri as pálpebras devagar, encontrando Dante com o rosto colado no meu, encostando a pontinha de nossos narizes. Ele alternava o olhar entre meus olhos e meus lábios de um jeito que era, ao mesmo tempo, sexy e doce.

— Coelhinho... — tentou dizer, mas não era necessário falar mais nada. Das duas, uma: nós nos afastaríamos ali, para evitar que qualquer coisa ruim acontecesse ou deixaríamos que nossos corpos cedessem.

Mas eu não tinha aquela força toda e, pelo visto, nem ele.

— Não aguento mais — repeti em um sussurro fraco, meu hálito batendo em seu rosto e voltando para mim em uma lufada.

— Então, *me perdoe* — foi só o que ele disse antes de atacar meus lábios com urgência, enroscando sua língua molhada na minha mais uma vez.

Eu já estava quase perdendo o ar, mas continuei a beijá-lo fervorosamente, enquanto puxava sua jaqueta, afoito, para deslizá-la por seus ombros, atirando-a no tapete. Desci uma das mãos por suas costas, apenas para capturar a barra de sua camisa branca puída e arrancá-la de seu tronco também e ter seu peito desnudo à minha frente.

Ele gemeu manhoso em minha boca quando voltamos a nos beijar, rebolando o quadril inquieto abaixo de mim. Finquei minhas unhas em seus ombros, sentindo seus músculos duros por baixo da pele. Era real *demais*, como se seu corpo fosse de carne e osso – e aquela sensação de estranhamento tentou tomar conta de mim, mas eu estava decidido a ignorar, porque o medo não me faria voltar atrás. Eu já havia aceitado perder um pouco de vida para tê-lo por inteiro.

Dante deu um rosnado e, em um piscar de olhos, derrubou-me sobre o colchão. Apenas tive tempo de respirar fundo antes do corpo dele ficar entre minhas pernas, por cima de mim. Sua mão alisou minha nuca e levantou minha cabeça do travesseiro; a língua saiu lentamente da boca, enquanto os olhos estavam fixos nos meus, como se me desafiasse. Imitei seu movimento, colocando minha língua também para fora, fazendo as duas voltarem a se alisar de forma molhada e fodidamente erótica. Ele cobriu minha língua com sua boca, chupando-a de um jeito delicioso, o que me fez revirar os olhos de tesão, enquanto seu quadril simulava estocadas deliciosas em mim.

Abri mais as pernas involuntariamente, fazendo com que seu caralho coberto e duro roçasse uma vez mais em minha bunda, que estava desesperada para senti-lo por dentro. Eu puxava seus cabelos da nuca e rebolava embaixo dele, abraçando seu tronco, enquanto Dante apertava meu pau por cima do jeans, provocando meus gemidos abafados.

Devagar, ele se afastou da cama, pondo-se de pé antes de desabotoar a calça jeans. Fiquei observando, enquanto salivava com a visão da sua barriga e peitoral super chapados, com aqueles gominhos marcados. O que fitei por último, já que o analisei de cima a baixo, foram aqueles malditos vincos nas laterais de sua barriga, marcando o caminho para o membro visivelmente rígido, aquele maldito caminho da perdição. Da *minha* perdição.

Mordi o lábio, morrendo de desejo. Queria ver aquele abdômen e aquelas entradinhas se movendo, enquanto seu corpo balançava em cima do meu, fosse entrando e saindo de dentro de mim ou se empalando no meu pau.

Dante sorriu de lado, tão safado que, naquele exato momento, pude sentir minha glande molhar a cueca, expelindo pré-gozo. Ele apertou o próprio pênis coberto e suspirou antes de começar a, vagarosamente, deslizar a calça jeans pelas coxas grossas.

Eu queria aproveitar e tirar minhas roupas também, para me adiantar, mas, se eu piscasse, perderia os movimentos de Dante. E vê-lo se despindo daquele jeito na minha frente, naquele showzinho devasso e particular, era hipnotizante.

Quando o tecido chegou aos seus pés, ele chutou a calça para o lado. Dante estava só de cueca, bem na minha frente. Era uma boxer preta, bem apertadinha, que não conseguia abrigar a cabecinha de seu membro duro pulando para fora, já molhadinha de lubrificação.

Não era como se eu nunca tivesse visto Dante sem roupas, mas saber que finalmente o teria para mim, por completo, fazia-me admirar ainda mais a escultura grega que era seu corpo. E ele era meu... Todinho meu.

Em momento algum, Dante deixou de me fitar, mas não fui capaz de olhar em seu rosto, pois estava absurdamente hipnotizado por seu corpo bem desenhado: ele era pequeno e parecia delicado, mas os músculos definidos deixavam-no tão másculo que me dava vontade de chorar, doido para tê-lo de quatro à minha frente, todo arreganhado pra mim.

Acabei apertando meu próprio cacete duro, na intenção de ter algum alívio, mas aquilo só piorou a situação e me fez soltar um gemido.

Ele levou as mãos para o elástico de sua cueca e a abaixou, enfim libertando o membro teso, que pulou para frente, pesado. As veias que o adornavam estavam bem aparentes e tive vontade de lamber cada uma delas...

Por isso, foi o que fiz.

Posicionei-me de joelhos na beirada da cama, de frente para Dante, que se aproximou. Ele sabia o que eu queria, então acariciou meus cabelos com uma das mãos, enquanto a outra estava relaxada na lateral do próprio corpo. Abaixei-me, ficando de quatro, com a bunda empinada no ar ao posicionar meu rosto na altura de sua pélvis. Segurei o falo rígido, de cabecinha brilhosa e melada, na mão, masturbando-o com movimentos lentos. Deslizei a língua pela glande, limpando a lubrificação que ela expelia, ao passo que mirava seus olhos cinza-tempestade hipnotizantes, sabendo o quanto aquilo era erótico e torturante para ele.

Dante gemeu e cerrou as pálpebras, fazendo-me fechar também as minhas ao abocanhá-lo por completo, matando a saudade desesperada que estava de tê-lo fundo em minha garganta. Deslizei seu falo grosso dentro da minha boca, escorregando a língua molhada em suas veias dilatadas, indo de cima a baixo e, quando chegava à glande, desenhava círculos com a ponta da língua, deixando-o louco, fazendo-o apertar meus cabelos com mais força, segurando-se para não forçar o quadril contra mim.

Comecei a intensificar os movimentos, fazendo-o pedir por mais, até que a outra mão de Dante também se agarrou em meus fios e ele passou a estocar fundo em minha garganta, não se aguentando mais. Isso me excitou mais do que eu já estava, se é que era possível. Ele não estocava muito fundo, para que a glande não batesse forte e me causasse ânsia, mas, ainda assim, lágrimas saíam pelos cantinhos dos meus olhos.

Eu gemia de tesão e a reverberação de minha voz em seu sexo duro deixava Dante ainda mais louco, sugando o ar entre os dentes. Mas eu não o deixava comandar tudo. Gostava muito da dinâmica da nossa relação, em que ele fingia que mandava e eu fingia obedecer, para logo em seguida tentar submetê-lo e ele, abertamente, contrariar-me. Amava aquela disputa de poder, porque me fazia sentir mais vivo do que em todos os meus 22 anos recém-completos de vida.

Em algum momento, quase pude sentir seus poucos pelos da pélvis tocarem o meu nariz, tão profundamente o engoli, faminto. Notei o gozo correndo rápido por baixo da pele fina, indicando que ele logo se desfaria, mas Dante rapidamente se retirou, afastando o pênis duro de meus lábios. Ele me encarou, com um olhar tão intenso que me fez tremer. Depois, puxou-me para cima pelos cabelos, fazendo-me ficar de joelhos na cama outra vez, para me capturar num beijo ainda mais urgente que os outros, sugando minha boca avidamente.

Senti suas mãos descerem pelo meu peitoral, explorando cada pedaço do meu corpo. Depois, ele me atirou na cama e tirou todo o resto da minha roupa de uma vez só, em um movimento rápido que demonstrava experiência, para logo voltar a me beijar.

Dante mordia e sugava meus lábios com maestria, de forma rápida e bruta. Os lábios macios desciam para meu pescoço mordendo, lambendo e sugando de cima a baixo, para sentir meu gosto. Vez ou outra, ele também lambia minha clavícula, ombros e o lóbulo da minha orelha, sempre suspirando, extasiado.

E aí, foi minha vez de empurrá-lo e trocar as posições, ansiando por comandar um pouco de novo, ficando por cima e entre suas pernas abertas.

Ele rodeou meu corpo com os braços, as mãos arranhando e apertando minhas costas como se pudesse nos fundir em um só corpo, enquanto eu esfregava meu pau duro no seu e sugava seu pescoço de forma desesperada, com minhas palmas apertando sua bunda de maneira possessiva.

Levei meus beijos para seus mamilos, sugando e mordendo enquanto o via me assistir deliciado. E, cara, que olhar era aquele! Era uma puta visão vê-lo me fitando tão cheio de luxúria, gemendo ao sentir minha língua passeando, devagarinho, por seus biquinhos eriçados, puxando meus cabelos com as duas mãos, tentando descontar todo o prazer que sentia. Meus olhos reviraram de tesão ao vê-lo tão entregue e precisei fazer força sobre-humana para mantê-los abertos e não perder a visão gloriosa que era Dante recebendo prazer.

Outra vez, suas mãos deslizaram para meu sexo, inclinando-se de leve para alcançá-lo. Ele o masturbou com um aperto um pouco forte demais, só que até mesmo aquela pontinha de dor era gostosa. Quando pensei que gozaria já no início, só com aquelas provocações, ele cobriu minha glande com o dedão, impedindo-me de chegar lá. Não vou mentir que não fiquei puto, mas não tive tempo de reclamar, pois Dante me afastou, dizendo:

— Ainda não, Coelhinho. Nós mal começamos... Esta noite precisa durar o máximo possível, mas você tá muito afobado. Prometo que vou te fazer gozar tanto e tantas vezes que você vai até esquecer seu próprio nome e só vai saber gemer o meu...

Ele me empurrou de volta ao colchão, segurou minhas pernas e, apoiando a direita em seu ombro, encostou o nariz em meu tornozelo, aspirando a pele dali ao passo que distribuía selinhos e chupões em minha panturrilha. Seu toque era delicado, contrastando com a selvageria anterior. Ele acariciava minha virilha com as mãos, massageando-a, antes de beijá-la, para depois, distribuir chupões e mordidinhas torturantes. Era enlouquecedora a lentidão com a qual ele movia a língua, desenhando círculos com a saliva e, depois, mordendo. Minha carne ia e voltava para dentro de seus lábios cheios, enquanto Dante se deleitava com meus gemidos sôfregos. Eu nem sabia o quanto a parte interna das pernas poderia ser sensível, porque ninguém havia me tocado ali assim antes dele.

Eu movimentava meu quadril para cima e para baixo, inquieto, implorando para que Dante me fodesse logo ou que, pelo menos, enfiasse a boca no meu pau, mas ele queria me deixar no limite.

— Porra Dante, eu quero sentir você dentro de mim. Por favor, anda logo, não tô conseguindo mais aguentar... — supliquei, ofegante.

— Calma, coelhinho... Me deixa cuidar de você. Me deixa te amar do jeito que você merece... — Seu tom de voz era tão meigo quanto provocador.

Então, eu não disse mais nada, pois me encontrava tão perdido em prazer que era impossível sequer formar uma frase coerente.

Dante sorriu e deu uma olhada nada discreta no meu pau, mordendo o lábio. Podia jurar que ele o abocanharia, mas o filho da puta mordeu e chupou minha barriga, cada um de meus gominhos e, ao passar por meu membro ereto e pulsante, afastou-se.

Que belíssimo sádico!

Fiz uma cara brava, mas Dante apenas gargalhou, fechando os olhinhos daquele jeito sedutor. Depois, aproximou os lábios do meu ouvido e fez-me arrepiar até o último fio de cabelo:

— *Vira de bruços, Coelhinho. Eu vou te chupar bem gostoso, mas em outro lugar...*

Obedeci e, assim que senti meu pênis roçando os lençóis, rebolei, tentando me aliviar. Senti suas mãos delicadas alisarem a parte de trás das minhas coxas, subindo até apertarem minhas nádegas. Então, ele afastou uma da outra e meteu a língua quente e macia entre elas. Na primeira lambida, arrastou-a lentamente, do períneo até o cóccix, fazendo-me gemer lânguido. Mais três lambidas lentas como aquela e sua língua aveludada começou a se forçar *para dentro*... Você sabe de onde, né?

Ele precisava segurar meu quadril com força pelo tanto que eu me remexia, incapaz de me conter, rebolando na cara dele. Aquilo era enlouquecedor, absolutamente maravilhoso e me fazia relaxar de tal forma que cheguei a pensar que seria capaz de me fundir ao colchão. Dante intercalava as estocadas com lambidas e chupões ao meu redor, então eu podia sentir minha musculatura sensível piscar e contrair-se com força, enquanto ele me lubrificava com saliva.

Ali, eu não era nada além de uma bagunça chorosa, apertando os lençóis ao meu redor com tanta força que imaginei que, a qualquer momento, os rasgaria. *Desespero* era a palavra, porque eu sentia que precisava desesperadamente gozar. Meu corpo já estava suado e me sentia cansado, sendo que havíamos acabado de começar.

Senti-o parar por um instante e logo me virei para espiá-lo por cima do ombro. Dante chupou os próprios dedos, sem tirar os olhos do meu traseiro, que fiz questão de empinar ainda mais. O vi levar um dos dedos molhados até meu ânus e o invadir devagar. Ele começou a mexer o dedo lá dentro, enquanto distribuía beijos e mordidas na minha bunda.

Quando enfiou o segundo, senti-me levemente desconfortável, mas a língua macia trabalhando em minha pele me distraía.

Ele enfiou o terceiro e buscou pela minha próstata, fazendo movimentos de gancho até encontrá-la e, inevitavelmente, eu arfei.

Porra, era muito gostoso!

Se você não tem próstata, deixa eu explicar: tem um motivo pelo qual ser massageado ali é tão bom: um orgasmo pelo pênis se concentra nele mesmo, na pélvis e no períneo, mas um orgasmo pela próstata atinge todos os seus músculos, fazendo o corpo todo entrar em chamas. Então, eu não dispensava foder alguém, claro, mas ser fodido era ainda melhor quando a pessoa se esforçava para achar o ponto certo.

Sempre soube que Dante seria aquele tipo de parceiro, o que se dava ao trabalho de proporcionar prazer, sem pensar apenas no próprio. Por isso, queria que nossa primeira vez completa fosse daquele jeitinho mesmo: comigo sendo o passivo.

A sensação de seus dedos me fodendo fez com que eu começasse a soltar lamúrias num tom grave, enquanto sentia como se fosse explodir. Dante sorriu com a boca ainda colada à minha bunda. Ele se levantou, retirou os dedos de dentro de mim, afastou-se e puxou um frasco de lubrificante da gaveta da mesinha de cabeceira, onde sabia que eu guardava.

Agarrei os lençóis, contorcendo-me de ansiedade ao passo que ele melava seu caralho com o gel, estimulando-se antes de encaixar a glande melada na minha entrada. Naquele momento, tremi, extasiado e, lentamente, toda a extensão do seu cacete rígido e delicioso me invadiu facilmente.

Quando estava todo dentro de mim, Dante deitou o peitoral em minhas costas; depositou um beijinho em minha nuca e começou a se mover, devagar. Senti cada centímetro do seu pau entrar e sair de mim, deixando-me louco. Empinei minha bunda de encontro ao seu corpo, enquanto ele ondulava sobre mim de forma tão sensual que não pude mais conter os gritos presos em minha garganta, que saíram agudos.

Virei meu rosto, observando-o por cima do ombro mais uma vez, e ele capturou meus lábios em um beijo desengonçado, com nossas línguas se encontrando do lado de fora das bocas, daquele jeito erótico. Os estalos do beijo molhado eram ainda mais instigantes, pois mexiam com algo em meu âmago, trazendo um tipo de tesão muito primitivo à tona, quase visceral.

Dante passou um dos braços por baixo do meu peito, para se apoiar melhor, e começou a se mover mais rápido, estocando-me com mais vigor. Ignorando a dor causada pela velocidade dos movimentos, senti o falo duro roçar em minha próstata, fazendo-me gemer de novo, só que dessa vez, *muito*, mas *muito* manhoso.

Ele mordeu meu ombro e segurou uma de minhas mãos, que estava solta no colchão, entrelaçando nossos dedos enquanto esmurrava o ponto ideal com mais força. A posição em si favorecia o ato, mas sabia que aquilo tudo era graças ao Dante. *Ele* fazia de um jeito tão gostoso que eu sequer conseguia pôr em palavras.

Eu sentia que poderia morrer! Morrer de prazer, a qualquer momento.

— Você quer que eu meta devagarzinho assim...? — ele sussurrou enquanto rebolava seu quadril lentamente, segurando minha cintura com os dedos firmes. — Ou quer que eu te foda *assim*? — Então, começou a estocar com vontade, movendo-se tão rápido que fazia a cabeceira da cama bater na parede, vezes seguidas.

Os únicos sons no quarto eram os de nossos corpos se chocando, suas bolas batendo com força em minhas nádegas, minha respiração falhando... Nossos corpos diziam tudo. Seu rosto estava grudado na lateral do meu, fazendo-me sentir qualquer expressão em seu rosto.

— Porra, Alex! Você é tão apertado, caralho! — Ele tinha a voz mais fraca que eu já havia escutado.

Minhas pregas já ardiam um tanto, mas a sensação daquela carne dura massageando-me por dentro era de levar qualquer ser humano à beira de um colapso mental. Era como se eu pudesse me desfazer em milhões de malditas partículas e me misturar ao ar. Eu gozaria a qualquer minuto, mas esperei tanto, mas tanto por esse dia, que não pude deixar as coisas acabarem tão rápido assim. Então, empurrei o tronco para trás e, apenas com o movimento, Dante entendeu que eu precisava me levantar, por isso ele se afastou e se deitou ao meu lado.

Rapidamente, pus-me por cima dele, sentando em seu colo. Levando o braço para trás de mim, capturei seu falo caído sobre a barriga para colocá-lo de volta dentro de mim, lugar de onde ele jamais deveria ter saído. O encaixe era perfeito, fácil e automático, então logo o senti todo dentro outra vez, até o talo.

Dante segurou minha cintura com força, ajudando-me a subir e descer sobre sua extensão. Espalmei as mãos em seu peitoral firme para, então, quicar com força. A cada vez que minha bunda encontrava sua pélvis, ele gemia fino e manhoso, com a boquinha carnuda aberta e o cenho franzido.

Rebolei, cada vez com mais afinco, quando suas mãos se moveram de minha cintura para minhas nádegas, apenas para distribuir tapas, que me deixaram ainda mais necessitado em sentir seu líquido quente me preenchendo. A sensação era tão boa que levei a mão para seu pescoço e cravei minhas unhas curtas em sua nuca, puxando alguns de seus fios, fazendo leve força para que Dante se sentasse.

Quando ele ergueu o tronco, seu pau foi mais fundo, deixando o ato um pouquinho mais desconfortável, mas nada que fosse impossível de aguentar. Circulei seu pescoço com os braços e o puxei com força pra mim, escorregando meu quadril para frente e para trás. Dante apertou minhas nádegas e as afastou, para que eu deslizasse com mais facilidade. Os fios laranja de suas mechas estavam colados na testa úmida, exatamente como se ele fosse um cara de carne e osso suando.

Era inacreditável...

Talvez aquilo fosse mesmo a tal parte da minha energia vital fluindo para ele, mas eu não me sentia mal – pelo contrário: nunca havia me sentido tão bem em toda a minha vida. Sabia que tinha tomado a decisão mais acertada de todas.

Trocamos um beijo provocante, com nossas línguas se encontrando com leveza e lentidão. Então, ele mordeu meu lábio inferior e o prendeu entre seus dentes, enquanto eu revirava os olhos com o prazer de seu pau me fodendo gostoso. Eu quicava nele como se fosse o dono do mundo, desesperado pela forma que seu corpo dava prazer ao meu. Foi aí que não consegui mais segurar.

— *Dante!* — gemi sôfrego enquanto o apertava, as sobrancelhas unidas e os lábios partidos.

Gozei alucinadamente, sujando nós dois com minha porra quente, enquanto ainda rebolava o quadril em cima dele.

Dante pareceu ficar louco ao me ver gozando daquele jeito tão manhoso, então escondeu seu rosto em meu pescoço, respirando ofegante contra minha pele, estocando cada vez mais veloz e mais bruto, prolongando o meu prazer enquanto atingia minha próstata inúmeras vezes, sem dó, metendo em mim para alcançar o próprio ápice, já que meu corpo estava perdendo força após o orgasmo. Ele me jogou de costas no colchão, sem tirar o pau de dentro, continuando a me estocar com vontade, gemendo muito pouco contido. Eu não tinha mais forças para nada além de cruzar as pernas atrás dele, deixando-o grudado a mim, quase além do que a física permitia.

Aquele sentimento era insano. Tudo que ele me fazia sentir – desde seus movimentos até os gemidos, seus sorrisos, olhares, seu cheiro... Tudo em Dante Donadelli me deixava insano de *tesão*. Muito, muito tesão mesmo. Meu coração acelerava, minhas mãos suavam, meu pau pulsava... Era tudo intenso demais. Era inacreditável que um cara morto fosse o único capaz de me fazer sentir *tão vivo*.

Aproveitei a posição e agarrei sua bunda durinha, porque, sim, eu amava aquele rabo – e não era porque era eu quem estava dando a bunda que deixaria de apertar a dele. Jamais deixaria de apertar e marcar aquele rabão volumoso, que parecia feito sob medida para mim. Meu aperto em suas nádegas fazia seu cacete afundar ainda mais para dentro e aquela era a mais fodida de boa que já havia experimentado na vida. Eu já desconfiava, mas ali tive a prova de que ter Dante dentro de mim era a melhor coisa do mundo.

Com um gemido grave, ele gozou, jorrando seu líquido quente em meu interior. Senti-lo me preencher me causou uma sensação de alívio absurda, tanto que comecei a sorrir, alucinado, com a cabeça deitada no travesseiro, mordendo o lábio. Com uma última estocada, Dante parou de se mover, ficando nada mais que segundos deitado ali.

Ele saiu de mim vagarosamente; deitou-se ao meu lado e puxou meu corpo mole, virando-me para ele para me dar selinhos, sorrindo. Pôs, então, a cabeça sobre meu peito, agarrando minha cintura enquanto me encarava de forma apaixonada. Levei uma de minhas mãos para sua cabeça, fazendo carinho nos cabelos macios e coloridos em laranja e preto, antes de me inclinar para deixar um selar ali, no topo.

— Cacete... — Eu respirava com dificuldade. — Isso foi... Eu nunca... — Tentei procurar as palavras, mas não conseguia formar uma frase coerente.

— Nunca sentiu algo assim? — Ele tentou adivinhar.

Sorri, sem jeito, e assenti. Queria deixá-lo ciente do quão fodidamente incrível aquilo havia sido, mas tinha medo de que ele ficasse muito cheio de si. Homens são bem egocêntricos, se você quer saber. Conheço a minha raça e sei o quanto Dante pode ser irritante e convencido.

Contudo, ele apenas sorriu com doçura e deu um selinho suave em meu peito, puxando meu corpo para mais perto, aninhando o rosto ali e ignorando o quanto estávamos sujos de certos... fluídos.

— Eu também nunca senti nada assim, Coelhinho. Nunca me apaixonei de verdade, quando estava vivo. Gostei de pessoas e dormi com elas, mas... nunca senti nada tão intenso desse jeito, *bicho* — disse em um fio de voz, como se estivesse um pouco... Pesaroso?

— Dante... — Meu tom saiu assustado. Será que eu tinha feito alguma coisa errada?

— Não, Alex, me escute... — Ele ergueu o tronco e tampou meus lábios com o dedo indicador, ainda revestido por um dos anéis de prata, num gesto suave, antes de continuar: — Estou tão apaixonado por você que chega a ser insuportável. E sei que nós não podemos ficar juntos, porque estou morto. Vai chegar o momento que minha alma irá para o Outro Lado. E nenhum de nós dois vai poder evitar...

— Não pense nisso agora. Você não foi embora em trinta e seis anos, não teria por que ir embora justo agora, quando... — comecei a rebater, mas ele interrompeu.

— Não é comigo que estou preocupado... — Ele inclinou o rosto para me olhar. — *É com você*. Se eu ficasse por aqui pra sempre, até sua velhice, você se prenderia a mim, Alex, sei que sim. Eu também não aguentaria a opção de sermos só amigos e ter que te ver beijar outras pessoas, se relacionar ou se deitar com elas... Eu ficaria devastado...

Ele desviou os olhos, portando uma expressão triste e angustiada, que parecia cheia de coisas a despejar, mas que ao mesmo tempo se continha, e suspirou, antes de concluir:

— Eu disse que você poderia se *satisfazer* com outros, mas foi porque sabia que não poderia exigir exclusividade de você... Não sendo um fantasma, entende? Mas já não tenho mais opções, Alex... Não posso voltar à vida e nem quero que você morra comigo.

Pisquei rápido, um pouco desconcertado. Por que diabos ele tinha começado a falar daquele jeito? Tínhamos acabado de gozar, por que ele tinha que entrar naquele assunto logo em seguida?

— Não sou capaz de sequer pensar em ninguém, além de você. Não quero outra pessoa e não me importa que você esteja morto. Eu quero você... Só você — finalizei, puxando-o para mim pela nuca e dando um beijo carinhoso em seus lábios, pensando que poderíamos encerrar aquele clima esquisito e finalmente ficarmos felizes por termos feito amor, pela primeira vez.

Ele suspirou e, depois de um tempo, murmurou:

— Me perdoa, Alex... Mas tudo o que eu faço é pensando no que vai ser melhor pra você.

— Dante, está me assustando. Que papo é esse? A gente acabou de transar! Você não fez nada errado, olha aqui, eu tô vivo e inteiro, e você também... Quero dizer, você também está aqui. Tá tudo bem, o Capeta não apareceu na nossa porta nem fomos parar direto no Inferno. — Tentei descontrair e me estapeei e o estapeei no peito também, para lembrá-lo de sua própria presença. — Eu te amo. Te amo muito, pra caralho, mais do que tudo.

Ele arregalou os olhos e me encarou com fascínio. Depois, sorriu e me puxou para um beijo carinhoso, com a língua molhada se movendo sem malícia, apenas amor... Mas para o azar dele, eu era intuitivo *demais*. Senti que seu beijo era triste, porque ele me beijava como se aquele beijo fosse o último.

— Eu te amo mais, seu Coelho Pernalonga do caralho... — Ele foi abrindo um sorriso, aos poucos, enquanto me xingava em sua confissão de amor bruta.

Meu coração parecia prestes a explodir, mesmo que eu já soubesse a intensidade dos sentimentos de Dante por mim. Era muito claro, para nós dois, que o que sentíamos um pelo outro era mais do que um desejo carnal. Aquele tipo de paixão era desenfreada, mais forte que nós, mas ouvi-lo dizer aquelas palavras, com todas as letras, fazia meu coração se aquecer e minhas pernas bambearem.

Ele suspirou de novo e me encarou intensamente, com aqueles olhos cinza-tempestade.

— Me prometa que, independente do que aconteça, *você vai viver*, Alex. Vai seguir em frente e tentar ser feliz, quando eu partir. Nada de ficar se rastejando pelos cantos e nem... Eu sei lá, evocando espíritos malignos pra tentar fazer algum absurdo, como me trazer de volta.

— Cara, esquece isso! — Pus as duas mãos na cintura. — Não aconteceu nada, nem vai acontecer. Para de falar desse jeito, como se daqui a três minutos você fosse evaporar que nem fumaça. Está sendo supersticioso. Já passou. Você vai continuar aqui, se fosse para partir, teria partido na hora que gozou em mim.

— Só me promete, Alex! — repetiu, cansado.

— *Eu prometo* — murmurei, vencido. — Prometo que no dia que você fizer a passagem, não vou deixar minha vida acabar junto. — Olhei para ele, sabendo que veria a mentira facilmente em meus olhos, mas queria ao menos dá-lo ao menos o benefício da dúvida. — Vou apenas torcer pra que a gente se encontre no Além.

Eu me mexi, desconfortável, e foi aí que senti algo melado em minhas mãos ao movê-las no colchão, então fiz uma careta.

— Urgh! Que nojo! — exclamei, cortando o clima melancólico. — Vou tomar banho — falei com uma careta, já me levantando em direção ao banheiro.

Dante me seguiu e abraçou-me por trás.

— Posso tomar com você?

Virei-me para trás sem que parássemos de caminhar, encarando-o confuso. Desde quando ele perguntava se podia alguma coisa? Ele sempre entrava comigo no chuveiro. Por isso, decidi provocá-lo:

— Você não precisa tomar banho... É um *animus*.

— Não quer dizer que eu não possa me enfiar debaixo d'água e usar um sabonete, se eu quiser — devolveu, brincalhão.

— Na verdade, você suou na cama. E seu hálito, ele... Você nem deveria ter isso, mas senti seu bafinho.

Ele me virou para si rapidamente, para encarar-me horrorizado.

— Eu tô... fedendo? — indagou, de olhos arregalados.

Inevitavelmente, caí na gargalhada.

Ai, que fofo do caralho!

— Claro que não... — devolvi, os braços rodeando seu pescoço enquanto dava um cheirinho em seus cabelos e ele apertava minha cintura. — Mas todo *animus* tem um cheiro específico que é característico, lembra? Daí os vivos, muitas vezes, sentem esse perfume e concluem que um falecido está por ali. Você, por exemplo, tem cheirinho de sândalo: seu hálito, sua pele, seus cabelos...

Ele se afastou um pouco para espiar meu rosto, com um sorriso meio abobado.

— Eu usava perfume de sândalo quando estava vivo. Era meio que a minha marca. Todo mundo sabia — revelou, com um olhar longe, nostálgico.

Permaneci encarando-o, mas ele sacudiu a cabeça e me empurrou para dentro do box de vidro, ligando o chuveiro gelado sobre nossas cabeças.

— Ai, que vacilo! — bradei, jogando água fria nele, que riu, todo arteiro.

— Eu não sinto frio, pode jogar água à vontade.

— Ué... Você não sente a temperatura da água?

— É meio confuso, porque é contra as leis da Física e não sou nenhum *expert* do pós-vida, *tremendão*. Tudo o que sei é que essas regras não se aplicam aos *animus videntium*, como você... Você é, literalmente, a única *coisa* que eu posso sentir, Alex, não só a única *pessoa*.

A água começou a esquentar e eu sabia que era por causa dele e de seus poderes de fantasma ou coisa parecida.

— Poderia ter trocado a temperatura manualmente, sabe? Você adora se mostrar.

— É, mas fiquei com peninha de você. — Ele me abraçou carinhosamente debaixo d'água.

Nossos toques, felizmente não se mantiveram carinhosos por muito tempo, como já era de se esperar: nós nos amamos ali, outra vez.

Na verdade, *fazer amor* não era um termo justo para o que fizemos na segunda vez. Amor foi o que fizemos na cama. No chuveiro, a coisa toda foi tão selvagem que quase quebramos o vidro do box. Então, fomos transar do lado de fora e acabamos desmontando a pia.

E... Bem, nós não paramos.

No dia seguinte, eu pensaria em consertar o banheiro, porque não era como se eu pudesse explicar que tinha quebrado a pia transando com um fantasma... Mas foi o que aconteceu. Eu quebrei a pia, porque estava transando com um espírito.

E eu estava feliz pra caralho.

18.
TE AMO ATÉ OS OSSOS

Quando acordei no dia seguinte, meu corpo inteiro parecia estar mais disposto que nunca. Sem brincadeira, era como se eu tivesse tomado um litro de café e mais outro de energético ou passado um dia todo dormindo e acordado depois de cansar de dormir, o que era algo raro de acontecer.

Então, aquele medo do Dante de que eu, como um humano, fosse perder parte da minha energia vital por transar com ele era uma besteira... O real significado de *lenda* bate com o que está no dicionário, até, se você quer saber, era uma completa porcaria inexistente. E como tudo tinha dado certo, queria dizer que a gente poderia transar à vontade.

Eu já podia sentir um fogo subindo naquele exato momento! Será que na próxima já rolava dele dar para mim? Ai, que delícia! Ele tinha aquele bundão malhado, que me deixava igual a um cachorro sedento, querendo fodê-lo. O traseiro dele era bem avantajado; diferente do meu, que era naturalmente pequeno, apenas bem desenhado, graças a todas as aulas de artes marciais e esportes que pratiquei quando mais novo.

Olhei ao redor, lembrando-me de que Dante deveria estar ali, mas não estava. Demorei alguns minutos até lembrar que hoje era o dia do memorial. Arregalei os olhos e busquei meu celular, vendo que estava quase no horário em que Anthony disse que chegaria, acompanhado de alguns poucos amigos e familiares de Dante. Então, apressei-me para me arrumar, tomei banho e me vesti com uma roupa um pouco mais elegante que de costume: calça, camiseta, sapatos sociais e um *blazer*, tudo de preto, porque acreditava que era o adequado para a ocasião.

Saí do quarto, descendo as escadas para entrar na cozinha, onde encontrei meu irmão sentado à bancada, tomando café enquanto mexia no celular.

— Bom dia... — murmurei.

Jonas levantou os olhos para mim e largou o aparelho no balcão.

— Você transou com alguém noite passada? — Fitou-me com um olhar curioso.

Comecei a tossir, ficando engasgado.

— Eu te avisei que traria alguém ontem, esqueceu? — falei, sem jeito. — Por isso, pedi que você saísse.

— Eu sei, mas imaginei que a pessoa ainda estivesse aqui pela manhã. Os meninos me contaram que o tal cara que você está namorando se chama Dante.

Bando de fofoqueiros do caralho! Fui jogado para fora do armário e nem havia para onde correr. Jonas sabia.

— É, esse é o nome dele.

— Por que ele foi embora tão cedo? Ele é desse tipo, é? — Estava com uma careta de reprovação.

Eu arregalei os olhos, entendendo o que meu irmão queria dizer.

— Ah, não é isso, não! — apressei-me a explicar. — É que o Dante mora em uma cidade mais longe daqui... E ele trabalha, entende? Precisava voltar para casa no primeiro trem — menti, engolindo em seco.

Jonas não pareceu cem por cento convencido, mas deu de ombros. Eu era bom em mentir, afinal.

— Só não quero que você se machuque, Alex. — Ele parecia preocupado. — Você já é velho o suficiente para saber onde e com quem se envolve, então não quero me meter, mas esse sujeito é todo misterioso e ninguém nunca sequer viu uma foto dele. É meio estranho, sabe?

— Hm, é que... — *Porra, que merda teria que inventar agora? Pensa rápido, paspalho!* — Na verdade, isso é porque prefiro manter tudo em segredo, por enquanto. Quer dizer, sabe essa coisa de "*o que ninguém sabe, ninguém estraga*"? Não o julgue por isso. Dante me faz bem como ninguém jamais fez antes. Palavra!

Meu irmão, então, deu um sorrisinho de lado e tomou um gole de seu café, antes de comentar, divertido:

— Parece que alguém está realmente apaixonado. Que gracinha!

Eu balancei a cabeça em afirmativo, alisando a nuca. Encarei meus próprios pés, sorrindo que nem um bobo, enquanto sentia o rosto arder. Eu, sem dúvidas, não era tímido em relação a muitas coisas, mas Dante me deixava assim.

— Você não faz ideia... — Soltei um suspiro e um sorrisinho frouxo.

Naquele momento, o barulho da porta de correr da cozinha me assustou e me virei para observar o velho Anthony, um pouco mais bem-vestido que da outra vez, entrando na casa.

— Bom dia, garoto! — Ele acenou com a cabeça.

— Bom dia, Senhor Anthony... — Estiquei a mão para cumprimentá-lo, meio tenso e desconfiado, porque embora Dante não tivesse confirmado que seu irmão era seu assassino, aquela ainda era uma grande possibilidade.

— Eu já aprontei tudo lá fora e daqui a uns vinte minutos, as pessoas começarão a chegar — avisou, ao soltar minha palma.

— Ih, olha que engraçado, o nome do irmão do Seu Anthony é o mesmo do seu namorado — Jonas cochichou, depois de se levantar e cumprimentá-lo também.

— Ah, eu queria apresentar o Dante a vocês dois... — Anthony declarou, encarando-me.

Franzi o cenho, perdido e inevitavelmente alarmado.

— C-como assim *me apresentar* ao D-Dante?

— Ah, me desculpe. — Senhor Anthony sorriu, desconcertado.

Percebi que seus olhar era muito parecido com o de Dante, embora Anthony fosse totalmente caucasiano e seus olhos fossem amendoados e de pálpebras duplas.

— É claro que não posso te apresentar a ele, meu jovem. O que quis dizer era que queria te mostrar a foto dele. Do meu falecido irmão. Tem uma lá fora, mas prefiro te mostrar antes da cerimônia. — Ele puxou sua carteira do bolso, de onde tirou uma foto pequena com os dedos enrugados e me entregou.

Segurando a respiração, apanhei a pequena fotografia e senti Jonas se esticar por cima de meu ombro para também ver a foto. Não era como se eu já não conhecesse aquele rosto, mas ver uma foto de Dante era algo completamente novo para mim. Uma fotografia em que ele não era apenas um borrão branco e assustador, mas um retrato do homem vivo, de carne e osso, bochechas coradas e um coração batendo dentro do peito.

Tentando disfarçar o leve tremor em minhas mãos, virei a foto rapidamente e mordi os lábios, nervoso. Quando finalmente vi a gravura, sorri, sentindo meus olhos arderem. A foto era de um Dante adolescente, não aparentando ter mais que dezoito anos, bem mais novo do que a aparência com a qual eu o conhecia. Ao seu lado, estava Anthony, bem mais novo também – e, tenho que admitir: o cara já foi bem gato. Tinha pinta de galã de novela, assim como o irmão e não lembrava em nada o velhote cafona à minha frente.

Naquele momento, percebi que Anthony Fernández e Dante Donadelli eram extremamente parecidos e o quanto era óbvia a relação de parentesco. O Dante naquela foto estava mais gordinho, com as bochechas maiores e os olhos menores, como se tivesse acabado de acordar de um cochilo; usava uma camiseta sem mangas, deixando em evidência braços mais fortes e musculosos que os do Dante atual – o que queria dizer que ele havia perdido certo peso depois da adolescência e antes de falecer. Notei, também, que ele usava uma grossa corrente de prata no pescoço, igual a do irmão. Constatei que a cafonice era de família... Ou talvez o acessório fosse pertinente à epoca que eles viviam. Mas o mais engraçado era, definitivamente, um boné de aba reta que Dante usava, virado para trás, deixando-o com uma carinha de moleque sapeca que devia fazer jus a quem ele era, naqueles tempos.

Em todos aqueles meses, eu sabia que poderia encontrar um retrato dele na internet se procurasse, mas, para ser honesto, nunca tive coragem. Não sabia a sensação que ver uma foto sua de quando estava vivo causaria, nem se isso poderia motivar, de alguma forma, sua passagem pelo véu. Mas, ao ter a gravura em minhas mãos, acabei sorrindo como um bobo.

— Uau... Ele era bonitão, hein? — Jonas afirmou, com simpatia. — Vocês dois, na verdade. Os olhos dele pareciam sorrir. Hoje em dia, estariam mais aparentes por causa das rugas.

Os dois trocaram sorrisos melancólicos.

— Dante tinha um bom coração — Anthony disse, olhando a foto em minhas mãos, perdido em lembranças. — Ele não merecia morrer. Foi tudo culpa minha.

Franzi o cenho.

— O Dante não havia desaparecido e depois declarado como morto? — falei, sem consegui me refrear. — Do jeito que falou, parece que sempre soube que ele tinha morrido...

— Ah, eu quis dizer que... — Ele ficou estranhamente desconcertado. — Quis dizer que sinto culpa pelo desaparecimento dele. Acho que ele sumiu de propósito, para abrir mão da fortuna e deixá-la para mim. Dante se importava realmente com isso, que eu pudesse ter uma boa vida.

— Ah... Faz sentido... — respondi, mas ainda estava com um pé atrás.

Quero dizer, o cadáver do cara continuava escondido atrás da parede da casa onde ele morava com o irmão... Esse velho sabia de alguma coisa. Aquela mesma coisa que Dante não queria contar, provavelmente.

Depois de alguns minutos, as pessoas foram chegando e se acomodando nas cadeiras do jardim, onde havia uma foto bonita de Dante emoldurada em um quadro grande. Era uma daquelas típicas fotos de anuário escolar, tirada em estúdio de fotografia com um fundo azul de nuvens brancas. Era bem cafona, na verdade. Só que, com aquele rosto lindo e perfeito dele, a breguice até perdia a importância. A foto já o mostrava um adulto, com uma expressão séria e sexy, parecendo capaz de ler sua maldita alma com aqueles olhinhos pequenos e acinzentados.

Porra, mesmo por fotografias, Dante Donadelli me deixava com fogo no rabo.

Lembrei-me que ainda não o tinha visto naquele dia. E mesmo enquanto derrubava algumas lágrimas emocionadas pelo discurso bonito e saudoso de Anthony Fernández, não conseguia parar de olhar para as janelas da casa, esperando ver Dante ali, observando tudo de longe, porque é claro que ele não estaria ali nos jardins. Aquilo seria demais para ele, um cara sensível à beça em relação à própria morte. Então, já era de se esperar que o *animus* tivesse preferido ficar longe durante aquele evento.

Fui apresentado a alguns familiares e antigos amigos dele, que falavam do quanto Dante era um garoto doce e bondoso, ainda que fosse meio rebelde com o pai – o que me fazia querer chorar toda hora; afinal, eu jamais saberia muito sobre quem ele tinha sido em vida, se não fosse por aquelas pessoas que o conheceram. E era claro que Dante devia ter muitos defeitos, mas ninguém ali falava mal dos mortos, apenas relembravam das coisas boas. Ninguém falou nada sobre seu uso de drogas, da rotatividade de pessoas com quem dormia e de suas atitudes inconsequentes, das quais ele mesmo já havia comentado comigo, superficialmente.

Embora me deixasse feliz saber que Dante havia sido uma pessoa amável e adorada quando viva, apesar dos defeitos, o que importava para mim, de verdade, era quem ele era comigo. O Dante Donadelli que eu conhecia era maravilhoso – mesmo sendo um nervosinho e teimoso do cacete – e o que aquelas pessoas diziam sobre ele só me fazia amá-lo mais. Não posso mentir que daria tudo para tê-lo conhecido em vida.

Quando todos os convidados foram embora e, por último, Anthony Fernández, comecei a procurar Dante pela casa. Quando não o encontrei, imaginei que ele queria ficar sozinho, então não o esperei. Certamente, ele voltaria mais tarde, quando se sentisse mais confortável. A julgar pela sua desaprovação quando Anthony veio aqui em casa pedir a permissão para fazer o memorial no jardim, Dante não devia gostar nada daquilo. Nunca parei para pensar em como *ele* se sentia com aquele evento, já que acontecia todos os anos com a permissão de minha avó. Mas depois de conhecê-lo, perguntava-me se a cerimônia faria Dante se sentir lembrado e amado ou se o incomodava, a ponto dele nem querer ficar por perto para assistir. E minha avó também não estava mais aqui para que eu pudesse perguntar, tampouco.

Mas aí, quando o sol desapareceu do horizonte e Dante ainda não tinha dado as caras, comecei a ficar preocupado. Um sono avassalador me fez apagar, enquanto assistia a algumas séries na TV da sala.

Talvez toda aquela energia com a qual eu acordei estivesse se esvaindo...

No dia seguinte, acordei com a luz do sol entrando pela porta de vidro que dava acesso aos jardins e me levantei preguiçosamente, encontrando Jonas na cozinha, porém nada de Dante. Procurei em todos os cantos da casa, incluindo nos jardins e nos cômodos em desuso, mas nenhum sinal dele.

Comecei a ficar agoniado. Havia se passado um dia inteiro e uma madrugada toda sem Dante. Alguma coisa estava errada! Ele não costumava se afastar por tanto tempo assim...

Acabei indo à aula e depois ao estágio com o coração na mão, mas tentei me acalmar, repetindo para mim mesmo que ele voltaria e que eu estava apenas ansioso; só que mal pude me concentrar em minhas tarefas. Precisava ter certeza de que Dante estava ok, porque já estava passando mal de nervoso. Algo me dizia, com muita força, que tinha algo errado.

No trabalho, enquanto ajudava a equipe substituindo o operador de câmera que estava doente, quase não me toquei quando um *animus* me cutucou na cintura e olhou para mim. Era o mesmo cara que tinha visto quando fui fazer a entrevista de emprego na emissora, mas fiquei tão atordoado pensando em Dante que respondi ao sujeito na frente de todo mundo, sem me tocar de que era um espírito e de que falar com ele ali era o mesmo que falar *sozinho*. Algumas pessoas me encararam confusas, o que me deixou extremamente sem jeito. Então, dei uma olhadela no desencarnado, torcendo para que ele entendesse que deveria me seguir e disparei para um dos camarins vazios no *set* de filmagens. O *animus* me seguiu, então entrei no cômodo e fechei a porta, virando-me para ele. Era um homem bonito, tinha cara de galã e... Espere aí...

— Você não é aquele ator do filme de vampiro?! — indaguei, fitando-o.

Ele sorriu de forma triste, antes de responder:

— É, eu era... Até aquela fã obcecada me enviar uma caixa de bombons envenenados.

— Ah! Foi assim que você...?

— Morri? — ele completou. — Bem, sim.

— Todo mundo achou que era overdose de drogas. Lembro que causou um alvorço nos jornais. Mas... E então? Você quer vingança?

— Eu? Eu não!

— Então... O que quer?

Ele bufou, mas antes que pudesse responder, outra voz surgiu no cômodo, pela porta dos fundos. Eu nem tinha visto que havia outra porta ali, mas senti meu sangue gelar ao ver Abraham me encarando sério.

Merda! E agora? Que desculpa eu daria para estar falando sozinho?

Como se lesse meus pensamentos, meu chefe perguntou:

— Você tem algum tipo de problema na cabeça, para estar falando sozinho? — Ele me fitou de cima a baixo com uma expressão impassível.

— Hmmm... Eu...

Cara, eu realmente não sabia o que dizer.

— Ou você é doido, ou é um *animus videntium* — Abraham declarou.

Eu arregalei os olhos e meu queixo caiu.

— O que disse?

Abraham revirou os olhos e encarou o fantasma. Encarou *mesmo*. Enxergou-o normalmente, assim como eu.

— Vaza daqui, Park Jungsuk. Já tenho o que preciso — disse com a voz entediada ao fantasma.

O ex-ator me deu uma olhada de quem pedia desculpas e desapareceu dali, obedecendo às ordens de Abraham. Aparentemente, ele tinha apenas servido de isca para que meu chefe descobrisse sobre minha paranormalidade.

— Não sabe o que dizer, né, franguinho? — Abraham indagou, divertido. — Bem que eu desconfiei... E estava certo! Sabia que você não ia confessar, se eu perguntasse, então pedi ao Jungsuk pra fazer esse favorzinho. — Ele deu uma piscadinha.

Eu engoli em seco, encarando tudo ao meu redor, menos ele.

— Qual é o seu tipo?

— Meu o quê?

— Seu tipo — ele repetiu. Porém, percebendo que eu não entendia nada do que ele dizia, soltou uma risada sarcástica, e passou a mão pelo rosto, impaciente, antes de perguntar: — Qual a sua classe de médium, ô moleque?

— Humn... Eu... Não sei!

— Argh, novato! — resmungou, ameaçando dar um tapa na minha cabeça, mas abaixou a mão quando me encolhi. — Você é médium desde quando, franguinho?

— Desde que minha avó morreu. Quer dizer, mais ou menos. Eu não via com clareza antes. Eram só... vultos.

— Ah... Então, você é um *animus videntium,* do tipo *herdeiro*.

— O que isso quer dizer?

— Sua avó não te ensinou nada, porra?

— Olha... Minha avó costumava esconder algumas coisas, mas ela ficou alguns meses por aqui antes de partir e estou certo de que, se tivesse algo sobre essa coisa toda de ser médium que eu devesse saber, ela teria me contado. — O que era bem mentira, porque ela não me contou muita coisa, talvez por pensar que teria mais tempo comigo.

— Então, ela também não devia saber de nada, pelo visto — ele supôs, analisando-me.

Limitei-me a um dar de ombros casual.

— Uhum. E você? É um *animus videntium* também, então? — indaguei, incerto.

— Não, não... Sou um fantasma, como você pode ver.

Eu arregalei os olhos.

— Mas você não parece um espírito! — exclamei, chocado por um momento.

Abraham revirou os olhos outra vez.

— Mas é claro que sou um *videntium*, seu burro! Como pretende lidar com os mortos se você não consegue entender uma mísera ironia, ou diferenciar um vivo de um espírito, hein? Se eu estivesse morto, como o Nathaniel e o resto dos funcionários da emissora estariam me vendo, sua anta?

Cruzei os braços, tentando esconder o quanto estava me sentindo constrangido. Eu não tinha culpa de ser meio tapado. Reclame com Deus!

— Não é como se eu tivesse escolhido isso!

— Ninguém escolhe. Não se sinta injustiçado, porque é assim que as coisas funcionam. Já conseguiu fazer negócio com algum *animus?*

— Como assim, *fazer negócio*?

— É o que tem que fazer, ué: você pergunta o que o fantasma quer e aí dá seu preço para ajudá-lo.

— Você *cobra* para ajudar os espíritos? — Fiquei alarmado, os olhos dobrando de tamanho.

— É claro! — Abraham respondeu como se fosse a coisa mais óbvia do mundo. — Por que diabos a gente ajudaria de graça? Os mortos podem entrar em qualquer lugar e arranjar o que você quiser!

— Eles não podem tocar em nada durante os primeiros meses! — Estava cada vez mais chocado.

— Por isso mesmo, você deve mantê-los por perto até que eles consigam. Ah, sabia que você era um franguinho do caralho! Tava na cara... — Ele riu com desdém. — Você é desses que ajudam por *empatia*, awn...

Eu assimilei que o fantasma daquele ator deveria estar por ali há um bom tempo, esperando ajuda desse sacana. Se bem me lembrava, quando o cara morreu, eu ainda era adolescente.

— É uma questão de moral. — Empinei o nariz. — Se eu fosse você, me preocuparia um pouco mais com o pós-morte. Você, com certeza, não vai pro Céu desse jeito.

Ele sorriu debochado outra vez e cruzou os braços sobre o peito, medindo-me.

— Você fala como se fosse experiente. Quantas almas já fizeram a transferência para a Luz Branca com sua ajuda?

— Algumas... — Fiquei acanhado, perdendo um pouco a pose.

— Algumas, tipo, umas dez?

— Algumas, tipo, umas três — devolvi envergonhado, mas nem sabia o porquê. Talvez porque não quisesse parecer inexperiente, embora eu fosse mesmo. Mas não era como se não soubesse me virar.

— Então, vai sobrar para mim, não é? — Ele fez careta.

— O que quer dizer?

— Quero dizer que serei o cara mais experiente que irá te ensinar as coisas. Pode me chamar de mestre. — Ele sorriu, aparentando sentir muito orgulho de si mesmo.

Desta vez, quem revirou os olhos fui eu.

— Corta essa. Você nem gosta de mim pra me ajudar, você só quer que eu amacie seu ego.

Ele abriu a boca em um perfeito O, fazendo-se de desentendido.

— Como pode achar isso de mim? Eu não ligo para isso de ego... Eu tenho um preço, é claro.

— Senhor Kahn, olha... Eu tenho mais o que fazer, viu? Então, se me der licença...

— Vai lá, então. Não dou uma semana para você vir correndo me pedir ajuda. — Terminou de falar com um sorrisinho convencido na cara.

— Tenho me virado bem, sozinho, até agora.

— Ótimo! — Ele ficou irritado.

— Ótimo! — rebati, também sem paciência, antes de sair dali e deixá-lo para trás, com cara de tacho.

Cheguei em casa e mal tive tempo de respirar, porque precisava checar se Dante havia voltado. Pensar que talvez ele não tivesse, por sabe-se lá qual porcaria de motivo, fazia meu estômago gelar.

Bisbilhotei em cada canto da casa: sala, corredores, cozinha, banheiros, meu quarto, os quartos em desuso, nos jardins, no quarto de Jonas, na garagem... Nada. Algo estava muito errado e era óbvio.

Dante teria atravessado para o Outro Lado? Digo, depois de transar comigo? Ou a presença de seu irmão o havia feito desaparecer?

Isso nem fazia sentido. Dante já estava preso no plano dos vivos há muitos anos, antes mesmo de eu nascer. Seu sumiço e sua possível partida para o Outro Lado nada devia ter a ver com nossa noite juntos, certo? Certo?

Deixei-me cair no tapete da sala, bufando cansado e sentindo que minha cabeça estava prestes a dar um nó. Lembrando sobre Abraham também ser um *animus videntium,* a única coisa na qual eu podia pensar era em contar a novidade para Dante, mas ele não estava aqui, estava? Meu namorado, meu melhor amigo, a pessoa para quem eu contava absolutamente tudo era Dante Donadelli. Estar sem ele era o mesmo que ficar sozinho. Juro que estava tentando não me desesperar, mas estava começando a ficar cada vez mais difícil, com o passar das horas...

Pensando no confronto com Abraham e o *animus* ator, puxei meu *notebook* da mochila jogada no chão e o apoiei no colo, entrando em *site* de buscas para pesquisar sobre a coisa que Abraham tinha dito, sobre eu ser um *animus videntium* do tipo *herdeiro,* mesmo sem esperar que aquele tipo de informação fosse aparecer assim, na maior facilidade. Eu já havia pesquisado, exaustivamente, sobre o assunto e não achava que encontraria nenhuma novidade, pelo menos não na internet, só que agora eu precisava dar meu jeito. Tempos desesperados pediam por medidas desesperadas. Entretanto, a medida desesperada de perguntar qualquer coisa ao Abraham, ah... essa eu não tomaria, não. De jeito nenhum. Não daria aquele gostinho a ele, até porque tinha certeza de que o cara não faria nada sem receber algo em troca, como ele mesmo havia deixado claro.

Digitei *pessoas que veem animus* no *site* de buscas e comecei a acessar diferentes *links* que não havia entrado antes. Basicamente, tudo que eu encontrava eram besteiras, incluindo alguns vários contatos de médiuns charlatões que diziam jogar tarô e prometiam trazer seu amor de volta em três dias por uma suave quantia em dinheiro, juntamente a um trabalho com farofa, cigarros, cerveja e, pasmem, uma galinha.

Mas que coisa estranha...

Talvez eu tenha anotado um ou outro telefone, só por garantia, para o caso de não conseguir descobrir o paradeiro de Dante, mas ninguém precisava saber.

Depois de uma hora e meia, já estava chegando ao nível de gargalhar, por conta das besteiras que lia. O ser humano tem a mente incrível, não? Alguns conseguiam encontrar a cura para doenças, enquanto outros trabalhavam para criar *memes*. Esperava que eu não fosse o tipo de cara dos *memes*.

Já tinha entrado em tantos *links* que perdi a conta. Então, resolvi fazer uma nova pesquisa em um site de buscas. Digitei "*Sexo com animus*" e pressionei *enter*, mas só serviu para que encontrasse contos eróticos e *fanfictions* sobre... *íncubos*, fosse lá o que aquilo quisesse dizer. Os contos não eram tão ruins, então continuei lendo até me deparar com algo peculiar: um *post* em um fórum sobre coisas sobrenaturais, em que uma garota relatava, de forma bastante crível, que estava sendo atacada por algo sobrenatural durante à noite. Não era um conto ou *fanfiction,* era um relato. Não sei por que aquilo me interessou, mas tinha algo ali, eu sentia.

@Sana0102tt É realmente assustador. Posso sentir as mãos me tocando, o hálito em meu pescoço. Posso senti-lo me penetrar e me levar à loucura. É muito real! No começo, pensei que estava apenas tendo sonhos eróticos com um cara muito gostoso. Mas aí é que está: o cérebro humano é capaz de criar muitas coisas, só que é impossível criar um rosto que não existe. Toda pessoa com a qual sonhamos é alguém que já vimos. A ciência explica isso, mas esse cara que vejo em meus sonhos… Nunca o vi na vida, tenho certeza. Lembraria se tivesse visto alguém tão bonito assim.

Meus olhos dobraram de tamanho. Aquela menina estava relatando um abuso? Um estupro realizado por um *animus?* Não, espere... Ela disse que gostava, certo? Que o cara a levava à loucura? Então quer dizer que era consentido. Muito confuso, voltei a ler seu relato, cada vez mais intrigado:

Em um dos sonhos, perguntei seu nome: Juan. Era latino, de olhos castanhos, barba por fazer… Muito charmoso. Fui percebendo que tinha algo errado. Eu acordava cansada, como se tivesse corrido uma maratona. Era uma fadiga tão intensa que me fazia dormir por horas a fio. Cheguei a dormir por vinte e sete horas seguidas após um dos nossos encontros!

E não importava o quanto eu dormia, minhas olheiras ficavam cada vez mais fundas e eu estava perdendo peso.

De início pensei que perder peso assim, fácil, era bom. Mas, então, a situação ficou alarmante… Fiquei magra ao extremo, meus cabelos ficaram opacos e ressecados. Minha pele descascava e eu parecia uma cobra.

Comecei a dormir sempre dopada, para não sonhar mais. Não funcionou e o homem continuou aparecendo. Então, decidi que dormiria bêbada. Uma pessoa bêbada não sonha, isso é cientificamente comprovado. Mas ele apareceu. De novo. E de novo. E de novo. Nada fazia ele sumir.

Foi quando percebi que talvez não fosse um sonho, mas sim algo real e muito perigoso. Eu não estava louca, sabia que não. Tentei contar para minha mãe, mas ela debochou de mim e disse que sempre fui criativa, desde criança, então era só coisa da minha cabeça.

Contei para minha amiga, que sugeriu que eu gravasse o quarto durante o sono. Porque, se não era um sonho, das duas, uma: ou era uma pessoa entrando no meu quarto durante a noite… Ou um fantasma. E não existia a possibilidade de ser um homem, porque eu moro no oitavo andar. Quem entraria no meu quarto pela janela, no oitavo andar?

Se o cara fosse um *animus*, então… Como essa menina estava o sentindo assim? Como ela o via? *Animus* não podiam aparecer para humanos comuns com tanta clareza, pelo menos, foi isso que Dona Laura me garantiu, antes de ir para o Outro Lado.

Instigado e começando a ter uma sensação muito estranha na boca do estômago, continuei a leitura:

Eu estava com muito medo. Tinha certeza que era sobrenatural. A gravação no meu quarto não mostrou nada, o que só me deu mais certeza. Então, eu e minha amiga pesquisamos juntas e descobrimos sobre as lendas dos íncubos.

```
Eu nunca tinha ouvido falar naquele tipo de coisa, mas tudo batia. Um íncubo é um demônio que se alimenta de energia vital de seres humanos e faz isso através do sexo. O sexo entre um demônio e um humano é algo tão obscuro que o preço a se pagar é com a própria essência vital.
```

Então, aquilo que Dante pensava que aconteceria com a gente, na verdade, era algo que ocorria entre o sexo de um demônio e um ser humano, em sonhos. Fazia sentido, se você considerar que os encontros sexuais só podem acontecer no plano inconsciente. Dizem que nosso espírito vaga pelo plano dos sonhos enquanto dormimos... Se um demônio transa com seu espírito por lá, sem a carcaça de carne e osso do humano como proteção, deve ser mais fácil atingir a alma.

Dante não era um demônio, era um *animus*, um fantasma... Acho que aquilo explicava como eu tinha acordado com tanta energia. Se ele fosse um demônio, eu teria acordado cansado, como a garota do *post*.

Bem, eu não era nenhum caçador de demônios, nem nada do tipo, portanto não tinha por que me interessar por aquele assunto, mas, quando dei por mim, já estava digitando *lendas sobre íncubos* na barra de pesquisa e acabei encontrando ainda mais coisas. Dessa vez, era um cara contando sobre suas experiências sobrenaturais:

```
@SxLuidgi33 Ela aparecia para mim como uma mulher linda, de cabelos pretos compridos e olhos azuis. Era como se fosse a personificação de tudo que sempre sonhei numa mulher, mas que nunca fui capaz de conseguir, porque nunca fui exatamente atraente. Então, se era um sonho, que mal tinha? Era o que eu pensava, até que fiquei debilitado demais, como se estivesse à beira da morte. A cada noite de sexo alucinante com ela, eu acordava mais e mais fraco.
```

Pacientes terminais sentiam menos dores que eu. Então, soube que aquela mulher não era apenas fruto de minha imaginação. Era um demônio. Uma súcubo.

Resolvi pesquisar sobre o novo termo e acabei descobrindo que os dois eram a mesma coisa: *succubus* ou súcubo era um demônio feminino, e *incubus* ou íncubo, um demônio masculino. Ambos se alimentavam da energia vital de suas presas durante o sexo, mas precisava ser consensual.

Fiquei curioso de verdade sobre o assunto, mas não era uma prioridade naquele momento.

Precisava achar o Dante.

Então, sem conseguir pensar direito no que fazer, voltei a pesquisar sobre médiuns e *animus videntium* no *site* de buscas. Aquele era um termo muito específico e, por incrível que pareça, várias páginas novas apareceram.

Encontrei alguns relatos de pessoas que diziam ver vultos, assim como eu, antigamente. Outras contavam sobre parentes que falavam sozinhos. Tudo era muito familiar, mas ninguém ali parecia, de fato, saber algo útil. Muita gente que se dizia médium afirmava poder se comunicar com os espíritos e deixar que eles os possuíssem. Eu, particularmente, achava assustador e morria de medo.

Impaciente, fechei o *notebook*, desistindo de pesquisar. Não tinha esperança de que encontraria nenhuma informação boa por ali.

Escutei o barulho de chaves na porta, então Jonas entrou em casa junto a Nathaniel enquanto discutiam sobre coisas inúteis, como já era costume. Aliás, não sabia como diabos aqueles dois eram amigos há tantos anos, se viviam implicando um com o outro. Quando Jonas estava prestes a rebater alguma coisa, eu me levantei e fui até a porta, ajudando-os com as sacolas. Eram compras de mercado, então era comida para mim, também.

Fomos para a cozinha e entrei na pequena discussão – a favor de Nathaniel, é claro, porque zoar meu irmão era mais divertido. E aí acabamos ficando por ali, enquanto Jonas preparava o jantar para nós e bebíamos um pouco de cerveja, já que a comida ainda demoraria um pouco.

Depois de bem alimentados, fomos para a sala assistir à saga de filmes de "O Senhor dos Anéis". Você sabe o quanto cada filme da saga tem de duração? Três Horas! Quando *O Retorno do Rei* – o último dos três – começou, eu já não aguentava mais, e estava, inclusive, um pouco bêbado àquela altura. Assim, cansado de ficar ali e cada vez mais preocupado com o sumiço de Dante, despedi-me dos dois e fui para o meu quarto, meio cambaleante, pois tinha bebido o suficiente para ficar bastante alto.

Depois de fechar a porta, observei a parede mofada onde costumava ficar meu armário. Desde que o carpinteiro havia removido o móvel antigo, minhas roupas estavam na cômoda do quarto da frente.

Respirei fundo e chamei o Dante em voz alta. Chamei mentalmente também, fazendo uma espécie de teste, mas nada dele – o que já era esperado, tendo em vista que fantasmas e médiuns não possuíam nenhum tipo de comunicação telepática daquele jeito.

— Merda, Dante, aparece logo! — bradei, impaciente. — Eu já te dei espaço o suficiente! Já tá bom de espaço pra você! Quer espaço, vira astronauta, tá ok?

Ainda nada de Dante. Ele poderia se fazer presente sem ser visto? Tipo, ficar invisível?

— Dante Donadelli, tô te chamando! É uma ordem!

Será que eu estava sendo muito mandão?

— É uma *ordem* do seu *namorado*, que vai ficar muito puto se você não aparecer — resmunguei, olhando em volta e esperando que, a qualquer momento, o *animus* brotasse por ali. — Dante Donadelli, eu o invoco, apareça!

Nada dele. Ele estava zoando com a minha cara, por acaso? Eu esperava, desesperadamente que sim.

Olhei para todos os lados, repetidamente, em silêncio, então uma ideia absurda cruzou minha mente e corri para o banheiro, pegando algumas velas dentro da gaveta, que ficavam ali como emergência em caso de apagão no bairro.

Eu não sabia como evocar um *animus*, mas resolvi que faria o que já tinha visto em filmes. Joguei as velas em cima da cama e corri para o andar de baixo, entrei na cozinha e peguei uma caixa de fósforos, além de alguns castiçais. Disparei pela sala, pulando por cima de Nathaniel e Jonas, que estavam deitados no chão, bêbados e rindo do fato de meu irmão ter peidado. Aliás, o cheiro estava podre! Tampando o nariz, falei:

— Ei, fedorento, você precisa ir ao médico. Algo está morto dentro de você — avisei sério, mas só serviu para os dois rirem mais ainda. — Onde está aquele tabuleiro OUIJA? — Cutuquei-o com o pé.

— Hm... Em cima do armário — Jonas respondeu, então virei de costas, em direção ao seu quarto. — Não, espere! Está *dentro* do armário.

Olhei-o por cima do ombro, suspirei e dei as costas novamente, mas sua voz me pausou outra vez:

— Não, calma aí... Acho que está embaixo da cama.

— Esquece, deixa que eu encontro!

O quarto de Jonas era extremamente organizado e tinha muitas coisas brancas que faziam meus olhos doerem, como um amante de preto. Procurando em todos os cantos, acabei revirando o quarto todo. Minha sorte era que, por estarmos todos bêbados, Jonas pensaria que ele e Nathaniel teriam feito aquela bagunça no dia seguinte.

Eu não era um cara muito sedentário, costumava fazer alguns agachamentos e flexões, três vezes na semana, pela noite, quando não estava muito cansado; então procurar aquele tabuleiro dos espíritos estava me tirando o pique. Já estava suado e ofegante, principalmente depois de vasculhar até mesmo o colchão da cama de Jonas, que tinha virado ao contrário; sem falar nas gavetas do armário, todas abertas. Quando estava quase desistindo, Nathaniel surgiu na porta, cambaleando.

— Alex, achei o tabuleiro! Estava dentro da estante. Acho que seu irmão tem medo de dormir com isso no quarto... — Ele soltou uma risada.

Suspirando aliviado, tomei a caixa de suas mãos.

— Você é um gênio! — Fiquei animado e dei um beijo em sua bochecha para, em seguida, disparar para fora do quarto.

— Ei, espera aí, Alex!

— Que foi? — Voltei-me para ele, travando no lugar.

Nathaniel pareceu desconcertado. Então, tirando algo de dentro do bolso, estendeu-me.

— Eu meio que... quebrei o ponteiro do jogo.

Observei a peça que ele havia me entregado. O ponteiro era a peça que, em tese, os *animus* usavam para se comunicarem, mas o objeto estava com a lente destacada da peça de madeira. Suspirei.

— Eu dou um jeito — foi só o que falei.

Corri para cozinha e, afobado, procurei por cola nas gavetas. Não consegui consertar a peça, por isso peguei um copo de vidro e disparei para o quarto novamente, levando tudo comigo.

Fechei a porta para não ser interrompido e espalhei os castiçais com as velas no chão, formando um grande círculo. Acendi uma por uma e me sentei no centro, onde posicionei o tabuleiro. Coloquei o copo de vidro emborcado sobre ele, para substituir a peça quebrada e respirei fundo, tomando coragem. Ainda estava bêbado, e por isso tudo parecia acontecer em câmera lenta.

— Dante Donadelli, apareça — comandei, com a voz formal, olhando ao redor com o indicador pousado sobre o copo de vidro.

Depois de alguns segundos de tensão, bufei. Já estava ficando puto. Não havia motivos para ele desaparecer daquele jeito.

Com certeza ele não estava de sacanagem.

Com certeza uma merda federal havia acontecido e não seria coincidência alguma depois do que fizemos na outra noite.

Com certeza eu era a porra do culpado.

E com certeza eu ia ter a maior crise da minha vida, se Dante tivesse partido.

— Dante, juro por Deus que se você não aparecer agora, eu quebro aquela parede com uma marreta e tiro seu corpo morto dali!

— Dante Donadelli!

Outra vez, nada dele.

Puto pra cacete, daquele jeitinho que apenas o maldito Dante era capaz de me deixar, levantei do chão e chutei o copo, que saiu girando até bater na parede oposta e se partir em um estrondo. Aquilo estava passando dos limites e eu torcia para que fosse uma brincadeirinha de Dante, em vez do que eu estava pensando.

Abri a porta em um rompante e desci as escadas. Quando passei pela sala, Nathaniel e Jonas estavam na porta, vestindo casacos, prontos para sair.

— Ei, vamos buscar mais cervejas lá na loja de conveniência do posto... Por que não dá uma carona pra gente? — Jonas tinha um olhar pidão e bêbado, supondo que eu não estivesse tão alterado.

Mas eu estava, e não era pouco. Tinha certeza que no dia seguinte, vomitaria meu banheiro todo. Por isso, puxei as chaves penduradas na parede ao lado deles e as depositei na mão de Jonas.

— Mas a gente tá bêbado — Nathaniel contrapôs, franzindo o cenho.

— Eu também. Então, peçam um carro de aplicativo e, por favor, saiam da minha frente — rebati, puxando as chaves das mãos de Jonas antes de sair porta afora.

Senti seus olhares queimando minhas costas e Jonas gritou um "*Criança imprestável!*", mas não me virei para responder. Meu foco era outro. Estava fervendo de nervoso e frustração.

Caminhei pelo gramado do jardim da frente, pouco me importando com a chuva que molhava minha roupa. Entrei na garagem e comecei a revirar todas as ferramentas nas prateleiras velhas. Quando finalmente achei a marreta, testei o peso em minhas mãos e voltei para dentro da casa.

Jonas e Nathaniel mexiam em seus telefones, provavelmente pedindo o carro, mas, naquela chuva, com certeza demoraria um bocado para um motorista aparecer. Então, eu teria de esperá-los sair da casa para meter aquela marreta na parede... Ou não. A casa era minha, afinal.

— Ei, o que você vai fazer com isso aí? — Jonas indagou, de cenho franzido.

— Quebrar uma parede — respondi, a contragosto, subindo as escadas.

— Você ficou maluco? Por que infernos vai quebrar uma parede?

E enquanto meu irmão gritava mais perguntas, sua voz ia ficando mais perto, o que indicava que ele estava subindo as escadas atrás de mim.

— A casa é minha — fui, infelizmente, ríspido.

Jonas era futriqueiro, mas não merecia aquelas grosserias. Só que eu odiava ter que ficar explicando as coisas para quem quer que fosse, principalmente coisas que eu não podia explicar.

— Alex, você não vai quebrar nada, não vou deixar!

— *Fica quieto!* — Virei-me para gritar, já na porta do quarto, mas Jonas estava exatamente atrás de mim e encarando, de olhos arregalados, o interior do quarto e toda a bagunça horripilante no chão.

— Alex, que porra é essa?! — Ele ficou alarmado, olhando as velas espalhadas ao redor do tabuleiro OUIJA.

— Não é da sua conta. — Virei-me de costas ao entrar no cômodo.

Mas é claro que ele veio atrás.

— Achei que tinha parado com essa piração de achar que vê espíritos!

— Para que acha que peguei o tabuleiro?

— Não pensei nisso, eu tô bêbado! Como ia saber que estava fazendo um ritual macabro, com velas e tudo?

— O CARRO CHEGOU! — Nathaniel gritou lá de baixo.

— Você deveria ir logo. Não vai querer pagar a taxa de cancelamento, né? — fui ácido.

— Pois não vou sair daqui, enquanto você não me explicar por que porra tá fazendo isso! Você já não tinha dispensado o carpiteiro que mamãe enviou? — Ele cruzou os braços contra o peito.

Soltei uma risada sem humor, antes de rosnar:

— Você deveria cuidar da sua vida.

Porra, por que ele não ficava puto por eu estar sendo um grosso do caralho e saía logo daqui?

Então, a próxima coisa que fiz foi acertar a parede mofada com a marreta velha.

Escutei os protestos de Jonas, ao longe, como se ele nem estivesse naquele mesmo andar da casa. Eu estava completamente focado, como em um surto psicótico, um episódio de mania. Pouco tempo depois, vi Nathaniel aparecer no limiar da porta e me dizer alguma coisa, mas não lhe dei atenção. Só parei quando vi a mão de Jonas estendendo-se para me tocar, pela minha visão periférica, então girei nos calcanhares e gritei:

— Vocês querem parar de se meter?! Eu sei o que tô fazendo, não sou criança!

Não sei como minha expressão estava, mas imagino que assustadora, já que sentia meu rosto quente e vi os olhares de Jonas e Nathaniel de completo espanto. Voltei a acertar a parede, tossindo pela poeira que levantava. Após acertar a primeira camada de parede, feita de tijolos, já conseguia ver o forro de estuque por trás.

— Vou ligar pra nossa mãe! — Jonas ameaçou.

Virei-me para ele, sorrindo desacreditado com a audácia.

— O que ela vai fazer, me pôr de castigo? Que eu saiba, sou maior de idade, trabalho, me sustento e tenho minha casa. Ao contrário de você, que está de intruso!

Eu sei o que parece, mas precisava ser duro com Jonas, se quisesse que ele saísse dali. Sabia o que encontraria e preferia poupá-lo da visão, mas se meu irmão insistisse, seria por sua conta e risco. Eu não podia fazer mais do que já estava fazendo.

— Vá em frente — continuei. — Ligue para nossos pais. Aproveite e faça suas malas, para ir embora com eles!

Vi o rosto de Jonas se contorcer em uma careta contrariada e magoada. Sabia que aquilo era golpe baixo e não era culpa dele que eu estivesse tão insano e fulo da vida. A culpa era toda minha. Se não tivesse insistido tanto para que Dante transasse comigo, aquilo certamente não estaria acontecendo. Não havia nenhum problema em permanecer o resto da vida só nos boquetes e nas punhetinhas, mas eu era um safado insistente do caralho. Seria coincidência demais ele desaparecer justo no dia seguinte ao que uma coisa mais... *carnal* havia, finalmente, rolado entre a gente. Então, era óbvio que aquele era o motivo pelo qual Dante tinha sumido e, eu esperava, pelo menos, que não fosse por vontade própria.

E se ele já tinha partido, então não tinha mais um motivo para evitar saber o que tinha atrás daquela parede.

Voltei a atingir a parede com a marreta incansavelmente, não vendo nada além do fundo de estuque que separava a parede do banheiro da parede do quarto. Ali não havia encanamentos, só o forro. Quando consegui atravessar o estuque, me veio a surpresa: um pouco para a esquerda, parecia haver um... saco plástico?

Comecei a socar a parede mais para a esquerda, onde se podia ver que havia um grande saco preto enfiado por trás da camada de estuque. Larguei a marreta no chão sem o menor cuidado e comecei a puxar os pedaços soltos de madeira e gesso, até que tudo ficasse completamente à mostra, revelando a sacola preta, quase do meu tamanho. Engoli em seco.

— Que porra é essa? — Nathaniel grunhiu, chocado, atrás de mim.

Eu o fitei por cima do ombro e depois peguei a marreta, para continuar golpeando o resto da parede, até que a coisa no saco preto foi ao chão, com um baque, levantando poeira.

— Isso é...? — Jonas tentou dizer, de olhos arregalados, chocado demais para concluir.

— Um corpo? — Nathaniel supôs, amedrontado.

— Vamos ter certeza agora — murmurei, com uma coragem que nem sabia que tinha.

— Alex, é melhor a gente não mexer nisso aí... — Nathaniel começou a dizer. — Vamos chamar a polícia e...

— Medroso! — retruquei, como se eu também não fosse.

E então, rasguei o saco com o canivete que havia trazido lá da garagem, junto à marreta.

Quando finalmente vi, foi mais chocante do que eu previra... Era um esqueleto. Não havia pele ou cabelos. Não sabia quanto tempo um corpo demorava a se decompor, mas sabia que trinta e seis anos era mais do que o suficiente.

Nervoso, rasguei o resto do saco com as mãos, exibindo o resto do esqueleto, impelido pela adrenalina misturada ao horror. Eu quase não conseguia mais enxergar, porque meus olhos já estavam cheios de lágrimas e um pavor totalmente sinistro começava a tomar conta de mim. Apenas alguns pedaços de sua calça jeans estavam ali, bem pequenos e já se desfazendo. A jaqueta de couro estava severamente deteriorada. Não entendia muito sobre tecidos, mas sabia que jeans era feito com um percentual alto de algodão, que se decompunha em um período de tempo meio curto, mas não tão curto quanto o couro. Parte da camiseta do Led Zeppelin, toda puída, cobria parcialmente as costelas aparentes. Os tênis eram as únicas peças intactas exibindo o resto do cadáver, ou pelo menos, eu achava que eram, até ver alguns anéis dentro do saco, caídos ao lado do sapato.

Segurando um dos círculos prateados, comecei a soluçar. Era um dos anéis prateados de Dante, o mesmo que eu o via girar nos próprios dedos o tempo todo. Havia mais anéis jogados aos seus pés. Certamente, quando os vermes devoraram a carne, caíram. Fazia sentido, já que o corpo foi escondido de pé, não deitado.

Tudo parecia ter parado ao meu redor. Sequer notei quando Jonas – ou Nathaniel – ligou para a polícia. Apenas me dei conta quando ouvi as sirenes em minha porta e um policial tentou me afastar dos ossos, enquanto caras vestidos de branco, usando luvas, tentavam remover o corpo de Dante.

Bem, não o corpo, não exatamente.

Aquilo já não era mais um corpo há muito tempo.

Eu não me lembro ao certo do que aconteceu em seguida, acho que entrei em uma espécie de transe... Acho que gritei, porque não queria deixar que levassem meu Dante embora. Era tudo o que me restava dele. Eu agarrei o corpo? Ah, meu Deus, eu abracei um esqueleto! Tenho certeza que sim.

— Alex! — Jonas me sacudia, encarando-me com os olhos arregalados.

— Dante, Dante, vocês não vão levar meu Dante pra longe! — Eu estava aos berros.

— Esse não é o *seu* Dante, Alex, é outra pessoa! Esse corpo está aí há muitos anos, a gente nunca conheceu o pobre coitado... — meu irmão tentava, pacientemente, explicar.

— Meu Dante... — murmurei, sentindo as lágrimas escorrerem pelo meu rosto, enquanto Jonas me acolheu em seus braços.

E tudo o que fiz, na sequência, foi chorar cada vez mais forte, até entrar em um sono profundo.

Ainda assim, Dante Donadelli não apareceu.

Mesmo com a descoberta de seus restos mortais, de que ele tanto temia...

E agora eu era quem temia...

Temia que ele não aparecesse nunca mais...

Era tudo culpa minha.

CONT
ASSOMBRA
ENDIA

JA EM

, VOLUME II:

BRADO

BIOGRAFIA:

N. BELIKOV é de peixes, com ascendente em capricórnio, e muito metida à engraçadinha *feat.* nervosinha, como o mapa astral já indica. Mestre em dar conselhos que ninguém pediu, é possível dizer que como criadora do Alex Kister, faz sentido que os dois sejam um bocado parecidos: são dois "sem-noção" de carteirinha.

O pseudônimo N. Belikov vem de seu mocinho de romances preferido: Dimitri Belikov, da saga *Vampire Academy* (de Richelle Mead), mas se pudesse escolher um personagem literário para considerar seu irmão gêmeo de personalidade, seria o seu malvado favorito, Lestat de Lioncourt, o ícone criado por Anne Rice em *As Crônicas Vampirescas*, que arrebata corações e desbanca qualquer mocinho metido à moralista. É possível dizer que cada casal que escreve em suas histórias tem um pouquinho de Dimitri e de Lestat.

Belikov é autora e fundadora da Editora Euphoria, graduada em Direito e pós-graduada em Produção Editorial, pansexual e amante de romances proibidos. Assombrado/Endiabrado foi uma das primeiras histórias que Belikov escreveu e concluiu. Nesta edição, Assombrado e sua continuação, Endiabrado, trazem uma escrita mais madura, com ajustes de enredo e acontecimentos, para uma leitura mais clara e divertida.

Você pode segui-la nas redes sociais:

@NBELIKOV94

t us
Support
Contact
Search

CONHEÇA A EDITORA EUPHORIA

e fique por dentro de todos os lançamentos!

@editoraeuphoria

editoraeuphoria.com.br

ASSOMBRADO, Vol. I, 3ª Ed, 2025

editoraeuphoria.com.br